Les Oublié(e)s

Roman

Héline Mikielski

Les Oublié(e)s
Roman

MVO
ÉDITIONS

MVO Éditions

À mes parents.

Avertissement

"Toute ressemblance avec des faits et des personnages existants ou ayant existé serait purement fortuite et ne pourrait être que le fruit d'une pure coïncidence"

Chapitre 1

« L'entrée du tunnel n'existe plus, c'est à présent une bouche géante qui m'avale. Une galerie se reforme plus loin néanmoins. Je me baisse, m'accroupis, puis finis couché. J'avance lentement. La poussière m'emplit le nez, les poumons. Je me rappelle soudain qu'il faut toujours patienter après une explosion afin que les particules en suspension retombent. Je n'en ai pas le courage. Je suis trop pressé. Quelque chose m'attend là, à quelques pas, j'en suis sûr. Je pousse la lampe devant moi. Enfin, le boyau s'élargit. Je viens de comprendre que seul un piton rocheux empêchait le passage. Je parviens à me mettre accroupi. Je ne vois toujours rien. Que de la poussière ou de la fumée, je ne sais pas bien. Je laisse mes yeux s'accoutumer lentement à l'obscurité. Une voix m'appelle au-dehors. Oui, tout va bien. Non, je ne vois rien. Je transpire à grosses gouttes. Le temps s'est-il arrêté ? J'attends, j'attends encore.

Et puis je perçois un éclat, là, à quelques pas de moi. Je m'avance dans cette direction. Et elle se tient là, elle me regarde de ses orbites vides, son crâne entouré d'une couronne d'or. »

Je badge pour me faufiler dans le grand hall moderne de Solvair.

Comme tous les matins, je me sens à ma place tout en me demandant ce que je fais ici. Ces pensées contradictoires cohabitent dans mon cerveau depuis que j'ai commencé à travailler.

Je présente le syndrome des années 2000 : bonne élève, pas de passion notoire, j'ai fini en école de commerce. « C'est généraliste, tu pourras toujours te réorienter », me disaient mes parents. Enfin, mon père plutôt.

De chouettes années. Puis il a fallu trouver un boulot. Comment fait-on ? On suit la masse. On atterrit en marketing, finance ou ressources humaines : les intitulés de nos cours, tout simplement. Ça ne m'a pas plu. À vrai dire, quand on se laisse guider de la sorte, ce n'est pas étonnant.

Alors j'ai pas mal tâtonné, mais à 29 ans, me voici maintenant « cheffe de projet innovation » dans un grand groupe : Solvair. Entreprise du BTP(Bâtiments et travaux Publics), fondée par la famille du même nom. En trois ans, je ne sais pas en quoi j'ai innové, mais je travaille dans le domaine du développement durable. Ça a un sens pour moi et c'est déjà mieux que rien.

Des bonjours fusent d'un peu partout et me voici sur mon PC.

« Iline, tu aurais une minute ? »

C'est mon chef, Dominique. Il est à la tête de la petite équipe Innovation de Solvair Conseil. Sympathique et au management anglo-saxon, nous travaillons bien ensemble.

Des nouvelles concernant l'installation des panneaux photovoltaïques du pôle économique de Chennai en Inde ? Un projet qui stagne depuis longtemps. Il a l'air tout content quand je pousse la porte. Ce n'est pas toujours le cas.

« De bonnes nouvelles concernant le pôle de Chennai ? »

« Ah non, pas de nouvelles de ce côté-là. »

Il prend un sourire énigmatique.

« J'ai une proposition à te faire. L'appel d'offres pour l'installation des ombrières photovoltaïques sur les aires de parking de l'A68 ne tombe que dans quelques mois non ? »

« Oui, théoriquement dans 3 mois. »

« Donc charge de travail réduite en ce moment, je ne me trompe pas ? »

« En effet. Je suis les dossiers en cours : le centre commercial d'Issy les Moulineaux, l'A63, Chennai… »

Il me coupe la parole :

« On a réfléchi ce matin en comité de direction et, tu le sais, Iline, tu es un très bon élément. »

Je ne peux pas m'empêcher de sourire bêtement, comme à chaque fois. Même si je n'ignore pas que c'est le jeu de l'entreprise, c'est plus fort que moi.

« Viens, suis-moi. »

Il se lève et sort de son bureau. Intriguée, je lui emboîte le pas.

Il quitte notre étage et se dirige, silencieusement, vers une autre aile du bâtiment. Solvair est une entreprise implantée partout dans le monde, son siège se situe en banlieue parisienne, dans une ville sans âme et mal desservie. Créée dans les années 1860, ce sont plusieurs générations d'une même famille qui ont travaillé d'arrache-pied pour que, finalement, des actionnaires lambda gèrent le tout aujourd'hui.

À mon grand étonnement, on se dirige vers le sous-sol. À l'instant où Dominique reprend la parole, je comprends où nous allons :

« Tu es au courant du projet sur lequel travaille actuellement la majorité de l'équipe ? L'installation de panneaux photovoltaïques sur les toits des stations essence de notre client autoroutier ATNB. Avec notre partenaire, nous avons besoin de stocker du matériel quelques mois, le temps d'équiper toutes les aires. Pour ce faire, nous avons donc récupéré un vieil entrepôt Solvair, malheureusement empli de vieilleries ayant appartenu à la famille. »

« Et ça fait plusieurs semaines que vous êtes en train de faire le tri. Oui, j'en ai entendu parler. »

Un euphémisme : toute l'équipe se plaint de cette mission chronophage considérée comme annexe.

Dominique frappe à une porte et utilise une clef pour y entrer.

Je suis extrêmement surprise d'y découvrir un véritable capharnaüm : une immense pièce qui abrite des boîtes, des bocaux remplis de choses obscures, des instruments de médecine, d'expériences scientifiques… Encore un peu et l'on y verrait tout le matériel pour réaliser des tours de magie. Le sous-sol du château de Moulinsart dans Tintin et le Secret de la Licorne.

Je n'ai pas le temps d'approfondir mon investigation visuelle. Un jeune homme à l'air avenant s'approche de nous et serre la main de Dominique.

« Iline, voici Samuel des Services Généraux. Il est en charge de réceptionner les pièces que Solvair souhaite conserver. »

Ce dernier me renvoie un sourire chaleureux.

« Tu nous fais faire un tour du propriétaire Samuel ? » intime Dominique.

Nous voilà déambulant dans l'immense pièce, Samuel endosse le rôle de guide touristique.

« Rien n'a vraiment de valeur, ici », raconte-t-il. « Ce sont surtout des témoignages historiques de l'avancée de la science et des mœurs d'autrefois… Nous entrons maintenant dans le lieu phare de cet endroit atypique, tout récemment baptisé : la salle des momies ou des squelettes » poursuit en riant Samuel.

17 squelettes nous y attendent. Disposés dans toute la pièce exiguë, ils possèdent une forme presque rectangulaire : le crâne est posé sur un pavé d'os qui constitue un petit corps. C'est… impressionnant. 17 vies ont été vécues dans ces dépouilles !

« Il ne s'agit que de femmes… »

Je ne sais pas si c'est le lieu, l'éclairage : tout est lisse, propre, rangé. C'est presque artistique, tous ces blocs d'os alignés. Aimerais-je finir ainsi ? En me rapprochant d'une d'entre elles, et en me demandant quelle a pu être sa vie, je me rends compte qu'elle a un petit trou dans le crâne. Une trépanation ? Depuis mon stage bénévole d'archéologie l'été dernier, je reste scotchée devant les documentaires historiques qui passent à la télé comme Basile devant les matchs de l'OM (mais là, je ne suis plus dans la pièce). Ce trou me fait penser aux Incas. Très en avance en médecine, ils pratiquaient des trépanations et 30 % des personnes « opérées » survivaient. Dire qu'en Europe, avec la religion catholique, il a fallu attendre si longtemps avant de pouvoir ouvrir les corps. Je m'approche d'une autre composition osseuse et là, ce même petit trou ! Idem pour une troisième et une quatrième. Je sens monter en moi la fébrilité d'avoir observé quelque chose d'important. Ça bouillonne et, malgré ma timidité habituelle, je ne peux me retenir, il faut que ça sorte !

« On voit des petits trous sur certains crânes, s'agit-il de trépanations ? »

« Sûrement » répond Samuel, qui devait trés certainement être occupé à parler d'autre chose.

Dominique m'interpelle « Ça t'intéresse, ces sujets Iline ? »

« Oui, beaucoup. Quand j'étais petite, je voulais être archéologue. Égyptologue, même. J'ai réalisé un stage bénévole d'archéologie cet été en Dordogne. »

« Oui, je me souvenais bien que tu en avais parlé à la cantine. »

Il me sourit gentiment. J'ai toujours été attirée par ce métier. Plus jeune, je n'avais pas l'ombre d'un doute. Un jour, j'en ai parlé à mes parents qui m'ont répondu : « Tu es grande, tu auras mal au dos à être tout le temps à quatre pattes. » On est niais quand on est petit. Et finalement, on reste niais quand on est parent… Je me suis donc orientée dans une voie avec fauteuils intégrés.

Après les quelques minutes de discussion réglementaires avec Samuel, Dominique signale la fin de la visite. Nous remontons dans son bureau.

« Iline, sachant que tu es dans mon équipe, qu'elle gère le déménagement de l'entrepôt, que l'archéologie t'intéresse, que l'appel d'offres de l'A68 n'arrive que dans quelques mois… »

Il se frotte le visage, cherchant ses mots.

« Et que, surtout, l'équipe communication n'a pas les ressources pour s'en occuper : on te propose d'enquêter sur les squelettes du sous-sol. »

J'aime le « on ». C'est donc très certainement Joris qui a dû proposer cette idée. Joris est le directeur général de notre branche : Solvair Conseil. C'est un Belge des Flandres qui a son franc-parler, prend des décisions et qui, immanquablement, dénote dans les couloirs feutrés de Solvair.

Après la forme, le fond de la question frappe mon esprit et les bras m'en tombent. Moi ? Travailler sur ce sujet ? Les écoles de commerce sont reines dans la culture générale, mais quand même !

Dominique attend ma réaction.

« Enquêter sur les momies ? Mais pour faire quoi ? »

Et que vient faire l'équipe communication dans cette histoire ? me susurre une petite voix intérieure.

« Oh, rien de compliqué. Comme tu le sais, l'année prochaine, ce sont les 150 ans de Solvair. La com' (comprendre le département de la communication) va organiser une rétrospective de l'histoire de l'entreprise, présenter la famille, nos principales réalisations, celles en cours etc. Dans ce contexte, le déménagement de l'entrepôt a fait naître la curiosité de beaucoup de monde, au 7e également, et nous nous sommes dit que nous pourrions, entre autres, creuser pour en savoir un peu plus sur ces tas d'os. Si jamais ils ont un intérêt, nous pourrions les présenter lors des 150 ans. Comme tu as un peu de temps et que ça pourrait te plaire, on a pensé à toi. »

Le 7e ! L'étage de la direction générale, le pouvoir suprême…

Il lit facilement sur mon visage les questions que cette proposition suscite.

« Pas d'inquiétude. Il suffit juste d'en savoir plus afin de réaliser une exposition ou une conférence ou je ne sais quoi lors de l'anniversaire. À toi de trouver le bon format, afin d'expliquer à tous l'histoire de ces momies. La com' est déjà débordée avec l'organisation des 150 ans. Ils ne veulent pas, en plus, s'occuper du sujet entrepôt et a fortiori des momies. »

Il fait une pause et, en me regardant droit dans les yeux, poursuit :

« Nous sommes une majorité d'ingénieurs ici. Comme tu as fait une école de commerce, il me semble que tu es bien placée pour nous concocter une communication innovante et sympa. Mais attention : dès que l'activité repart, priorité aux vrais projets, bien sûr. »

Je comprends que Dominique n'a pas eu d'autre choix que de me missionner sur ce sujet. Ça n'a aucune importance. Moi ? Réaliser des recherches sur les momies du sous-sol ?

Approcher le domaine de l'archéologie, pourquoi pas ? Ce serait une petite revanche sur mes études téléguidées. Mais est-ce que je me vois seule, en bas, avec ces 17 femmes mortes depuis des siècles ? Une légère appréhension montre le bout de son nez, là, au creux du ventre. Et est-ce que je serai à la hauteur ? C'est une mission pour le 7e, tout de même. Je n'ai jamais eu confiance en moi. À chaque nouvelle mission, c'est la même chose : je me demande pourquoi j'ai été choisie, moi. Certes, ici, il n'y a pas d'enjeu. Un début de mission me paraît toujours très compliqué, les objectifs inatteignables. La peur remonte jusque dans ma gorge.

Dominique me regarde toujours en souriant. Il doit se demander à quoi je pense.

« Heu… je peux donner ma réponse demain ? »

« Bien sûr. Je te connais, je me doutais que tu prendrais le temps de réfléchir. »

Je sors du bureau un peu secouée. Archéologue, moi ?

Je rentre chez moi en train, 1 h 15 de trajet, et je raconte ma journée à Basile. J'ai beaucoup de mal à m'endormir. Cette histoire de squelettes me trotte dans la tête. Qui étaient ces jeunes filles ? À quelle civilisation appartenaient-elles ? Pourquoi se retrouvent-elles sous mes pieds au bureau ? Quelle stratégie mettre en place pour le découvrir ? Je finis par sombrer dans un sommeil agité.

Chapitre 2

Très bien, mais par où commencer ?

Il va bien falloir redescendre pour voir ces squelettes plus en détail. Je possède la clef du local que je baptise officiellement « la salle des mystères ». Je demande à Chloé, ma collègue de bureau, de m'accompagner. Ça change du footing du mercredi midi. Je suis dans mes petits souliers quand je pousse la première porte de la « salle des mystères » qui, décidément, porte bien son nom. En traversant les couloirs d'objets anciens, on a à la fois envie de tout toucher et de vite remonter au bureau. Un thé, un regard à ma plante verte près de la fenêtre, c'est bien aussi. On entre enfin dans la pièce du fond où se trouvent les momies. Lumière blanche, sol immaculé, « rectangles de squelettes » bien rangés. Je n'ai pas trop d'appréhension, en fait. On déambule sans but, et puis la conclusion coule de source : il faut décrire et essayer de documenter ces momies. Les numéroter. Chloé me montre que quelqu'un s'en est déjà chargé. Un fin cordon avec un petit bout de papier est accroché à chaque cheville. De 1 à 17. Je commence à prendre des notes sur mon cahier. Je dépeins chaque femme, chaque crâne, chaque détail qui sort du commun, comme les dents, par exemple. N'a-t-on pas identifié Hitler ainsi ? Chloé s'éclipse doucement pour une réunion. Demain, j'apporterai mon appareil pour photographier ces demoiselles.

N'aurait-il pas pu me le dire plus tôt ? Il existe déjà une étude sur ces 17 tas d'os !

Cela fait une semaine que j'observe, annote, passe du temps dans cet hypogée, prends des photos, pour que Dominique, la bouche en cœur, m'apprenne que le 7e l'a informé qu'un spécialiste avait déjà pondu tout un rapport. Et bien meilleur que le mien, en plus. Forcément, ce n'est pas mon métier. Voilà, je suis énervée. Ça arrive souvent dans les grands groupes, ça : on charge le sous-fifre « qui a beaucoup de valeur à nos yeux » d'une mission sans queue ni tête et on ne lui donne pas toutes les informations disponibles. Enfin, le dossier m'avance tout de même beaucoup. Il est très bien réalisé. Voilà d'où viennent les étiquettes. Tout est répertorié, numéroté, photographié. Les plus petits détails, auxquels je n'avais prêté aucune attention, sont notifiés. Il avait l'œil, le spécialiste ! Mais c'est un gros morceau. Je vais l'imprimer et le lire dans le train en retard de ce soir. Pas très développement durable, mais c'est pour l'Histoire !

J'ai besoin d'aide, je ne sais pas par où commencer. Réaliser des descriptions qui, finalement, n'auront servi à rien, c'est dans mes cordes, mais aller plus loin que la lecture du rapport, je ne vois pas. Involontairement, les pauses-déjeuner à la cantine me mettent la pression.

« Alors, Iline, comment vont les momies ? », « Tu vas être notre nouvelle Indiana Jones ? »

Ce qui est fort pratique, c'est que Dominique n'en sait pas plus que moi. Il ne peut ni m'aider ni me reprocher quoi que ce soit, même si ce n'est pas son style de management. Désœuvrée, je décide de me renseigner sur la trépanation des Incas. C'est ce qui m'avait interpellée en premier. Internet et Wikipédia, comme très souvent, sont mes meilleurs amis.

Je me dis également que comme Solvair est une société liée de près au domaine de la construction, certaines équipes ont bien dû tomber sur des vestiges historiques pendant des travaux. Des profils plus archéologues que moi doivent exister en interne. Je pars à leur recherche et finis à la bibliothèque de l'entreprise. J'y apprends que dès qu'une problématique de ce type se pose, le chantier est transféré à une agence spécialisée externe. Et des retards sont à prévoir. Après trois étages différents et une petite dizaine de personnes rencontrées, j'échoue de nouveau à la bibliothèque : chez Catherine. Je me suis toujours demandé, à l'heure du numérique, qui pouvait bien encore venir ici, même si j'y étais il y a quelques minutes… Je comprends quand je découvre les innombrables dossiers qui y sont entreposés. Je tombe bien sur quelques références d'agences d'archéologie comme je les appelle, mais je ne sais pas vraiment quoi chercher d'autre… Catherine est très sympa.

Rien de mieux pour faire le point qu'un papier et un crayon. Oui, même si le tout-dématérialisé a le vent en poupe aujourd'hui.

Qu'avons-nous ?

17 squelettes ayant appartenu à la famille Solvair dans le sous-sol de mon entreprise.

Une exposition (ou apparentée) à réaliser pour les 150 ans de Solvair.

L'objectif de cette exposition : donner plus de détails sur ces momies.

D'ailleurs, sont-ce des momies ? (On voit les os, elles ne ressemblent pas vraiment à Toutânkhamon.)

À quelle civilisation appartiennent-elles ?

Comment sont-elles arrivées ici ?

De quand datent-elles ?

Quelle est l'histoire de ces femmes ?

Pourquoi le dossier réalisé en 1980 ne répond-il pas à ces questions ?

Existe-t-il des squelettes similaires ailleurs ?

Basile ne dira pas grand-chose au repas, ce soir. Beaucoup d'interrogations et pas beaucoup de réponses.

Chapitre 3

Ce weekend, mon papa va à Lyon installer ma petite sœur qui fait, comme les trois enfants… une école de commerce. Vendredi après-midi, après quelques recherches au hasard sur le web, à 16 h 45, je découvre l'existence, à Lyon, d'une bibliothèque spécialisée en archéologie. Elle est rattachée à une école du même domaine. Je prends mon courage à deux mains et appelle le standard. À cette heure-ci, je ne m'attends à rien…

Une Catherine bis répond. Sympathique, mais pressée.

« Mais que souhaitez-vous exactement, mademoiselle ? » me demande-t-elle après que je lui ai raconté mon histoire.

« Êtes-vous ouverts ce weekend si je me déplace à Lyon ? Pourrais-je rencontrer quelqu'un ? »

« C'est le weekend, nous sommes fermés. »

Effectivement, tout le monde n'a pas à comprendre ce qui est arrivé à 17 momies au sous-sol de son bureau. Demande expresse du 7e étage.

« Et auriez-vous des dossiers similaires dans vos archives ? »

« Pourquoi cherchez-vous un dossier similaire ? Avez-vous une feuille de route à me communiquer ? »

« Heu… non. »

Un rire franc et sincère s'élève à l'autre bout du fil.

« Je suis désolée, mademoiselle, de vous demander cela. Avez-vous l'expérience des recherches archéologiques ? Avez-vous suivi une formation ? Un professeur vous chapeaute-t-il ? »

« Pas du tout. Je ne suis pas du milieu. Je suis diplômée d'école de commerce et je suis tombée par hasard sur ce dossier dans mon entreprise. Mais j'aime beaucoup l'histoire. »

Et j'aurais bien voulu travailler dans cet univers, pensé-je très fort.

« Ah, mais il n'y a aucun problème, chacun son domaine. » Elle me paraît, dès lors, très sympathique.

« Ce que je peux vous proposer, c'est de vous mettre en contact avec un étudiant de notre école si vous le souhaitez. Ils suivent une méthodologie qui pourrait peut-être vous aider dans vos recherches. »

« Oh oui, ce serait super ! Je vous remercie ! »

« En revanche, je ne sais pas si je vais pouvoir vous trouver quelqu'un d'ici ce weekend. Je vais voir. Puis-je prendre vos coordonnées ? »

Merci, Catherine Bis ! C'est une vraie bonne nouvelle.

Ce weekend sera donc parisien avec Basile. On le passe tranquillement dans notre appartement. Appartement que j'aime beaucoup : traversant, il est presque toujours lumineux. Au programme : cuisine, lecture derrière la fenêtre où les rayons du soleil nous chauffent agréablement. Il ne nous manque qu'un chat, mais Basile n'en veut pas.

Dimanche soir pluvieux. Je me retrouve comme quand j'étais petite : pas envie d'avoir école demain. Idées mélancoliques. Désir de douceur et d'inactivité. Mon portable sonne. Je sors de mes couvertures de canapé et réponds.

« Bonjour. Je me présente, je m'appelle Antoine. Madame Chiche m'a fait part de votre demande. Je me permets donc de vous contacter. »

Un dimanche, 22 h, c'est bien un étudiant, ça. Mais je suis enchantée de l'efficacité de Catherine Bis, dite madame Chiche.

« Merci beaucoup de m'avoir rappelée, c'est extrêmement gentil. Que je vous explique… Tout d'abord, je ne suis pas du milieu. Je n'y connais strictement rien en archéologie mis à part quelques documentaires visionnés sur Arte. Je ne vous le cache pas. Est-ce que je peux vous tutoyer ? »

Pour moi, la franchise fonctionne toujours mieux. Pourquoi vouloir prendre de grands airs et faire comme si on en savait plus que les autres ? Au début de ma carrière, je pensais que les « chefs » savaient tout. Qu'ils savaient où aller et comment y aller. J'ai découvert qu'en fait, personne n'en sait rien et que les chefs passent la plupart de leur temps à faire croire à leurs subordonnés qu'ils « savent ». J'aimerais ne pas entrer dans cette catégorie.

Dur de jauger ce que vaut Antoine. Il m'a l'air timide et réservé au premier abord, mais néanmoins curieux et attentif. Est-ce que le sujet l'intéresse ? Il reste neutre. Je lui envoie le fameux dossier par e-mail. Il n'y a plus qu'à attendre son retour.

À la réflexion, une chose m'interpelle dans ce dossier : il est purement descriptif. Pas une hypothèse, pas une piste d'explication. Un archéologue, scientifique ou spécialiste des momies, n'est-il pas censé prendre position à un moment donné pour éclaircir la situation ? Il n'y figure aucune allusion à une culture quelconque ni aucune mention temporelle. Ça me paraît incroyable. Dans mon ignorance la plus complète du domaine, je me demande pourquoi une datation au carbone 14 n'a pas été réalisée. Je ne sais pas exactement de quoi il s'agit, mais il me semble que cela revient à dater les atomes de carbone qui se trouvent dans la matière organique d'un objet afin d'en connaître l'âge. Mais il faut que cet objet soit composé d'éléments qui contiennent du carbone. N'est-ce pas le cas d'ossements ? Lucy a bien été datée, non ? En pleine réflexion devant ma plante verte de bureau, mon téléphone sonne. C'est Antoine. Il m'a l'air plutôt excité, c'est une bonne nouvelle.

« Bonjour. Je viens de lire le dossier que vous m'avez envoyé. »

« Et alors ? Qu'en penses-tu ? »

« C'est super intéressant, le dossier est bien ficelé. Savez-vous qui l'a rédigé ? »

« Ah, ravie qu'il te plaise. Je n'en connais pas l'auteur. Peut-être faudrait-il se renseigner là-dessus ? »

« Oui. Mais ce qui est inhabituel, c'est que, au regard de la qualité du document, il n'y ait aucune hypothèse émise, rien. »

« Ah ? Et ce n'est pas comme ça d'habitude ? N'y a-t-il pas des études uniquement descriptives et d'autres plus théoriques ? »

« Hum… Si, peut-être que ça existe, mais ce n'est pas le plus courant. »

Je ne suis peut-être pas complètement à côté de la plaque, finalement. Je souris malgré moi.

« Et le fait qu'il n'y ait aucune date ? C'est normal ? »

« Non plus. C'est ce qu'on essaie de déterminer en premier, généralement. »

Je me lance, le ridicule ne tue pas.

« Et on ne pourrait pas envisager une datation au carbone 14 ? »

« Si, tout à fait. C'est ce que j'allais vous proposer. »

« As-tu une idée du coût que ça pourrait représenter ? »

« Il faudrait que je me renseigne, mais dans les 1 000 - 1 500 € par pièce, je pense. »

« Ah oui, ce n'est pas donné… »

Je visualise très bien la tête de Dominique à l'annonce de cette demande de budget.

« Non. »

« Et Antoine, as-tu connaissance d'autres dossiers ou découvertes de ce type ? »

« C'est marrant que vous réfléchissiez comme ça. »

« Ah bon ? Pourquoi ? »

Avec Catherine bis, alias Madame Chiche, c'est la deuxième fois que l'on me fait cette remarque.

« Eh bien, quand un archéologue fait une découverte, il se décarcasse pour la rendre unique. Il ne va surtout pas la rapprocher d'une autre. Vous savez, pour des questions de budget, par exemple. »

« Oui, je vois très bien. C'est pareil dans l'innovation. Mais est-ce que ce ne serait pas pertinent de se renseigner quand même ? »

« Si, si, certainement. Je vais regarder. »

« Et alors, qui étaient ces momies ? De quelle civilisation proviennent-elles ? »

« Impossible de déterminer quoi que ce soit à l'heure qu'il est. Je n'en ai aucune idée. »

« D'accord. De mon côté, je me renseigne pour lancer une étude au carbone 14 et vous, vous regardez… »

« Qui a pu réaliser ce rapport ? Au regard de la qualité d'exécution, je devrais pouvoir retrouver le type qui a écrit ça… »

« Ou la dame. »

« Houlà, non. En 1980, croyez-moi, ce sera un homme. »

« … »

« Et je regarde également le coût d'une étude au carbone 14, et si des exemples similaires existent dans le monde. »

Pas mal, cet Antoine. Il me semble efficace. La conversation se termine sur le temps qu'il peut passer sur le sujet et sur la dimension caritative de ses actions futures. En effet, je n'ai pas de budget pour cette mission. Mais ça va devoir changer, et vite. Cet aspect matériel n'a pas l'air de le déranger.

Je raccroche, contente de notre discussion même si le tutoiement reste compliqué pour Antoine. Chloé me jette un regard complice au-dessus de la cloison de l'open space.

Chapitre 4

« Dominique, comment puis-je avancer avec aussi peu de données ? C'est un projet comme un autre, il faut un minimum de budget pour arriver à quelque chose. »

« Oui, mais là c'est un sacré budget que tu demandes. »

Antoine m'a recontactée avec un devis concernant la datation au carbone 14.

« 11 000 € pour les 17 momies, c'est vraiment un très bon prix. »

« Ce n'est pas à moi de décider. Il faut organiser une réunion avec Joris et le comité de direction. Vois avec Céline quand ce sera possible. »

Céline est la secrétaire de notre équipe. C'est un ange. La date de la réunion est fixée : j'ai deux semaines pour préparer mon argumentaire.

Je m'applique pour confectionner de beaux slides, ou PowerPoint, ou encore « diapositives » pour les plus anciens. On m'a toujours dit que je me débrouillais bien à l'oral. Ça ne me rassure pas pour autant. C'est bien la première fois qu'un sujet me tient autant à cœur dans le monde du travail. J'ai envie de me battre pour réussir à mettre en avant les vies de ces 17 femmes enfermées dans une cave. Ça n'a peut-être pas plus de sens qu'un projet de développement durable, mais ça en a pour moi. Cela fait deux semaines que je ne suis pas redescendue au sous-sol. Je tourne et retourne le sujet pour le rendre attrayant et je me rends compte que, contrairement à ce que m'a dit Dominique, seule une chose pourrait débloquer des fonds : un retour sur investissement. Je passe en revue bon nombre de possibilités : contacter la presse pour parler de cette incroyable histoire de squelettes et, ainsi, faire de la publicité pour Solvair ; organiser une exposition à l'extérieur de l'entreprise avec entrée payante pour rentabiliser le coût des études ; organiser un crowdfunding auprès des employés afin d'élucider le mystère de notre 3e sous-sol ; écrire un livre ; financer un film ?

Pas mal d'idées, mais aucune qui ne tienne la route si je n'arrive pas à en savoir plus sur ces dames… Basile met de l'ordre dans tout ça, entre le risotto aux girolles (de saison) et le MaronSui's du dessert. On répète l'intro ensemble et je me sens un peu plus sereine pour demain.

Avec tout ça, je n'avance pas beaucoup sur l'organisation de nos 30 ans, à Basile et moi.

« Ah, voici Iline qui va nous parler de ses momies : comment vont-elles ? »

Bon début. Pour eux, c'est l'heure bisounours de la journée. Ils vont déchanter quand je vais annoncer la douloureuse de 11 000 €… L'objectif premier est déjà de me faire prendre au sérieux. Allez, on garde le moral et l'on débute malgré les pontes qui ne sont pas encore arrivés, retenus à des réunions plus stratégiques, *of course*.

Je déroule ma présentation. Bien entendu, au début, tout le monde a le sourire. Débat sémantique important : a-t-on affaire à des momies ou des squelettes ? Il faut que je me renseigne à ce sujet pour la prochaine fois. J'annonce le prix de l'étude au carbone 14 et là, bien sûr, les sourcils se froncent tout de suite. Je les laisse parlementer un peu : « Est-ce le meilleur tarif ? », « C'est vrai que ça représente du travail », « Cette datation n'a-t-elle pas été réalisée dans les années 80 ? », « Pourquoi faire analyser toutes les momies ? Ne peut-on pas n'en tester qu'une ? », « N'est-ce pas au 7e de prendre en charge ce coût ? », « Ou même à la famille Solvair, ce sont leurs squelettes, non ? », « Je ne sais pas, ils ne sont plus actionnaires. », « Est-ce que la propriété de cet entrepôt et de son contenu nous a bien été transmise en 1980 ? », « Dominique ? ».

Le comité de direction se tourne alors vers le responsable du projet « entrepôt » :

« C'est un peu compliqué. Solvair SA est propriétaire du contenu de l'entrepôt, donc des momies, mais la famille Solvair conserve un droit de regard. Iline, je te propose de caler un point avec Justin afin d'en discuter avec lui. »

Justin est le juriste de la branche Solvair Conseil. J'acquiesce.

« D'un autre côté, si les résultats s'avèrent intéressants, des momies de 1000 ans, la branche Conseil pourrait en profiter, vous ne croyez pas ? En matière de renommée et d'ouverture d'esprit. » Ils sont repartis sur un autre sujet.

Je les observe tous discuter, les expressions de chacun, le pouvoir des autres. C'est intéressant comme les gens habitués à exposer leurs idées peuvent le faire sur n'importe quel sujet, même très éloigné de leurs connaissances. De toute façon, je sais comment ça va finir, d'ailleurs on y tend. Maintenant que chacun a donné son avis, les regards se tournent vers Joris. Et l'heure du déjeuner approche. Souvent, ça met tout le monde d'accord. Joris a déjà tranché : « On prend en charge cette dépense pour montrer notre bonne foi et notre motivation au 7e. Je vais aller négocier avec la com' que toutes les retombées soient pour nous. Condition *sine qua non* pour valider le devis. Iline, je te tiendrai au courant. Je souhaite aussi que tu organises des réunions d'avancement quand ce sera nécessaire. Également si ça bloque, qu'on puisse tuer le projet à temps. Ceux qui sont intéressés pour assister à ces réunions le feront savoir auprès de Nathalie, la secrétaire de direction. Merci, Iline, pour ce travail, et bon courage pour la suite. Qui va manger à la cantine ? J'ai quinze minutes avant ma *conf call* avec la Grèce… »

Et voici comment Iline réussit à débloquer 11 000 € pour l'avancement du projet « Momies/squelettes ». Sur le chemin du restaurant d'entreprise, je souris à Chloé : c'est gagné !

Basile aura droit à toute la rediffusion du match (sans chat sur les genoux) le soir même. Souligner les retombées envisageables était ingénieux. Toujours gérer un projet du point de vue business. Il faut que j'y pense pour le chat.

Définition d'une momie : cadavre desséché et embaumé.

Définition d'un squelette : charpente osseuse des vertébrés.

Me voilà guère avancée ce lundi matin devant l'écran de mon ordinateur. En réalité, ce n'est pas tout à fait exact. L'étude au carbone 14 a été lancée. Trois spécialistes sont venus prendre des particules sur les filles pour les analyser. Message du 7e : « OK pour cette étude, on verra comment on poursuit. Pas un mot à la famille Solvair. C'est la seule condition. ». Jackpot pour moi. Antoine a continué de chercher l'auteur du dossier d'inventaire, mais ça n'a rien donné pour l'instant. Il semble toujours motivé.

En revanche, moi, aujourd'hui, je tourne en rond... Cette sensation désagréable où l'on sait que l'on ne peut pas avancer sur un sujet par manque de ressources, d'informations ou autre, et pourtant on ne peut pas s'empêcher d'y réfléchir. Le dossier est trop imposant, trop présent. Je descends au 3e sous-sol. Je n'ai plus peur d'y aller seule. Je les observe, ces 17 femmes bien alignées, leur numéro sur la cheville et leur trou dans le crâne. Ont-elles souffert ? Ont-elles survécu à cette opération ? Est-ce cela qui les a tuées ? Je déambule sans but au milieu d'elles. Elles me sont devenues familières : je différencie la n° 6 de la n° 13. D'ailleurs, je pourrais leur donner des noms, j'aime bien en général. « Étoile » pour celle qui porte le trou crânien qui ressemble à une étoile, « Mimi » pour celle qui est toute petite. C'est long d'attendre...

Datation au carbone 14 : impossible. Je tombe de ma chaise. 11 000 € pour ne pas obtenir de résultats ? Chloé me regarde de loin, je dois parler trop fort avec l'imbécile qui m'explique qu'ils n'ont pas pu réaliser de datation. « Pas de matières organiques prélevables sur les pièces. » Eh bien, recommencez alors, réalisez d'autres prélèvements ? Mon interlocuteur, pour qui je n'ai pas fait l'effort de retenir le prénom, m'assure que les spécialistes vont revenir en faire, mais qu'il y a de très faibles chances que cette nouvelle étude s'avère concluante. Il n'y a pas grand-chose de plus à dire. Pas de matière organique, pas de matière organique. Je lui demande alors si c'est courant de ne pas pouvoir dater des squelettes. Je pense que l'entreprise de datation a missionné le juriste pour passer ce coup de téléphone : « Pas à ma connaissance. Je ne pourrais pas l'affirmer avec certitude, mais il me semble que c'est un cas relativement rare... ». Je n'en apprends pas plus.

J'appelle Antoine dans la foulée, qui me répond immédiatement :

« Antoine, est-ce possible que la datation au carbone 14 ne donne rien ? »

« C'est le cas ? »

« Oui. »

« Pourtant, c'est une super agence... »

« Mais ça arrive souvent ? »

« Non. Enfin, je ne crois pas. Je n'en ai jamais entendu parler en tout cas. En général, c'est un peu la base, ce type de test. Ça ne présente aucune difficulté. »

« Je ne sais pas trop quoi dire, j'ai demandé à l'agence de revenir et réessayer. »

« Tu as bien fait. »

On entre dans le vif du sujet, il me tutoie enfin.

« Attendons les résultats de la deuxième tentative, et moi, en parallèle, je vais en parler à un de mes profs. »

« Merci. »

« Y'a pas de quoi. Mais c'est vrai que c'est étrange. »

Étrange ? C'est incroyable, oui ! 17 squelettes que l'on ne peut pas dater, c'est de la science-fiction ! Je ne comprends pas que mes interlocuteurs restent de marbre. Moi, je me sens d'une part transportée dans un monde parallèle d'excitation (j'aurais envie de convoquer la presse dans la seconde pour relater cette histoire hors normes), et d'un autre côté, mon ventre se serre. Qu'avait dit Joris ? Organiser des réunions d'avancement même si ça piétine afin de pouvoir arrêter à temps ? Je me garde bien de suivre cette demande et l'isole dans un coin de mon cerveau, bien fermé à double voire à triple tour. Sans appeler les médias, je vais voir notre juriste de l'entreprise, Justin, pour réanalyser le contrat de partenariat avec l'agence « Carbone 14 » : n'y avait-il pas une obligation de résultat ? Si oui, d'autres techniques, certes sûrement plus onéreuses, pourraient être utilisées. Bref, on sait qu'à la fin, c'est toujours le juridique qui gagne.

Révoltée même après en avoir discuté avec Chloé, le trajet du retour en train me paraît très long. Je m'imagine toutes sortes de scénarios : des squelettes tellement vieux qu'ils s'avèrent indatables, une forme d'humains que les paléontologues n'ont jamais découverte (un frère de l'Homo sapiens ou plutôt de l'Homme de Néandertal ?), des extraterrestres ? Mon esprit s'envole au-dessus des entrepôts, des forêts et des maisons illuminées et chaleureuses dans lesquelles on aimerait bien se pelotonner quand on rentre tard du travail. J'ai surtout envie de parler à Basile de tout cela. Son recul sur la situation m'apaisera. Je vide mon assiette tout doucement ce soir. Trop de choses à dire entre deux cuillères de lentilles et saucisses de Morteau.

« Iline, pour que tu puisses avancer, il faut que tu te trouves un mentor, quelqu'un de calé dans ce domaine, entretenant un réseau et qui pourra t'aider différemment qu'Antoine. »

Je ne réponds pas tout de suite, le temps de cracher mon dentifrice. Je vois que la nuit a porté conseil à Basile.

« Mais je ne connais personne. »

« Eh bien, il faut que tu trouves. Cherche parmi tes connaissances, sur Internet. Dégote un événement qui se rapproche de ton sujet et va rencontrer des gens. Au cocktail, par exemple. »

Oh non, pas un pince-fesses, je déteste ça…

Chapitre 5

Deux semaines plus tard, je me retrouve au cocktail de la conférence intitulée : « La Science et l'Histoire : quels rôles dans les découvertes syncrétiques du 19e siècle en Asie Mineure ? ». Je n'ai pas trouvé mieux en épluchant les pages web des conférences à venir. Je n'ai, évidemment, pas tout compris des propos des intervenants pendant les trois longues heures de présentation avant la réception. C'est exclusivement l'archéologue Michel Radima, spécialisé dans la datation, qui m'intéresse. En lisant son CV sur mon écran d'ordinateur, je n'ai pas pu m'empêcher de penser : « Voici notre homme ! ».

Mais c'est un cocktail : il y a beaucoup d'affluence et quand on vient seule ou seul à ce type d'événement sans connaître personne, c'est un cauchemar. Enfin, pour moi. Je suis collée dans un coin, observant la foule. Tous ont l'air à l'aise. J'ai, inévitablement, déjà pratiqué ce style de réunion, et c'est bien pour cela que je les redoute. J'ai l'impression que tout le monde sait que je n'y suis pas à ma place. Deux solutions dans ces cas-là : rester rivée sur son téléphone portable afin de se fabriquer une contenance et aller toutes les deux minutes aux toilettes. Ça permet de sortir de la salle et de donner l'illusion que l'on exerce des responsabilités. J'alterne ces deux stratégies en attendant que la cour de monsieur l'archéologue Radima se disperse. Bien sûr, c'était un des conférenciers, il est très demandé. De mon côté, la tension monte : comment l'aborder, à quel moment ? Ah, il est tout seul, je fais un premier pas vers lui mais un confrère lui apporte une coupe de mousseux et ça repart. En tout cas, je note où sont passés les 80 € de l'inscription, les petits fours s'avèrent délicieux. Je refais un pas en arrière et retourne dans mon coin tel le chasseur guettant sa proie.

Je ne sais pas depuis combien de temps je suis figée là, mais je me décide à tenter un rapprochement tactique afin de pouvoir accoster le grand homme dans un délai raisonnable. Je me mêle donc au cercle des curieux autour de lui. Je ne me souviens d'aucune conversation, étant concentrée sur le moment décisif où intervenir. J'ai, comme d'habitude, revêtu un pantalon un peu trop large pour moi et le haut le moins décolleté possible. Certaines collègues manient l'art de la séduction dans le milieu du travail : je m'en sens incapable. Pour moi, c'est mon cerveau qui doit faire ses preuves, et non pas la longueur de mes jambes. Afin de ne laisser aucun doute à mon interlocuteur, le choix des habits se révèle fondamental.

Mais voici enfin un blanc dans la conversation : M. Radima est seul en face de moi, j'attaque.

« Bonsoir, monsieur Radima, excusez-moi de vous déranger. J'aimerais vous entretenir d'un sujet qui m'occupe en ce moment. »

Entrée en matière géniale, du suspens, j'imagine qu'il est déjà captivé. J'ai honte, je crois que je rougis un peu.

« Mais je vous en prie, c'est mon rôle ce soir. »

Il est gentil, il me sourit affablement. Petit, vieux, très bien habillé, il a les yeux qui dénotent une grande curiosité. Je n'ai rien à perdre, le ridicule ne tue pas, je me lance :

« Voilà, je travaille dans une entreprise qui possède 17 momies ou squelettes, je ne sais pas trop, actuellement stockés dans ses sous-sols, et l'on m'a demandé d'enquêter à leur sujet. Une étude au carbone 14 a été réalisée et il est impossible de dater les momies. »

Je m'arrête là, claire, concise. J'attends sa réaction.

« Votre laboratoire ne doit pas être très efficace. » Un malin petit sourire se peint sur ses lèvres.

« Au contraire, il s'agit de l'agence C.R.L. qui est très réputée. »

« Oui, en effet, je travaille très souvent avec eux. Mais qu'attendez-vous de moi, mademoiselle ? »

« Je me demandais s'il vous serait possible de me donner votre avis sur ces squelettes afin de m'aider à avancer. »

« C'est tout à fait possible, en effet. Voici ma carte. Ici, le numéro de ma secrétaire que vous pouvez contacter afin de régler les détails pratiques. »

« Les détails pratiques ? »

Il me sourit à nouveau d'un air moqueur. J'ai l'impression qu'il me prend vraiment pour une imbécile.

« Je ne travaille pas gratuitement, mademoiselle… »

Mais il m'énerve avec ses « Mademoiselle » à la fin de toutes ses phrases. Ça n'existe plus, d'ailleurs, l'appellation mademoiselle, monsieur le professeur « je dois être payé pour un conseil ».

« Je comprends tout à fait, mais j'aurais juste voulu bénéficier d'un rapide conseil de votre part… »

« Vous savez, mademoiselle, si je devais travailler gratuitement à chaque sollicitation que je reçois, je vivrais sous un pont à l'heure actuelle… »

Son regard cherche quelqu'un dans la foule, il cherche à s'enfuir et mettre fin à la conversation. Je ne comprends pas pourquoi ça m'arrive de temps en temps : je suis timide et dis rarement les choses, mais parfois, c'est plus fort que moi, j'explose.

« Vous savez, monsieur le professeur, je ne suis pas une spécialiste et je n'y connais pas grand-chose en archéologie. Mais je croyais quand même que les archéologues étaient des personnes passionnées par leur travail et qu'ils se montraient curieux. Je viens vous parler d'un sujet étonnant qui rentre précisément dans votre domaine de recherche et vous ne daignez pas même vous y intéresser. »

Je sais que le ton n'est pas approprié, que je parle trop fort et que je m'emporte, mais je ne peux plus m'arrêter.

« Tout ce que vous voyez, c'est l'argent que vous pouvez gagner. »

« Enfin, mademoiselle… »

« La mademoiselle n'a pas fini. Je ne vais pas vous importuner plus longtemps. Je suis très déçue du manque de passion que vous manifestez à l'égard de votre profession : un banquier ne réagirait pas autrement ! Quand on imagine toutes les richesses de nos ancêtres qu'il reste encore à découvrir, qui croupissent et s'abîment parce que certains ne daignent pas s'y intéresser par manque de budget, je trouve ça très triste. »

C'est un voyage au Mexique qui m'a donné cette impression : des pyramides, visibles de tous, risquent d'être détruites pour construire une route ou un centre commercial et personne ne s'en préoccupe. Tous ces mystères et trésors à déterrer demeurent inconnus, faute de financement... Notre société se montre bien ingrate.

En attendant, je tourne les talons, les larmes aux yeux. Qu'est-ce qui m'a pris ? De quel droit j'attaque un chercheur qui ne doit pas rouler sur l'or et souhaite simplement gagner sa vie ? J'ai honte. Cependant, de temps à autre, ces explosions de sincérité et de vérité, la mienne en tout cas, me rendent très fière : j'ai l'impression d'avoir eu le courage de dire les choses. Même si le ton n'est pas juste, même si les mots sont brusques, je l'ai dit, je me suis exprimée. C'est comme un exercice d'improvisation théâtrale réussi. Tout n'est pas parfait, mais je me persuade que je m'améliore à chaque fois. Je ne peux que progresser dans ce domaine. En revanche, là, c'était gratuit. Je ne peux rien reprocher à cet homme, excepté le fait qu'il m'ait appelée mademoiselle et qu'il m'ait prise pour une idiote, ce que je suis sans doute pour lui.

Je m'en retourne donc une énième fois aux toilettes pour y ravaler mes larmes. Je prends conscience que je me suis affichée en public : une petite dizaine de personnes a dû suivre notre conversation... Quelle cruche !

« Mademoiselle ? »

« Quoi ? », sur un ton bien agressif, comme il faut.

« Je me présente : André Besoukow, j'ai écouté votre discussion avec M. Radima. »

« Ah oui ? », de ma voix tremblotante en essayant de camoufler mes larmes qui vont bientôt couler.

« Votre projet m'intéresse, je suis prêt à vous aider. »

Je le regarde avec de grands yeux surpris et il rit.

« Oui, oui. Que l'agence C.R.L. ne puisse pas dater des squelettes, cela m'intrigue beaucoup. Je suis retraité et j'ai du temps à consacrer à des sujets qui me plaisent... sans demander de rémunération. »

Je rougis vraiment cette fois.

« Vraiment ? »

Je prends le temps de regarder mon interlocuteur. Ce n'est pas le même style que l'éminence rencontrée plus tôt. Un physique fatigué, un peu tassé sur lui-même, des vêtements qui ont vécu de nombreuses vies antérieures : il me renvoie l'image d'un archéologue, un vrai !

« Tout à fait. Quand pourrais-je venir les voir ? »

Un doute m'assaille : et si cet homme était, comme moi, un imposteur ? Un curieux qui veut s'amuser ? Je pense que mon regard se transforme de « Vous êtes mon sauveur » à « Pourquoi ça vous intéresse, exactement ? ». Je doute qu'il s'en rende compte. Il me demande gentiment plus de détails sur les 17 filles et, me laissant sa carte, me propose de le recontacter afin de convenir d'un rendez-vous pour descendre au 3e sous-sol.

Dès qu'il tourne le dos, je cours récupérer mes affaires au vestiaire et quitte cet endroit le plus rapidement possible, de peur de croiser des sourires moqueurs.

« Antoine, je souhaite savoir si tu connais l'archéologue André Besoukow. »

« André Besoukow ? Bien sûr, pourquoi ? »

« C'est un bon archéologue ? »

« Oui, bien sûr, il appartient à la vieille génération, mais il a découvert de superbes sépultures comme… »

« Il se pourrait qu'il travaille avec nous. »

« Quoi ? Besoukow ? Vraiment ? C'est génial ! J'ai toujours rêvé de travailler avec quelqu'un comme lui. Comment est-ce possible ? »

Je lui raconte ma soirée en omettant de lui signaler que nous aurions pu collaborer avec un autre grand ponte d'un style très différent : plus 21e siècle et moins Indiana Jones, disons.

Dès le lendemain, je me rapproche de l'illustre André Besoukow pour qu'il puisse venir voir les momies.

Chapitre 6

« Vous aviez raison, ces squelettes sont passionnants ».

André déambule dans le sous-sol, absorbé par les 17 femmes osseuses exposées devant lui. Il est revêtu d'un imper qu'il n'a pas voulu enlever et ses lunettes touchent presque le crâne des momies. Il reste silencieux un très long moment. À quoi peut-il penser ?

« Ce qui est frappant, c'est cette sensation de netteté. Pour toutes. D'une part, elles se ressemblent : le trou dans la boîte crânienne, cette position de fœtus formant des angles droits. Les os ont d'ailleurs été cassés ici, ici et ici afin d'obtenir cette forme. Forme que je n'ai jamais vue auparavant. »

J'ai descendu mon cahier et je note tout, scrupuleusement.

« Et d'autre part, tout est propre, lisse, presque immaculé. Je ne doute pas de l'ancienneté de ces os, mais d'ordinaire, disons, ce n'est pas aussi… net. »

Et son examen continue : il passe et repasse devant chacune, scrutant le moindre centimètre carré de surface. J'aime la façon dont il s'y prend. Il y a de l'amour dans ses gestes et ses regards. De l'amour pour de très, très vieilles dames…

Il a lu tout le dossier de 1980, ainsi que le compte-rendu de l'analyse au carbone 14. La deuxième expertise n'a rien donné non plus.

« Remontons, j'ai quelques questions ».

Autour d'une tasse de thé dans une salle de réunion, j'ai l'impression d'assister à la préparation d'une bataille napoléonienne. Je suis en train de lire *Guerre et Paix* en ce moment.

« La seule chose qui importe, c'est de savoir d'où proviennent ces squelettes. »

« Ah bon ? » J'ai beaucoup d'attentes concernant ses analyses. Mais cet objectif principal m'étonne.

« Nous n'avons pas le choix, les squelettes s'avèrent muets : ils ne nous disent rien, ne nous renseignent sur rien. J'ai vu beaucoup d'ossements dans ma carrière, mais rarement des os aussi silencieux et énigmatiques. Une des meilleures agences s'y est penchée et n'a rien trouvé. Je les ai appelés, ils y ont vraiment passé du temps… et rien ! »

Ses yeux me regardent, emplis d'étonnement.

« Si les os ne parlent pas, il faut donc se tourner vers le contexte : comment sont-ils arrivés là ? De quel type de conservation ont-ils bénéficié ? Ces dames suscitent des questions, mais, comme dans de nombreux cas en archéologie, il s'agit très souvent de chercher plus loin que ce que l'on envisage initialement. »

« Mais… » Je suis un peu perdue. Rien d'autre ? Ne serait-ce que de déterminer d'où elles proviennent ?

« Ne peut-on pas deviner à quelle civilisation elles appartiennent ? En fonction de leur position, du type d'os ? De leur taille ? Je ne sais pas, moi… »

André s'aperçoit de mon désarroi et sourit.

« Iline, le fait de ne pas pouvoir dater ces momies, c'est extraordinaire. Mais il y a une explication tangible et réaliste. Charge à nous de la trouver. Est-ce dû à des conditions de conservation qui ont transformé l'état des os ? Une exposition à quelque chose de particulier ? Ce que je veux dire, c'est que, dans beaucoup de cas, il faut regarder plus loin : il s'agit de s'intéresser à l'histoire de ces dernières. Et je ne suis pas devin ! Examiner un squelette, surtout dans cette position fœtale propre à de très nombreuses cultures, ne me permet pas, sans contexte, d'identifier à quelle civilisation il se rapporte. Pour cela, il faudrait des habits, une technique de momification visible, des morceaux de chairs, gelés ou desséchés par le soleil, des bijoux, un tombeau, des objets funéraires… bref : un environnement, une toile de fond ! »

Petit à petit, je comprends mieux ce qu'il essaie de me dire. Il est nécessaire d'en savoir plus sur l'histoire de ces dames.

J'ose néanmoins une demande :

« Et les trous dans les crânes ? Est-ce que ce sont bien des trépanations comme le dit le dossier ? Est-on certain qu'il ne s'agit pas de coups donnés sur la tête, par exemple ? »

« En effet, c'est la bonne question. C'est l'indice le plus probant que nous ayons. Ce sont des trépanations, ça, c'est sûr. Redescendons, je vais te montrer pourquoi. »

De nouveau des ascenseurs, des couloirs, la « salle des mystères », et nous voici dans la chambre des squelettes. En y revenant cette fois-ci, je me dis que cette impression de propreté pourrait être due, justement, à l'environnement et au contexte : des os stockés dans un sous-sol étincelant de netteté. N'est-ce pas déroutant et trop soigné comme lieu de repos pour ces ossements ? Même les entrepôts des musées me paraissent, dans mon imagination bien sûr, plus désordonnés.

« Tu vois, Iline, le trou apparaît parfaitement net : aucune brisure, ou alors minime, aucune fissure autour. Si c'est un coup, il faut qu'il soit très violent pour fracturer un crâne et, le plus souvent, il est mortel. Tout dépend de l'instrument utilisé, mais dans 99 % des cas, quand il s'agit d'une attaque, toute une partie du crâne vole en éclat ou se détériore, avec des lésions ou des cassures. Sur des scènes de guerre, celles de la préhistoire ou de l'époque romaine par exemple, il existe pléthore de crânes de ce type. Ici, c'est très différent : on voit bien que c'est chirurgical et très net. »

Je ne peux que lui donner raison.

« Et le crâne qui présente un trou en étoile ? Celui-ci ? »

« C'est la même chose : trépanation. L'incision s'est déformée pendant l'opération, car la qualité et la solidité du crâne n'étaient pas des meilleures. Ou le chirurgien s'est montré mauvais. Ça, je ne sais pas… »

« Beaucoup de peuples réalisaient-ils des trépanations ? Je connais les Incas, mais c'est tout. N'est-ce pas une piste ? »

« Ce n'est pas parce qu'une civilisation ne s'adonnait pas, en masse, à des interventions de ce type que, d'une manière isolée, dans une région ou à une époque particulière, elles n'ont pas pu avoir lieu. Ça peut également être l'œuvre d'un chaman ou d'une personnalité solitaire. D'ailleurs, est-ce un rituel de sacrifice ou un acte médical ? Difficile de le savoir actuellement. »

« Et… » Cette question s'avère pour moi délicate.

« Est-ce que ces femmes ont vécu après l'opération ? Peut-on le déceler, ça ? Je veux dire, dans le cas où ce serait une chirurgie, bien sûr. »

J'ai pris le ton le plus détaché possible afin de cacher mon émotion. C'est important pour moi de savoir si ces personnes sont des victimes ou des miraculées.

« Je ne sais pas. Mais on peut le découvrir. Je connais un médecin qui pourrait nous le dire assez facilement.

Mais je ne pense pas que ce soit le bon moment. Comme je te l'ai dit, il nous faut d'abord comprendre l'origine et l'histoire de ces dames. Quand on en saura un peu plus à ce sujet, je pourrai lui demander. C'est quelqu'un de très occupé, je ne veux pas le déranger sans avoir bossé de mon côté. Si on avait des fonds pour lui commander une vraie étude, ce serait différent, mais là, c'est un pur service, dont il s'acquitterait par gentillesse à mon égard. »

« D'accord. »

C'est simple avec André : une relation de confiance et de respect mutuel s'est instaurée très naturellement entre nous. Je n'ai pas peur de me montrer ignorante et il n'est pas pressé de m'expliquer les choses. Il a bien compris le caractère atypique du projet pour moi : j'y travaille quand j'ai le temps (malheureusement d'ailleurs : je laisserais bien tomber mes dossiers en cours pour m'y consacrer entièrement). Nous nous mettons d'accord : je le rappellerai lorsque j'aurai trouvé un peu plus d'informations.

« Ah ! André ! Une dernière question, j'allais oublier. »

Il se retourne dans le hall de Solvair, son imper sur le dos, prêt à affronter la pluie et la nuit qui s'annoncent au-dehors.

« Auriez-vous une idée de qui aurait pu rédiger le dossier de 1980 ? En effet, je collabore également avec un étudiant lyonnais, Antoine, qui m'aide pour les recherches. Il m'a dit que le document était très bien écrit et que l'on devrait pouvoir en retrouver l'auteur. »

« Oui, j'y ai réfléchi aussi. Je ne vois que trois personnes : Éric Chevalier, Boris Staenvert et Rodolphe Maorir. »

Me souvenant de la joie manifestée par Antoine à l'idée de pouvoir potentiellement travailler avec André, je lui demande s'il pourrait en discuter directement avec lui.

« Bien sûr. Envoie-moi son e-mail et son numéro de téléphone, je vais le joindre. »

La répartition des tâches est actée. Il n'y a plus qu'à avancer.

Je rentre fatiguée ce soir-là. Beaucoup d'informations. Mon cerveau n'arrive même plus à mouliner ces hypothèses naissantes. Basile est en déplacement. Je me cuisine mon menu préféré quand je suis seule : des pâtes au pesto avec des saucisses Knacki réchauffées au micro-ondes. Un délice devant une émission lambda à la télé. Rien de tel pour se changer les idées.

Chapitre 7

À qui appartiennent légalement ces ossements ? C'est la question évidente que je n'ai pas encore creusée. Sont-ils propriété de l'entreprise ? De la famille Solvair ? D'un actionnaire ?

D'après Dominique c'est très clair, il suffit d'en discuter avec Justin, le juriste de la branche Solvair Conseil. J'ai rendez-vous avec lui à 14h aujourd'hui. On s'isole dans un box et il me sort un gros dossier.

« Tout ça pour les squelettes ? » dis-je en riant.

« Non, c'est le document de vente des parts de la famille Solvair aux actionnaires actuels, enfin plus ou moins. J'ai dû demander à Alexandre pour avoir accès à ces informations afin de valider le stockage de nos panneaux solaires dans l'entrepôt que tu connais. »

Alexandre est le directeur juridique du groupe.

« Et alors ? Que disent ces 5 000 pages ? Ne me dis pas que tu as tout lu ? » Je plaisante très souvent dans ce type de réunion. J'ai l'impression que je me joue inconsciemment de mes interlocuteurs : plus ils sont stricts, plus je tourne tout en dérision.

« Les squelettes, comme tout ce qui provient de l'entrepôt et qui est maintenant stocké au 3e sous-sol, sont la propriété de l'entreprise Solvair SA. Ces objets ont été transférés en même temps que la vente en 1980. »

« D'accord ».

« Ce qui est stipulé ici, c'est que la famille Solvair conserve un droit d'accès tant que des descendants sont en vie, qu'aucun de ces objets ne peut être détruit sans leur accord et que la société Solvair se porte garante de leur bon entretien. »

« C'est un sacré boulot… C'est très contraignant pour nous, non ? »

« Tu sais, lors de transactions aussi importantes, ce sont des détails qui peuvent faire la différence. Imagine : lors des négociations, la famille indique ne pas vouloir stocker toutes ces vieilleries. Les actionnaires actuels ont peut-être gagné la vente en proposant une solution qui convenait aux Solvair. Je ne suis pas un spécialiste, mais quand une dynastie séculaire de ce type se sépare de son activité, ça n'a rien de similaire à deux personnes morales qui se parlent entre elles, crois-moi. Il y a un peu d'humain quand même. »

« Hum… oui. » Je ne l'écoute plus. Je réfléchis. L'entreprise Solvair SA est propriétaire des momies mais ne peut rien en faire sans l'accord de la famille du même nom.

« Peut-on joindre des membres de la famille Solvair ? Quel rôle jouent-ils aujourd'hui ? »

« Si l'on peut les rencontrer ? J'imagine que oui, en tant que personne. Je ne connais pas les relations qu'a la direction générale avec eux. En revanche, ils n'occupent plus aucune fonction depuis la vente de la société en 1980. »

« Comment faites-vous pour la gestion de l'entrepôt ? Je veux dire, les objets dont vous voulez vous débarrasser, comment faites-vous ? »

« Pour l'instant, rien n'a été jeté. Il faudra qu'on fasse une proposition à la famille Solvair, via leurs avocats, dans les semaines à venir. »

Il me semble désormais indispensable de rencontrer la famille Solvair : elle seule pourrait me renseigner sur l'histoire de ces momies.

« Qui est l'interlocuteur de la famille Solvair si l'on doit les contacter aujourd'hui ? »

« Leurs avocats ? »

« Non, quelqu'un de la famille directement. »

« Ah, attends. » Il farfouille dans les dernières pages du dossier.

« Madeleine Solvair. Sûrement une des descendantes. D'après ce que je lis, c'est elle qui a géré la vente de l'entreprise en 1980. Enfin, ses avocats et juristes, mais c'est elle qui représentait la lignée, en tout cas. »

« Et chez nous ? Qui est l'interlocuteur auprès de la famille ? Qui les contacte, hors avocats, si l'on doit les voir ? »

« Je ne sais pas. J'imagine que ça doit être Isabelle, la directrice de la communication, mais je ne pense pas qu'on les approche régulièrement. Si ce n'est pour les litiges. C'est possible, d'ailleurs : l'entreprise a gardé leur nom de famille, ce qui peut engendrer des discussions. Mais si c'est le cas, c'est par le biais des avocats uniquement, je pense. Ou alors c'est qu'il y a un gros problème. »

Il reste silencieux un instant.

« Un autre point, Iline. Tu dois déjà le savoir mais je t'en informe au cas où : un dossier a été commandé par les actionnaires de l'époque. Ce dossier, réalisé par un archéologue, visait à répertorier tous les objets entreposés afin de vérifier que rien de dangereux ou compromettant n'y était présent. »

« Connais-tu le nom de cet archéologue ? » Je lève vers lui des yeux pleins d'espoir. S'il te plaît ! Ce serait tellement plus facile…

« Non, je n'ai rien vu. Mais je vais regarder de nouveau, si tu veux. »

« Je ne pourrais pas obtenir le document d'aujourd'hui pour le lire aussi ? »

Il éclate de rire.

« Ah non, ça, Iline, je ne peux pas te le donner. C'est trop confidentiel. Tu imagines, toutes les clauses de la vente… »

Ces juristes…

« Et Justin, dernière question : combien la famille a-t-elle touché pour la vente de l'entreprise à l'époque ? »

« Ça va t'aider pour les momies, ça ? »

« Hum… oui, peut-être ! » Je lui décoche un grand sourire.

« Bien essayé, Iline, mais je ne peux pas te le dire. »

« Rhoooo… »

Il me regarde en rigolant. C'est la fin de notre entretien dans le box. De toute façon, Dominique vient de frapper à la porte, il l'a réservé pour 15 h.

Je retourne à mon bureau. Je choisis dans mes tiroirs « Étoiles d'hiver » pour mon thé de l'après-midi et file chercher de l'eau chaude. Je croise Chloé qui a l'air débordée en ce moment et je me rassois à ma table pour faire le point.

Il me paraît indispensable de rencontrer la famille Solvair. Eux seuls savent comment les squelettes sont arrivés jusqu'à l'entrepôt et d'où ils proviennent. Une rapide entrevue avec cette Madeleine pourrait peut-être répondre à toutes mes questions. Si l'on découvre d'où ils viennent, André pourra vite remonter le fil de la pelote.

Je comprends également beaucoup mieux pourquoi le dossier de l'archéologue de 1980 est rédigé de manière purement descriptive : c'est très certainement le travail qui lui a été demandé. Réaliser un inventaire et s'assurer que rien ne pourrait poser problème, tout simplement.

Je saisis mon cahier et prépare l'entretien que je souhaite avoir avec Isabelle, la directrice de la communication. J'ai de la chance, je la connais un petit peu. Il y a quelques mois, lors d'un projet plus innovant que de coutume, je me suis un peu frottée aux médias : presse et radio. Son appui, ainsi que celui de son équipe, m'était indispensable pour ne pas dire de bêtises. Elle est très pro et ouverte. Je pense aller la voir directement si elle est disponible.

Bon : je devrai repasser, elle n'est pas là. Je vais lui demander un rendez-vous par e-mail. J'en profite également pour écrire à Antoine et l'informer des dernières avancées. En particulier sur la raison d'être du « dossier 1980 ». Il m'a dit avoir contacté les trois archéologues pressentis par André pour la rédaction du rapport, mais aucun n'a répondu pour le moment.

Chapitre 8

« Tu veux rencontrer Madeleine Solvair ? »

« Oui, pour lui poser quelques questions sur la provenance des squelettes. Les études in situ ne pouvant pas nous donner d'informations, il me paraît indispensable de rencontrer quelqu'un qui pourrait nous en dire plus. » J'intercale quelques mots ronflants pour renforcer la solidité de mon propos.

Isabelle a les yeux très clairs. Ils paraissent regarder directement au plus profond de mon être. C'est peut-être pour cela qu'elle a réussi une très belle carrière dans la communication. Je devrais faire pareil et enlever mes lunettes.

« Ça m'embête, Iline. Les relations sont un peu tendues avec la famille en ce moment. J'avais spécifié à Joris que j'étais d'accord pour en savoir plus sur ces momies à la condition qu'on n'aille pas déranger la famille. »

« Oui, je sais. C'est pour cela que je viens te voir. L'idée n'est pas de les déranger, mais juste de poser quelques questions uniquement à ce sujet, c'est tout. Je crains vraiment que sans leur éclairage, on ne puisse pas aller beaucoup plus loin. Ou alors si, mais avec des frais bien plus élevés, alors que les réponses sont peut-être toutes proches, à portée de main. »

« Oui, je comprends bien… »

« Je suis entourée de deux experts : un archéologue, monsieur André Besoukow, de renommée internationale, et un étudiant spécialiste du domaine. Pour tous deux, c'est très clair : il faut creuser l'histoire de ces squelettes pour en savoir plus. »

Isabelle ne dit rien et me regarde. J'ai abattu toutes mes cartes. À ce moment précis, j'ai l'impression qu'elle juge bien plus mon aptitude à aller voir la famille que le fond de mon discours et du projet « momies du 3e sous-sol ».

« D'accord, Iline, je vais appeler Madeleine pour voir si elle peut te rencontrer. Je te fais confiance. Je vais te donner plus de contexte sur les tensions récentes avec la famille afin de te faciliter la tâche avec Madeleine. Ce n'est pas une personne, disons... abordable aisément. »

Super…

« Nous réfléchissons actuellement à changer le nom de l'entreprise. Solvair ne passe pas très bien à l'international. J'ai tâté le terrain avec les avocats et la famille. Madeleine, entre autres, ne semble pas, disons, compréhensive sur le sujet. Rien de plus pour le moment, c'est en réflexion, mais voilà. Je préfère que tu le saches afin qu'elle ne t'emmène pas sur un terrain glissant à ce propos… si elle souhaite te rencontrer, bien sûr. »

Parfait. Je tombe à point nommé.

Notre entretien est terminé. Je remercie chaleureusement Isabelle de son aide. Elle précise que l'information concernant le changement de nom est hautement confidentielle et que, naturellement, cela doit rester entre nous. Elle me demande également de lui faire un compte-rendu du rendez-vous s'il a lieu. Je me dirige vers la porte.

« Iline, une dernière chose. »

« Oui. »

« Je t'invite à réviser l'histoire de la famille et de l'entreprise avant de rencontrer Madeleine. Je pense que ça t'aidera. »

« D'accord, merci beaucoup, Isabelle. »

Le temps que je referme la porte de son bureau, elle est déjà sur un autre dossier.

Direction la bibliothèque. Catherine me sort les documents propres à l'histoire de la famille Solvair. Il y a de quoi faire. Armée de mon cahier de notes, je compte en dresser une synthèse. Cette Madeleine a l'air d'un vrai dragon.

L'entreprise Solvair a été créée en 1868 par Ernest Solvair, fils d'une famille bourgeoise de l'est de la France. Son activité principale : extraction minière. Je ne sais pas si cela vient de la lecture de *Germinal,* mais pour moi, les propriétaires de mines de charbon de cette époque sont des monstres. Bien évidemment, je ne saurai jamais si Ernest en était un. À partir de lui, ça devient une histoire de famille et le patrimoine se transmet de génération en génération avec des patrons héréditaires plus ou moins compétents.

Il me semble que là réside la vraie difficulté de naître dans une grande famille : on naît riche, certes, mais avec une sacrée pression sur les épaules. Tout le monde n'a pas la fibre de la gestion ou du management des hommes. C'est, d'après ce que je comprends des documents à ma disposition, le cas du successeur d'Ernest, Charles. À la tête de l'entreprise pendant 19 ans, il n'entreprend rien de nouveau. Néanmoins, c'était peut-être ce qu'il fallait faire à ce moment-là.

Toujours est-il que son fils, Léopold, est, lui, un vrai chef d'entreprise : il diversifie les activités et se lance dans la chimie en 1909, trois ans après avoir repris la tête de Solvair. Si je comprends bien, les mineurs utilisaient une substance chimique permettant d'isoler certains matériaux afin de les séparer plus facilement. D'après l'ouvrage que je lis, la production à plus grande échelle de ce produit très efficace représentait une diversification logique de la première activité de Solvair. D'autres substances du même type ont suivi dans la foulée.

En revanche, la seconde diversification opérée par Léopold, en 1946, est moins évidente. En possession des matières premières issues des mines, du minerai de fer en particulier, des produits chimiques permettant de les travailler plus facilement, et en raison des ruines laissées par la Seconde Guerre mondiale en Europe, Solvair s'oriente vers la fabrication de pièces détachées en acier pour la construction et, petit à petit, vers la gestion de chantiers à proprement parler. Il s'agit de travaux de grande échelle, à caractère public principalement.

J'ignorais tout de l'activité chimique et avais vaguement entendu parler des mines. Léopold restera en tout 48 ans à la tête de l'entreprise ! De 28 à 76 ans ! Quelle carrière incroyable. De mes lectures, je retiens qu'il s'agit d'une forte tête, très décidé et impulsif : il apparaît sévère, mais juste. Et ce caractère doit conserver puisqu'il mourra à 91 ans.

C'est alors son fils Louis — ça manque singulièrement de femmes, je trouve — qui reprend le flambeau à 49 ans. On dirait fort bien que Léopold n'avait pas voulu laisser les rênes à son fils jusqu'alors. Je n'en sais rien, c'est une supposition. Louis, quant à lui, gérera l'entreprise de 1954 jusqu'à sa mort en 1977. C'est alors Madeleine qui hérite de l'entreprise pour trois ans, avant la vente en 1980.

Qu'a-t-il bien pu se passer en 26 ans, pendant le « règne » de Louis et Madeleine, pour qu'après cinq générations à la tête d'une entreprise fleurissante, celle-ci soit vendue au plus offrant ? Léopold a dû se retourner dans sa tombe…

C'est évidemment ma grille de lecture : l'histoire de l'entreprise n'est pas contée ainsi dans les ouvrages que je consulte. La vente en totalité d'une entreprise familiale à d'autres actionnaires, certains étant toujours présents actuellement, n'est pas considérée comme un échec. Absolument pas, même. Mais de mon côté, la vente de 1980 m'apparaît comme telle.

J'ai l'impression que tout se passe sous « le règne » de Louis. Mauvais jeu de mots : il n'a pas eu de chance de s'appeler comme le dernier roi de France. En 1951, Léopold décide de vendre la branche Solvair Chimie. J'ignore pourquoi. Une des causes avancées - et dans ce cas-là, Léopold était vraiment un visionnaire - est que les produits utilisés dans les mines et dans les usines de séparation des métaux étaient très toxiques, pour les hommes comme pour l'environnement. Léopold aurait donc décidé de s'en débarrasser, sachant que la nouvelle branche Solvair Construction avait de très bons résultats et ne s'appuyait plus sur la filiale Chimie pour croître. Peu de pièces détachées étaient encore fabriquées en 1951. En revanche, de nombreux chantiers, sous la supervision de Solvair, étaient en cours.

Louis, bénéficiant de l'argent de la vente de Solvair Chimie, lance d'autres diversifications dans des domaines plus ou moins proches de la construction : création de Solvair Ingénierie en 1956 et de Solvair Conseil en 1969, la filiale pour laquelle je travaille actuellement sur ce projet de momies. Je retrouve enfin mes petits, avec les deux filiales Ingénierie et Conseil, chapeautées par la société de tête : Solvair SA aujourd'hui.

Louis, c'est le féru d'architecture de la famille ! Malheureusement pour lui, il va très vite, peut-être trop vite. Solvair Construction réalise des chiffres records dès sa création en 1946, surfant sur la reconstruction post-guerre mondiale. En revanche, cet élan s'essouffle avec les années et les investissements de Solvair Ingénierie et Conseil, principalement en masse salariale, deviennent un fardeau. De plus, au même moment, l'industrie minière décline : avec un âge d'or en France dans les années 1960, cette industrie commence à s'éteindre dans les années 1980. La branche Solvair Mining sera vendue tardivement, en 1976. Louis n'a pas su anticiper ce déclin et a dû vendre cette filiale pour une bouchée de pain. Ses revenus ne viennent plus soutenir les autres branches.

Il s'ensuit qu'en 1977, à la mort de Louis, Solvair est au bord de la banqueroute. C'est Madeleine, à tout juste 28 ans, qui va devoir prendre la décision de vendre l'entreprise de ses ancêtres au plus offrant. Était-ce pour sauvegarder un semblant de fortune personnelle ? Ou, au contraire, pour préserver les emplois des différentes filiales ? J'aimerais bien lui poser la question. Il est également vraisemblable qu'elle n'ait pas eu le choix. Madeleine, conseillée par une horde d'avocats et de juristes, n'a pu envisager qu'une seule voie : la vente.

L'entreprise familiale se divise alors en deux : Solvair Construction est avalée par une autre entreprise dans le même domaine et les deux filiales, Ingénierie et Conseil, sont achetées par un pool d'actionnaires pour créer Solvair SA. Il m'apparaît alors clairement que fêter les 150 ans de Solvair est absurde : les activités historiques n'existent plus, la famille à l'origine de l'entreprise n'est plus là. Seules deux filiales sur cinq ont survécu. Nous souhaitons, finalement, fêter l'anniversaire d'un nom. Un nom vidé de sa substance.

Je comprends mieux que Madeleine Solvair puisse s'offusquer du changement de dénomination de la société : c'est tout ce qui subsiste de sa famille. Tout le reste a disparu. Seul demeure un nom pour matérialiser le travail de 5 générations d'hommes et de femmes.

Aujourd'hui, 42,5 % de Solvair SA appartiennent à un Qatari, Nasser El Anani ; 42,5 % à un fonds d'investissement nommé CAI ; 7,5 % à un autre fonds d'investissement, Cigogne ; 5 % aux employés du groupe et 2,5 % à François Rizière, un homme d'affaires français spécialisé dans les fusions/acquisitions.

Je note qu'il n'est fait nulle part allusion à des momies, à une quelconque entreprise de philanthropie en faveur d'une fondation d'archéologie ou d'histoire, ni en faveur de l'organisation d'une exposition pour présenter une culture ou un pays. Rien ne semble en lien avec mon sujet. J'espère que Madeleine pourra m'éclairer davantage dans quelques jours, si elle accepte de me rencontrer…

Je ne peux pas m'empêcher d'imaginer cette dame de 68 ans aujourd'hui. Comment trouver sa place dans une famille aussi prestigieuse ? Comment se construire, soi ? Avec ses propres envies, ses propres aspirations ? C'est déjà compliqué pour moi qui ai une famille plus que normale, alors je n'ose songer à la difficulté des descendants actuels…

C'est décidé : après l'envoi d'un message à ma maman, je vais manger chez mes parents ce soir. Retrouver la douce atmosphère de personnes qui m'aiment et n'attendent rien de moi. En tout cas, pas de sauver l'emploi de 15 000 personnes.

Après avoir remercié Catherine pour son aide précieuse, je jette un coup d'œil à ma montre : 18 h 45. J'ai le temps d'attraper le train de 19 h pour arriver chez mes parents vers 20 h 30. C'est un beau programme, mais il faut que je me dépêche. Je me rue littéralement dans le couloir pour aller chercher mes affaires et là, je tombe sur Dominique.

« Ah, Iline, ça tombe bien, je voulais justement te voir ».

Ce n'est pas vrai. Le seul soir de la semaine où je suis pressée de rentrer. C'est toujours comme ça… À croire que les chefs le sentent. Ou qu'ils se cachent dans un placard pour surgir au pire moment. Je ne peux pas m'empêcher de lui jeter un regard noir. J'ai 5 minutes devant moi. Si notre discussion est brève, c'est encore jouable.

« J'ai croisé Isabelle du 7e cet après-midi. Elle m'a dit que tu souhaitais rencontrer la famille Solvair ? »

« Oui. » Encore 4 minutes.

« A-t-on reçu les résultats définitifs de l'Agence C.R.L. concernant la datation au carbone 14 ? Je veux dire, la deuxième expertise ? »

Je fais des points assez réguliers avec Dominique sur les différents sujets en cours. Il est donc au courant des dernières avancées de mon travail. Je ne vais pas rentrer dans le détail du fait que j'attends un rapport détaillé dans les jours qui viennent. Rapport qui soulignera que la datation est tout simplement irréalisable.

« Oui, les résultats sont identiques. Impossible de dater les ossements. »

Plus que 2 minutes. J'essaie d'en dire le moins possible.

« C'est incroyable, tout de même ! J'aimerais que tu convoques les personnes du *board* désireuses de suivre le sujet pour faire un point d'avancement. C'était un souhait de Joris. »

« Oui, pas de problème. » Plus qu'une minute. Accélère, accélère, Dominique.

« Tiens, mais j'y pense, on a un comité de direction Solvair Conseil, demain matin. Tu pourrais venir nous expliquer en fin de réunion, pour ceux que ça intéresse, les dernières avancées. Qu'en penses-tu ? »

Je pense que je viens de louper mon train… Tristesse. Le prochain est dans 25 minutes, j'ai le temps maintenant.

« Oui, tout à fait, c'est jouable pour moi. Penses-tu que je doive parler de ceci et ceci... »

Nous finissons d'en discuter dans son bureau et je prends le train de 19 h 25.

Une heure trente plus tard, ni la famille Solvair et son entreprise, ni les momies du 3e sous-sol, ni le train raté ne comptent. Je suis bien au chaud dans un intérieur parisien douillet à déguster un tajine doucereux avec un bon verre de vin rouge, le chat de mes parents, pas loin, nous regardant tous à table. Mon frère a pu se joindre à nous également. Pas Basile, il finira trop tard ce soir. Maman lui prépare un doggy bag que j'emporterai avec moi.

Chapitre 9

Rien d'important à dire sur la réunion du lendemain. À ma grande surprise, les directeurs sont presque tous là. Comme quoi, je ne suis pas la seule à m'intéresser à l'histoire. Très surpris par les résultats, ou plutôt les non-résultats, de l'étude au carbone 14, ils sont alignés avec le fait d'interroger la famille, sans déborder du sujet. Je sais, Isabelle me l'a déjà dit… Pas d'injonction de tout arrêter pour le moment. Il faut peut-être, en effet, rentabiliser les 11 000 € de l'étude par des résultats, même s'ils proviennent d'une autre source.

Quatre jours plus tard, j'ai rendez-vous avec Madeleine Solvair. J'ai hâte. J'ai toujours été plus à l'aise avec des personnes plus âgées que moi. Est-ce parce qu'elles jugent moins ? Ou que leur jugement se porte sur autre chose ? Une bonne éducation, être polie, et on est acceptée dans le cercle ? Je ne sais pas. Toujours est-il que je suis prête pour cet entretien : je connais mon sujet sur le bout des doigts, j'ai bien révisé l'histoire de la famille, il n'y a plus qu'à échanger congrûment avec Madeleine.

En ce jour de fin novembre, je prends le RER pour me rendre dans une banlieue chic du sud-ouest de Paris. J'ai rendez-vous à 10 h, j'ai pris de la marge. J'arrive donc bien en avance. Heureusement, je n'ai pas eu de problème de train, une chance ! Il fait froid ce matin-là. L'hiver est bel et bien arrivé. Je suis de bonne humeur, j'aurais presque envie de sautiller dans les rues. J'ai mémorisé le trajet à réaliser à pied pour me rendre chez les Solvair. J'ai décidé de ne pas avoir de forfait Internet sur mon téléphone portable. En 2017, pour quelqu'un qui travaille dans l'innovation, je suis arriérée. Je sais, je sais, tout le monde me le dit. Je ne sais pas combien de temps je tiendrai encore, mais, pour l'instant, je me sens épargnée d'un poids. Je ne suis pas hypnotisée par les réseaux sociaux et je travaille mon sens de l'orientation en allant chez les Solvair. Les rues sont belles, il y a un grand soleil d'hiver. La plupart des grandes maisons semblent vides. Celles qui montrent des signes de vie sont occupées par leurs paisibles habitants qui se livrent à des occupations toutes aussi paisibles : ratisser les feuilles devant le garage, boire un café bien chaud au soleil, sortir le chien… Il fait bon vivre aujourd'hui.

J'arrive devant l'adresse indiquée avec 25 minutes d'avance. Impossible de voir la maison : un haut portail et de grandes haies cachent toute la vue. Tout ce que je devine, c'est que ça n'a pas l'air d'être une petite demeure… Je m'assieds dans un square à proximité et attends l'heure en observant la vie du coin. Les prémices de Noël que j'aime particulièrement s'annoncent. L'euphorie de la période me gagne peu à peu. Quels cadeaux pour qui ? Je tiens ma liste à idées à jour toute l'année, mais je la consulte beaucoup plus souvent ces dernières semaines. Les vingt minutes passent vite. Cinq minutes avant l'heure du rendez-vous, je sonne au portail. Une voix me répond par l'interphone :

« Oui ? »

« Bonjour, j'ai rendez-vous avec madame Solvair à 10 h. Je suis Iline. »

« Oui, tout à fait. Je vous ouvre. »

La porte s'ouvre automatiquement, lentement. Je découvre la propriété : c'est tout simplement immense.

S'agit-il d'un château ? Non, on dirait plutôt une grande ferme avec une maison de maître au milieu. Un manoir ? Je n'aime pas ce terme, ça me fait toujours penser aux manoirs hantés. Ici, rien de tel : sous ce beau soleil, tout est lumineux, simple et beau. Beaucoup de fleurs égayent la pelouse de laquelle aucun brin d'herbe ne dépasse. Des fleurs en novembre ? Eh bien oui, ça doit exister. Un chien à l'air sympa me regarde au loin en se chauffant au soleil. Une grande baie vitrée laisse pénétrer le soleil. Non, ce n'est pas un manoir. Une belle demeure, voilà un terme qui convient mieux à l'ensemble.

« Madame ? Madame Solvair va vous recevoir. »

J'ai passé trop de temps à détailler l'endroit. Une petite dame me regarde d'un air pressant pour m'inviter à la suivre. Je ne l'avais pas vue. Elle est sortie d'une des nombreuses dépendances à ma gauche.

« Je vous remercie. » Pourvu qu'elle m'emmène dans la pièce à la baie vitrée.

On traverse de nombreuses salles arrangées avec goût, mais dans un style un peu trop vieillot pour moi. Pas âme qui vive dans cette grande maison.

« Madame, voici votre visite. »

Super ! La baie vitrée.

Madeleine Solvair se lève de sa chaise pour m'accueillir. Elle prenait le soleil derrière la vitre. Elle a dû me voir arriver. Un chat saute de ses genoux.

Je l'observe : oui, elle a bien dans les 68 ans, mais quelle prestance ! Très grande, fine, habillée d'un pantalon vert et d'un pull de très bonne facture, elle porte un carré court de cheveux gris. Ses yeux sont perçants, comme ceux d'Isabelle, mais d'une autre manière. Elle ne lit pas en moi, mais cherche à apprendre des choses. Elle va me faire parler, elle doit être douée pour ça. Autour de son cou, un collier de perles fines. Ça gâche tout, une vraie caricature de fille de bonne famille. Je déteste les colliers de perles fines, je pensais naïvement que ça n'existait plus. Qui souhaite encore renvoyer cette image de femme d'un autre âge, vieille France, ne vivant que pour sa famille et sa belle demeure ? Je croyais cette époque révolue.

« Bonjour, Iline, ravie de vous recevoir. Prenez place, je vous en prie. »

« Merci beaucoup. »

Un fauteuil m'attend au soleil devant une tasse de thé.

« Est-ce que du thé Ceylan vous convient ? »

« Oui, tout à fait, merci. » On ne peut rêver mieux pour commencer une belle journée.

Le chat a dû changer de siège. Il me regarde d'un air agressif. Je t'ai dérangé, mon vieux ? A priori, oui. Avec ses longs poils et sa bouche à l'envers, il donne l'impression de ne jamais être joyeux. Note à moi-même : ne pas prendre un chat à poils longs et à la bouche renversée. Il faut que j'en parle à Basile.

Je profite de la préparation du thé pour jeter un coup d'œil à la pièce où nous sommes. Grande, très lumineuse, avec des murs blancs. De nombreux tableaux anciens y sont accrochés. Pas de photos. Les meubles sont en bois sombres, vieux, des antiquités certainement. J'imagine très bien un Noël dans cette pièce. Un grand sapin, des petits enfants qui courent partout sous le regard courroucé du chat. De bonnes odeurs de châtaignes, de sapin, de dindes et de bougies. Des rires et de la musique. En face de moi, Madeleine me regarde en silence de ses yeux pénétrants et intelligents. C'est une belle femme. Je reviens à la réalité. Cette pièce paraît en fait très vide, vide de vie quand ces yeux-là vous regardent.

Je n'ai pas le temps d'amorcer la discussion :

« Isabelle m'a informée de l'objet de votre visite. Vous vous interrogez sur les momies qui ont appartenu à ma famille ? »

« Oui. J'aimerais en savoir plus sur leur histoire. Si vous pouviez me renseigner à ce sujet, ça m'aiderait beaucoup. »

« Avec plaisir, mais je n'en sais pas grand-chose, malheureusement. »

Je retiens mon souffle. Qu'est-ce que « pas grand-chose » signifie ? Le chat se gratte la moustache. Toi aussi, tu retiens ton souffle ?

« Je suis contente que quelqu'un s'occupe enfin d'en savoir plus à leur sujet. »

« Ah oui ? » Ça s'annonce mal. Surtout si elle compte sur moi pour lui en apprendre davantage.

« Elles sont arrivées en 1971 devant notre porte. Un container laissé là et les caisses renfermant les momies. Je m'en souviens très bien, j'avais 22 ans à l'époque. Mon père étant encore en vie, c'est lui qui s'en est occupé. »

« Monsieur Louis Solvair ? » Tu vois, Madeleine, je n'ai peut-être pas de collier de perles, mais j'ai révisé mes classiques.

« Oui, tout à fait ». Le chat remonte sur les genoux de sa maîtresse. Tu en conviens, je ne t'ai pas dérangé longtemps, le matou. J'ai maintenant deux paires d'yeux qui me regardent.

« Et qu'a-t-il fait ? »

« Notre adresse était bien notée sur le container, ainsi que sur toutes les caisses. Ce n'était pas une erreur de livraison. Je me souviens très bien du repas du soir où il a raconté à ma mère que cet envoi n'était pas attendu dans l'entreprise. Ou, en tout cas, qu'il n'avait pas encore trouvé le commanditaire de celui-ci. Il a décidé de stocker les caisses dans un entrepôt proche de la maison en attendant que quelqu'un se manifeste. Pour ma part, je n'ai pu voir les momies que bien plus tard, à la mort de mes parents. »

Je n'arrive pas encore à savoir si elle a révisé ses dates avant ma venue ou si elle a une très bonne mémoire des années. Dans la famille de Basile, c'est le cas et c'est incroyable : « Est-ce que vous vous souvenez de ce restaurant de fruits de mer où le serveur était sympa ? » ; « Ah oui, c'était en 1993 à Berck-sur-Mer » ; « Je me demande si ce n'était pas le 30 juillet » ; « Ah oui, c'est cela, le 30 juillet 1993. » Ils sont très forts aux jeux de société aussi. Ou bien je suis très mauvaise. Tout est une question de point de vue.

« Pourquoi n'avez-vous pas pu les voir avant ? »

« Aucun des trois enfants ne les a vues. Ce n'était pas convenable. »

À 22 ans, tout de même… Ou alors pas de jaloux, et la petite dernière était trop petite ?

« Vous avez un frère et une sœur, c'est bien cela ? »

« Oui, tout à fait. ». Pas un sourire. Je souris, moi, quand je parle de mon petit frère et de ma petite sœur.

« Et personne ne s'est jamais présenté pour réclamer les momies ? »

« Non, personne. Nous avons fait des recherches sur le transporteur également : impossible de l'identifier. »

« Et vous avez gardé les squelettes ? »

« Bien sûr, que vouliez-vous que nous fissions ? Les mettre dehors ? Les livrer aux intempéries alors qu'ils étaient peut-être destinés à un musée ? Quelle valeur attribuer à ces antiquités ? Difficile de savoir quand on ne s'y connaît pas. Dans le doute, il me semble plus judicieux de tout faire pour les garder intactes, ne trouvez-vous pas ? »

« Oui. » Comment répondre autrement ? J'entends le ronronnement du chat jusqu'ici.

« Et vous n'avez pas contacté la police ? »

« Si. Nous avons fait une déclaration. L'objectif étant de ne pas être accusés de vol ultérieurement, bien sûr. La police a réalisé une enquête, mais n'a rien trouvé de plus. »

« Et donc, vous avez décidé de les garder ? »

Ma phrase lui déplaît.

« Non, ça ne s'est pas passé ainsi. Il me semble qu'il serait plus juste de dire que nous les avons oubliées... Vous savez, mes deux parents sont décédés, de manière brutale, la même année, en 1977. Ma mère, Hélène, n'avait que 50 ans. Je me suis retrouvée, à 28 ans, à la tête de l'entreprise. Ce n'était pas prévu. Mon père était en train de chercher un gérant avant son décès. »

« Quel âge avait-il ? » Elle n'aime pas non plus cette question. « Si ce n'est pas indiscret ? »

« Oh non, pas du tout. » Son sourire est empreint de mélancolie. « Il est né en 1905, il avait 72 ans. »

Tout de même, il n'était plus tout jeune. Sa disparition était à prévoir, non ? À moins que ce ne soit sa femme Hélène, bien plus jeune, qui fut dévolue à reprendre le flambeau. Je n'ose pas poser la question.

« Si je ne me trompe pas, les momies sont maintenant la propriété de Solvair SA ? »

« Oui. »

« Elles ont été cédées lors de la vente. »

« Oui, en 1980. Je n'avais pas la place de les stocker ici et nous avons dû vendre l'entrepôt où elles étaient conservées. Il faut comprendre que nous n'avions pas d'affinité avec ces… squelettes. Ils n'ont pas d'histoire pour nous. Ils sont arrivés chez nous. C'était une erreur. »

« Vous pensez ? » Elle relève la tête, cesse de caresser le chat et me regarde droit dans les yeux :

« Que pensez-vous que ce soit ? »

« Je… Je n'en sais rien. »

Je balbutie. Pour reprendre contenance, je regarde mon cahier où sont notées mes questions.

« Vous n'avez pas uniquement cédé les momies, mais également de nombreux autres objets… »

« Oui, ce sont des choses qui ont contribué à l'essor de l'entreprise : elles relèvent de son patrimoine, bien plus que du patrimoine familial. Vous vous doutez bien que les objets pour lesquels nous avons un attachement sentimental ne sont pas dans vos entrepôts. »

C'est drôle comme elle parle au pluriel. Elle est vraiment la représentante de la famille, comme je suis devenue celle de l'entreprise à l'instant. J'aimerais m'éloigner un peu de l'entrepôt et du 3e sous-sol et en savoir plus sur elle et la famille Solvair, mais je ne sais pas comment aborder la chose…

« Et personne dans votre famille, de manière large, n'aurait pu avoir un lien avec cette livraison mystère ? »

Elle rit franchement.

« Ne pensez-vous pas que je vous l'aurais dit ? Non, personne dans la famille n'avait de lien avec ces ossements. »

« Toute votre famille était plutôt intéressée par le bâtiment, les mines, la chimie et non par l'histoire ou l'archéologie ? »

« Oui, tout à fait. Vous avez très bien compris. Nous étions une famille d'ingénieurs, de chercheurs scientifiques, mais aussi d'hommes d'affaires. »

Nous y voilà, j'ai réussi à l'attirer sur un sujet plus personnel : sa famille. Elle en parle au passé. De toute façon, j'ai vraiment l'impression qu'elle ne sait rien de plus sur les 17 dames qui m'occupent.

« C'est Ernest qui a initié toute l'activité, n'est-ce pas ? »

« Exactement, en 1850. Enfin, une première activité en 1850. Le dépôt du nom Solvair eut lieu en 1868. »

Je sens une douceur l'envahir. Un mur est tombé, une porte s'est entrouverte. Tout dans sa physionomie devient plus doux. Les yeux se voilent, une grande vague d'amour saisit Madeleine Solvair quand elle parle de sa famille et de son œuvre. Quel déchirement cela a dû être de se séparer de toutes ces années de labeur. Elle me parle de chacun d'entre eux : le précurseur Ernest, le doux Charles, le turbulent et génial Léopold et enfin, le courageux Louis, son père. Je n'ai pas de questions à poser, tout se déroule sans accroc, naturellement. Madeleine parle, conte, me raconte, anecdotes à l'appui. Je n'apprends rien de fondamentalement nouveau par rapport à mes recherches, mais c'est très agréable de voir la transformation qui s'opère chez mon interlocutrice. J'aimerais avoir une descendante qui me chérisse autant dans le futur. Je ne sais pas combien de temps dure notre échange. Le chat change de nombreuses fois de position. Nous nous approchons doucement de l'année de la vente, 1980.

« Ça a dû être difficile pour vous, la vente de l'entreprise. »

« Cela ne vous regarde pas. »

Une claque. Je ne m'y attendais pas. Pourquoi répondre aussi sèchement alors que nous échangions calmement depuis de nombreuses minutes ?

Je la regarde, ahurie. Malgré tous mes efforts, je n'ai pas réussi à comprendre Madeleine Solvair.

Je préfère clore l'entretien.

« Veuillez m'excuser, je ne voulais pas vous offenser ». Rien ne se passe.

« Connaîtriez-vous une personne susceptible de m'apporter davantage d'informations sur les momies ? »

« Que voulez-vous savoir de plus ? Je vous ai accordé de mon temps plus que de nécessaire. » On ne peut être plus sec.

« On ne vit pas forcément les événements de la même manière. Peut-être que votre frère ou votre sœur auraient un point de vue différent ? »

« Je ne pense pas. Je vous défends de déranger mon frère. C'est une personne très sensible, fragile. Il serait malvenu de remuer le passé avec vos questions. » Elle fait une pause et reprend avec un regard d'acier qui ne laisse pas l'ombre d'un doute :

« Je ne plaisante pas. Je vous l'interdis formellement. Je n'hésiterai pas à contacter vos supérieurs si j'apprends quoi que ce soit. Est-ce bien clair ? »

« On ne peut mieux. » J'adore cette expression. Je ne sais pas pourquoi exactement.

« Quant à ma sœur, faites ce que vous voulez. Je ne lui parle plus depuis des années. Elle avait cinq ans en 1971, je ne pense pas qu'elle puisse vous être très utile. »

Elle doit être du type de la famille de Basile. Pour les dates, j'entends. Je ne sais pas pourquoi je pense à ça.

« Je vous remercie pour le temps que vous m'avez consacré. »

« Christine, veuillez raccompagner madame. »

Je sors. Le chat paraît content. Me regarde-t-elle par la fenêtre quand je traverse le jardin ? Sûrement. Je comprends qu'aucun Noël ne peut être doux dans cette maison. Comment serait-ce possible avec une femme aussi versatile ?

Le soleil me chauffe le dos quand je passe le portail. J'ai l'impression que de nombreux regards me scrutent. Il me semble que je ne suis plus la bienvenue ici.

Le chemin du retour est moins joyeux que celui de l'aller. Comment ai-je pu outrepasser la bienséance ? Pourquoi ai-je voulu en savoir autant sur Madeleine et cette famille ? Me borner aux questions liées aux momies : Isabelle m'avait pourtant prévenue. Voilà à quoi conduit ma curiosité déplacée : je me sens petite, courbée sur moi-même, penaude. Je me suis trompée. Je me suis crue plus forte que ce que je suis.

Les paysages défilent derrière la vitre du train. Je ne peux cesser de réfléchir.

J'ai l'impression qu'il y a eu beaucoup de changements pour moi, ces derniers temps. Je suis passée de cheffe de projet innovation à archéologue, et maintenant, on dirait que je suis même devenue inspectrice de police. Mon cahier, la liste de questions... Je ne suis pas prête pour cela.

Chapitre 10

Retour au bureau à midi. Je croise Chloé avant d'aller manger et lui raconte rapidement mon échec. C'est évidemment la seule qui, dans le cadre du travail, aura la vraie version de l'entretien avec Madeleine. Sa réponse ne se fait pas attendre :

« Je ne peux pas juger de ce qui s'est passé. En revanche, je sais que nous sommes mercredi, qu'il fait beau et que c'est l'heure d'aller courir ! »

Elle a raison, c'est le jour du footing autour du lac. Ça me changera les idées. On discute encore un peu de Madeleine Solvair, jusqu'au moment où je n'ai plus de souffle.

Ça va mieux. Douchée, décontractée et repue après le footing et la cantine, je m'assieds avec plaisir dans le fauteuil de mon bureau. Mon téléphone sonne : c'est Antoine.

« J'ai rencontré Madeleine Solvair ce matin. C'est, disons… une personne particulière. »

Je lui raconte mon entretien. Pragmatique, il s'attarde peu sur la réaction de Madeleine, mais reste scotché concernant l'apparition magique du container devant la maison en 1971.

« Là, comme ça, il est arrivé par l'action du Saint-Esprit et ils ont donc gardé les momies ? »

« Oui, c'est ça. »

« Écoute, Iline, je trouve ça étrange. C'est pour ça que je t'appelle. »

Je sens au ton de sa voix qu'il a mûrement réfléchi ce qu'il va me dire.

« J'ai eu des réponses des trois archéologues que j'avais contactés au sujet de la rédaction du dossier de 1980. Tu sais, les personnes identifiées par André : Éric Chevalier, Boris Staenvert et Rodolphe Maorir. »

« Oui, oui, je vois tout à fait. »

« Ils ont mis du temps à me répondre car ils étaient en mission à l'étranger, mais maintenant, j'ai les trois retours. »

« Et alors ? »

« Négatif. Aucun des trois n'a rédigé ce dossier. »

« Mince. Ça aurait été pratique d'avoir au moins un truc qui fonctionne dans tout ça. Là, rien. Tout bloque. »

En effet, nous n'avons pas eu beaucoup de succès jusqu'à présent. Vous êtes bien compliquées, mesdames les momies…

« Iline, je trouve ça étrange. »

Trois fois qu'Antoine répète le mot « étrange ». Que veut-il dire par là ?

« Pourquoi tu dis ça, Antoine ? »

« Je me demande si on ne serait pas en train de… »

Il inspire bruyamment :

« … toucher du doigt un trafic d'antiquités. »

« Quoi ? » Je n'aurais pas dû boire une gorgée de mon thé à ce moment-là. Je m'étouffe à moitié.

« Oui. On a des momies, superbement bien conservées, qui viennent de nulle part. Impossible de retrouver leur origine. Elles sont stockées, puis vendues ou léguées à une entreprise qui n'en fait rien et les entrepose dans ses caves. D'une part, un pays a peut-être été spolié de ses richesses nationales ; d'autre part, les momies sont peut-être en attente d'être vendues ou transférées ailleurs. Tu connais le prix de pièces antiques comme celles-là ? »

« Non, mais… »

« Ça coûte une fortune ! »

Je ne sais pas trop quoi dire.

« Ce serait une super combine, crois-moi. Les trafiquants utilisent peut-être un produit qui permet de ne plus dater les pièces au carbone 14. Comme ça, ils sont tranquilles ! »

« Écoute, Antoine, sans vouloir t'offenser, ça me paraît un peu tiré par les cheveux. Les momies n'ont pas bougé depuis 1971… »

« Sauf si ce ne sont pas les mêmes. S'il y a des rotations, par exemple. »

Je souffle, désemparée.

« Oui, moi aussi, je me disais ça aussi, au début. Et puis j'ai effectué quelques recherches sur les actionnaires de Solvair… Tu savais que François Rizière était un collectionneur chevronné d'antiquités ? Et pas de petites pièces… Il a une collection personnelle digne d'un musée ! »

« Non, je ne savais pas. »

« J'ai regardé, il possède 2,5 % de la boîte. Il pourrait très bien acheter des entreprises, en investissant juste quelques pourcents à chaque fois, avec des vestiges historiques dans les caves, et il se créerait ainsi son propre musée pour presque rien ! »

« Enfin 2,5 % de Solvair SA, ça représente quand même une petite somme. »

« Ah, mais c'est un businessman aussi ! Il ne fait pas ça que pour les antiquités. »

« Je ne sais pas, Antoine, il faut que j'y réfléchisse. »

« Oui, bien sûr. Mais je me disais qu'on pourrait peut-être en parler à André. Voir ce qu'il en pense. »

Il veut parler à son héros ! Je ne peux pas lui en vouloir.

« D'accord. Je vais organiser un coup de fil à trois. Je te tiens au courant. »

« Merci. C'est une piste sérieuse, Iline, je le sens. D'ailleurs, Boris Staenvert m'a proposé de regarder le dossier quand il aurait le temps et de nous dire s'il pense à quelqu'un pour l'auteur. Qu'en penses-tu ? Je lui envoie ? Je voulais avoir ton avis, car c'est peut-être un dossier confidentiel dans ta boîte… »

Je ne crois pas que ce soit le cas. Et surtout, nous n'avons aucune piste. Ça ne peut pas faire de mal, non ?

« OK, Antoine, envoie-lui le dossier pour avis, mais dis-lui bien de ne pas le divulguer. »

« Super ! Je lui envoie tout de suite. »

« Merci. Je te tiens au courant pour la suite. »

Je ne sais pas quoi en penser… J'espère qu'André ne va pas se moquer de lui. Enfin, ça n'a pas l'air de lui ressembler. Je lui envoie un e-mail. On verra quand il sera disponible.

De mon côté, je pars à la recherche de la sœur de Madeleine : Sylvie Solvair. J'aimerais bien avoir sa version des faits. Même petite, elle a peut-être pu voir ou comprendre des choses. De toute façon, c'est la seule piste que j'ai. En dehors de celle du trafic d'antiquités, bien sûr. Je souris. Il me fait rire, Antoine. Bon, je ne trouve pas… Pourquoi son nom ne ressort-il pas sur la toile ? Ah, je sais. C'est la question de toutes mes copines qui se marient : est-ce que je garde mon nom de famille ou est-ce que je prends celui de mon mari ? Sylvie Solvair a dû changer de nom quand elle s'est mariée. Il faut que je cible son parcours d'étudiante. Bingo, je trouve une Sylvie Solvair qui a fait des études d'assistante sociale. Par le biais de son école, j'arrive à dénicher une adresse e-mail.

Pas sûr que ce soit bien elle. J'essaie tout de même à l'aide d'un message très poli et très gentil. On verra si quelqu'un me répond.

C'est l'heure de rentrer. Basile n'est pas là ce soir, il est encore en déplacement. Je me prévois une petite soirée tranquille. Lire *Guerre et Paix* dans le lit me paraît être une excellente option…

Chapitre 11

Le lendemain est une journée ordinaire. Je ne sais plus comment avancer sur le projet « 3e sous-sol », alors je ne fais rien. J'attends des retours de l'agence C.R.L., d'André et de Sylvie Solvair. Si c'est bien elle.

J'envoie un rapide compte-rendu à Isabelle concernant mon entrevue avec Madeleine, comme convenu. Je passe sous silence son caractère atypique. Ce n'est pas important, de toute façon, comme Antoine me l'a bien fait comprendre. C'est drôle comme, d'une journée à l'autre, on peut relativiser les choses.

À 11 h, mon téléphone sonne :

« Iline ? C'est Isabelle. »

« Bonjour. » Pourquoi m'appelle-t-elle ? Mon compte-rendu n'est-il pas suffisant ?

« Je t'appelle concernant ton entrevue avec Madeleine. »

« Oui, bien sûr. Tu n'as pas reçu mon compte-rendu ? » Pas de réponse, je continue donc.

« Dans les grandes lignes, ça a été. Je n'ai malheureusement pas pu en apprendre beaucoup plus sur les squelettes. Ils sont arrivés comme par magie devant leur porte en 1971… »

« Oui, j'ai vu. Comment est-ce possible ? Madeleine m'a appelée après ta visite. »

Je garde le silence. Que penser ?

« Elle trouve que tu as posé des questions déplacées et ne souhaite plus que sa famille, ni elle-même d'ailleurs, ne soit importunée à ce sujet. »

« Mais… »

« Ne t'inquiète pas, Iline, je connais le personnage. C'est bien pour ça que je t'avais prévenue. Une entrevue avec Madeleine se passe rarement bien ». Elle rit.

« Je t'appelle surtout pour te dire de ne pas t'inquiéter. C'est quelqu'un qui est comme ça : très ouverte, très gentille et qui, d'un seul coup, se referme en brusquant son interlocuteur. J'ai connu ça aussi. En revanche, maintenant que tu as pu avoir accès aux informations de ce côté-là, il n'est pas nécessaire d'y retourner. Je ne tiens pas à l'avoir sur le dos et fâchée concernant les affaires en cours, qui sont tout de même plus importantes. »

« Oui… En effet. J'ai l'impression qu'il n'y a pas beaucoup plus à apprendre de ce côté-là. »

« Parfait. Je te remercie pour ton compte-rendu. »

« Oui, merci, Isabelle. »

Eh bien, ça n'a pas traîné… Pourquoi Madeleine se comporte-t-elle ainsi ? Ce n'est pas non plus comme si je l'avais menacée ou si j'avais essayé de tuer son chat à poils longs qui prend tout le monde de haut. Surtout moi.

Je sens que Chloé me regarde de loin. Personne dans l'open space, on peut parler à voix haute. Elle me rassure. Je suis tombée sur une folle, c'est tout. On oublie.

Le coup de fil d'Isabelle est très clair en tout cas : ne plus aller traîner de ce côté-là. C'est noté et compris. Je ne suis pas une rebelle, loin de là ! J'espère juste que l'adresse e-mail de Sylvie Solvair, trouvée sur Internet, est reliée à une tout autre personne. Ou n'est plus en service depuis longtemps. C'est le plus probable. Sylvie Solvair, d'après mes calculs, a 51 ans aujourd'hui. Qui conserve encore son adresse e-mail d'étudiante à 51 ans ?

Je retrouve mes projets « normaux » avec plaisir pour le reste de la journée.

Le soir, je fais le point avec Basile qui est rentré de son déplacement en Espagne.

« Tu sais, Iline, tu ne peux pas juger cette dame comme ça. Elle a peut-être eu une vie difficile. Tu as dû toucher un point sensible… »

« Oui, mais ce n'est pas une raison pour être agressive avec les autres. Avec le recul, je n'ai pas dit grand-chose de vraiment déplacé. »

Je n'arrive pas à finir mon yaourt tellement je parle. De son côté, Basile, comme d'habitude, l'a terminé en 4 secondes top chrono. Deux cuillères, et voilà.

« Il y a dû y avoir des torts des deux côtés, et comme c'était un peu sensible pour vous deux, eh bien voilà, il y a eu quelques mots prononcés plus forts que d'autres. Rien de bien grave. »

« Alors j'essaie d'aller voir Sylvie, la petite sœur ou pas ? »

« Bah, non. Là, c'est clair, non ? Ta supérieure t'a demandé de ne plus déranger la famille. Je me trompe ? »

« Non, mais j'ai envoyé un e-mail. Si jamais elle répond, je fais quoi ? »

« Eh bien, tu dis que c'était une erreur, que tu t'es trompée. »

Se tromper avec une histoire de squelettes, si c'est la vraie Sylvie Solvair, ce sera dur à avaler pour elle. Toutes les familles ne conservent pas des os dans leur garage…

Ce matin, je reçois le compte-rendu détaillé de l'agence C.R.L. Toujours pas de données exploitables, ce serait trop simple, mais des éléments plus ou moins clairs expliquant pourquoi les analyses sont impossibles. D'après ce que je comprends, sans aller dans le détail des compositions chimiques, c'est que les os sont en quelque sorte plastifiés et que leur nature a été dégradée. Il en résulte une lecture erronée des résultats. Les composants chimiques habituels, dont le carbone 14, sont illisibles et donc la datation est rendue impossible. L'agence insiste sur le caractère « hautement inhabituel » de ce procédé et donc des résultats. Ils détaillent toutes les expériences réalisées et nomment les spécialistes consultés en dehors de leur agence. En effet, comme me l'avait précisé André, ils ont travaillé. En fin de dossier, ils proposent diverses solutions d'analyses complémentaires, mais sans garantie de succès. Et, au regard du coût qu'engendreraient ces prestations, ils sont, malheureusement, dans l'incapacité d'en offrir la totalité, mais proposent un enchaînement d'analyses à prix coûtant. C'est bien gentil de leur part, mais débloquer à présent 35 000 € me paraît impossible. N'oublions pas que mon objectif est d'organiser une exposition pour les 150 ans de Solvair… Compte tenu de mon niveau de compréhension de ce dossier, j'envoie les conclusions aux personnes susceptibles de mieux l'analyser : André, Antoine et Basile. Basile comprend toujours tout, même si cela ne concerne pas son domaine. Je l'appelle « la machine ». Espérons que la « machine » pourra m'expliquer clairement ce compte rendu.

Juste après l'envoi de cet e-mail, je découvre la réponse de Sylvie Solvair dans ma messagerie. J'attends un instant avant de l'ouvrir. Est-ce la bonne Sylvie ? Une fille de la famille Solvair qui serait devenue assistante sociale ? Je n'ai rien contre les assistantes sociales, bien au contraire, c'est juste que l'empathie ne m'a pas paru être le trait saillant de la famille.

Je me lance.

« Bonjour Iline,

J'ai bien reçu votre e-mail. Je vous rassure, je suis bien la sœur de Madeleine Solvair.

Je répondrai avec plaisir à vos interrogations, mais je ne suis pas sûre de pouvoir beaucoup vous aider. J'avais 5 ans quand les caisses sont arrivées chez nous. J'en ai un souvenir très confus.

Sachez également que je ne suis plus en contact avec ma famille depuis de nombreuses années. Je ne pourrai donc pas vous renseigner sur des questions plus récentes.

Si vous jugez que notre rencontre est toujours utile, n'hésitez pas à me recontacter.

Cordialement,

Sylvie Dechauvelle »

Quelle chance ! J'ai réussi à retrouver Sylvie ! Je souris niaisement devant mon écran. Puis la réalité me rattrape : je ne peux pas rencontrer cette dame… Je ne réponds pas. Je ne sais pas quoi faire.

« Mais Basile, puisque cette dame dit qu'elle n'est plus en contact avec sa famille, qui saura que je l'ai rencontrée ? Personne ! »

« Iline, ta hiérarchie a été très claire à ce sujet : plus de rencontre avec la famille. Tu ne te rends pas compte des difficultés que peuvent rencontrer les avocats sur ce type de sujet ! » Il fait allusion au nouveau nom de l'entreprise. C'est son boulot, il sait de quoi il parle.

« Et puis je ne comprends pas pourquoi tu veux rencontrer cette dame. Elle avait cinq ans, qu'est-ce que tu veux qu'elle te dise ? C'est quoi ton problème avec cette famille ? Tu t'en fiches. Ce sont les momies qui t'intéressent, non ? »

Il est tout nu dans le couloir, il veut aller prendre sa douche, mais notre discussion est si intense qu'il n'y arrive pas. Alors il reste là, la bite à l'air. Il me fait rire. Enfin, pas à cet instant précis.

« Oui et pourtant je n'ai pas d'autres pistes... »

« Et alors, ce n'est pas grave. Tu dis que tu ne sais pas d'où viennent ces bonnes femmes et puis c'est tout. Ce n'est même pas un vrai projet ton truc ! Ils ne t'en voudront pas tu sais. »

Je ne réponds rien. C'est lui qui a raison.

« Et la piste du trafic d'antiquités ? Ça ne vaut pas le coup de regarder ? »

« Si peut-être... »

« C'est un archéologue qui s'y connait mieux que toi qui a trouvé cet élément. »

« Oui, enfin c'est Antoine, il est encore étudiant... »

« Tu sais ce que j'en pense, fais comme tu veux mais ne viens pas te plaindre après. Bon, je vais prendre ma douche, j'ai froid. »

Il a raison. Qu'est-ce que je m'embête ? Personne ne me met la pression. Et elles sont mortes depuis bien longtemps ces femmes. Sous le coup de la discussion, j'ouvre mon PC et réponds à Sylvie.

« Bonjour Sylvie,

Merci beaucoup, c'est très gentil d'être revenue vers moi.

De nouveaux éléments sont venus enrichir nos recherches et je pense qu'il n'est plus indispensable de vous déranger à ce sujet.

Je vous remercie de tout cœur de votre compréhension.

Très bonne soirée.

Bien cordialement,

Iline

Solvair Conseil »

Voilà, c'est fait. Je me débarrasse du sujet. Au lit !

Impossible de dormir. Je me tourne et me retourne dans le lit. Je pense à Sylvie, à Madeleine, à François Rizière, le méchant trafiquant d'antiquités, au regard d'Isabelle, aux momies. Même me coller dans le dos de Basile ne me rassure pas. Pourtant, ça fonctionne toujours d'habitude. Rien ne peut m'arriver là… Mais les momies se réveillent et m'attaquent. Comme dans *Tintin et les 7 boules de cristal*. J'avais tellement peur en lisant cette BD quand j'étais petite ! J'étais obligée d'aller la lire avec mon frère Vincent dans son lit. Trop terrorisée par l'idée que Rascar Capac puisse venir dans ma chambre. Je pense que

Vincent devait avoir aussi peur que moi, sinon plus. Il était plus jeune.

Réveil difficile. Les cauchemars de la nuit me reviennent. Je ne suis pas à l'aise avec ma décision de ne pas rencontrer Sylvie, même si c'est la plus rationnelle. Basile me l'a bien fait comprendre. Au fond de moi, je sens que je me trompe. C'est un sentiment étrange. Je ne suis pas dans le « juste ». Néanmoins, dois-je tout de même écouter cette petite voix ?

Je ne sais pas. Je ne sais vraiment pas.

Je me laisse du temps. Sylvie n'a pas répondu.

Comment évolue-t-elle, cette intuition ?

Je crois qu'elle se renforce au fur et à mesure de la journée.

Surtout, ne pas en parler à Chloé ni à Dominique. C'est à moi de trancher, de savoir. Travaille sur toi, Iline, les autres ne peuvent pas savoir pour toi. C'est à toi de sentir.

À 17 h, enfin, je sais. Je vais aller voir Sylvie. C'est ce qui est juste pour moi.

Je n'aurais pas dû écouter Basile. Je suis trop influençable. Il n'a pas toujours raison. Je suis différente de lui, il ne peut pas tout maîtriser à ma place. Je lui en veux. Le pauvre, il n'y est pour rien. Je décide d'en discuter avec lui ce soir, mais avant je renvoie un e-mail à Sylvie pour lui proposer un rendez-vous. Je ne changerai pas d'avis. Mais est-ce qu'elle voudra encore me voir ?

« Tu ne peux pas tout décider à ma place. »

« Mais bien sûr, Iline, je n'ai jamais dit ça. Tu me demandes mon avis, je te le donne. Ça ne veut pas dire que tu doives le suivre. Ou alors, ne me demande pas. »

Il a encore raison. C'est à moi de faire mes choix, sentir quand c'est juste ou pas. Son avis n'est qu'annexe. J'ai encore du travail à faire là-dessus. Du travail à faire sur moi. Comme tout le monde, non ? Et pendant toute une vie, n'est-ce pas ?

En tout cas, je sais que je l'aime, ce Basile. Il me fait grandir, l'air de rien.

Deux jours plus tard, je me rends chez Sylvie. Je déroge à la règle : je ne respecte pas les injonctions de ma hiérarchie. Je me rebelle ? Peut-être bien.

Chapitre 12

Je suis tout de même dans mes petits souliers quand je me dirige, ce jeudi 23 novembre, dans la banlieue nord de Paris. Difficile de sortir des clous.

L'ambiance n'est pas du tout la même ici que dans les beaux quartiers de la résidence de Madeleine. Zones commerciales, HLM, terrains vagues : les paysages défilent derrière la vitre de mon train. Je suis presque la seule du wagon à regarder dehors. C'est peut-être le temps, maussade aujourd'hui, qui rend triste ce défilé d'images.

Me voici devant la porte de Sylvie à l'heure dite. Petit pavillon de banlieue sans charme. Le jardin est détrempé. Je sonne.

Une petite femme rondelette, les yeux pétillants, m'ouvre en souriant.

« Iline ? »

« Oui, bonjour. »

« Entrez, je vous en prie. »

Petit intérieur meublé chichement, rideaux sans âge, beaucoup de bibelots. Mais il y a de la vie ici, ça se sent.

« Souhaitez-vous boire quelque chose ? Ça a été pour venir jusqu'ici ? »

Les yeux de Sylvie sourient à chaque mot. Comment deux sœurs peuvent-elles être si différentes ?

On s'installe dans le salon, un café pour elle, un thé Lipton pour moi.

« Alors comme ça vous avez déjà rencontré ma sœur Madeleine ? C'est elle qui vous a donné mes coordonnées ? »

« Non, j'ai trouvé votre adresse e-mail sur Internet. Sur le site Internet de votre école d'assistante sociale, je présume. »

« Oui, ils nous ont créé des adresses e-mail il y a quelques années. Pour les anciens diplômés. Ils y ont inscrit mon nom de jeune fille. J'ai demandé plusieurs fois à le changer, mais rien à faire ! Ils restent scotchés à Solvair… Vous avez de la chance, j'ai redirigé les e-mails de cette boîte-là vers la mienne. Sinon, je n'aurais jamais vu votre message. » Elle rit. « Comment puis-je vous aider ? »

Je raconte à nouveau pourquoi je m'intéresse aux squelettes du 3e sous-sol, anciennement stockés dans un entrepôt Solvair, le potentiel projet d'exposition pour l'anniversaire du groupe, la datation au carbone 14 impossible, la rencontre avec Madeleine…

Elle ne m'interrompt pas, m'encourage gentiment du regard à lui livrer ce que je sais, car j'ai bien l'impression qu'il s'agit de cela : j'ai trouvé une oreille bienveillante et attentive. Quand j'ai fini, il me semble qu'elle prend le temps de réfléchir avant de me répondre.

« Avant toute chose, ne vous formalisez pas de la réaction de Madeleine. Je suis bien placée pour la connaître, elle et son comportement instinctif de protection de la famille, de son passé, de son histoire. Je suis convaincue que les aînés d'une famille héritent de ce passé ou de ce passif familial. Plus que les autres. À eux de se dépatouiller avec ça. Madeleine le fait d'une manière autoritaire et sans concession. J'en suis arrivée à la conclusion que ça la ronge et qu'elle ne vit pas sa vie. D'ailleurs, l'a-t-elle jamais vécue ? Alors elle le fait payer aux autres. Quoi de plus normal que de s'en prendre à la petite sœur qui, elle, a fait sa vie… »

Ses yeux voyagent dans le passé.

« Je me suis mariée très jeune, 19 ans, avec Michel. Aucun nom, aucune fortune, presque pas d'études, il était plombier. Madeleine ne l'a pas supporté. En tant que cheffe de famille, puisque mes parents étaient déjà décédés, elle a tout fait pour que je ne puisse pas suivre l'homme que j'aimais. Ma famille est restée bloquée au XIXe siècle, dans son passé, avec les mœurs d'autrefois. Mais j'ai suivi mes convictions et j'ai décidé de me détacher des Solvair et de vivre ma vie avec Michel. Je suis devenue exclusivement madame Dechauvelle. Il est décédé d'un cancer il y a six ans, mais nous avons été heureux. J'ai trois garçons, nous avons travaillé pour gagner notre vie : j'ai refusé mon héritage et c'était une très bonne chose. Maintenant que je suis seule pour élever les trois loulous, ce n'est plus tout à fait pareil, je vois les choses différemment, mais c'est l'avenir, nous verrons bien… Toujours est-il que je n'ai revu Madeleine que pour des affaires de famille. De temps à autre… Elle est divorcée de Jean-Marc, je crois. »

Je secoue la tête : je ne sais pas.

« Je vous raconte beaucoup de choses ! Je suis désolée, mais il me semble que c'est important que vous ayez quelques éléments de contexte. » Elle sourit en s'excusant.

« Au contraire, c'est très intéressant. Je vous remercie. »

« Pour tout vous dire, je suis très étonnée que vous ayez pu faire le lien avec moi ! »

« Ah, mais Madeleine m'a parlé de vous. Elle m'a dit que je pouvais vous contacter, mais que vous n'aviez que cinq ans quand le container est arrivé ».

« Oui, c'est vrai. Je suis étonnée qu'elle ait mentionné mon nom… En général, elle n'aime pas m'associer à la famille. »

« Je dois vous avouer que je ne devrais pas être ici. »

Elle lève sur moi des yeux interrogateurs.

Je n'avais pas de stratégie précise avant de rencontrer Sylvie, sur le fait de mentionner l'interdiction de ma hiérarchie de rencontrer des membres de la famille Solvair. Cette dame m'inspire confiance, de par son métier d'assistante sociale peut-être. Je décide donc de lui donner, moi aussi, plus de contexte.

« Après mon entretien avec Madeleine, celle-ci a appelé ma hiérarchie. Enfin… elle s'est plainte de mes questions indiscrètes et a mentionné qu'elle ne voulait plus que j'importune sa famille dans le futur. Ni elle, ni personne d'autre. »

Elle m'interrompt.

« C'est du Madeleine tout craché ! Elle a dû penser que vous ne viendriez pas. Que la censure hiérarchique fonctionnerait. »

Eh bien, elle s'est trompée, la Madeleine. Je suis là et je parle avec sa sœur, ce qu'elle ne peut plus faire depuis des années, si je comprends bien.

« Je ne me considère plus comme membre de la famille Solvair, donc aucun problème de ce côté-là. Vous pouvez le dire à votre hiérarchie. Je me disais bien que c'était étrange que Madeleine vous ait invitée à venir me voir ». Elle sourit, heureuse d'avoir compris la petite machination de sa sœur.

« Bon, ce n'est pas tout ça, mais nos petites histoires de famille n'ont aucun intérêt pour vous. Que souhaitez-vous savoir ? »

« Que vous rappelez-vous à propos de l'arrivée des momies ? »

« C'était en 1971 si je me souviens bien. »

Oui, définitivement, la famille Solvair a les mêmes capacités que la famille de Basile concernant les dates…

« Pour moi, qui étais petite fille, c'était la fête : beaucoup d'animation, d'agitation à la maison. Je n'ai pas pu les voir, bien sûr. C'était devenu mon jeu favori : essayer de voir les momies. Mais mes parents étaient bien évidemment contre. Surtout ma mère qui a fait très attention à moi, ces jours-là. »

« Et vous vous souvenez peut-être des discussions au sujet de la provenance des momies ? Des démarches qui ont été entreprises ? Je sais que vous étiez très petite… »

« D'où provenaient les momies ? Je ne comprends pas… »

Un blanc.

« Vous ne saviez pas que les momies avaient été trouvées dans un container abandonné devant la maison ? »

« Si, si, en effet. Nous ne savions pas d'où venaient les momies ni pourquoi le container était arrivé chez nous ainsi. Mais nous savions que les momies appartenaient à Henri. »

« Henri ? Qui est Henri ? »

« Madeleine ne vous a pas parlé d'Henri ? »

« ... Non, je ne crois pas. »

« Ce n'est pas possible. » Sylvie se lève, de colère, il me semble.

« Elle ne vous a pas parlé d'Henri ! Quelle peste ! C'est incroyable ! Elle refait l'histoire à sa sauce et elle vous ment. Je ne comprends pas comment elle peut se comporter comme cela… »

Elle se rassoit en soufflant, presque fatiguée. De sa famille, de l'attitude de sa sœur.

« Henri était mon oncle. Enfin, presque. Il était archéologue. C'est lui qui a découvert ces momies. Dire que Madeleine vous a caché ça… »

Exaspérée, elle se lève à nouveau et va farfouiller dans un tiroir.

« On rentre dans des histoires de famille. C'est toujours compliqué, les histoires de famille. Il vaut mieux prendre un papier et un crayon dans ces cas-là. » Elle se rassoit.

« J'imagine que Madeleine vous a fait tout l'arbre généalogique, non ? »

« Oui, en effet. »

« Bien, elle nous aura peut-être aidées à ce sujet… »

Elle dessine sur le papier :

Ernest (1819 - 1892)
Charles (1841 - 1914)
Léopold (1878 - 1969)
Louis (1905 - 1977)

« Louis était mon père. Voici les patrons de Solvair de père en fils. »

Je ne peux m'empêcher de penser que Sylvie, même si elle a cherché à se détacher de sa famille, connaît toutes ces dates par cœur. Je serais incapable de donner ainsi les années de naissance et de décès de mes ancêtres. Peut-être que je devrais. C'est important. Je connais des dates qui se rapportent à des personnes célèbres, qui me sont totalement étrangères, et même pas celles de mes propres aïeux…

« Celui qui nous importe, c'est Léopold. »

Mes yeux reviennent sur le papier devant moi.

« Il a eu une femme, Marie. Avec elle, il a eu quatre enfants : Louis, mon père et son successeur, Ernest, Claude et Christophe. »

Jusque-là, je suis.

« Léopold était indépendant, une forte tête. Je pense que le mariage avec Marie était un mariage arrangé. Elle venait d'une grande famille, bien comme il faut, disons. Léopold s'est créé une double vie. Il est tombé amoureux d'Annette, une employée de maison de la famille Solvair à l'époque. Bien plus jeune que lui. Un vrai scandale. Mais il a tenu bon. Il n'a pas divorcé de Marie, et il a même continué à lui faire des enfants. Mais il a vécu avec Annette. Elle vivait dans une petite maison construite sur la propriété et elle y a élevé Henri. Henri est le fils de Léopold et d'Annette. Mon demi-oncle, si l'on peut dire. » Son visage s'éclaire.

« J'ai toujours été très admirative de Léopold. Il a su trouver sa voie, dans les méandres de la société de l'époque, pour être heureux. Enfin, n'oublions pas que c'était un homme, chef d'entreprise. Cela aurait été impossible pour une femme à la même époque… »

Elle semble réfléchir.

« Enfin. Voilà pourquoi Madeleine ne vous a pas parlé d'Henri : c'était le fruit d'un véritable amour, mais en dehors du cadre accepté en ce temps-là. Henri a été élevé au milieu de ses demi-frères et sœurs. Détesté par Marie, ignoré de mon père, il était plus ou moins aimé et toléré par chacun d'entre eux. Madeleine, une génération après, ne le supportait pas. »

« Je crois en saisir la raison. »

Sylvie me sourit. J'ai su lui faire comprendre que ses éclaircissements m'ont permis de mieux appréhender sa famille, en particulier Madeleine.

« Salut, m'man. »

« Bonjour, mon grand ! Déjà de retour ? »

Un jeune ado est entré dans la pièce. Il ressemble à tous les ados : style des cités et boutons sur le nez.

« Bonjour, madame. » dit-il en m'apercevant.

Coup de vieux : j'aurais préféré qu'il me dise « Bonjour, mademoiselle », en fait. Comme quoi, je ne sais pas ce que je veux.

« Bonjour. »

« C'est Florian, mon fils aîné. »

« Je monte me préparer pour le foot, Karim vient me chercher. »

« D'accord, vas-y. »

C'est vrai, nous sommes mercredi : ça doit être les activités de l'après-midi. Il a l'air plutôt gentil et bien élevé. Pauvre famille. Après la perte du papa, ça ne doit pas être facile.

« Alors, où en étions-nous ? Ah oui, Henri ! Il est devenu archéologue. Pour ma part, je ne l'ai connu que sous cet angle-là. Une espèce d'Indiana Jones, toujours à raconter des histoires : un bon vivant, excentrique et plein de vie. »

J'essaie de me recentrer sur ce que me dit Sylvie, mais j'ai beaucoup de mal. Madeleine m'a délibérément menti. Ça me laisse une sensation bizarre. C'est bien la première fois que ça m'arrive. Un mélange de colère, mais aussi de honte, je me suis fait avoir comme une enfant : une phrase dite sur un ton sec, et me voilà désarçonnée. Enfin, pas tout à fait, car je suis ici.

Sylvie me regarde : c'est à moi de parler.

« Vous le connaissiez bien ? »

« Non, j'étais une petite fille. Mais il vivait toujours à la maison quand il n'était pas en voyage. »

« Et vous êtes sûre que les momies étaient à lui ? »

« Sûre et certaine. Il tenait ses cahiers, il me les montrait parfois. L'un d'entre eux parlait des momies, j'en suis presque sûre. »

« Et ces carnets, savez-vous où ils pourraient être ? Je pourrais peut-être y trouver des informations. »

« Mais certainement. En revanche, je ne les ai pas. Soit c'est Madeleine qui les détient, soit ils sont avec les momies. Je n'en sais rien. »

Mon cœur bat plus fort. Une piste enfin ?

« Et votre frère, Gérard, il ne pourrait pas les avoir ? »

« Gérard ? Non. Vous savez, mon frère est quelqu'un de très gentil. Trop gentil. Il s'est fait manger par la vie. Il ne s'intéresse pas à tout ça. Il en serait bien incapable. C'est un grand rêveur. »

Un sourire s'épanouit sur ses lèvres.

« C'est le seul membre de ma famille que je vois encore. Il… il n'est pas adapté à cette société, à ce monde. C'est la gentillesse incarnée. Mais il est trop fragile. Comme certains artistes, vous voyez ? La vie résonne trop fort chez lui. »

Je crois comprendre.

« C'est grâce à lui que j'ai voulu devenir assistante sociale. On ne peut que vouloir aider des gens dont la détresse et le cœur sont si grands. Vous ne trouvez pas ? »

J'acquiesce sans trop savoir de quoi il s'agit.

« Comme les aînés attrapent quelque chose des générations précédentes, Gérard, lui, en a attrapé la fragilité. Enfin… il me semble. »

Elle se tourne vers moi avec un air de profonde bienveillance, des prières plein les yeux.

« S'il vous plaît, n'allez pas l'importuner avec le passé. Je répondrai à toutes vos questions, mais n'allez pas le tourmenter. La vie est déjà assez dure pour lui sans affronter de problèmes particuliers. »

Son ton est réellement implorant. Je n'avais pas l'intention d'aller voir Gérard.

« Oui, ne vous inquiétez pas. Mon but n'est absolument pas de déranger votre famille ni de créer des problèmes. »

« Je vous en remercie de tout cœur. » Ses yeux sourient.

Eh bien, sur ce point, les deux sœurs s'accordent en tout cas. Ça doit bien être le seul.

« Je crois qu'on a fait le tour. J'ai appris beaucoup de choses, je vous remercie vraiment. »

« Mais avec grand plaisir. C'est étrange de reparler de tout ça. Des souvenirs… Je n'y pense plus jamais, vous comprenez. »

Je ne sais pas si je comprends, mais cette femme dégage une bienveillance communicative.

Me voici à la porte.

« Vous avez mon numéro de portable dans mon dernier e-mail. N'hésitez surtout pas à m'appeler si vous avez d'autres questions. Je ne sais pas si je pourrais vous aider, mais je ferai de mon mieux. »

J'en suis persuadée.

« Oh, une dernière question. »

« Je vous en prie. »

« Vous souvenez-vous de quel pays provenaient les momies d'Henri ? »

« Bien sûr, du Pérou. »

Du Pérou ! Le pays des Incas ! Ma première impression était la bonne. Je suis fière de moi. Je me repasse notre entretien en boucle lors du trajet de retour dans le train : le mensonge de Madeleine, la découverte d'Henri, ses carnets à retrouver absolument s'ils n'ont pas été détruits. Quelles avancées !

Et quelle femme, cette Sylvie ! Renoncer à sa prison dorée pour suivre l'homme qu'elle a aimé et faire un métier dévoué aux autres. Je suis impressionnée. J'ai le sentiment que la force de ses choix se retrouve dans sa personnalité : forte, mais à l'écoute. Je ne peux pas m'empêcher de comparer les deux sœurs. Le contraste est saisissant : l'une, figée dans le passé et dans sa famille, l'autre, qui s'est débarrassée de tout cela. Sylvie me paraît bien plus épanouie et heureuse que Madeleine, engoncée dans ses principes. Après archéologue et inspectrice de police, me voici psy. Qui l'eût cru…

Chapitre 13

De retour au bureau, je ne sais plus par où commencer. J'ai une furieuse envie d'aller voir Madeleine, mais ça ne me semble pas être une bonne idée. Ne pas céder à ses impulsions du moment : on le regrette très souvent après. Comment faire pour annoncer ces nouvelles informations à ma hiérarchie sans avouer que je suis allée voir Sylvie ? Je ne sais pas encore, je décide de ne rien dire et de me laisser le temps de la réflexion.

André Besoukow et Antoine sont disponibles. Après quelques minutes de bidouille, comme c'est toujours le cas lors de coups de fil à plusieurs, on arrive à se connecter.

Je propose à Antoine d'expliquer son point de vue à Besoukow concernant le potentiel trafic d'antiquités. Au regard de ma conversation avec Sylvie, j'y crois de moins en moins, mais il ne faut rien négliger.

« C'est saisissant, Antoine, je n'y avais pas pensé… Mais c'est tout à fait possible. »

Je sens qu'Antoine sourit à l'autre bout du fil.

« Oui, c'est remarquablement plausible. Il faut absolument qu'on se renseigne à ce sujet. J'ai rencontré François Rizière à quelques reprises, je dois pouvoir provoquer une rencontre à nouveau pour tâter le terrain. Mais il pourrait tout à fait être le genre de type assez louche pour réaliser ces entourloupes. Nom de Dieu ! C'est le pire cas de figure pour un archéologue : on passe notre vie à essayer de sauver notre patrimoine, ce que nous ont légué nos ancêtres et d'autres foutent tout par terre ! »

André est vraiment énervé. J'aime bien ce papy qui croit en ce qu'il fait.

« Tu es sûr que ce scénario est envisageable ? »

J'ai toujours des doutes.

« Et comment ! Tu n'as pas entendu parler du scandale de 2015 ? Des milliardaires russes ont bousillé des masques africains centenaires lors d'une soirée arrosée. "Il fallait que la soirée semble réaliste". Non, mais tu entends ça ? Je connais l'archéologue qui a découvert ces masques dans une tombe rwandaise. Je ne te dis pas dans quel état il était… Et le pire dans tout ça, c'est qu'ils n'ont pas été inquiétés ! Les masques avaient été volés puis revendus légalement à ce troupeau de brutes. On fait ce qu'on veut des objets dont on est propriétaire. »

« Oui, j'ai entendu parler de cette histoire. Triste… » répond Antoine.

Je ne dis rien : de mon côté, je ne m'en souviens pas.

« Donc oui, c'est une piste sérieuse. Il faut se renseigner sur ce François. Je vais le sonder de vive voix. Est-ce que de votre côté, vous pouvez chercher dans les archives ? »

« Les archives ? » répète-t-on tous les deux en chœur.

« Oui, sur Internet. »

« Aaaah, oui. »

« Iline, j'ai des partiels qui arrivent bientôt. Il faut que je révise. »

« Pas de souci, Antoine. Je vais m'en occuper. »

Une fois cette répartition des tâches effectuée, on raccroche vite. André doit partir. Je ne parle pas de ma discussion avec Sylvie.

À moi de jouer. Je file aux services généraux pour voir Samuel. J'ai hâte de chercher les carnets d'Henri au 3e sous-sol, en espérant qu'ils y soient. Samuel n'est pas à son bureau. Et personne d'autre pour m'aider. Je lui laisse un post-it et remonte au 5e étage.

« Chloé, ça te dirait de venir farfouiller dans la salle des Mystères avec moi ? »

« Tu as de la chance, j'ai un peu de temps. »

Nous voilà dans les rayons de la grande salle, à chercher les carnets d'Henri. Il y a tellement de choses que ce n'est pas évident. Je ne sais même pas si j'ai l'autorisation de fouiller. Au bout d'une heure, je décide d'arrêter : je ne suis pas à l'aise avec le fait d'être ici et peut-être qu'en quelques minutes Samuel trouverait ce que l'on cherche. J'ai fait perdre assez de temps à Chloé : nous remontons.

Je m'attelle alors aux « archives » d'André et ouvre une page de recherche Internet. Avant de taper François Rizière, notre actionnaire minoritaire, je tente Henri Solvair, archéologue. Rien. Je suis étonnée. Il ne doit pas avoir découvert grand-chose…

Je passe à François. Que d'articles à son sujet ! Il y a beaucoup plus de matière que pour Henri. Prodige de la fusac[1], monsieur Rizière possède un nombre incroyable d'entreprises et de participations diverses et variées, et continue d'en acquérir. En dehors du travail, il semble se passionner pour les antiquités de tout style. Mais que faire avec tout ça chez soi sans jamais les montrer à personne ? C'est étrange… Pourquoi ne pas créer un musée pour que

---

[1] Fusac : Fusion-acquisition : opération juridique consistant à transmettre le patrimoine d'une société à une autre société.

tout le monde en profite ? Si, un jour, je le croise dans les couloirs de Solvair (on peut rêver), je lui en toucherai un mot. Beaucoup, beaucoup, beaucoup d'infos. C'est la difficulté majeure aujourd'hui : trop de renseignements brouillent les pistes. Je laisse tomber. C'était déjà une journée très riche. Mon carnet de notes s'est bien rempli.

Ce weekend, je pars en Normandie passer deux jours avec mes copines au bord de la mer. Au programme : discussions, discussions et discussions. Ça va me changer des interactions avec les dames du 3e sous-sol…

Chapitre 14

Il y a quelques années, François Rizière a eu des démêlés avec la justice concernant ses antiquités. Après un contrôle fiscal, il est apparu que certaines pièces avaient des origines obscures. Il a finalement obtenu gain de cause et peut remercier ses avocats, payés des fortunes. Je reste collée devant mon écran et me frotte même les yeux. Antoine aurait-il raison ? Je comprends mieux pourquoi André a trouvé ce scénario plausible… Enfin, ça ne m'arrange pas du tout. Si je m'en prends à l'un des actionnaires de Solvair, même minoritaire, je ne vais pas pouvoir aller bien loin : mon projet va être enterré vite fait bien fait. J'envoie l'article à André et Antoine en leur expliquant que je ne vais pas pouvoir creuser cette piste, bien trop délicate en interne. Antoine me répond aussitôt pour me dire qu'il reprend la main. Les partiels, ça ira pour lui, il préfère passer du temps sur ce sujet. Il est grand, il sait ce qu'il fait. Je pars en réunion d'équipe. Je sens que je vais encore avoir droit à « madame Sherlock Holmes des momies… ». En effet, ça ne loupe pas.

Samuel ne me recontacte que trois jours après mon passage à son bureau : il était en RTT. Je me retrouve avec lui devant son écran et des fichiers aux petits oignons.

« Des chiers d'un certain Henri Solvair, tu me dis ? »

« Oui ».

« Une idée de la période durant laquelle ces carnets ont été écrits ? »

« Heu… »

Je cherche dans mon carnet de notes.

« Aux alentours de 1971, avant même. »

« Sous le règne de Louis alors ? »

« Comment ? » Je ne sais pas pourquoi, une image de Louis XIV s'est formée dans mon esprit.

« Eh bien, le dernier des Solvair avant la vente. »

« Ah oui… »

« Si les carnets sont ici et non dans l'entrepôt, je devrais pouvoir les trouver. »

Samuel cherche dans un énorme fichier Excel. Quelle prouesse, quelle finesse d'organisation.

« Bon, je ne sais pas si ce sont des carnets, mais ce sont des affaires qui ont appartenu à un certain Henri. B37-C. Allons-y ! »

J'aurais envie de lui sauter au cou et de l'embrasser. Nous nous hâtons tous deux vers le 3e sous-sol. Ascenseur, couloir, ascenseur, couloir, couloir et nous y voici !

Étagère B37-C. Une grande malle est disposée sur le rayonnage, cadenassée avec un vieux verrou. Je regarde Samuel d'un air interrogateur. Il sort une petite trousse de matériel et trifouille la serrure avec un outil. Ça saute, on peut ouvrir !

C'est plein de poussière, une vraie caverne d'Ali Baba. Je n'en reviens pas de vivre un tel moment. Je me croirais dans un film.

Plein de paperasses jusqu'en haut de la malle. J'ai du boulot !

Samuel s'éclipse, il a aussi du travail. Je le comprends : ce n'est pas très intéressant de fouiller là-dedans. Allez, à moi de jouer : il va falloir que je déchiffre tout ça. À mon grand désespoir, je trouve beaucoup de feuilles volantes. Je fais des tas : illisibles, documents officiels de tout type, documents de travail qui ont l'air liés à l'archéologie, correspondance… Il y a de tout dans ce fouillis !

Samuel revient vers 12 h 30 pour me demander comment ça va et me propose de manger avec lui à la cantine. Je le suis de bon cœur. Dans les livres et les films, les protagonistes trouvent tout de suite ce qu'ils recherchent et ne se coltinent pas des factures de 1950… Indiana Jones ne farfouille pas des heures dans de la paperasse. J'ai les doigts tout noirs. Un bon déjeuner me requinque. Je retourne dans ma malle tout l'après-midi. Aux alentours de 17 h, je trouve quelque chose : un carnet de voyage au Pérou datant de 1941 ! Je suis aux anges. Ça doit être ça, non ? Je feuillette rapidement et lis quelques pages au hasard. Oui, Henri parle bien de momies : jackpot ! Je regarde mon rangement aléatoire. J'en ai mis partout. S'il me voyait, ça lui ferait bizarre de voir toute sa vie étalée là. Surtout que je n'ai pas du tout les mêmes grilles de lecture que lui. Les invitations pour les soirées du Rotary Club ne me semblent pas dignes d'une quelconque valeur… Je range mes piles dans la malle en essayant de me rappeler de mon classement. J'aurai peut-être besoin de revenir chercher des informations ici. Qui sait ?

Une idée me vient : avec ce carnet, je peux expliquer facilement à Dominique, Joris et Isabelle, sans mentionner ma visite à Sylvie, que les momies viennent du Pérou. En effet, je l'ai trouvé en fouillant dans la salle des mystères avec l'aide des services généraux pour cibler la bonne période. Parfait !

Un autre doute m'assaille : puis-je lire ce carnet ? Puis-je l'utiliser dans mes recherches ? Il me semble bien que oui, l'entreprise en est propriétaire. Mais qu'en est-il de l'usage de ces objets ?

Je passe un coup de fil à Justin.

« Justin, Solvair est propriétaire des momies ? »

« Oui. »

« Et les objets de la salle des mystères aussi ? »

« Oui, aussi. »

« Est-ce que ça signifie que l'on peut utiliser ces objets ? »

« Comment ça ? Qu'est-ce que tu veux faire avec ces momies, Iline ? Des tables de chevet ? »

« Toujours cet humour de juriste, hein ? Non, je veux lire un carnet de la salle des mystères. Un carnet de 1941 qui appartenait à un membre de la famille. Je peux ? Et si jamais je souhaite me servir des informations qui y sont inscrites, le puis-je également ? »

« Aucune contre-indication pour moi. À la limite, tu peux photocopier ou scanner les pages avant de commencer : si jamais tu perds le carnet, tu n'auras pas perdu son contenu. »

Pas bêtes, ces juristes. Je commence par là.

Voilà comment, ce 2 décembre 2017, je commence la lecture du carnet d'Henri Solvair, écrit en 1941. C'est une grande chance pour moi, j'ai l'impression de rentrer dans un autre monde. Un monde en dehors du temps, du travail, du RER, de ma vie quotidienne, de l'actualité, de mon cercle de proches… Je lis les mots d'un archéologue de 1941. Ça vous est déjà arrivé à vous, ça ? Une chance pareille ?

Chapitre 15

26 août 1941

C'est le jour de mon arrivée à Lima, au Pérou.

C'est une grande ville bruyante qui manque de charme. J'aurais cru retrouver une grande ville d'Espagne, ce n'est pas le cas. Les Indiens et la crasse transforment le paysage. Cependant, je suis fatigué du voyage. Nous verrons demain. Je descends au Grand Hôtel Bolivar sur la place San Martín. Il m'a été recommandé en France.

27 août 1941

Je souffre du décalage horaire et de la fatigue du voyage. Je reste dans ma chambre d'hôtel quelques jours.

1er septembre 1941

Ce cahier fera office de carnet de bord personnel. Toute information historique ou scientifique sera consignée dans un autre carnet.

Aujourd'hui, je suis allé dîner au restaurant de l'hôtel. J'ai l'impression que tout le beau monde de Lima s'y trouve tous les soirs. C'est une bonne chose pour moi. J'y ai rencontré Hippolyte Beaumarchand, un Français de bonne famille qui est installé à Lima depuis quelques années. Il travaille dans le négoce de café. Il a l'air de bien connaître la ville. Nous avons convenu d'une expédition à la Plaza Mayor demain.

2 septembre 1941

Hippolyte me guide jusqu'à la Plaza Mayor qui est, ma foi, fort belle. Je suis indisposé par les Indiens qui déambulent dans les rues à côté de nous. Ils sentent mauvais et ressemblent aux pauvres de chez nous. Je ne comprends pas qu'ils soient autorisés dans les beaux quartiers. Ils ne semblent pas gêner Hippolyte, j'imagine que l'on doit s'accoutumer. Je vais prendre l'habitude de manger au restaurant de l'hôtel tous les soirs. La compagnie que l'on peut y trouver est vraiment la meilleure de la ville, me semble-t-il. Quelques jeunes femmes sont très agréables.

3 septembre 1941

Pourquoi suis-je ici ? Il me semble important de clarifier ce point.

Je souhaite, en tant qu'archéologue diplômé d'une école française, réaliser une découverte d'importance historique afin de redorer le blason de l'archéologie française. J'ai d'ailleurs tout l'appui des plus grands noms français pour cette expédition. En effet, les grandes découvertes du continent sud-américain reviennent toutes à des archéologues des États-Unis d'Amérique :

1911 – Découverte du Machu Picchu par Hiram Bingham, américain.

1939 – Découverte des lignes de Nazca par Paul Kosok, également américain.

J'ai également entendu dire qu'une femme, allemande cette fois-ci, Maria Reich, étudie ces mêmes lignes de Nazca avec grand succès. Elle serait arrivée au Pérou en 1932, d'après Hippolyte qui l'a rencontrée à plusieurs reprises.

La France est occupée par l'Allemagne depuis 1940. Il est primordial qu'un Français réalise une grande découverte sur ce continent. C'est à moi que revient cette tâche.

Le Pérou, au regard des nombreuses découvertes de ces dernières années, semble être le territoire le plus approprié pour réaliser ce devoir historique. L'empire inca pourrait expliquer cette richesse de lieux de culte.

Je me donne quelques mois pour mieux connaître le pays ainsi que les contrées les plus susceptibles de livrer leurs trésors.

4 septembre 1941

Je rencontre madame de Richemond qui m'introduit dans le club de bridge de la ville. J'y côtoie de charmantes personnes. Je retrouve beaucoup d'entre elles au repas du soir.

5 septembre 1941

Après une partie de bridge relativement difficile, je m'entretiens plus longuement avec mademoiselle Bennett, de Londres. Je suis invité à un bal donné par l'ambassadeur du Royaume-Uni le lendemain. L'important, dans la vie, ce sont les relations. Père me l'a assez répété.

6 septembre 1941

J'ai été dur avec cette ville de Lima en y arrivant. J'y ai maintenant rencontré les personnes d'importance, il est tout à fait possible d'y passer un temps très agréable.

J'ai du mal à y croire : les jours défilent ainsi les uns après les autres en repas, soirées, bals, jeux de société l'après-midi… Pas une visite archéologique du pays, même pas une visite de Lima en dehors de l'enclave pour riches étrangers. Son regard sur les Indiens est exécrable. Pour ça, je ne peux pas lui en vouloir, c'est le reflet d'une époque. C'est peut-être la seule chose intéressante que j'ai lue jusqu'à maintenant.

Je suis installée dans mon canapé, un plaid sur les jambes, une tasse de thé à ma gauche et de la musique classique en fond sonore : Rachmaninov.

J'ai attendu ce dimanche après-midi avec impatience pour attaquer le carnet d'Henri. C'était mon cadeau du weekend : commencer ma lecture au bon moment et la savourer.

Tu parles... On dirait qu'il écrit comme mes collègues : le style d'un ingénieur chimiste. Pas une émotion, pas une description des lieux ou de la ville. Il énumère les faits sans y mettre aucun sentiment personnel, ou très peu.

J'en viens à me demander si le deuxième carnet dont il fait mention ne relaterait pas ses visites et ses recherches. Je ne l'ai pas vu dans la malle. Il a pourtant bien trouvé des momies à un moment donné ! Je me force donc à continuer la lecture : de toute façon, Basile est au foot.

23 septembre 1941

La situation ne s'améliore pas en France. J'essaie de me renseigner le plus possible à ce sujet, car c'est, de manière prévisible, notre principal sujet de discussion ici. Hippolyte, qui a de la famille haut placée dans l'armée française, a beaucoup de chance : il peut briller en société grâce aux informations insolites et de première main qu'il dispense.

Mademoiselle Pauline Bennett me plaît de plus en plus. Il me semble que nous passons davantage de temps ensemble et qu'elle est souvent assise près de moi lors du dîner. Elle ne s'exprime pas beaucoup en public, mais son discours est charmant en privé. Et sa physionomie, tout en finesse, me plaît beaucoup.

Nous sommes retournés ce soir chez madame Dussort avec Hippolyte et plusieurs de ses amis. Nous y avons passé une nuit fameuse.

Je me frotte les yeux, pas sûre d'avoir bien lu : il passe de son amoureuse du moment, « mademoiselle Pauline », à une maison close ? Je ne comprends pas très bien…

28 septembre 1941

…

Madame Dussort nous propose une nouveauté ce soir : des indigènes. Effarouchées de prime abord, elles se révèlent finalement très agréables…

Plus de doute possible : en plus d'être un glandeur notoire (pas une avancée en un mois), c'est aussi un pervers sexuel. Super. Je suis vraiment tombée sur le bon gars. Quelle idée d'écrire ça dans son journal ? Le sujet ne devait pas être embarrassant à l'époque. Dire que pendant ce temps-là, des soldats de toutes nationalités se faisaient trouer la peau en Europe. Cet Henri me dégoûte. Sa vie continue à Lima comme si de rien n'était.

13 Octobre 1941

Je perds une forte somme d'argent aux jeux. Je soupçonne Hippolyte d'avoir organisé la chose.

14 Octobre 1941

Pauline a appris mes déboires au jeu. Il me semble qu'elle est plus distante. Je fais une demande rapide à Père, afin de pouvoir rembourser ma dette au plus vite. Tant que cette dernière n'est pas réglée, je vais rester dans ma chambre.

28 Octobre 1941

Ayant versé l'argent, je peux rejoindre le monde à nouveau. Pauline est encore plus belle.

Et ça continue comme ça des jours durant. En alternance : la guerre, Pauline est belle, les filles de Madame Dussort sont agréables, encore des dettes (il devait vraiment être nul au jeu), au secours, papa, j'ai besoin d'argent… Une sortie culturelle, la première en deux mois et demi, est enfin organisée. Youpi ! Après, je ne sais pas : comment était le Pérou à cette époque ? Peut-être que tout y était compliqué, qu'Henri fait ce que tous ses pairs ont fait avant lui ? Je ne sais vraiment pas quoi penser.

11 novembre 1941

Nous voilà partis pour Cuzco afin, pour moi, de découvrir le Machu Picchu. Hippolyte a à faire dans cette région, j'ai donc décidé de l'accompagner. Je dois également confesser que Père, financeur de mon expédition au Pérou, m'a demandé un compte-rendu de mes recherches. La visite du Machu Picchu permettra de nourrir ce rapport. Nous partons avec un convoi de voitures et de camionnettes affrété par l'entreprise d'Hippolyte. Heureusement que des individus parlant espagnol nous accompagnent. Personne, vraiment personne, ne parle français dans les campagnes.

12 novembre 1941

Nous traversons des paysages désertiques. Il s'en dégage une atmosphère triste. Le voyage est très éprouvant. Nous sommes descendus hier dans un hôtel que je ne recommanderais pas.

13 novembre 1941

Que de pauvreté dans cet endroit. Les Indiens travaillent dur dans les champs. J'ai voulu communiquer avec eux : impossible, ils parlent quechua, une langue indigène.

Hippolyte, qui pourtant parle bien espagnol, ne la maîtrise pas non plus. Les femmes portent deux longues tresses attachées entre elles par un ruban, pour ne pas être gênées dans leurs activités sans doute. Dans leur dos, un grand drap coloré permet de porter bon nombre de choses, dont des enfants. Hommes comme femmes sont très sombres de peau. Descendants des Incas, me dit Hippolyte.

14 novembre 1941

Nous avons enfin quitté le désert pour arriver dans un paysage de montagnes. Pour l'instant, je ne ressens pas le mal de l'altitude, il paraît que j'ai de la chance. Les routes ne sont pas des routes, à peine des pistes. J'ai eu grand-peur de verser dans le ravin de nombreuses fois. Les autochtones se ressemblent toujours. Seules les couleurs des habits changent.

15 novembre 1941

Toujours de la montagne. J'ai hâte d'arriver à Cuzco.

16 novembre 1941

Arrivée à Cuzco, capitale des Incas à l'époque. C'est une très belle ville. La place centrale, encadrée de deux cathédrales, a du cachet. Ici, de nombreuses fondations d'époque inca ont été réutilisées pour y construire, par-dessus, des édifices plus contemporains, bien plus à mon goût. Le résultat est surprenant et atypique. Nous logeons chez des amis d'Hippolyte qui sont charmants. Il part demain très tôt pour ses affaires. De mon côté, je vais prendre une caravane pour le Machu Picchu.

22 novembre 1941

Je suis surpris du climat : la jungle tropicale sévit ici. Plus du tout de hautes montagnes arides comme quand nous sommes arrivés, mais de grands arbres bien verts, des lianes, des perroquets, de grosses araignées. Heureusement que les véhicules prêtés par les amis d'Hippolyte sont robustes. Quel beau cadre géographique néanmoins ! Des glaciers encadrent tels d'immenses murs l'ancienne cité inca Machu Picchu. Je comprends pourquoi cette découverte a fait autant de bruit dans le milieu archéologique : c'est une merveille. Une partie du site est encore noyée sous la végétation, mais je me rends bien compte de l'importance de cette cité. Un jeune archéologue français me guide dans les différentes parties de la ville. Quelques visiteurs, dont des dames – quel courage ! – se promènent, tout comme moi, dans le site. Je découvre avec attention les cultures en terrasses des Incas, des temples, la maison du roi. Les jointures de sa demeure sont remarquables : rien ne peut passer entre les pierres. Bon nombre de mes questions restent néanmoins sans réponses : était-ce une ville royale ? Comment expliquer la présence des cultures agricoles dans cette cité ? Pourquoi tels et tels bâtiments sont-ils des temples ? Hiram Bingham, que je n'ai pas la chance de rencontrer, a encore du pain sur la planche ! Mais quel bonheur de découvrir un endroit pareil ! Certes, beaucoup de labeur, mais quelle avancée pour la profession ! Je souhaite ardemment contribuer, moi aussi, à ces découvertes historiques. Une journée, c'est trop peu de temps, mais je dois repartir demain pour Cuzco.

29 novembre 1941

Hippolyte ne rentrera pas à Cuzco avant quelques jours. J'en profite pour faire plus ample connaissance avec Adeline, l'aînée de la famille qui nous héberge, qui est très agréable. Je jouis également de ces quelques jours à Cuzco pour y visiter quelques belles églises et demeures coloniales possédant des éléments incas dans leurs structures. Je pourrais ainsi envoyer à Père mes croquis, ainsi que ceux du Machu Picchu.

2 décembre 1941

Retour à Lima. Hippolyte est revenu très fatigué de son excursion. Il est d'une humeur morose sur le chemin du retour. Je crois que la vente prévue n'a pas pu avoir lieu. Nous repassons par les mêmes routes. Je ne vois plus les Indiens, descendants des Incas, tout à fait de la même manière : ce sont eux, après tout, qui ont érigé le Machu Picchu. Des traditions ancestrales de construction ont dû se transmettre de génération en génération. Leurs habitations en terre ne sont pas représentatives de leurs connaissances.

3 décembre 1941

Nous restons bloqués une journée, un moteur est en panne.

6 décembre 1941

J'ai insisté auprès d'Hippolyte afin d'aller voir les lignes de Nazca et de rencontrer Maria Reich. Mieux connaître ces vestiges pourrait m'aider dans mes démarches.

7 décembre 1941

Il y a peu de choses à voir sur place. Il s'agit de lignes, peu profondes, tracées à même le sol. Profondeur de 10 centimètres, 30 au maximum. J'ai réussi à voir une forme, une baleine d'après Maria Reich. Je rechigne à rencontrer cette Allemande, mais c'est, a priori, la seule à en savoir assez sur ces lignes. Nous nous rendons à son domicile dans le désert afin de discuter avec elle. Quel confort précaire ! Je ne pourrais pas vivre ici. Ses dessins et croquis sont bien plus intéressants que les lignes elles-mêmes. Je comprends que seul un survol en avion permet d'en apprécier la grandeur et la majesté. Impossible pour nous. Hippolyte doit absolument rentrer à Lima, et nous avons déjà du retard. Cette femme ne me plaît pas. Elle prend de grands airs pour nous expliquer que ces lignes pourraient être un calendrier astronomique, ou une carte du réseau des veines hydrauliques du désert. Ces hypothèses ne sont guère convaincantes. Il me semble surtout que les Allemands veulent s'approprier un site archéologique d'importance. Je ne comprends pas que le gouvernement péruvien n'ait pas déjà demandé à cette mathématicienne nazie de décamper.

Non, définitivement, il ne s'améliore pas, même si le Machu Picchu a semblé l'intéresser. Je viens d'arriver au bureau. J'ai lu le carnet d'Henri dans le train, mon cahier de notes à portée de main afin d'y écrire ce qui me paraissait important, mais il reste désespérément vide. Après une réunion de 9 h 30 à 11 h, je vois qu'André a essayé de m'appeler en revenant à mon bureau.

« J'ai du neuf sur François Rizière. »

Il a l'air très impatient et excité.

« J'ai interrogé son entourage, enfin, des personnes qui le connaissent un peu. Discrètement, bien sûr. »

Il reprend son souffle.

« Et alors ? »

« Il organise des soirées bizarres. »

« Comment ? »

Je ne suis pas sûre d'avoir bien entendu.

« Il propose des soirées, disons scabreuses, avec des antiquités. »

Je n'arrive pas à bien visualiser de quoi il veut parler. Nous ne sommes pas de la même génération, certes, mais il me faut plus d'éléments concrets, quitte à choquer.

« Des soirées de quels types ? À tendances sexuelles ? Avec des prostituées ? Sado-maso ? Échangistes ? »

Je ne vais pas jusqu'à mentionner des dérives pédophiles… J'ai mis un peu de tout, ça devrait l'aider.

« Oui, c'est ça ! »

« C'est ça, quoi ? »

« Des soirées sexuelles avec des antiquités. Un peu tout ce que tu as dit. Les thèmes changent. »

Ce n'est pas vrai… Entre Henri qui se tape des Amérindiennes (consentantes ? Je ne le saurai jamais) et mon actionnaire qui organise des soirées avec des momies… Ce n'est pas du tout mon truc, ce domaine.

« Tu en es sûr ? »

« Oui, bien sûr, sinon je n'en parlerais pas. »

« Mais… a-t-on des preuves ? »

Les idées se bousculent dans ma tête : est-ce qu'organiser ce type de soirée avec des antiquités signifie que M. Rizière souhaite jouir de celles du 3e sous-sol ? Elle part bien, mon exposition d'entreprise sur l'histoire de ces squelettes…

« Des preuves ? Je ne sais pas. J'ai des témoignages de personnes de confiance. »

« C'est illégal ? »

« Je ne sais pas. »

« Si oui, ces personnes témoigneraient-elles ? »

« Je ne crois pas. C'était très difficile de trouver ces informations. Certaines sont très proches de François. »

« Hum… »

Je ne vois pas trop à quoi ça peut nous mener.

« Iline, voilà ce que je te propose : je vais contacter un avocat que je connais pour discuter et voir ce qu'on peut faire. Tu sais, en tant qu'archéologue, apprendre ce genre de choses est inacceptable. Je ne peux pas laisser passer ça. »

« D'accord. Tu pourras me tenir au courant ? »

Je pense déjà à ma prochaine réunion d'avancement. Ça va être sympa : messieurs les directeurs, un de vos actionnaires organise, comment dire, des soirées très limites…

Je préfère ne pas y penser. On verra en temps voulu. J'en informe rapidement Antoine par e-mail : c'était sa piste, après tout. Une piste qui semble de plus en plus sérieuse.

Du côté d'Henri, le retour à Lima est synonyme de reprise de ses activités habituelles et de rédaction du compte-rendu envoyé à son père. Rien de bien intéressant à raconter. Si, il se rapproche de plus en plus de mademoiselle Pauline. Jusqu'au début du mois de janvier.

4 janvier 1942

Je reçois une lettre de Père ce jour. Il a reçu mon compte-rendu. Il n'en a pas saisi l'importance. Il ne comprend pas ce que je fais de mon temps à Lima et menace de me couper les vivres sans preuve de mes avancées. Je ne saisis pas bien sa réaction : je me suis rendu au Machu Picchu et à Nazca au péril de ma vie et cela ne lui suffit pas ? Que faire pour le satisfaire ? Je sais qu'il mettra ses menaces à exécution. D'après lui, je dilapide son argent… J'ai l'impression que la guerre change les esprits en Europe, en particulier celui de Léopold Solvair. Je ne sors pas de ma chambre ce soir. Il faut que je discute avec Hippolyte, mais il est reparti en mission. Que faire ?

Henri trouve la solution : il tombe malade. Tout simplement. Aucune nouvelle dans le cahier du mois de janvier à fin avril : quatre mois de maladie ! Une sacrée baisse de forme, le pauvre. J'ai vu dans un documentaire que Maria Reich avait perdu un doigt en arrivant au

Pérou : une infection qui a entraîné l'amputation. L'hygiène ne devait pas être terrible à cette époque. Je ne retrouve des nouvelles d'Henri que fin avril 1942.

27 avril 1942

J'ai contracté la malaria en me rendant au Machu Picchu. Des complications de tous types ont rendu ma convalescence très difficile.

Je suis heureux d'être en vie. Je n'ai pas le courage des soldats qui résistent en Europe. J'ai appris les nouvelles de là-bas tout récemment. Je ne sais pas si je mérite de vivre : je n'ai rien fait pour. Je suis passé par d'affreuses crises de délire dont, pour la plupart d'entre elles, je ne me souviens pas. Je me rappelle la fenêtre de l'hospice me faisant face : petite, sale, avec des pigeons parfois. C'étaient mes amis. Hippolyte, lui, n'est plus. La maladie, contractée en même temps que moi, l'a emporté. Pourquoi, moi, suis-je encore là ? Pourquoi, Dieu, m'as-Tu épargné ?

J'ai fait des cauchemars sans fin sur Père, ma pauvre mère rabaissée par Marie, « femme légitime » de Léopold, comme elle aime le rappeler. J'ai revécu tous les moments difficiles de mon enfance. Pourquoi ?

J'ai tellement maigri. Je veux rentrer en France, chez moi. Père me l'a interdit. Le pays est occupé. Je suis mieux ici. Il a peut-être raison. Je ne sais pas. Je ne sais plus grand-chose. Que faire ici maintenant ?

Cela fait des mois que ma vie se résume à tenter de mettre un pied devant l'autre sans penser à autre chose qu'essayer de vivre : essayer de manger, essayer d'uriner seul, essayer de marcher, essayer de regarder les choses. Les pigeons. J'ai tellement envie de parler à quelqu'un. Pauline ? Non, elle n'était pas importante. Je me suis trompé. Là aussi, je me suis trompé.

Je sors dans quelques jours de l'hôpital. José m'a apporté mon carnet pour m'aider à rassembler mes idées. C'est dur. Je n'y arrive pas bien. J'ai eu tellement mal. Même Mère m'a manqué.

Je crois qu'il ne faut pas que je réfléchisse trop. Père m'invite à rencontrer un monsieur que côtoie une de ses connaissances. Père a travaillé, lui, pendant ma maladie. Même en étant à des milliers de kilomètres du Pérou, il a peut-être trouvé un site archéologique. Je ne serai jamais comme lui. Je ne pourrai jamais être à la hauteur.

Assez de grand air, je dois regagner mon lit. L'infirmière arrive pour me soutenir sur le chemin du retour. Je vais me laisser guider.

Délires de la fièvre persistante ou véritable prise de conscience ? En tout cas, Henri s'installe dans une pension pour finir de se rétablir et se mettre à travailler sérieusement. La logeuse s'occupe de lui.

5 mai 1942

Je veux vivre. Je veux me sentir vivant. Je retourne chez Madame Dussort. Elle me reçoit en pleurs. C'est vrai que sans Hippolyte, elle perd un bon client. Je veux une Indienne. J'ai l'impression qu'elle me comprendra mieux. Ces grands yeux noirs en savent plus que nous. Ce sont des générations et des générations d'ancêtres et de sagesse qui nous regardent. Pauline, Pauline, tu es tellement loin de tout cela. Tu es tellement vide.

J'apprendrai plus tard qu'Henri était très certainement ivre à de nombreuses reprises à cette période. Une manière comme une autre de guérir ? De ma place favorite dans le wagon du train qui me ramène chez moi après une journée de travail, je me garderai bien de le juger, 75 ans après. Vers la mi-mai, il cesse de boire à outrance et il se reconstruit une vie à Lima, petit à petit. Il reste chez sa logeuse et au lieu d'écrire ses états d'âme sans fin et des détails insignifiants de sa vie quotidienne, il essaie de se renseigner pour monter une expédition. Je le trouve très courageux. Repartir à l'aventure alors qu'il a failli mourir. Je suis admirative. J'apprends également dans ces quelques pages que José est un Péruvien qui l'a toujours épaulé et accompagné depuis son arrivée. Un valet de chambre, garde du corps et traducteur en somme. Il n'avait jamais été mentionné auparavant. Henri apprend également qu'Hippolyte, en plus du commerce de café, s'intéressait beaucoup aux plants de coca, la coca qui est à l'origine de la cocaïne. Henri l'écrit dans son carnet, mais n'en dit rien. Le 29 mai, il rencontre M. Duval.

29 mai 1942

Aujourd'hui je rencontre monsieur Duval, selon les souhaits de Père. Monsieur Duval est propriétaire de nombreuses mines au Pérou. C'est par ce biais que Père a dû l'approcher. Aujourd'hui, je suis irréprochable. Je veux faire honneur à ma famille et mon pays. Monsieur Duval est très sympathique et aimable, très sérieux également. Il m'a insensiblement reproché d'avoir fréquenté la société de l'hôtel Bolivar. S'il avait su que j'étais le fils de Léopold Solvair, il m'aurait introduit dans d'autres cercles. Ce qui est fait est fait. Monsieur Duval est très professionnel. Pas question de créer des liens d'amitié ici, mais bien de monter une expédition d'archéologie dont il est prêt à financer une partie, si elle est correctement menée. Je lui assure que ce sera le cas. Il m'invite alors à venir visiter sa mine de

Santa Barbara à Huancavelica, une petite ville dans les montagnes derrière Lima. Un de ses ouvriers a été trouvé en possession d'un petit masque en or : un visage aplati, extrêmement fin. Il me montre d'ailleurs la pièce. Interrogé, cet ouvrier a dit l'avoir reçue de sa famille afin de la vendre à la ville. Monsieur Duval me propose de me rendre avec lui à Huancavelica, pour visiter la mine et interroger cet ouvrier. J'accepte. Nous partons dans une semaine.

10 juin 1942

En compagnie de monsieur Duval, je traverse en automobile les montagnes à l'est de Lima pour arriver sur l'Altiplano. Il y fait très froid, l'altitude y est très élevée. Nous mettrons trois jours pour arriver à Huancavelica. Monsieur Duval est un monsieur bien comme il faut : attentif, droit, une famille nombreuse, une belle entreprise. Il ne fait rien de travers. C'est, en un mot, un personnage ennuyeux. Hippolyte me manque. Je ne sais pas qui être : quel équilibre trouver entre la vie croquée à pleines dents et les devoirs imposés par la société et la famille, rassurante et nécessaire ? Huancavelica est une ville typique du Pérou d'après monsieur Duval : une place embellie par son église, des vieilles gens affairés, leurs draps sur le dos, les odeurs, les enfants qui me regardent, éblouis. Je commence à connaître tout cela. Je n'aime pas, mais ça m'est devenu familier. Ces images sont loin de celles des archéologues en Afrique. L'Égypte paraissait beaucoup plus propre à l'époque.

11 juin 1942

Visite des mines de mercure de Santa Barbara en compagnie de monsieur Duval. On croirait Napoléon déambulant dans les rangs de ses troupes. Tous ces Indiens fatigués et noirs de crasse sont au garde-à-vous. Ils sont laids. Seuls leurs yeux semblent refléter leurs âmes centenaires. Comme les prostituées chez madame Dussort. Les yeux des Indiens sont incroyables. La visite de la mine ne m'intéresse pas. Je n'ai pas voulu travailler dans ce domaine avec Père, ce n'est pas pour m'y intéresser ici. Les mines sont toutes les mêmes : l'odeur du travail, l'obscurité, le danger, la pauvreté des travailleurs, la brutalité des matériaux qui en sortent… J'acquiesce avec passion à tout ce que me dit monsieur Duval. Vos mines sont magnifiques ! Et quel beau mercure, pur comme de l'eau de roche ! Il y a de l'argent à la clef. Pour moi. Sans l'aide de Père.

Enfin, nous arrivons à l'interrogatoire de l'employé. Deux interprètes sont nécessaires : du quechua à l'espagnol, puis de l'espagnol au français. José est à côté de moi pour déceler si des erreurs se glissent de l'espagnol au français. L'ouvrier a la peau sur les os. Bien sûr qu'il avait besoin d'argent pour nourrir sa famille. Tout ce que je veux savoir, c'est où il a trouvé ce morceau d'or. Il nous raconte l'histoire de sa famille depuis le dernier empereur inca, c'est long. Je le brusque. Et voilà, ce n'est pas compliqué. Le masque a transité de nombreuses fois, par d'obscurs cousins qui attendent de l'argent eux aussi. Ils peuvent toujours courir. Le masque vient de Pititayo, un village proche de Huancayo. Il émane d'une tombe découverte à proximité. Il me dit avec de grands yeux larmoyants, car José lui a tordu le poignet, que d'autres tombes se situent à proximité. J'ai enfin ma zone archéologique. Hiram Bingham, Maria Reich, vous n'êtes rien. La France a encore son mot à dire même si elle est envahie aujourd'hui. Le peuple français est encore grand et je vais vous le montrer.

Le village de Pititayo ? Huancayo ? Dès que je sors du train, je me précipite pour regarder où se situent ces endroits. Huancayo est à l'est de Lima, au-dessus de Huancavelica, là où se trouvait la mine de monsieur

Duval. Basile râle, car il n'a même pas eu droit à son bisou quand je suis entrée dans l'appartement. Je lui explique en deux mots que j'ai très certainement trouvé d'où viennent les momies. Mais pas de traces de Pititayo sur « les Internets » comme dit mon papy. Basile m'importune : le repas est prêt. J'abandonne à contrecœur mon écran pour passer à table. Il me parle d'organisation du Nouvel An, je suis incapable de me concentrer sur ce qu'il me raconte. Je suis à Pititayo, moi, dans les montagnes andines… Enfin, j'essaie.

La fin du mois de mai, le mois de juin et la première moitié du mois de juillet se passent en préparatifs de tous types pour Henri : main-d'œuvre, véhicules, compte-rendu à « Père », envoi des détails de son expédition à différents journaux… Il semble sérieux en dehors de quelques visites chez Madame Dussort, toujours avec des Indiennes, si je comprends bien.

16 juillet 1942

C'est le jour du départ de Lima pour Pititayo. Les transports sont toujours longs, et fatigants. Nous traversons de hautes montagnes derrière Huancayo avant d'atteindre le plateau de l'Altiplano, situé à 3800 mètres au-dessus du niveau de la mer. J'ai rassemblé une équipe compétente. Nous sommes 10 : mon fidèle José ; Pierre, fraîchement arrivé de France, médecin ; Roberto, interprète quechua – espagnol ; Francis, envoyé par Monsieur Duval ; un cuisinier et quatre Péruviens pour les travaux manuels. Cette vallée n'a pas l'habitude de recevoir des Occidentaux. Il va falloir extirper les informations au compte-gouttes avec les locaux. Je compte sur José.

27 juillet 1942

Francis tombe malade pendant le voyage, il a des problèmes digestifs.

Nous arrivons enfin à Pititayo. C'est un tout petit hameau. Les plaines de l'Altiplano se jettent dans un ravin au fond duquel siège ce village. Il s'agit de quelques maisons en adobe, éloignées les unes des autres. Heureusement, il y a une église. La vie ressemble fortement à celle des villages français : poules, canards, vaches, ânes, moutons… Tout ce joyeux petit monde vit à son rythme ici. Les femmes ont de longs cheveux noirs rassemblés en deux tresses qui se déroulent jusqu'à leur postérieur, de longues jupes qui leur font une taille très épaisse et un drap bariolé dans le dos pour porter leur progéniture ou le nécessaire de la journée. Les hommes sont en pantalon et chemise. Tous ont un chapeau sur la tête. Le soleil frappe ici et ils sentent très fort. Nous avons réquisitionné une maison pour nous installer. Nous payons la famille qui l'occupe pour qu'elle aille vivre chez des voisins le temps de nos recherches. C'est rudimentaire : pas d'électricité, pas d'eau courante, pas de chauffage. La maison est constituée de trois pièces principales : la chambre, la pièce à vivre, sans fenêtre – pour avoir plus chaud, et la cuisine. Pierre, Francis et moi logeons dans la chambre, José et l'interprète dans la pièce à vivre. Tous les autres dans les dépendances. Nous passons cette journée du 27 juillet à nous installer.

28 juillet 1942

Il s'agit d'une journée d'installation également. La vallée est belle, surtout le soir quand elle prend des teintes dorées et que les animaux et les hommes rentrent chez eux. Il fait extrêmement froid la nuit. Je crains d'avoir attrapé un rhume. La ville est malheureusement trop loin pour acheter plus d'équipement. De toute façon, nos chevaux et ânes sont repartis à Huancayo. J'aime voir notre cuisinier s'approvisionner auprès des autochtones. Je ne sais malheureusement pas dessiner d'autres choses que des monuments, sinon j'aurais croqué ces scènes de la vie quotidienne.

29 juillet 1942

Nous commençons les interrogatoires aujourd'hui. La somme de 30 sols péruviens sera donnée à celui qui nous dira où vit la famille Camayo, celle qui a trouvé le masque en or et a essayé de le vendre à plus de 150 kilomètres de là, à Huancavelica. J'accompagne José et l'interprète pour bien montrer que ce ne sont pas des mensonges, les pièces bien en vue devant moi. Nous frappons à toutes les portes de Pititayo. Les enfants me regardent avec de grands yeux, encore… Ils sont tellement sales que je ne tolère pas qu'ils m'approchent. Nous n'obtenons aucun résultat aujourd'hui. Nous questionnerons tout le village dans les jours suivants.

3 août 1942

Personne ne daigne nous répondre à Pititayo. Les habitants feignent de ne pas comprendre. J'ai augmenté la récompense à 50 sols. José et l'interprète sont retournés l'annoncer aujourd'hui. J'attends un résultat pour demain.

5 août 1942

Nous n'obtenons toujours aucun résultat. Nous n'arrivons pas à identifier cette famille Camayo. Après une discussion avec José et Francis, nous avons décidé de changer de tactique. Il fait toujours aussi froid. Dès que le soleil passe derrière les montagnes, nous nous calfeutrons dans nos couvertures en attendant l'heure du repas. Le visage de mes compagnons brille à la lumière des bougies. Nous parlons de chez nous. Il n'y a rien à dire d'ici.

6 août 1942

Nous adoptons une approche moins douce que la première. Nous sommes allés, José, Francis, l'interprète et moi-même, discuter avec le chef du village en lui faisant comprendre que nous nous impatientions, et que nous ne pouvions plus attendre sans rien faire. Il nous a suggéré de rendre visite aux villages voisins. Il n'a pas tort. Nous nous mettrons en route demain.

7 août 1942

Nous laissons notre camp de base à Pititayo et sillonnons, dans la journée, les villages alentour. Aujourd'hui, ce sera Patapampa et Vista Alegre.

8 août 1942

Visite du village de Santa Clara, dans une autre vallée. Toujours pas d'indices.

9 août 1942

Nous passons la journée au marché de Cuencano. Les odeurs sont abominables. Les chiens des rues se disputent les morceaux de viande, les enfants jouent dans la boue et les parents ont l'air heureux. Mais toujours pas d'informations.

10 août 1942

Je vais leur laisser trois jours. Trois jours pour se manifester.

13 août 1942

Nous retournons voir le chef du village. José le passe à tabac devant sa femme et ses enfants. Si demain je n'ai pas d'informations, ce sera au tour de sa femme.

14 août 1942

C'est le tour de la femme aujourd'hui. Que ces Indiens sont têtus ! Je leur ai pourtant proposé de l'argent, beaucoup d'argent ! C'est leur faute. Il leur suffisait d'obéir, simplement. L'indienne a perdu beaucoup de sang.

17 août 1942

Et voilà, des réponses. Enfin. C'est bien simple, ces Indiens ne comprennent que la violence. Je saurai dorénavant comment leur parler et comment me faire comprendre. Ce n'est finalement pas si compliqué. Une famille s'est présentée à nous ce matin. Une famille comme toutes les autres ici. Nous ne les avons jamais vus. Ils habitent loin d'ici, dans une vallée excentrée apparemment. Pourquoi amènent-ils leurs gosses ? Ils ne s'en séparent jamais. Deux dans les mains, toujours un qui dépasse du dos des bonnes femmes… Quelle idée d'avoir autant de mioches, ils ne peuvent même pas les nourrir. Il y a quelques jours, un nourrisson est mort de froid dans la maison voisine. L'enterrement nous a vrillé les oreilles toute la journée. Bref, nous comprenons que c'est bien la famille Camayo. Ils sont tous timides à souhait, même le père. Il ne peut pas s'empêcher de se tordre les mains dès qu'il prend la parole. Il est lent dans son discours. On doit faire preuve de beaucoup de patience chaque fois qu'il s'exprime. Nous finissons par comprendre que c'est un de ses nombreux fils qui a trouvé le masque. Il sort de derrière les jupes de sa mère. Quel âge a-t-il, ce môme ? Cinq ans ?

J'essaie de paraître gentil. Il va falloir l'amadouer pour qu'il nous montre l'endroit où il a trouvé l'or. Nous décidons de partir le lendemain. Il y a trois jours de marche jusqu'à leur vallée.

Le père nous implore de ne faire de mal à personne. Comme si j'étais un tortionnaire ! Il n'avait qu'à me répondre plus tôt !

18 août 1942

Nous décidons de voyager léger pour suivre la famille. Nous irons donc à pied. Nos porteurs se chargent de nos tentes. La famille n'a pas les moyens de nous loger. Nous démarrons à l'aube. Il me semble que tout le village de Pititayo est là pour nous regarder partir.

21 août 1942

Nous sommes arrivés dans la vallée. Nos tentes ont été disposées et nous attendons, sous la pluie. Impossible de bouger un gamin de quatre ans avec ce temps sans le tuer d'une pneumonie. Même José éternue souvent.

22 août 1942

Toujours le même temps déplorable, nous jouons aux cartes sous la tente.

23 août 1942

Francis est sacrément bon aux cartes. Nous avons pris nos quartiers dans la maison de la famille. Ils sont bergers, ils ont déménagé dans la grange. La pluie, ça les connaît.

25 août 1942

Enfin une amélioration du temps. Nous partirons demain si la météo poursuit sur cette lancée. J'espère bien trouver quelque chose. Après avoir déployé tant d'énergie, je mérite un succès !

26 août 1942

Nous nous mettons en route. C'est compliqué. Le mioche est accompagné de ses deux parents. Je comprends que c'est un berger : il passe sa vie à errer dans les montagnes avec le troupeau. Ça fait des semaines qu'il a trouvé le masque. Il ne sait plus exactement où. Ses parents l'encouragent à retrouver l'endroit.

27 août 1942

Le gamin ne sait pas où il va. Nous sommes dans une étroite vallée escarpée qui regorge de grottes. Quand je parle de vallées étroites, ce n'est pas tout à fait vrai : impossible de voir toutes les anfractuosités de la roche des deux côtés à la fois. Nous passons encore cette journée sans rien trouver.

28 août 1942

Même résultat aujourd'hui. Le gosse est perdu. Il pleure tout le temps. J'ai l'impression de perdre mon temps.

29 août 1942

Ce matin, j'ai pris le père entre quatre yeux pour bien lui faire comprendre que nous ne jouons pas à cache-cache. Francis est malade, le mal de l'altitude. Nos provisions ne nous permettront pas de subsister bien longtemps. Le berger a intérêt à faire parler son fils. Je comprends dans son regard affolé qu'il voit exactement où je veux en venir. Il m'explique, par l'intermédiaire de l'interprète, que son fils a peur. Il a peur de retourner dans cet endroit où il y a de « méchantes personnes ». Il me supplie d'être patient, il dit que son fils va trouver. Qu'il a déjà essayé de trouver cet endroit quelques mois auparavant avec son petit, mais sans succès. Pour un berger, trouver de l'or, c'est une vraie aubaine. Forcément qu'il a essayé. Mais en vain encore aujourd'hui. Il va falloir que ça change et vite.

2 septembre 1942

On se prépare à rebrousser chemin quand le gamin se souvient enfin de quelque chose. Il prend son père par la main et nous guide dans un dédale de pierres tombées de la falaise qui nous surplombe. Un vrai chaos. Je suis impatient. Je sens que cette fois-ci, c'est la bonne. Je ne saurais dire combien de temps nous marchons pour nous rapprocher de la paroi. Le fiston ne pleure plus. Je vois en lui un regard déterminé. Il sait.

Nous voilà arrivés. Il me regarde droit dans les yeux, ce petit morveux, et tend son bras vers un trou dans la roche. Son regard noir est flamboyant. Je le remercie d'un coup de tête et m'agenouille dans l'anfractuosité qui s'avère être un couloir. Je fais quelques mètres, très peu, car bien vite, je ne peux plus passer. Le couloir devant moi est bien trop petit. Aucun des adultes présents ici ne peut s'y glisser. Je ressors. Je regarde le petit et lui explique qu'il doit aller me chercher quelque chose de l'autre côté. Il me regarde, interdit. Il ne comprend pas. Je fais traduire ma demande par les deux interprètes. Il secoue la tête énergiquement et se rue dans les jupes de sa mère en pleurant. Un regard au père lui fait vite comprendre ce que je souhaite. Les deux parents, à genoux devant leur progéniture, lui expliquent doucement. Il hurle de plus belle. Sa mère doit le tenir pour qu'il ne s'enfuie pas. Nous nous éloignons. Nous lui faisons peut-être peur. Un quart d'heure plus tard, le père revient et nous annonce que son fils va aller de l'autre côté du couloir. J'espère bien ! Nous revenons devant l'entrée et le petit se faufile. Nous attendons. Il revient quelques minutes plus tard, le visage ruisselant de larmes, il s'étouffe presque en sortant du couloir. Dans son petit poing, un collier de coquillages. Je lève mon visage vers José et Francis : victoire !

Je suis tellement prise par le récit d'Henri que je lis son carnet au bureau : je ne peux plus attendre le soir afin de continuer ma lecture dans le train. À ce moment précis, mon téléphone sonne. Je décroche. C'est Antoine.

« J'ai une piste. Boris Staenvert m'a répondu. »

Antoine a la voix qui vibre. Il veut délivrer son message le plus vite possible.

« Le dossier. Le dossier 1980, je sais qui l'a écrit. »

Il est essoufflé tellement il est excité et…, on dirait, presque en colère.

« C'est Alain Rouand. C'est Alain Rouand, l'auteur du dossier. »

Je comprends son plaisir à m'annoncer qu'il a découvert l'auteur du dossier, mais je ne comprends pas sa détresse. Je devrais trouver de la joie dans sa voix, pas de la colère.

« Et… alors ? »

« André nous a menti. »

Je reste la bouche ouverte.

« André ? Que vient faire André dans tout ça ? »

« C'est un grand ami d'Alain Rouand. Ils ont travaillé ensemble pendant des années. J'ai vérifié, en particulier dans les années 1980. Besoukow connaissait le dossier, c'est sûr. »

« Attends, attends. » J'essaie de retrouver mes esprits.

« Tu me dis qu'André travaillait avec l'auteur du dossier dans les années 1980 ? »

« Oui. Boris Staenvert m'a répondu par e-mail. Pour lui ça ne fait aucun doute, Alain Rouand est bien l'auteur du dossier. Il est revenu tardivement vers moi car il était sur un chantier. Or tout le monde le sait, André et Alain sont très proches, professionnellement parlant. Ils ont fait énormément de chantiers ensemble, surtout à cette époque-là. C'est impossible qu'André n'ait pas entendu parler du projet. »

J'enregistre les informations données par Antoine. André nous aurait menti ? Mais dans quel but ?

« Il doit y avoir une explication logique. »

« Peut-être, mais j'irais en toucher deux mots à Rouand avant d'en parler à André, si j'étais toi. »

« Oui, tu as sans doute raison. Je vais voir. »

J'en profite pour lui détailler les avancées de mon côté : la découverte du carnet d'Henri, l'origine péruvienne des squelettes. Il est époustouflé par ces nouvelles et on se met d'accord pour ne pas en parler à André tant que nous n'aurons pas éclairci ses liens avec Rouand. Antoine se charge de contacter celui-ci pour échanger avec lui au sujet du dossier.

Je reviens à ma lecture après le déjeuner à la cantine. J'ai hâte de savoir la suite, Antoine aussi.

3 septembre 1942

Nous rebroussons chemin dans la vallée le cœur léger : nous avons trouvé quelque chose. Enfin ! Après tous ces efforts ! Le gamin ne se calme toujours pas sur le chemin du retour. Sa mère est obligée de le porter. Nous ne pouvions pas rester plus longtemps ici. Francis doit redescendre et nous avons besoin de matériel pour élargir le passage. Nous retournons donc à Pititayo. J'ai l'impression que j'ai le cœur qui va exploser : que trouverons-nous de l'autre côté ? La tombe d'un roi ? Des catacombes ? Un trésor enfoui à l'approche des conquistadors ? J'ai du mal à dormir et nous ne faisons que discuter de « ce qui se trouve de l'autre côté » avec l'équipe. Le chemin du retour à Pititayo semble terriblement long.

7 septembre 1942

Nous voici de retour à Pititayo. Ce petit village me paraît déjà familier. Où que l'on soit, on se sent chez soi très rapidement. Le confort ici est tout de même bien meilleur que dans le haut de la vallée. Nous nous organisons pour repartir au plus vite avec le matériel. Il ne faudrait pas que le berger ou d'autres aient l'idée de passer avant nous. Nous avons donc gardé une des filles du berger avec nous, en gage de sa bonne foi. Impossible de prendre le garçonnet, il était toujours terrifié dans les bras de sa mère quand nous sommes partis, et je ne suis pas un monstre. Nous décidons de laisser Francis et Pierre à Pititayo avec un porteur pour donner à Francis le temps de se remettre. Ils nous rejoindront plus tard au campement d'altitude.

11 septembre 1942

Nous sommes beaucoup trop lents. Monter le matériel nous ralentit énormément, même avec l'aide des mules. Le temps est toujours incertain et des averses nous obligent à ralentir d'autant plus. Je contiens à grand-peine mon impatience.

12 septembre 1942

Nous arrivons chez le berger. Nous lui rendons sa fille, mais il nous accompagne jusqu'à la vallée. Si jamais nous observons le moindre changement au niveau de l'entrée du couloir, il entendra parler de nous. José lui a bien fait comprendre.

15 septembre 1942

Il nous a fallu encore trois jours pour rejoindre le couloir avec tout le matériel. Nous y voici, enfin ! Nous ne pouvons pas commencer à travailler aujourd'hui. Il nous faut monter nos tentes et organiser le camp.

16 septembre 1942

Organisation du camp.

17 septembre 1942

Enfin, nous commençons à travailler. J'examine le couloir : l'aide de Francis, spécialiste des mines, s'avèrera indispensable.

Je n'y avais pas pensé. Nous devons absolument dynamiter la paroi pour accéder de l'autre côté. Impossible de passer autrement. J'ai devant moi un trou noir, un trou noir qui ne dit rien. Que caches-tu ? Quels trésors recèles-tu ? J'aurais dû forcer le mioche à parler, savoir ce qu'il avait vu. Dire que je n'y ai même pas pensé. Je ne peux pas poser la dynamite seul, je risque de faire exploser ce qui se trouve de l'autre côté. Il faut attendre l'arrivée de Francis.

18 septembre 1942

Un porteur est redescendu pour hâter la venue de Francis. Nous ne pouvons que patienter. J'ai tout de même chargé les indigènes de fouiller méthodiquement toute la vallée. S'il s'agit d'une tombe, il peut y en avoir d'autres à proximité.

19 septembre 1942

L'attente toujours. J'ai l'impression de devenir fou, comme lors de ma maladie. Je ne trouve pas le sommeil, je rêve du trou noir. Il m'aspire, il n'y a rien de l'autre côté. La colère de Père, la déception de Monsieur Duval… Ça ne s'arrête jamais.

21 septembre 1942

Enfin Francis arrive. Ils sont partis relativement peu de temps après nous et étaient bien moins chargés. Comme ils sont arrivés à la nuit, nous sommes obligés d'attendre le lendemain.

22 septembre 1942

Francis travaille en vrai connaisseur. Il sonde tout le tunnel et indique précisément où poser les charges. Les Indiens se mettent au travail pour tailler des trous afin d'y disposer les explosifs. D'après Francis, ils travaillent comme des cochons. Je ne peux plus attendre, ils y passeront la nuit si nécessaire.

23 septembre 1942

Nous dynamitons ce matin. Francis se charge des dernières vérifications, puis c'est le moment. Nous allons nous mettre à l'abri. La détonation est énorme. Je frissonne de peur et d'excitation. Ne venons-nous pas de tout réduire en poussière ? Je sens tous les regards se tourner vers moi. C'est à moi, archéologue diplômé, d'aller découvrir ce qui se cache derrière ce rideau de poussière. Je prends mon courage à deux mains, mais Francis me retient par le bras.

C'est trop dangereux, il faut d'abord vérifier que d'autres pierres ne tomberont pas. Nous envoyons donc un Indien pour tâter le terrain. Il revient sain et sauf. Francis s'avance alors à son tour pour vérifier la solidité de la paroi. Il revient après un temps qui me paraît infini. La poussière commence à se dissiper. Il me fait un signe de la tête : je peux y aller. Enfin !

L'entrée du tunnel n'existe plus, c'est à présent une bouche géante qui m'avale. Une galerie se reforme plus loin néanmoins. Je me baisse, m'accroupis, puis finis couché. J'avance lentement. La poussière m'emplit le nez, les poumons. Je me rappelle soudain qu'il faut toujours patienter après une explosion, afin que les particules en suspension retombent. Je n'en ai pas le courage. Je suis trop pressé. Quelque chose m'attend là, à quelques pas, j'en suis sûr. Je pousse la lampe devant moi. Enfin, le boyau s'élargit. Je viens de comprendre que seul un piton rocheux empêchait le passage. Je parviens à me mettre accroupi. Je ne vois toujours rien. Que de la poussière ou de la fumée, je ne sais pas bien. Je laisse mes yeux s'accoutumer lentement à l'obscurité. Une voix m'appelle au-dehors. Oui, tout va bien. Non, je ne vois rien. Je transpire à grosses gouttes. Le temps s'est-il arrêté ? J'attends, j'attends encore.

Et puis je perçois un éclat, là, à quelques pas de moi. Je m'avance dans cette direction. Et elle se tient là, elle me regarde de ses orbites vides, son crâne entouré d'une couronne d'or.

Et voilà. Voilà d'où viennent les squelettes du 3e sous-sol. Ce sont les découvertes d'Henri, en 1942, au Pérou. Un sourire béat sur le visage, je lève les yeux du carnet. Je regarde défiler le paysage derrière la vitre du train. C'est comme si j'étais arrivée. Une page importante qui se tourne, un chapitre qui se termine. Je suis heureuse pour Henri, même si je n'aime pas le personnage. Mais là encore, c'était un homme d'une autre époque. Mes pensées tournent tranquillement dans ma tête. Je n'ai pas envie d'aller plus loin ce soir. Je m'arrête à cette page et la savoure. Tellement que j'en ai presque loupé mon arrêt.

Je ne reprends ma lecture que le lendemain.

24 septembre 1942

Je n'ai pas pu rester plus longtemps dans l'alcôve creusée dans la roche hier. Je ne pouvais plus respirer convenablement. J'ai vu ce que je voulais voir : de l'or et des os. Je ne suis pas venu ici pour rien. Je reprends le chemin du tunnel de bonne heure ce matin. La poussière est bien retombée. J'y vois clairement à présent. La tombe, car je sais que c'est une tombe maintenant, est une grotte naturelle d'après Francis. Elle est basse de plafond, mais large et profonde. Plusieurs momies s'y trouvent. Des couronnes, colliers, bracelets d'or et de coquillages, cernent leurs membres. Elles sont magnifiques. Recroquevillées sur elles-mêmes, leurs yeux semblent me remercier de les avoir trouvées. Des pépites perdues dans la montagne. Je vais les exposer dans le monde entier. Vous serez célèbres. À leurs pieds, des offrandes : vases peints, fœtus de lamas, des graines encore visibles, des sculptures miniatures mimant des scènes de la vie quotidienne. Cette tombe est très riche, même si aucune peinture ou sculpture n'en orne les murs. Nous nous mettons au travail. Je demande aux Indiens de dégager chaque pièce grossièrement, puis je m'occupe des finitions. Francis se charge du stockage à venir.

25 septembre 1942

Le travail est pénible. La tombe est basse de plafond et sombre. Il nous semble que l'oxygène y manque très rapidement. L'altitude peut jouer. Je n'ai aucune idée d'où nous pouvons bien nous trouver. Le froid rend les nuits très fatigantes également. Nous décidons d'établir des rotations toutes les semaines afin que chacun aille se reposer à Pititayo et que des vivres soient apportées régulièrement au campement. Aujourd'hui, nous dégageons un vase intact. Il semblerait que du maïs y ait été entreposé.

26 septembre 1942

Ce jour, nous excavons trois fœtus de lama. Ils sont très délicats à déloger. Je vais, comme prévu, détailler le contenu des travaux et des pièces découvertes dans le cahier à cet effet.

27 septembre 1942

Encore une journée de travail. Francis est retourné cette semaine à Pititayo. Il souhaite trouver un moment pour alerter monsieur Duval de notre découverte.

28 septembre 1942

Les nuits sont toujours aussi froides. Je me demande comment me prémunir du vol de la part des Indiens. Je ne leur fais pas confiance. Je vais les garder à l'œil sur le chantier. Je fouillerai le reste de la vallée plus tard.

Les pages suivantes du cahier continuent ainsi : pas de détails sur les découvertes réalisées, mais quelques phrases sur la vie quotidienne. En résumé : il fait froid, c'est un bonheur de redescendre à Pititayo, les Indiens travaillent mal et ce sont des voleurs potentiels, Francis est un dieu, des petits problèmes de santé apparaissent pour tout le monde. De mon côté, l'activité « normale » reprend bel et bien en ce mois de décembre. La terre entière a l'air de vouloir boucler ses dossiers avant la fin de l'année. Hormis lire le petit carnet noir d'Henri, je n'avance pas beaucoup sur le sujet « momies ». Je tiens Antoine au courant de mes lectures et j'omets d'en informer André. À part ça, c'est le calme plat. Mon esprit s'envole doucement vers les festivités de Noël. Les intérieurs des maisons chaudes et décorées, la liste des cadeaux de Noël qui mûrit petit à petit dans mon esprit, l'envie de déguster de bons produits avec les gens que j'aime. C'est, pour moi, du bonheur à l'état brut.

Mes rêveries sont bousculées le 7 décembre : une réunion d'avancement du projet « squelettes » est planifiée pour le 20 décembre. Joris souhaite savoir où j'en suis. Mais pas de stress, juste une petite réunion de rien du tout devant le directeur général de la boîte la veille de Noël, ou presque. Sachant que tout le monde s'excite du côté des panneaux solaires, j'ai du boulot. Le plus important me paraît de finir le cahier d'Henri pour en tirer le plus d'informations possible. Je lis donc sans arrêt, dans le train, en attendant le train, le weekend. Je sens Basile lassé. Il aimerait certainement passer plus de temps avec moi. Mais il faut que j'explique à ma direction que, certes, nous avons dépensé 11 000 € pour rien puisque la datation au carbone 14 n'a rien donné, mais que continuer à chercher des informations sur ces momies vaut tout de même le coup. De plus, le cahier d'Henri n'est vraiment pas passionnant. Je passe en revue toute l'intendance du camp. Toutes les informations intéressantes doivent être dans l'autre cahier. Il faut que je trouve le temps d'aller le chercher dans la salle des mystères. Mais les journées passent à une vitesse folle : je ne peux que lire, lire, lire. Je ne me plains pas, car j'ai toujours adoré ça. Début février 1943, après 4 mois de fouilles, l'emploi du temps d'Henri se modifie.

4 février 1943

Nous devons organiser le transport des pièces à Pititayo, puis à Lima pour un retour en France. Nous avons soigneusement emballé nos trouvailles dans des caisses. J'organise différents convois. J'ai peur, très peur. Ce trésor est désormais ma vie. Je ne trouverai le repos que lorsque mes confrères pourront analyser ces merveilles du passé. Je redoute par-dessus tout le vol. José est de tous les voyages pour Pititayo, Francis se joint à lui de temps en temps. C'est Pierre qui réceptionne les colis sur place. Je ne peux plus endurer ces trajets : mon corps ne me porte plus depuis ma maladie. Je suis faible et je dois faire confiance aux autres. Mais seront-ils assez forts si nous nous faisons attaquer ? Les caisses recèlent plusieurs objets en or de toute beauté. Je ne peux qu'attendre. Attendre que tout ce qui m'est cher descende de la montagne.

Rien qui ne retienne mon attention pendant plusieurs semaines. Je me surprends presque à partager les angoisses d'Henri. J'ai l'impression qu'elles deviennent maladives chez lui. Je l'imagine maigre, pâle, tendu, ne dormant plus, dans l'attente d'une attaque d'un de ses précieux convois sans qu'il ne puisse rien faire, perché dans son campement, sur les hauteurs de la montagne. Enfin, mi-mars, il peut redescendre : il ne reste rien dans la tombe. Du pillage en règle

17 mars 1943

Adieu montagnes, adieu nature, adieu soleil, toi qui fais la joie ou le dégoût d'une journée. J'aurais aimé, souffert et partagé beaucoup ici. Quitter cet endroit, hostile pour le vivant, mais précieux pour les morts, me procure à la fois un soulagement et une déchirure. Je vous promets de revenir arpenter vos flancs à la recherche de vos trésors enfouis. Mais je dois d'abord m'occuper des richesses que vous m'avez confiées. Je tourne les talons, le cœur lourd. J'ai passé ces derniers jours à effacer les traces de notre vie ici. Je suis sûr que ces montagnes regorgent de trésors. C'est mon endroit, ma propriété d'archéologue accompli. Je ne la laisserai à personne d'autre. De mon vivant : jamais. La descente s'effectue facilement. Je me prends à rêver d'un coq au vin en enchaînant mes pas vers Pititayo.

22 mars 1943

Pititayo, enfin ! Je dois retenir mes larmes en apercevant la petite maison, centre de tous les conforts depuis plusieurs mois. Dans une dépendance, toutes les caisses sont là, alignées. Pierre a bien travaillé pour le transport des momies. En tant que médecin, c'est lui qui a la charge de les préparer pour la grande traversée. Je les regarde avec amour. J'étouffe ici ! Il nous faut descendre à la ville au plus vite.

23 mars 1943

Pierre m'interdit de poursuivre notre périple. Il faut que je me repose. Je manque cruellement de sommeil. Nous organisons des rondes jour et nuit pour surveiller la dépendance. Les villageois nous regardent d'un œil malveillant. Si vous saviez, pauvres hères, si vous saviez les richesses qui s'entassent dans cette maison !

28 mars 1943

Enfin, enfin nous pouvons descendre. J'ai pu prendre du repos. Nous pouvons atteler les ânes et chevaux. José les a réquisitionnés dans toute la région, ainsi que plusieurs paysans chargés de la sécurité du convoi. C'est une procession de roi qui s'ébranle ce matin ! Quelle beauté, quel bonheur ! Je remercie Dieu de m'avoir donné la chance de voir ces animaux avancer, pas à pas, et transporter tant de richesses vers la gloire et la postérité.

14 avril 1943

Nous arrivons à Huancayo. Tous sains et saufs, les momies comme les hommes. Le convoi se disperse. Les Indiens remontent dans leurs montagnes pendant que je me dirige vers la célébrité et la reconnaissance. J'écris à Père pour lui annoncer ma réussite. J'espère qu'il recevra ma lettre rapidement. L'organisation de notre acheminement vers Lima avance. Nous louons force véhicules.

16 avril 1943

Départ pour Lima. Je compte une vingtaine de jours de voyage.

9 mai 1943

Le voyage fut pénible. Même motorisé, le passage de ces montagnes péruviennes reste difficile. Les pistes sont déplorables, les Indiens toujours dans le chemin. Je ronge mon frein depuis des jours…

10 mai 1943

Monsieur Duval nous fait l'honneur de sa visite. Nous lui présentons nos trouvailles. Il me félicite vivement : j'ai réussi. Et il ne sera que le premier d'une longue liste, c'est évident. Je loge désormais chez lui. Nous avons entreposé les pièces dans l'un de ses entrepôts. Il se charge de la surveillance avec des hommes de son entreprise. Pour ma part, je m'occupe du beau monde de Lima. De nombreuses visites sont organisées : Français, Anglais, Italiens… Tous veulent me faire honneur.

12 mai 1943

Monsieur Duval décide d'organiser une soirée en l'honneur de mes découvertes. Nous sortons quelques pièces de leurs caisses à cet effet, mais pas toutes : il est impératif que la France soit la première à jouir de ces richesses. Il est hors de question de livrer cette beauté à d'autres yeux.

13 mai 1943

Préparatifs de la réception chez monsieur Duval. Depuis la défaite de la France, l'envahisseur allemand est sur nos terres. J'en suis toujours horrifié et n'arrive pas à m'y faire. Je dois tout de même poursuivre ma mission. Nous livrerons les caisses à Marseille, en zone libre. Francis, avec l'aide de José, travaille sur ce point depuis notre arrivée.

14 mai 1943

Je suis hors de moi. Les transporteurs maritimes ne veulent pas se charger d'emporter mes trésors. Les mers ne sont pas sûres. Quelle honte, quel déshonneur ! Comment vais-je faire ? Je ne savoure pas la réception de monsieur Duval. Les visages de ces riches ignares défilent devant moi. Que connaissent-ils eux du Pérou, de la montagne, des richesses antiques ? À part le champagne et le luxe, ils sont ignorants de tout. Ils me dégoûtent.

Je comprends à la lecture des pages suivantes qu'Henri sombre dans une espèce de désespoir. Pourrais-je appeler ça une dépression ? Je ne sais pas. Il se livre à la boisson et ne fait rien de ses journées. Ce sont monsieur Duval, Francis et Pierre qui organisent l'acheminement des momies et des autres pièces en France. D'après ce que je déchiffre, le gouvernement péruvien s'est opposé à l'envoi en France de ses richesses nationales, ce que je comprends tout à fait. Il a interdit à toutes les compagnies de les charger à bord de leurs navires. Ce sont les fêtes et les communications d'Henri et de monsieur Duval qui ont mis la puce à l'oreille aux dirigeants du pays. Pas malin.

Mais le graissage de pattes semble courant au Pérou à cette époque. Un fonctionnaire, que j'imagine confortablement payé, signe enfin les papiers et une compagnie de fret maritime accepte le précieux chargement. Au grand dam d'Henri, personne n'est accepté à bord. Trop visible, trop dangereux. J'ai beaucoup de mal à suivre cette période : Henri écrit très mal avec force jurons et phrases incompréhensibles. Je ne peux que rêvasser : c'est un Henri ivre et dépité qui rédige ces lignes. Ses proches s'occupent de lui et des démarches administratives à effectuer. Je crois que madame Dussort est fortement sollicitée durant cette période. Henri n'écrit plus beaucoup et néglige ses notes pendant de nombreux jours. Il embarque finalement dans un bateau pour la France en août 1943. Ses précieuses momies sont parties depuis longtemps sur un autre navire. Mon ventre se serre. Elles ne réapparaîtront qu'en 1971 en France, comme par magie devant la porte des Solvair. Henri aura-t-il attendu ses précieuses caisses pendant 28 ans ? Comment ne pas devenir fou ? Je ne peux que me mettre à sa place, ces longs jours, mois, années d'attente. J'ai un vague sentiment au fond de moi à la fin de la lecture du carnet. De la tristesse, je crois. Henri est finalement quelqu'un de fragile, d'influençable. Les derniers jours relatés dans son carnet sont noirs, confus, troubles. Il n'est plus maître de lui-même, s'abandonne aux bons soins des autres et se laisse porter. Il ne contrôle plus rien. Est-ce de cette perte de sang-froid que résulte la perte de ses découvertes ? S'il avait été maître de lui, le résultat aurait-il été le même ? Est-ce que ces questions l'ont taraudé autant que moi ?

Je ferme le cahier. J'ai fini. J'ai tout lu. Je suis rentrée dans l'intimité d'un homme des années 1940 pendant plusieurs semaines. Je l'ai vu dans ses périodes de doute et de réussite. J'ai l'impression de le connaître, de le comprendre. Alors ces pages blanches à la fin du carnet me font mal. Pourquoi cette absence de suite ? Que s'est-il passé pendant les trente années suivantes ? Je ne peux qu'imaginer le désespoir d'Henri. Je reste avec cela : des pages blanches et un arrière-goût de désespoir, rance, passé, imaginaire, mais bien là.

Chapitre 16

Il faut que je trouve le second carnet, le cahier de travail d'Henri. La révolution verte attendra. Je retourne à la salle des mystères et fouille la malle de fond en comble une seconde fois. Je retrouve mon rangement aléatoire de papiers réalisé quelques semaines plus tôt. Ces feuilles n'ont plus la même saveur : elles ont appartenu à Henri. Il les a touchées. Ce ne sont plus des tas de paperasse, je les manie maintenant comme des reliques. Les reliques d'un homme de son temps qui n'a pas eu de chance. Et moi non plus, d'ailleurs. Chou blanc pour le second carnet.

Je sollicite à nouveau Samuel des services généraux. Nous passons un après-midi à éplucher son fichier Excel afin d'y trouver d'autres objets qui auraient pu appartenir à Henri. Rien d'autre. Il me tiendra au courant si de nouveaux objets arrivent de l'entrepôt.

Mais la nuit porte conseil. Le lendemain matin, je suis bloquée devant mon téléphone de bureau. Je n'arrive pas à soulever la main pour attraper le combiné. J'ai pris ma décision : je vais appeler Madeleine. J'ai son numéro depuis ma visite : je devais appeler en cas de retard.

Cependant je n'y arrive pas. Je sais que mon coup de fil ne sera pas le bienvenu. Je le sens. Je pense à Henri. Est-il là-haut ? J'implore son aide. C'est ridicule. Je décroche le combiné.

« Bonjour madame, je suis Iline de l'entreprise Solvair. Je souhaiterais parler à Madeleine Solvair, s'il vous plaît. Je suis venue il y a quelques semaines pour m'entretenir avec elle. »

« Ne quittez pas, je vous prie. »

Et là, l'attente. J'ai envie de raccrocher et de me rouler en boule sous mon bureau. Je ne suis pas là, vous ne me voyez pas. J'ai la même impression lorsque je pratique l'escalade. À l'accrobranche, par exemple. Tout l'arbre tremble avec moi de ma frayeur et je n'ai qu'une envie : faire corps avec son écorce.

« Allô ?»

Retour à la réalité, adieu mon arbre.

« Bonjour madame Solvair. Merci de répondre à ma sollicitation… »

« Je vous écoute. »

Elle me coupe de son ton sec. Je l'imagine à l'autre bout du fil, impatiente. L'affreux chat ne doit pas être loin.

J'explique du mieux possible la découverte « par hasard » du carnet dans la salle des mystères (merci, Sylvie !), sa lecture, l'origine péruvienne des momies, l'existence d'un archéologue dans la famille se prénommant Henri… Et je ne peux m'empêcher d'ajouter :

« Vous n'aviez pas connaissance de ce cousin archéologue ? »

Un grand silence accueille ma question. Je me demande si la conversation n'est pas coupée.

« Allô ? »

« Je vous entends parfaitement, mademoiselle. Ne vous avais-je pas demandé de ne plus nous importuner à ce sujet ? »

C'est reparti.

« Madame Solvair, ce n'est pas du tout dans mon intention. Je cherche juste à comprendre. Je ne juge pas du tout votre famille. »

Pourquoi dis-je ça ?

« Je sais qu'Henri a écrit un autre carnet, plus technique, sur ses découvertes. J'aimerais savoir s'il ne se trouve pas en votre possession. Là encore, je vous assure, je m'intéresse simplement aux momies et à leur histoire. »

Grand silence à nouveau. Je sens que Madeleine réfléchit. Une once d'espoir m'envahit. Elle reprend enfin la parole.

« Henri n'a jamais fait partie de la famille Solvair. Je n'avais pas à vous en parler. »

« Mais… »

« Il n'y a pas de « mais », mademoiselle. Je vous le répète : Henri n'a jamais fait partie de la famille et aucun de ses effets personnels ne se trouve ici. Et si jamais j'étais tombée sur quelque chose lui appartenant, je l'aurais détruit. »

« Vous n'avez donc jamais vu ce carnet ? »

Si jamais il a été détruit, autant le savoir tout de suite.

« N'ai-je pas été claire ? Aucune trace de cet Henri ne subsiste ici. »

« D'accord. Je vous remercie madame. »

J'aurais envie de lui hurler à la figure, de lui dire qu'on ne peut pas effacer quelqu'un de sa famille comme ça. Que je ne lui ai rien fait de mal. Qu'elle aurait dû me parler d'Henri dès ma première visite. Qu'elle devrait être plus curieuse, que ces momies, c'est aussi l'histoire de sa famille tant aimée. Elle devrait s'y intéresser et m'aider. Vous avez des œillères, Madeleine. Mais je ne dis rien.

« Merci encore et très bonne journée. »

« Attendez une seconde. »

Silence. Elle reprend son souffle.

« Je vous interdis, vous m'entendez bien, de mentionner Henri comme un membre de la famille Solvair. »

Elle susurre, d'une voix qui transpire la haine. J'en ai froid dans le dos à des kilomètres. Comment est-ce possible ?

« Cet homme n'a jamais fait partie de la famille. C'était un dévergondé, un bâtard qui n'a semé que la zizanie et la discorde pendant des années. Si vous continuez ainsi, je fais appel à mes avocats et vous intente un procès. Est-ce bien clair ? Je répète, est-ce bien clair, mademoiselle ? »

Je ne vois pas du tout en quoi je suis légalement en tort. Génétiquement, Henri fait bien partie de la famille Solvair. Qu'est-ce qu'un procès pourrait changer à cela ? Je pense que Madeleine perd le sens commun. Est-ce encore une stratégie pour me faire peur ? Certainement. Je m'incline bien bas en ayant, finalement, une forte envie de rire.

« Évidemment, madame, je comprends. Ne vous inquiétez pas à ce sujet. »

Je raccroche vite après quelques formules de politesse d'usage. J'ai l'impression d'avoir gagné un combat contre le dragon. Je l'imagine, livide, la main blanche d'avoir tenu son combiné si serré. Ses rancunes familiales ne sont pas les miennes. Je suis libre, moi.

Libre, mais sans le deuxième cahier. Si ça se trouve, il est en possession de Madeleine. Elle m'a déjà menti une fois, pourquoi pas deux ? Je ne sais pas si elle irait jusqu'à détruire des choses ayant appartenu à Henri. Ça reste un membre de sa famille, quoi qu'elle en dise. Cette histoire me trotte dans la tête. Le lendemain, je décide d'appeler

Sylvie afin de voir si elle pourrait m'aider. Je lui raconte, en détail, le contenu du cahier noir d'Henri ainsi que le dernier coup de fil à Madeleine.

« Ne pensez-vous pas que vous pourriez, par l'intermédiaire de votre frère Gérard, par exemple, essayer de vous renseigner concernant l'existence de ce deuxième carnet ? »

Je sens une réflexion bienveillante au bout du fil.

« Je peux essayer en effet. Je vais aller voir Gérard pour Noël. Je lui demanderai. Mais je ne vous promets rien. Il y a de grandes chances qu'il ne sache rien. »

Nous continuons notre discussion pendant quelques minutes et je raccroche. J'aurai fait au mieux pour mettre la main sur ce second carnet. Je travaille plus tard tous les soirs de cette semaine-là.

Chapitre 17

20 décembre. Je rentre dans la salle de réunion. Ils sont tous là. Tous les directeurs de ma branche. Ils ont l'air fatigué. Les dossiers de fin d'année doivent s'accumuler, tout comme les obligations familiales. Il fait nuit. La réunion a été prévue en fin de journée. Personne n'avait le temps avant, sans doute. Je croise le regard de l'unique femme de l'assemblée. Isabelle, directrice de la communication du 7e, est là. Son regard est doux, mais strict.

Mon ventre se serre un peu plus : que fait-elle là ?

Je m'installe pendant que mon chef prend la parole.

« Iline va nous résumer les avancées concernant les momies. L'objectif de cette réunion est de savoir si l'on interrompt ces recherches qui lui prennent beaucoup de temps et d'énergie. »

Alors là, pas du tout. Je sais que Dominique voudrait que j'arrête de travailler sur ce sujet. L'activité « normale » reprenant du poil de la bête ces derniers temps, il souhaiterait que je m'y consacre à 100 %. Mais ce n'est pas mon souhait. Je vais me battre pour conserver le projet et même le faire avancer. Je me rends bien compte que la démarche est délicate. Je vais devoir marcher sur des œufs. J'adresse un grand sourire à l'assemblée et lance mon PowerPoint. Je n'ai pas beaucoup de fond, alors je vais soigner la forme.

Je reprends les objectifs de ma mission : les 150 ans de Solvair, mettre en avant les trésors de la famille, comprendre d'où viennent les 17 squelettes, pourquoi ne pas réaliser une petite expo… Et je balaye les différentes étapes de mes recherches : les résultats non probants de l'étude au carbone 14, le travail conjoint avec André et

Antoine, tous deux des spécialistes, la découverte du carnet d'Henri, la provenance péruvienne des momies, leur perte en 1943 et leur mystérieux retour en 1971 chez les Solvair, nos doutes sur André Besoukow qui devait connaître le dossier à l'époque…

Je passe naturellement sous silence la rencontre avec Sylvie et ne mentionne que très rapidement celle avec Madeleine. J'évite le regard d'Isabelle.

Voilà pour le contexte. J'arrive, petit à petit, à intéresser les plus réticents. Presque tous, les uns après les autres, lèvent les yeux de leurs téléphones.

J'ai leur attention. C'est maintenant.

« J'ai aujourd'hui quatre pistes envisageables et j'aurais besoin de votre avis pour avancer. »

Toujours faire croire que ce sont eux qui prennent les décisions.

« La première serait de réaliser les tests proposés par l'agence C.R.L. Il est question d'un tout nouveau protocole… »

« Alors là, Iline, je t'arrête tout de suite. Il est hors de question de remettre ne serait-ce qu'un kopeck dans cette histoire. Si cette agence n'a pas pu produire de résultat lors de la première analyse, nous n'allons pas lui en financer une seconde. Nous ne sommes pas une boîte de recherche en archéologie à ce que je sache. »

Sourire en coin : c'est Sylvain Motte, directeur financier de Solvair Conseil.

Toute l'assemblée hoche la tête en signe d'acquiescement. Réaction prévisible et attendue : je passe à la piste numéro deux.

« D'après Antoine, André Besoukow, qui travaillait avec Alain Rouand à l'époque, devait connaître le dossier. »

« Que proposes-tu à ce sujet ? » La question émane de Joris.

« Je pense que nous pourrions enquêter davantage sur ce terrain. Peut-être rencontrer Alain Rouand. »

Erreur de ma part : la demande de rendez-vous a déjà été envoyée par Antoine. S'ils me disent non, je vais encore devoir y aller en secret, comme pour Sylvie. Je rougis.

« Ça, je n'y vois pas d'inconvénient. Il est tout à fait légitime de rencontrer l'auteur d'un dossier réalisé pour Solvair il y a quelques années. » Joris a envie d'avancer. Un rendez-vous galant ce soir ? Je souris intérieurement.

L'assemblée est d'accord.

« En revanche, pour enquêter sur l'archéologue, je ne vois pas comment tu pourrais t'y prendre, Iline. Tu as des amis dans la police ? » Joris rit.

Il ne croit pas si bien dire : oui, mon grand-père était policier, tout comme mon oncle. Je suis à deux doigts de lui répondre ça. Mais au fond, il a raison. Avec Antoine, on utilise ce grand mot, « enquêter ». Mais comment ? Et avec quels moyens ? Nous ne sommes pas dans un roman policier. Joris a raison.

« Je plaisante, Iline. »

Il a dû voir mon visage s'empourprer et mon intense réflexion interne. Joris n'est jamais méchant. En tout cas, pas avec moi jusqu'à présent.

« Je pense que vous n'avez pas les moyens d'en savoir plus sur monsieur Besoukow, facilement et rapidement. De toute façon, il n'est pas souhaitable qu'une de nos employées travaille sur un sujet pareil. Ce n'est tout simplement pas ton métier. Et surtout, je me demande si cette accusation est véritablement fondée. Oui, il aurait peut-être pu savoir, mais tout cela reste quand même très vague, vous ne trouvez pas ? »

Plusieurs prises de paroles dans ce sens. Bon. Piste en suspens. Au moins, ça me permet de faire le tri. La stratégie à adopter : annoncer à André un arrêt des recherches, car j'ai beaucoup de travail par ailleurs. Ça se tient. Je pense suivre leurs conseils.

La troisième piste est la plus difficile à amener. Je suis gênée, mais je dois y aller tout de même… Malheureusement. J'ai tourné les phrases plusieurs fois dans ma tête afin de trouver les plus appropriées. Je me lance et parle de François Rizière. Je mets des guillemets partout, évite de dire que les informations viennent d'André que je viens de lyncher auparavant et prends toutes les précautions du monde. Oui, un de vos actionnaires actuels, que vous connaissez peut-être personnellement, serait un pervers sado-maso qui utilise des antiquités dans des soirées louches. Rien que ça. J'insiste bien sur les « on dit » et les « rien n'est sûr, mais il faut tout de même que je partage cette information avec vous ». Votre actionnaire serait un trafiquant d'antiquités. Joyeux Noël.

Tous les regards sont tournés vers moi. Plus personne n'est sur son téléphone, bizarrement. J'attends deux réactions : soit tout le monde éclate de rire tellement cette piste est ridicule, soit, au contraire, elle les inquiète car elle pourrait être vraie.

J'ai fini ma diatribe. Le silence se fait.

Je sens les regards se tourner imperceptiblement vers Isabelle. Elle doit connaître François Rizière personnellement.

Mais c'est Joris qui prend la parole. Très sérieusement.

« Merci pour ces informations, Iline. »

Il est sympa, il a dû percevoir ma gêne.

« Nous ne pouvons pas décemment t'encourager à creuser cette piste. Il s'agit de notre actionnaire et il me semble qu'ici aussi les faits que tu nous exposes, comme tu l'as très justement dit d'ailleurs, ne reposent pas sur des arguments très solides. »

Toutes les têtes acquiescent en même temps. Je sens le regard de Dominique sur moi. Il n'avait pas le temps pour faire un point avant la réunion : il doit le regretter maintenant. Il m'aurait très certainement conseillé de passer cette piste sous silence. En tout cas, je prends note que personne ne s'est esclaffé. Ne serais-je pas tant à côté de la plaque que ça ? Ce François doit être un drôle de bonhomme. Ça fait froid dans le dos.

Isabelle prend la parole. C'est la première fois.

« En effet, il ne paraît pas justifié de poursuivre cette recherche sur François. »

Pas de nom de famille : elle le connaît bien.

« D'une part, ce sont des ragots sans fondement, d'autre part, même si nous le voulions, nous n'aurions pas les moyens de nos ambitions. Je ne vois pas comment "enquêter", comme vous dites, sur la vie privée d'un de nos actionnaires. »

Elle a tout à fait raison. En fin de compte, je ne sais pas si j'aurais dû parler de ces soupçons.

« Néanmoins, il me semble de notre devoir de sécuriser l'accès aux 17 squelettes du 3e sous-sol. Je m'en occuperai personnellement avec les services généraux et je serai attentive à toute demande émanant de François au sujet de ces momies si jamais une telle demande est émise un jour. »

Quelle classe. Merci Isabelle. D'une part, elle discrédite complètement les « ragots » contre François

Rizière et d'autre part, elle prend tout de même mes questionnements en compte. Le tout amené d'une manière très naturelle. Il n'y a rien d'autre à dire. Il est temps de passer à la quatrième et dernière piste. C'est maintenant qu'il me faut une validation. J'ai fait exprès de parler des « passions » de Rizière juste avant. Ma demande semblera bien plus acceptable pour faire oublier la piste numéro 3. Enfin, je l'espère…

« La dernière piste serait de se rendre au Pérou, sur les lieux où Henri Solvair a découvert les momies. »

Une vingtaine de regards interrogateurs se tournent vers moi. Mais après la mise en doute potentielle de l'intégrité de leur actionnaire, pas un sourire ne s'esquisse sur les visages. Je suis prise au sérieux avec cette dernière demande. Basile avait raison. Sa stratégie fonctionne.

Je déroule mon argumentaire. D'autres momies ont pu être découvertes au même endroit, et il pourrait même y avoir un musée retraçant toute leur histoire. Nous pourrions restituer les momies au Pérou : elles croupissent depuis des années, et quel coup de pub pour Solvair ! Justicier des antiquités. Je ne le dis pas, mais je le pense très fort : au moins elles seraient à l'abri de François Rizière. Je ne saurai jamais si je suis la seule à faire ce parallèle.

Je montre que j'ai bossé : proposition de budget à l'appui pour le voyage, les billets d'avion, le coût de la vie sur place… J'ai tout ficelé afin qu'ils me donnent une réponse maintenant, et non lors d'une nouvelle réunion dans des semaines me demandant plus de détails, et permettant ainsi de repousser l'échéance de la réponse.

C'est Isabelle qui prend la parole en premier :

« Ce n'est pas mon rôle de me prononcer sur cette proposition. Je souhaite, en revanche, soulever un point concernant la famille Solvair. C'est d'ailleurs la raison de ma présence ici. »

Que va-t-elle me faire ? J'avais l'impression que c'était presque gagné. Mon ventre se serre.

« Iline, Madeleine m'a appelée suite à ton coup de fil. »

Bien sûr. Quelle peste !

« Je souhaite insister sur le fait que, comme vous le savez tous ici, il est plus que souhaitable pour le moment d'entretenir de bonnes relations avec la famille Solvair. Avec Madeleine, leur porte-parole, en particulier. »

Son regard balaye l'assemblée.

« Iline, j'aurais souhaité que tu m'informes de ce coup de fil. »

Je suis dans mes petits souliers, prise la main dans le sac.

« Je souhaitais juste m'informer de l'existence du second carnet. »

Je ne sais plus où me mettre.

« Je suis sûre que cela partait d'une bonne intention. Néanmoins, je suis dans l'obligation d'exiger une cessation des prises de contact avec la famille Solvair. »

Elle ne me regarde plus. Ses yeux sont fixés sur Joris et Dominique. Elle attend une réponse de mes supérieurs. C'est Dominique qui s'y colle, en tant que supérieur hiérarchique direct.

« Oui, bien sûr. Iline ne sollicitera plus la famille Solvair. »

Il me regarde en prononçant ces mots. Bon, c'est désormais fixé : je vais devoir m'y tenir.

Je n'ai pas le temps de me décider : est-ce que Sylvie fait partie de la famille Solvair ? Isabelle reprend la parole :

« Merci pour votre aide précieuse à ce sujet. C'est important. Je vais devoir vous laisser, j'ai une autre réunion qui commence. Je souhaite te remercier, Iline, pour tout le travail réalisé. En fin de compte, c'est pour le département communication que tu travailles. » Elle sourit.

« Mais je n'ai pas de budget attitré : attention, je pourrais venir quémander ! »

Tout le monde s'esclaffe.

« Bon courage pour la suite. Personnellement, la piste péruvienne me paraît être la plus sérieuse et la moins, disons... hasardeuse. »

Elle sourit encore en disant cela tout en se dirigeant vers la porte.

« Bonne soirée à tous et très bonnes fêtes de fin d'année à ceux que je ne reverrai pas. »

Merci, Isabelle ! C'est mon cadeau de Noël avant l'heure.

La porte se referme et le rayon de soleil disparaît. Je me retrouve face à une vingtaine de mines fatiguées, qui veulent rentrer chez elles ou s'occuper d'autre chose. Qu'en pensent-elles ? J'attends, péniblement, une réaction. C'est à eux de jouer.

Ça discute en petits groupes. J'entends du pour et du contre chez chacun d'entre eux.

Il me reste une carte. La dernière. Est-ce le bon moment ? Je tente. J'attends une accalmie et je me lance :

« Une précision, si vous le permettez. »

Les yeux se lèvent vers moi.

« J'ai discuté avec Justin de la propriété des 17 squelettes. Nous, l'entreprise Solvair, sommes responsables légalement parlant de ces momies. La famille n'en est plus propriétaire. Nous sommes en charge de leur bonne conservation. J'ai également pensé à la valeur de ces momies : que se passerait-il si le gouvernement péruvien apprenait l'existence de ce trésor national et intentait un procès contre Solvair pour les récupérer ? Je ne suis pas sûre que nous serions en mesure de répondre, sans frais, à ce type d'accusation si jamais il nous parvient un jour. »

Je brode un peu. Je n'ai jamais parlé spécifiquement de ce sujet avec Justin.

Brouhaha dans la salle. Ça discute dans tous les sens. Je distingue principalement des avis positifs. Je souris malgré moi.

Certains prennent la parole pour soutenir le voyage au Pérou. Quelques contestations, mais assez vite balayées. De plus en plus de visages se tournent vers les écrans des téléphones portables. La décision est prise. Le verdict devrait tomber bientôt.

« Qui on envoie ? »

Cette question de Joris à l'assemblée me fait froid dans le dos. Mais enfin, c'est évident : moi ! Qui d'autre ? C'est moi qui ai bossé sur ce dossier depuis le début !

« Parles-tu espagnol, Iline ? »

Question du directeur financier, bien sûr. Il ne perd jamais les pédales, lui.

« Heu… » Ça va très vite dans mon cerveau…

« Non, j'ai appris l'allemand à l'école. »

Que devais-je faire ? Mentir ? Et me retrouver perdue si jamais je pars… Mais là, je risque de rester ici.

« Avec l'aide d'Agathe, ça devrait aller non ? »

« Tu connais Agathe, Iline ? »

« Oui, elle est dans l'équipe commerciale Amérique latine, je l'ai rencontrée une fois. »

« Bien. »

Joris va rendre le verdict, mais Dominique s'impose :

« Mais ça te dirait d'aller au Pérou, Iline ? Il faut tout de même te demander ton avis ? »

Il espère que je préfère rester ici travailler sur les dossiers urgents de type panneaux solaires. Je le vois dans ses yeux. Les miens, en revanche, s'illuminent.

« Ah oui ! Ce serait super ! »

Mon enthousiasme en fait même sourire quelques-uns. Raté, Dominique.

Joris reprend la parole :

« Très bien. Tu partiras donc au Pérou l'année prochaine pour en savoir plus sur ces momies. Sylvain, nous regarderons ensemble à la rentrée sur quel budget ponctionner les coûts du voyage. Nous te conseillons de te rapprocher d'Agathe sur place, elle parle espagnol. Pascal, tu pourras la contacter ? »

Pascal est le directeur commercial.

« Pas de problème, ça va lui plaire. »

« Très bien. En revanche, nous sommes tous d'accord : toutes les autres pistes proposées sont abandonnées et la famille Solvair sera laissée tranquille. C'est bien clair ? »

Dire oui à son directeur général droit dans les yeux n'est jamais évident. Mais je pars au Pérou !

La réunion est finie, tout le monde range ses affaires.

Joris me pose une dernière question :

« Iline, tu sais évidemment où se trouve Pititayo ? »

« Oui, bien sûr ! »

Je n'en ai pas la moindre idée.

Chapitre 18

Janvier 2018. Retour au bureau après de superbes vacances de Noël. Cette année, le blues de la rentrée est bien moins fort : je pars au Pérou à la recherche d'informations sur nos momies. À la place de la clef que j'utilisais jusqu'alors, j'ai reçu un badge d'accès pour aller les voir au 3e sous-sol. Isabelle n'a pas traîné. À chaque ouverture de la porte, l'heure, le jour et les coordonnées du porteur de badge sont enregistrés.

Dès mon retour, je m'occupe d'organiser ce voyage. Je ne suis jamais allée en Amérique latine.

Je contacte Agathe qui a à peu près mon âge. J'apprends qu'elle vit à Mexico City, bien loin du tout petit village de Pititayo, introuvable sur le web. Je comprends vite qu'elle pourra m'aider sur place, mais hors de question pour elle de passer du temps sur le dossier à distance : trop de boulot. Évidemment, elle ne connaît pas Pititayo. J'ai passé des heures à chercher ce village ou lieu-dit sur Internet : rien. Mais vraiment rien. Je ne sais plus trop quoi faire. Je m'arme d'un traducteur français - espagnol et je décide d'écrire au gouvernement péruvien pour lui demander de l'aide. Avant envoi, je fais relire mon message par Basile qui a eu la chance d'étudier l'espagnol à l'école et non pas l'allemand qui, aujourd'hui, ne me sert strictement à rien. J'appuie sur le bouton d'envoi. Je n'espère malheureusement pas grand-chose de ce côté-là. D'ailleurs, le village a peut-être disparu depuis 1943. Il faudrait avoir accès à des archives papier au Pérou. Ça veut dire des journées de recherches… Et moi qui ai dit à Joris que je savais où se trouvait Pititayo… Je préfère ne pas y penser.

André m'appelle pour m'adresser les traditionnels vœux de bonne année et prendre des nouvelles concernant les avancées de « l'enquête ». Je suis obligée de mentir avec aplomb. Le projet est arrêté, j'ai trop de travail par ailleurs, ma hiérarchie m'a demandé de tout interrompre. Je ne suis pas à l'aise. Je déteste ne pas dire la vérité. J'essaie d'avoir l'air le plus naturel possible. J'explique également qu'Antoine est en partiels et qu'il n'a pas de temps à consacrer au sujet, il semble convaincu par mes justifications. De toute façon, avec les fêtes, il n'a pas fait grand-chose de son côté non plus. Le pauvre, s'il savait que je prépare un voyage au Pérou !

Me vient alors une idée : est-ce qu'André, archéologue de renom, ne pourrait pas m'aider à me dépatouiller là-bas ? Je décide de tenter le coup.

« André, quand tu arrives dans un pays pour des fouilles, comment t'y prends-tu pour retrouver des lieux aux noms oubliés ? » Un peu tarabiscotée, ma question, mais nous allons voir.

« Pourquoi me poses-tu cette question ? »

« Oh, pour savoir. Je me demandais, c'est tout. »

« Eh bien, très souvent il y a un confrère sur place qui en sait bien plus que nous-mêmes et qui a accès rapidement aux archives du pays. »

« Dans tous les pays ? »

« Oui, presque tous. »

On va jouer un peu.

« Vraiment tous ? »

« Oui, à peu près. »

« Je suis sceptique. »

« Ah bon ? »
« Tu les connais tous ? »
« Un grand nombre ».
« Par exemple, qui est le spécialiste au Cameroun ? »
« Philippe Vabre. »
« De la Chine ? »
« Xjin Llang pour le nord et Jason Trown pour le sud. Si je simplifie. C'est plus complexe en réalité. »
« Le Pérou ? »
J'ai mon Bic, aussi concentré que moi.
« Roberto Gonzales Yupanqui. »
« Et la Papouasie-Nouvelle-Guinée ? »
Victoire ! J'ai au moins un nom si besoin.
« Valérie Ramisseau. »
« Ah ouais, pas mal. »
La discussion se termine en banalités. J'ai l'impression qu'il n'y a vu que du feu. Je suis soulagée que cet appel soit fini.

J'appelle Antoine dans la foulée. Je suis toujours contente de l'avoir au bout du fil. Je lui explique que je pars bientôt au Pérou, même si je n'ai pas encore pris les billets d'avion. J'attends de trouver Pititayo. Je lui parle aussi de la stratégie à adopter envers André et lui demande de ne plus porter d'attention aux actions de François Rizière. Il est d'accord. De son côté, il a pu obtenir un entretien avec Alain Rouand dans deux semaines, quand il sera de passage à Paris. Antoine veut en profiter pour venir, me rencontrer et assister à l'échange avec Alain. Je ne suis pas contre, bien au contraire. Je note dans une partie de mon cerveau de ne pas prendre mon billet d'avion avant cette date. J'ai hâte de rencontrer Antoine, ainsi qu'Alain, ami d'André. Ça fait beaucoup de prénoms commençant par « A ».

Comme chaque année, je n'ai pris aucune résolution particulière. Ça ne sert à rien. En tout cas pour moi. Je ne m'y tiens jamais. Les « tiens-toi droite », « fais plus de sport », « sois plus gentille avec Basile » n'ont jamais fonctionné. Si je décide quelque chose, c'est instantané. Ça a plus de chance de marcher. J'ai eu une discussion intéressante avec mon père à Noël. Je lui ai demandé s'il y avait dans notre famille quelqu'un qui s'était distingué comme dans la famille Solvair. Une personne qui sorte du lot, qui ait écrit ne serait-ce qu'un tant soit peu l'Histoire. J'ai l'impression que nous sommes une famille standard. Pas un génie, pas un artiste, pas un politique, pas un homme (ou femme, d'ailleurs) de pouvoir. Il m'a répondu que si, un homme avait fait quelque chose d'exceptionnel : lui. Il a épousé ma mère et a fait trois beaux enfants. J'ai souri. Et il avait raison. Qu'importe la notoriété d'une famille ? Je ne suis pas certaine que Madeleine ait hérité d'autant de bonheur que d'argent et de problèmes. Savoir se contenter des choses simples, apprécier la vie sans attentes particulières. Voilà ce que serait ma bonne résolution de 2018. Elle est difficile et demande très certainement bien plus qu'une vie pour la réaliser. Je ne me sens pas prête pour cela. Je vais finalement essayer de me tenir droite.

Je contacte Gabriel par e-mail. C'est un informaticien faisant partie de mes connaissances. Je n'ai pas reçu de réponse du gouvernement péruvien. Tu parles ! La question : « Où se situe le village Pititayo, qui existait encore en 1943 ? » n'a pas dû passionner les foules. Je ne sais donc pas où aller au Pérou. Je peux, certes, me rapprocher de Huancayo dont Henri parlait dans ses écrits et qui existe toujours, mais à part ça, pas de grandes avancées. Je crois aux nouvelles technologies. Internet permet de faire des choses que l'homme, de manière collective comme individuelle, n'aurait jamais pu réaliser. Pititayo existe forcément quelque part sur la toile et c'est moi qui ne sais pas chercher correctement. Je lui explique rapidement mon problème et lui demande de l'aide. On verra bien ce que ça donne.

Chapitre 19

Aujourd'hui, je rencontre Antoine. Nous nous sommes donné rendez-vous à Paris, une heure avant de voir Alain Rouand. Je suis place de la Bastille, assise sur un banc. Je le guette. Je regarde les pigeons qui vivent leurs vies, tranquillement. Le clochard qui trouble les passants, la petite fille qui ne doit pas être parisienne, qui savoure tout ce qu'elle découvre. L'étudiant blasé, rivé sur son portable. Je n'ai plus les écrits d'Henri pour me tenir compagnie. Ils me manquent. Je n'ai pas repris de nouveau livre depuis. Comme si j'étais en deuil. Je respecte un temps de pause après ces dernières pages blanches. Je joue surtout à deviner qui est Antoine dans cette foule de passants. Un jeune homme timide et effacé ? Une grande gueule bien habillée ? Personne ne me paraît être « lui » pour le moment. Arrive un petit bonhomme blond, lunettes et sacoche en bandoulière. La caricature de l'étudiant en archéologie. Enfin, d'après mes critères. Il se dirige vers moi. C'est bien lui, c'est bien Antoine. Basile peut se rassurer : pour me faire rire, il m'avait fait un semblant de crise de jalousie envers Antoine. « Le bel archéologue qui promet l'aventure et la culture ». Antoine me paraît tout jeune. Un peu perdu dans ses rêves, ça se sent même de loin. Il m'inspire la même sympathie qu'au téléphone. On va boire un coup dans le café en face de mon banc. On discute du projet, de mon voyage au Pérou, d'André et finalement d'Alain que nous allons rencontrer dans quelques minutes. Nous formons tout de suite une équipe. Antoine est un battant. Même si le métier d'archéologue est difficile, je suis sûre qu'il se donnera les moyens d'y arriver. N'est-il pas là aujourd'hui, en face de moi, parce qu'il a accepté de travailler gratuitement à ses heures perdues ? A priori, ses partiels se sont bien passés.

Quelques minutes plus tard, nous changeons de décor et de café pour attendre Alain. J'ai peur qu'on ressemble à deux enfants attendant le père Noël. Allez, ressaisis-toi, Iline : jusqu'à présent, tout s'est toujours plutôt bien passé. Alain est en retard. Quand il rentre dans le café, Antoine me donne un coup de coude discret.

La soixantaine bien tassée, pantalon en velours de papa, lunettes de papa, sac de papa, coupe de cheveux de papa. C'est un… papa. Tout dans son accoutrement le crie haut et fort. Il ne ressemble pas du tout à un archéologue, mais bien à un père de famille du XVIe arrondissement parisien. Ou de Versailles, peut-être. J'ai l'impression qu'il vient de sortir de la messe avec ses cinq enfants et son labrador. C'est fou comme un seul coup d'œil peut apporter son lot de jugements. Ce pauvre Alain n'a rien demandé. Il est même ici pour nous aider.

Toutes mes théories s'envolent une fois qu'Alain Rouand s'assied en face de nous. Son regard est fuyant, il n'ose pas nous regarder dans les yeux. Son assurance, son image de riche père de famille ne serait-elle finalement qu'une façade pour cacher sa timidité ? J'en ai bien l'impression dès le début de nos échanges. Nous rencontrons enfin l'auteur présumé du dossier « 1980 ». La discussion commence. Ma voix tremble un peu. Je suis émue. Ça fait des mois que l'on te cherche, Alain. Ne nous déçois pas.

J'engage la conversation. C'est mon rôle ce matin.

« Bonjour monsieur Rouand. Merci beaucoup d'avoir répondu à notre sollicitation. »

« Mais je vous en prie, avec plaisir. Je passais justement par Paris avant de rentrer chez moi en Normandie. C'était l'occasion. »

« Oui, merci monsieur Rouand. » Antoine souhaite aussi prendre part à la conversation.

« Voilà, si nous avons bien compris, c'est vous qui êtes l'auteur de ce dossier concernant 17 squelettes. Il a été rédigé en 1980 à la demande de la société Solvair. C'est cela ? »

« Oui, tout à fait. »

J'ai encore cette désagréable sensation d'être un inspecteur de police. Quelle est cette manie de poser des questions de manière si autoritaire ? J'ai l'impression qu'Alain le ressent. On dirait qu'il rentre dans sa coquille. Il n'ajoute rien de plus. C'est à moi de relancer la machine.

« Et… pourriez-vous nous en dire un peu plus à propos de ce dossier ? »

« Oui. Que voulez-vous savoir ? C'est l'entreprise Solvair qui m'a demandé de réaliser une étude sur les objets stockés dans un de leurs entrepôts. Si je me souviens bien, il y avait une histoire de vente et il fallait dresser un inventaire et vérifier que rien de compromettant ne s'y trouvait. Il faut me comprendre… »

Ses yeux se voilent, on dirait presque qu'il va se mettre à pleurer.

« C'était une période difficile pour moi. J'ai une famille nombreuse, les enfants étaient en bas âge et le travail se faisait rare à cette époque. »

C'est stupéfiant comme les gens se confient rapidement. Je ne lui ai jamais demandé de rentrer dans ces détails, surtout si ça le gêne. Je jette un coup d'œil à Antoine, ça n'a pas l'air de le perturber.

« J'ai donc accepté cette étude. Avec mes cinq enfants, c'était indispensable pour mettre du beurre dans les épinards. »

Ah, j'avais raison ! C'est bien un papa…

« J'ai été très étonné de découvrir ces squelettes, je dois vous le dire. Un travail bien plus intéressant que ce que j'avais pensé au départ ! N'ayant aucune information à leur sujet, j'ai donc passé beaucoup de temps à décrire ces pièces. »

« Oui, nous avons vu, le dossier est extrêmement précis et bien documenté à ce sujet. »

« Je vous remercie ».

À cet instant surgit le serveur pour prendre nos commandes. Un café pour Alain, un coca pour Antoine et un thé pour moi.

Je sens qu'Antoine s'impatiente. Imperceptiblement, je lui fais signe de prendre la parole.

« Et vous avez réalisé une étude à 100 % descriptive. C'est assez inhabituel. Enfin… oui, inhabituel. Pourquoi ? »

Alain, pour la première fois, nous regarde vraiment. J'imagine qu'il doit faire face à deux paires d'yeux interrogatifs.

Il sourit timidement.

« On me l'a demandé. »

Il se reprend, presque virulent.

« J'étais parti pour réaliser un dossier complet, fouillé. Vous comprenez, il pourrait y avoir des années de travail sur un sujet comme ça. »

Je ne sais qu'en penser. Ça me plaît beaucoup de travailler sur ce sujet. Mais des années ? C'est long, très long, avant d'avoir le fin mot de l'histoire.

« Et des années de travail, pour moi, à cette époque, c'était la poule aux œufs d'or. C'est pour cela que j'ai soigné ce dossier. Mais quand j'ai voulu faire des hypothèses sur ces squelettes, on m'a prié bien gentiment de m'arrêter là. On ne souhaitait qu'un dossier purement descriptif, rien de plus. Un outil pour la vente, c'est tout. J'étais extrêmement déçu, comme vous pouvez le comprendre. »

Ses yeux se perdent dans le vague, dans le passé.

« Et pourquoi n'avez-vous pas laissé votre nom sur ce dossier ? » C'est une question qui me taraude depuis longtemps. Un dossier si complet.

« Mais c'était juste une ébauche ! J'ai passé des semaines à faire ce qu'un étudiant pourrait faire tout seul. »

Il se tourne vers Antoine :

« Sans vouloir vous offenser. »

« Il n'y a pas de mal. »

« J'ai eu honte. Honte de laisser mon nom sur un dossier de ce type. Sans hypothèses, sans conclusions, sans liens historiques… Non, non. Je n'ai pas voulu. Ma carrière était dans une mauvaise passe, mais pas assez pour accepter de laisser mon nom sur un travail de description bête et méchant. »

Ce type timide et craintif a dû être touché au vif. Il est encore capable de hausser la voix, de s'emporter au sujet d'un dossier vieux de 40 ans. Un rapide regard à Antoine me fait dire qu'il a compris aussi. Je tourne ma cuillère dans mon thé à la recherche d'une autre question.

« Au début, le commanditaire de l'étude vous avait-il précisé qu'il ne s'agissait que d'un travail descriptif ou est-ce que cette décision a été prise après coup ? »

« Ah, non. Les directives ont changé dans un second temps. Sinon je n'aurais jamais accepté un tel travail. »

Ils ont quand même la grosse tête, les archéologues. Entre celui du cocktail, Henri Solvair et lui, dans un style différent, c'est une sacrée brochette.

« Vous souvenez-vous du nom de ce commanditaire ou de la personne avec qui vous étiez en contact chez Solvair ? »

« Vous me posez une colle. Ça fait presque 40 ans maintenant. Je serais bien incapable de vous le dire. »

« Et si vous cherchez dans vos dossiers ? » Intervention d'Antoine.

« Vous savez, jeune homme, les e-mails n'existaient pas à l'époque. Il s'agirait de chercher dans mes archives. J'ai fait du rangement il y a quelques années. Je n'ai gardé que les documents dignes d'intérêt. Je vous prie de croire que celui-ci est allé tout droit à la poubelle. »

Échec.

« Et quelles hypothèses aviez-vous en tête à l'époque concernant les squelettes ? »

Il ne prend même pas le temps de réfléchir. Ça sort tout seul.

« Des momies incas. D'Amérique du Sud. »

Je suis stupéfaite. Comment a-t-il deviné si justement alors qu'André en était bien incapable ?

« Mais… vous aviez fait des analyses ? Une datation au carbone 14 par exemple ? »

« Non. Vous savez, une datation carbone dans les années 1980, ça coûtait une fortune. Solvair n'était pas dans cette mouvance. Bien au contraire. Non, non, c'est l'expérience. Et je pense toujours que ce sont des momies incas. Même si elles ne sont pas des plus classiques, leurs postures, les trépanations… Je mettrais néanmoins ma main à couper qu'il s'agit de momies incas. »

Je me demande si je ne reste pas quelques secondes la bouche grande ouverte. Antoine aussi semble très étonné. Si c'est aussi simple, pourquoi André ne nous a-t-il rien dit ? Je ne comprends pas.

« Donc d'après vous, c'est évident ? Je veux dire, la provenance des squelettes. »

« Pour un archéologue qui a travaillé un peu en Amérique latine, oui. »

Leçon du papa. Les deux petits restent silencieux un moment. Il est maintenant indispensable de poser cette question.

« Connaissez-vous André Besoukow ? »

« Bien sûr, j'ai travaillé de nombreuses années avec lui. »

Un sourire plein de tendresse se peint sur son visage. Il m'invite à poursuivre sur ce sujet.

« Et vous travailliez ensemble en 1980 ? André a-t-il pu connaître ce dossier ? »

« Laissez-moi réfléchir… Avec André, nous avons collaboré sur beaucoup de choses. Est-ce que nous avons travaillé conjointement sur ce dossier en particulier... Je ne crois pas. Mais je lui en ai parlé, c'est sûr. Ne serait-ce que de la tournure des événements et du changement de périmètre de la mission. J'étais hors de moi. Je lui en ai parlé. Je m'en souviens très clairement. »

Antoine avait raison, il y a bien quelque chose de louche avec André Besoukow. Pourquoi ne nous a-t-il rien dit ? Il ne s'en souvenait plus ? Il est vieux, certes, mais je n'ai jamais constaté d'oublis chez lui. Je ne comprends pas.

« Pensez-vous qu'André, monsieur Besoukow, serait capable d'identifier la provenance de ces momies ? »

« Bien sûr. Il a l'expérience de l'Amérique latine. C'est un très grand archéologue, vous savez. Très compétent. Comptez-vous lui confier une mission à ce sujet ? »

Ses yeux sont interrogateurs, mais ne nous regardent pourtant pas. Toujours pas. C'est ce que l'on appelle un regard fuyant.... Néanmoins il me donne un élément plausible pour justifier ces interrogations.

« Oui, tout à fait. C'est aussi pourquoi nous voulions vous rencontrer : savoir si, vous qui avez déjà travaillé sur le projet, vous pensiez qu'André Besoukow serait la bonne personne pour reprendre votre travail. »

« Mais certainement ! Ça fait bien longtemps que je n'ai pas vu André, mais avec lui, vous êtes entre de bonnes mains. »

Pour couper court à toute initiative qui nous mettrait en porte-à-faux vis-à-vis d'André, j'ajoute :

« Je vous demanderai de ne pas le contacter. En effet, nous n'avons pas encore arrêté notre choix et je ne voudrais pas causer de déception inutile. »

« Je comprends, comptez sur moi. »

Je regarde Antoine : il est abattu.

Je me tourne vers Alain qui regarde encore ailleurs. Que puis-je demander encore ?

« Si vous aviez à travailler sur ces momies aujourd'hui, quelle stratégie adopteriez-vous ? »

Autant en profiter.

« J'essaierais de déterminer leur origine avec certitude. »

Merci bien, mais encore ? Je le regarde en attendant la suite.

« Ah, si vous souhaitez me proposer de travailler là-dessus… »

« Non, non. Pas du tout. C'est dans l'absolu. ».

Ma question n'était en effet peut-être pas judicieuse.

« …Eh bien, sachez que je ne suis pas disponible en ce moment, même si c'est un très beau chantier. Mais je vous conseillerais de faire appel à un spécialiste. André est un très bon choix. »

Bon, c'est raté. Il ne nous donnera pas de tuyau.

Je le remercie chaleureusement pour son aide et le temps précieux qu'il nous a accordé.

Antoine a du mal à articuler un au revoir.

Alain reprend son attirail de papa du XVIe qui habite en fait en Normandie et quitte le café, en route vers un autre rendez-vous. Drôle de personnage. J'aurais beaucoup de mal à lui confier une mission.

Je me tourne vers Antoine, il explose.

« Comment c'est possible ? Il s'est foutu de nous ! Quel… »

Je lui fais signe de baisser d'un ton. De nombreuses têtes sont tournées vers nous. Je n'ai jamais aimé les rendez-vous dans les cafés. Je paye et nous sortons. Nous pourrons parler plus librement.

Antoine reprend :

« Je ne comprends pas. Quel motif André peut bien avoir pour nous faire tourner en bourrique comme ça ? »

J'aime bien l'usage de vieilles expressions chez des jeunes.

« Je ne sais pas, il y a sûrement une raison. » Au fond de moi, j'en veux aussi à André. Pourquoi ne nous a-t-il pas vraiment aidés ? S'il connaissait déjà le dossier et qu'il est aussi simple pour un archéologue avec un peu de bouteille de déterminer l'origine des momies, pourquoi ne nous avoir rien dit ? Pour une question d'argent ? Il veut une mission rémunérée ? Mais il n'en a jamais parlé et il est à la retraite…

« Quand t'a-t-il rencontrée ? » me demande Antoine.

Je lui résume la soirée-drame de ma première rencontre avec le monde de l'archéologie.

« Donc, ce n'est pas toi qui lui as demandé de travailler pour nous ? »

« Non, c'est lui qui est venu vers moi. »

« Il aurait très bien pu avoir un intérêt dans toute cette histoire et s'imposer à nous ? »

Je suis obligée d'acquiescer, même si je n'arrive toujours pas à comprendre pourquoi André aurait fait une chose pareille.

« Si je résume, on a un vieil archéologue qui se présente à toi lors de cette soirée et te propose de travailler gratuitement. C'est bien ça ? »

« Oui. »

Je vois où il veut en venir.

« Et tu ne trouves pas ça étrange ? Un archéologue est toujours en recherche de budget. C'est la règle n° 1. »

Oui, je me suis peut-être fait avoir. Ça n'existe plus, la beauté du métier aujourd'hui. Le fric s'est immiscé partout.

« Et ce type, en fait, connaissait le dossier. Il connaît même ce dossier depuis 40 ans ! Il savait qui en était l'auteur et il nous a orientés vers de fausses pistes. J'ai envoyé des e-mails à la terre entière alors qu'il savait pertinemment que c'était son grand pote Alain qui en était l'auteur. »

Je comprends mieux la colère d'Antoine : c'est lui qui a travaillé sur cette partie de nos recherches. Il se prend le mensonge d'André de plein fouet.

« Il doit bien y avoir une explication », hasardé-je.

« Peut-être, mais en attendant, tu dois m'écouter. Depuis le début, tu ne me crois pas : le comportement d'André est louche. Notre conversation avec Alain en est la preuve. Tu lui trouves des excuses, mais là, il faut être lucide : il nous mène en bateau, il nous manipule. Je ne sais pas pourquoi, je n'ai pas d'explication à te donner, mais il faut ouvrir les yeux : nous ne pouvons plus travailler avec lui. »

« C'est déjà le cas. »

Il m'énerve. Il a raison : je n'ai rien vu venir. Il est perspicace, cet Antoine, bien plus que moi. C'est bien, ça équilibre l'équipe. J'ai tendance à trop faire confiance. Et il y a maintenant deux occurrences : avec Madeleine et avec André. Il faut que je fasse plus attention dorénavant. Nous ne sommes plus que deux à bord. Antoine et moi.

Chapitre 20

Quelques jours sont passés. J'ai du mal à digérer le comportement incompréhensible d'André. J'en ai discuté avec Basile et Chloé, nous n'avons pas percé son secret. Je continuerai à prendre mes distances. En revanche, je me suis rapprochée d'Antoine. Déjà, je l'ai rencontré : ce n'est plus seulement une voix au bout du fil. Je me rends compte que je l'avais mal jugé. Il était pour moi le jeune impulsif, tirant des conclusions trop rapidement à partir de déductions non avérées. Mais finalement, sa perception s'est révélée plus exacte que la mienne. Tout n'est pas lié à des faits rationnels. Je dois faire plus attention et plus confiance à mes ressentis.

Enfin un e-mail de Gabriel. Sa réponse me rassure : Pititayo existe ! Au bout du compte, je n'aurai pas vraiment menti à Joris : Pititayo est un micro-village à deux heures de route de Huancayo. Aucune trace, ou presque, sur la toile : ouf, je ne suis pas si nulle. Gabriel a trouvé mention de ce petit village andin sur une liste privée, sécurisée et payante de Wwoofing. Le Wwoofing ? Après une rapide recherche, j'apprends qu'il s'agit de bénévolat dans des fermes biologiques. Des agriculteurs accueillent des volontaires pour une durée de leur choix. Ces derniers travaillent sans rémunération, mais sont logés et nourris à la ferme. Cela permet de remettre les mains dans la terre pour les citadins et, pour le paysan, de bénéficier d'une main-d'œuvre pas trop chère et de faire découvrir le métier. Je suis charmée par le concept. Il faut que j'en parle à Basile ce soir. C'est la magie d'Internet qui permet ce type d'initiative : le site, moyennant une petite rémunération, met en relation agriculteurs et volontaires. Gabriel, lui, ne paye pas pour avoir accès aux coordonnées, c'est le privilège des hackers. Je le remercie chaleureusement car, cachées dans les tréfonds de la toile, se trouvent les coordonnées de Laura et Bautista, agriculteurs… à Pititayo, Pérou, région de Huancayo. Je sais où je dois aller. J'écris à Laura et Bautista. Dès qu'ils me répondront, je prendrai mes billets d'avion. Direction : le Pérou !

Basile n'est pas aussi optimiste que moi. Pourquoi aller faire du Wwoofing au fin fond du Pérou ? Solvair ne me paye pas pour aller ramasser des patates. Je ne peux pas loger à l'hôtel comme tout le monde ? Je lui explique qu'il n'y a pas de logements pour les gens de passage dans d'aussi petits villages. Ma démarche le laisse sceptique : je ne parle même pas espagnol… Je passe donc quelques heures supplémentaires à chercher des infrastructures touristiques dans la région. Chou blanc. Basile souffle et marmonne que si mon entreprise accepte ça, il n'a rien à dire. Je réserve mon voyage en évitant de mentionner à ma hiérarchie que je vais me transformer en agricultrice pour quelque temps.

Chapitre 21

Je suis dans l'avion. Je suis partie. Et j'ai peur.

Je n'ai pas l'habitude de voyager seule à l'autre bout de la planète, je ne parle pas espagnol, je ne sais pas ce que je cherche, ni ce que je vais trouver. Je me raccroche à Agathe. Ma seule bouée de secours : une nana que j'ai vue une fois.

J'ai les larmes aux yeux. Que c'est dur de sortir de sa zone de confort ! Mon esprit vagabonde dans toutes les directions pendant que mes yeux scrutent les nuages. Je pense au boulot. À tous les projets que j'ai menés. Aucun n'a jamais vraiment abouti. C'est ça travailler dans l'innovation, on passe des mois sur un sujet, on réussit des concours, on a des petits financements, les expérimentations se passent bien, mais le jour où il faut un vrai client et du vrai argent, il n'y a plus personne. Est-ce à cause de moi ? Je ne sais pas. Aucun de mes employeurs ne m'a jamais rien reproché. Des images de Noël me reviennent en mémoire. Dans cette atmosphère veloutée, dans la chaleur de la maison, à la lumière des bougies. Les yeux brillants et fiers de ma famille quand Basile m'a poussée à raconter mon projet de départ au Pérou. À leurs yeux, j'ai déjà réussi quelque chose : trouver le cahier, le pays d'origine des momies alors que je n'y connaissais rien. Ma petite cousine a eu peur quand elle a compris de quoi il s'agissait. Ils me donnent du courage. Leur bienveillance est apaisante. Après quoi court-on jour après jour ? Je m'endors.

Arrivée à Lima. Je cherche Agathe. Je suis heureuse

que quelqu'un soit là pour moi. J'imagine que plein de gens sortent seuls de cet aéroport, sans personne pour les attendre. Un bête panneau tendu par un taxi avec son nom inscrit dessus, c'est déjà mieux que rien.

J'aperçois Agathe. Quel plaisir d'apercevoir un visage connu dans cette foule anonyme ! On se fait la bise et le courant passe tout de suite entre nous, comme lors de notre première rencontre. On se dirige vers notre hôtel. Elle est venue de Mexico jusqu'ici pour m'accompagner jusqu'à Pititayo, jusque chez Laura et Bautista. Je leur expliquerai le réel but de ma visite une fois sur place. Par e-mail, c'était compliqué. On discute, de tout, de rien. Des collègues à Paris, des momies, de notre vie personnelle… Tout y passe.

Avec tout ça, j'ai presque du mal à observer Lima. La ville où Henri a passé tant de mois, a vécu tant de changements. Beaucoup d'embouteillages : notre taxi avance avec peine. Les passants semblent pressés, rien de bien différent avec les villes françaises. Je me retourne énergiquement : j'ai vu une dame habillée en habits traditionnels ! Un chapeau melon sur la tête, un pull et une très longue jupe colorée qui descend jusqu'aux chevilles. Deux tresses noires rassemblées dans le dos complètent le tout. Agathe se moque gentiment de mon enthousiasme. Mais je suis vraiment très contente de ma découverte ! Je ne vous dis pas le jour où je verrai un lama… On sort mon gros sac à dos du coffre du taxi pour le hisser jusqu'à ma chambre d'hôtel. Ma belle-famille, randonneurs de haut niveau, m'a aidée à ne rien oublier tout en voyageant le plus léger possible. C'est sûr, je vais me muscler le dos. Nous ne partons en bus que le lendemain pour Huancayo. En attendant, nous arpentons la ville. Il ne faut pas que je dorme pour m'habituer au plus vite au décalage horaire.

Superbes paysages de montagnes dans le bus. Nous sommes très bien installées. Agathe a pris son ordinateur et travaille. De mon côté, à part mes multiples cahiers de notes et celui d'Henri, je ferai tout sur mon téléphone portable. Plus léger. Il faudrait que je me force à essayer de parler un peu espagnol, mais je n'y arrive pas. Il en est ainsi avec toutes les langues que j'ai apprises : l'anglais et l'allemand. Impossible de parler sans avoir les phrases toutes faites dans ma tête. Me lancer à l'eau sans avoir la certitude que la grammaire et le vocabulaire de mes propos sont impeccables m'est très difficile. Je ne sais tout bonnement pas comment je vais faire sans Agathe une fois arrivée. Le trajet est long, mais il y a des lamas ! J'ai le visage collé à la vitre et j'observe avidement ces bêtes marrantes avec leurs longs cous. On dirait qu'il y a eu un problème à la conception, surtout quand ils courent. Mais je suis sous le charme. Je vais en parler à Basile pour notre futur jardin.

Arrivée à Huancayo de nuit. Nous filons à notre hôtel et mangeons dans une gargote à côté de celui-ci. La ville semble moche. Les maisons de briques n'ont pas l'air achevées. C'est immense. Je suis contente, le mal de l'altitude ne se fait pas encore ressentir pour moi. Je croise les doigts. J'ai beaucoup de mal à m'endormir. Décalage horaire ou trop de pensées dans la tête ? Je me demande si je fais bien d'aller directement à Pititayo. N'aurais-je pas dû enquêter d'abord d'ici ? De la grande ville ? Il n'y a même pas de réseau téléphonique dans les montagnes de Pititayo, à 3900 mètres d'altitude. Qu'est-ce que je viens faire ici ? J'étais tellement contente de venir au Pérou. Je n'étais visiblement pas en possession de toutes mes facultés.

Nous rencontrons Laura à midi sur la place principale de Huancayo. Grand soleil. Il fait chaud. L'église est imposante. La place est très vivante : cireurs de chaussures, vieux sur les bancs, enfants par terre, ça crie dans tous les sens. Comment va-t-on la reconnaître ? C'est elle qui nous repère en premier. Deux Occidentales plantées sur le parvis de l'église, on ne peut pas les louper. Laura est petite, enfin, comparée à moi, tout le monde me paraît petit, surtout ici. Laura, elle, est toute mince, voire maigre, et ses cheveux tombent en dreads. Elle ressemble aux marginaux qui peuplent les places françaises les beaux jours d'été. Je la sens instinctivement très différente de moi. Elle m'impressionne immédiatement. Je sais que je vais avoir plus de mal à la comprendre que si elle avait une vie similaire à la mienne. Heureusement Agathe est là. Ma béquille, mon ange gardien. Elles commencent à discuter en espagnol. Je ne comprends pas grand-chose. Mais je devine quand même que Laura, une Espagnole qui ne parle pas anglais, vit avec Bautista qui, lui, est un Péruvien du cru. Quand on l'aperçoit de l'autre côté de la rue, on ne peut pas se tromper : yeux perçants, longs cheveux noirs jusqu'au bas du dos, j'ai l'impression qu'il sort tout droit d'un reportage sur l'Amazonie. Je comprends que nous allons manger ensemble afin d'échanger sur les conditions du volontariat. Je souris niaisement à tout ce que l'on me dit. Je ne comprends rien. Je passe le repas à les observer et à écouter Agathe qui me traduit les choses importantes : il fait très froid, je suis la seule volontaire cette semaine, on part demain à 14 heures, il faut absolument un chapeau pour travailler dans les champs... Je note tout cela dans un coin de mon cerveau, qui m'a l'air comme endormi. Je suis ensevelie sous tous ces mots que je ne comprends pas. J'en étouffe presque.

Agathe m'accompagnera jusqu'à Pititayo, restera une nuit, puis repartira à Mexico. Elle sait comment revenir, elle viendra me rechercher. On se met d'accord pour qu'elle me rejoigne dans deux semaines. Le gros 4x4 rouge de Bautista vient nous chercher. Laura est à bord également. Et voilà, nous quittons la civilisation pour une semaine. Laura et Bautista redescendent tous les week-ends : je pense que je ferai de même. D'après le carnet d'Henri, je n'aurai pas forcément envie de rester toute seule un week-end à Pititayo. Nous sommes partis pour deux heures de route. Une nouvelle artère, encore en construction. Possibilités de passage : très tôt le matin, le midi ou tard le soir. En un mot : lorsque les ouvriers du chantier ne travaillent pas. On gravit une des montagnes qui borde Huancayo. Plus de réseau. La ville disparaît derrière nous et le plateau pelé de l'Altiplano se livre à mes yeux. C'est un nom qui me fait rêver. Un lieu que j'ai toujours cru inaccessible. Il y a des endroits comme cela, qui vous parlent. Le Pérou m'a toujours parlé : ses montagnes, ses tissus colorés, ses lamas, sa musique andine… Comme certains sont attirés par les États-Unis : pays de l'argent, des grosses voitures et du basket. Moi, ça a toujours été le Pérou, je ne sais pas pourquoi. Un reportage à la télé quand j'étais petite ? Un ami des parents qui a raconté son voyage ? Mon premier spectacle de danse sur une musique andine ? Je ne saurai jamais. Mais ce qui est bien réel, ce que je ressens profondément au fond de moi, c'est cette émotion, irrationnelle, qui monte et fait perler des larmes au coin de mes yeux. Les paysages inaccessibles sont devant moi, là, tout près. Ce n'était pas si difficile, finalement. J'aurais pu venir bien plus tôt. Une émotion comme celle-là vaut bien le prix d'un billet d'avion. Les discussions continuent dans la voiture. Moi, je suis transportée au-dehors, je gambade avec la bergère et ses moutons qui sont en bord de route, je vole comme l'oiseau que j'aperçois là-bas, je fonds comme la neige sur les sommets des montagnes qui apparaissent au loin.

Deux heures de rêveries intenses avant d'arriver au village de Pititayo. En arrivant, Agathe m'explique que le village va peut-être disparaître. Beaucoup de villageois sont partis vivre à Patapampa, le village en haut de la vallée, pour avoir du réseau téléphonique et Internet. Mais l'émigration a commencé plus tôt, dans les années 1980 : Pititayo est situé au fond de la vallée, et lors des attaques terroristes communistes (ou gouvernementales se faisant passer pour communistes) des années 1980, beaucoup de villageois ont trouvé la mort, coincés comme des rats face aux forces armées. Depuis peu, la commune, dont le siège administratif est situé dans un lointain patelin, a publié des études désignant le village comme impropre à la construction. Trop d'inondations, de tempêtes, de tremblements de terre… De fausses études, d'après Laura et Bautista. Si le village est décrété inconstructible, c'est pour que toutes les terres reviennent à la commune ou au gouvernement : or les sous-sols sont riches, très riches. Une compagnie minière pourrait s'y installer et générer de juteux bénéfices pour les personnes bien placées. Bref, une histoire plus que banale au Pérou. Les quelques villageois restants, qui n'occupent plus que six maisons, se battent contre cette injustice. Ce hameau existe depuis plus d'une centaine d'années. Si le lieu était dangereux, ça se saurait. Je sens que Laura et Bautista sont très affectés par cette affaire. Ils vont se défendre. Ils font appel à la descendance des habitants, actuels et anciens, de Pititayo. Beaucoup d'enfants et petits-enfants vivent désormais aux États-Unis et sont de l'avis de Laura et Bautista : il faut protéger le village de leurs ancêtres. Dans tous les cas, mon ventre se serre plus que d'habitude : je vais devoir vivre dans un village perdu et déserté, où des familles entières se sont fait massacrer, et qui semble être voué à disparaître dans les années à venir.

On descend dans la vallée, ou plus précisément, une espèce de canyon. Une trentaine de maisons de pierre et d'adobe se situent en contrebas. Elles sont très espacées les unes des autres en comparaison des villages européens. Est-ce pour laisser de la place aux champs ? Aux bêtes ? Quoi qu'il en soit, ces maisons éparses sont belles et calmes dans le soleil du soir. Celle de Bautista, de son père pour être exacte, est située près d'une serre en piteux état.

Bautista coupe le moteur du 4x4 rouge. Je pose un pied à terre. Tout est en pente ici. Un petit canal serpente tout le long du champ. Dès que nous approchons de la maison, une meute de poules et de canards accourt vers nous dans un joyeux tintamarre. Ils sont trop drôles à tous se dandiner ainsi. Je comprends rapidement qu'ils ont faim. Laura va chercher du grain dans une pièce au bout de la maison, ou plutôt une maisonnette, tout en longueur. Un canard me gronde âprement. Il n'a pas l'air sympa avec sa crête noire qui se hérisse et sa queue qui va de droite à gauche comme celle d'un chien. Il se joint tout de même au groupe pour aller manger. Sa cane le suit, collée à son arrière-train. J'ai des pulsions de petite fille : je n'ai qu'une envie, faire un câlin à une poule.

Il est temps de découvrir « ma maison ». Un évier dehors, une salle commune avec des bancs en pierre recouverts de peaux de mouton, au milieu, une table faite de palettes et des dessins sur les murs. Je repère une ampoule au plafond : ouf, il y a l'électricité. Cette pièce à vivre n'a pas de fenêtre. Sa fenêtre, c'est la porte d'entrée. À gauche, un dortoir, tout petit, de six lits. Rustique, très rustique, avec une petite fenêtre qui donne au-dessus de l'évier dehors. À droite de la pièce à vivre, la cuisine : un sol en terre battue, une gazinière et des légumes partout. Certains d'entre eux ne seraient-ils pas un peu pourris ? Je ressors avec Agathe pour aller voir les dépendances : deux petites pièces attenantes à la maison, dans son prolongement, qui contiennent, respectivement, les dernières récoltes et les outils. Au-dessus de la pièce principale, un étage : c'est la chambre de nos hôtes. Je jette un regard à Agathe. Elle m'observe d'un air catastrophé. Son regard semble dire : « Comment vas-tu faire pour vivre ici ? ». De mon côté, j'avais tant imaginé le pire que tout me semble correct. Je suis contente qu'il y ait la basse-cour dont le poulailler est adorable. Toutes ces petites cases, ces maisons de poules où traînent quelques plumes, m'enchantent. Je dépose mon gros sac dans le dortoir et m'y organise. Agathe a fini bien plus tôt, car elle ne reste qu'une nuit. Ça papote à côté. J'aimerais que Basile me voie, perdue au beau milieu de nulle part dans mon dortoir. J'aurais aimé l'avoir à mes côtés pour cette expérience « à la dure ». Je sors retrouver Agathe qui discute avec Laura dehors, profitant des derniers rayons du soleil. J'admire le paysage : en contrebas à gauche, le village, en face, les montagnes dorées dans l'air du soir. On devine deux plateaux qui nous entourent, 300 mètres plus haut. Au loin, la vallée continue et se perd dans une suite de virages. Le soleil passe très rapidement de l'autre côté des montagnes. Il fait tout de suite froid. Je n'y prends pas garde et visite la serre, les champs autour de la maison. Je tombe très régulièrement sur une poule qui vaque à ses occupations. Je suis appelée pour la cuisine. Tout ici est communautaire : on cuisine et on mange tous ensemble. Je suis au poste « épluchage de légumes ». Ça me va très bien, car je suis nulle en cuisine. C'est le rôle de Basile à la maison. Quand tout est épluché, vient le moment de laver les ustensiles. Je ressors vers l'unique point d'eau à l'extérieur. Il fait déjà nuit noire, j'opère un demi-tour pour aller chercher ma lampe frontale. Je suis saisie par la température de l'eau : elle est gelée ! Bien, bien, bien. Vaisselle : 1, Iline : 0. Je suis congelée. Je vais enfiler des habits plus chauds, mais impossible de me réchauffer. Il faudra attendre le sac de couchage de rando, gentiment prêté par ma belle-maman, pour retrouver une température corporelle normale. Je ne résiste cependant pas à l'envie de filer au poulailler, à la lumière de la frontale. Les poules dorment, bien blotties dans leurs petites cases. Le canard crache à mon arrivée. Certaines poules ouvrent les yeux, mais ils sont déjà bien embués de sommeil. Je reste là à les regarder. C'est fascinant, ces petits corps pleins de vie.

C'est l'heure du repas. Je découvre que je vais manger presque végan : pas de viande, pas de produit laitier, seulement des œufs. Évidemment. Je vais perdre du poids, j'ai l'impression… Ça discute autour de moi tout le repas, mais je suis dans un brouillard de sonorités bien épais, bien opaque. Laura essaye de faire des efforts, je le sens. Quand elle s'adresse à moi, elle parle tout doucement et y met des gestes. Pour Bautista, ça a l'air bien plus compliqué… À la fin du repas, je suis sur les rotules. L'appel du lit est très, très fort. Néanmoins, il faut profiter de la présence d'Agathe et de son superbe espagnol. J'avais déjà écrit rapidement par e-mail, avec Google Translate, ce qui m'amenait ici, mais une nouvelle explication en détail est indispensable. Agathe traduit. Laura et Bautista sont pendus à ses lèvres. Ils sont fascinés et très enthousiastes à l'écoute de notre récit. D'une part parce que je pense qu'ils sont ouverts et curieux. Après tout, ils ont fait le choix radical de vivre sans confort ici et d'accueillir des volontaires ! 350 bénévoles sont passés dans cette maison. Ce sont eux qui ont réalisé les dessins aux murs. D'autre part, parce que si des tombes antiques existent ici, ça pourrait être le début d'une nouvelle histoire, bien plus belle à leurs yeux qu'une mine polluante pour Pititayo. Je ne comprends la discussion qu'à moitié, mais Agathe me confirmera plus tard, dans le dortoir, que l'espoir a germé dans leur esprit. Nous nous couchons en nous disant que demain matin nous discuterons d'un plan d'attaque au petit-déjeuner. Agathe se propose pour la vaisselle du dîner. Je rigole. Elle ne comprend pas, mais revient avec des mains rougies par le froid. Toutes les petites choses à faire avant d'aller se coucher prennent une tournure d'aventure ici. Se brosser les dents dehors à 0 degré avec une eau gelée, faire pipi dans la nature à la lueur de la frontale, pour la grosse commission, c'est dans un seau isolé dans une espèce de cabine en bois. Je n'ai pas envie de tester tout de suite... Mais le pipi sous la Voie lactée serait presque agréable.

Je dors très bien. Le réveil est mis à 6 h du matin, mais je suis debout à 5 h 30, décalage horaire oblige. La sortie du sac de couchage est terrible : quel froid ! Je m'habille le plus silencieusement possible pour ne pas réveiller Agathe qui dort comme un bébé, et je sors.

Le paysage qui s'offre à moi est magnifique : de la gelée blanchit le sol que le soleil tente de réveiller tout doucement. Le ciel est bleu sans aucun nuage. Déjà, des villageois, tous en habits traditionnels, mènent leurs bêtes aux champs : moutons, vaches et ânes. J'apprendrai plus tard que, malheureusement, aucun lama n'a élu domicile ici. Je pense à Henri, venu là presque 80 ans auparavant. Dans quelle maison était-il ? Je jette un regard sur le village en contrebas. Celle-ci, complètement délabrée ? Celle-là, plus grande que les autres ? Ou tout simplement les restants de murs un peu plus loin ? Je suis émue. Marcher sur les pas d'un inconnu que j'ai, finalement, l'impression de bien comprendre. Si ça se trouve, je suis la seule personne à avoir jamais lu son carnet, son histoire. Pour qui écrit-on ? Pour les autres ? Pour soi ? Voulait-il que ses écrits soient lus ?

Très rapidement, je suis entourée des petites poulettes. Ça piaille drôlement fort, dis donc ! Je vais chercher le grain pendant que toute la petite troupe me suit. Les deux canards, quant à eux, sont en train de barboter dans le canal en contrebas. Ils remonteront bien vite à l'appel du petit-déjeuner. Je m'assieds sur un vieux pneu et regarde vivre tout ce petit monde. C'est la baston pour se nourrir ! Je remarque qu'une poule avec une espèce de perruque bouffante sur la tête semble être la cheffe. Une poule afro, c'est rigolo. Une petite dernière a bien du mal à se faire de la place. Le temps passe vite. Tout le monde est levé en un clin d'œil. Une citadine captivée par des poules en oublie vite les minutes qui s'égrènent. Il faut préparer le petit-déjeuner. Je découvre, à ma grande surprise, que c'est à nous de faire le pain. Encore une nouveauté pour moi. En voyant le regard dubitatif d'Agathe, je pense que ça l'est pour elle aussi. Laura nous montre comment faire la pâte et, ensuite, les galettes. La torture de la vaisselle à l'eau gelée est pour moi. Ça fait vraiment très mal. Je me réchauffe vite avec une tasse de thé chaude. Je vais finir par me brûler les doigts à ce rythme : j'espère que mon corps va s'endurcir rapidement… Le petit-déjeuner est fameux : salade de fruits exotiques et pain avec du caramel maison. Bautista ne perd pas de temps et Agathe doit faire chauffer son cerveau pour traduire ses propos. Dans deux jours, il y a un marché à Patapampa. On va en profiter pour discuter avec un maximum de monde afin de savoir si quelqu'un aurait des informations concernant des momies ou sur l'équipe d'Henri à l'époque. J'espère qu'ils ne comptent pas sur moi, sinon il faudra me faire une pancarte et me donner un enregistreur pour pouvoir traduire les propos par la suite…

Le week-end qui arrive, c'est Santiago, une fête de village. Beaucoup de monde des vallées alentour sera présent et nous pourrons questionner les gens. Cette fête signifie également que nous retournerons à Huancayo vendredi pour revenir à Pititayo samedi, en prévision de la fête de dimanche. Voilà pour le programme. Je pourrai tenir Agathe au courant des avancées samedi afin d'organiser son retour. Mais d'ici là, il va falloir travailler aux champs. Ce sont les règles du jeu pour bénéficier du gîte et du couvert. Pour cette matinée, Agathe et moi sommes préposées à l'écossage des fèves récoltées il y a quelques mois. Les plants ont eu alors le temps de sécher et nous ouvrons ainsi plus facilement les cosses afin de récupérer les petits haricots. Ce n'est pas fatigant, mais répétitif.

« Ça va aller, Iline ? »

Agathe me regarde gentiment par-dessus le seau de fèves déjà décortiquées qui peine à se remplir.

« Comment ça ? »

« La vie ici a l'air assez… rude. J'aimerais savoir comment tu le sens. »

Je lui suis reconnaissante de son inquiétude.

En effet, je ne suis pas sûre que Solvair imagine que je vais m'occuper de poules pendant quelques semaines. Mais Laura et Bautista ne tiennent pas un hôtel. Ils n'ont pas souhaité d'argent pour mon séjour ici. Ça ne leur sert à rien. Ils ont besoin de bras, d'énergie, d'idées. Et puis, nous en avons rediscuté ce matin au petit-déjeuner : si je veux des réponses de la part de la communauté, il faut que les gens me fassent confiance. Quoi de mieux pour inspirer la confiance que de vivre comme eux et de travailler avec eux ? Ils ont fini par me convaincre et, de toute façon, je n'avais pas le choix. Pititayo ne s'apprivoise pas facilement. Pas avec des habitudes d'Occidentaux, en tout cas. Il me semble que c'est une bonne chose. Le Pérou a évolué dans le bon sens : je ne vais pas pouvoir, comme

Henri à l'époque, y imposer ma vision des choses. À moi de m'adapter.

Oui, ça va être dur. Oui, je ne m'attendais pas tout à fait à cela. Mais je sens aussi que c'est une formidable opportunité personnelle : essayer de vivre avec moins, pourquoi pas ? Moins de choses, moins d'aliments, moins de confort, moins de technologie, moins de paroles… N'y aurait-il pas une contrepartie ? La vie ne peut pas se vider comme ça d'un seul coup. Ne vais-je pas trouver plus de contemplation, d'échanges, de lien avec les animaux, de santé ? Je ne sais pas, je n'ai jamais essayé. Mais quelque chose au fond de moi a envie de tenter l'aventure. Même si ça va être dur, je le sais.

J'essaie de répondre évasivement à Agathe sur ce sujet. Je n'ai pas envie de lui livrer tout cela. C'est trop fragile, trop incertain, trop personnel.

Nous continuons donc, en silence, à écosser les fèves. La curiosité des poules est insatiable. Toutes ont envie de savoir ce qui se trame et surtout, si elles pourraient y trouver quelque chose à manger…

Je me lève régulièrement pour me rendre au poulailler. Ça fait sourire Agathe. Je découvre la magie des œufs. Comment une aussi petite bête peut-elle pondre un aussi gros œuf ? Cet endroit est silencieux, les poules travaillent. Je tente même de les caresser, elles ne bougent pas. Très certainement immobilisées par leur tâche. Quand un œuf tout chaud arrive, parfois avec une petite plume laissée dessus, je le ressens comme un vrai cadeau. Je le porte à ma joue pour profiter de sa chaleur. Comment ai-je pu ne pas connaître ce petit bonheur aupavant ?

Agathe part à 13 heures, un *colectivo* est venu la chercher. Un *colectivo* ? Une voiture qui fait taxi/bus. Le chauffeur prend toutes les personnes qui le souhaitent contre quelques sols. Une initiative privée qui pallie le manque de transports en commun publics. On installe Agathe au milieu des poules, des agneaux et des énormes sacs de récoltes. Elle est bien à l'étroit là-dedans. Un signe de la main et la voilà partie. Je me retrouve seule avec Laura et Bautista avec qui je ne peux pas communiquer. J'ai le cœur lourd. Je me fais même engueuler par le canard en revenant vers la maison : il est à deux doigts de me faire pleurer. Un canard !

Ce midi, on prépare à manger. C'est long, très long. Manger quelques légumes est un véritable défi. Nous échangeons avec les mains, je comprends peu de chose, mais l'essentiel est tout de même intégré : l'après-midi, on nettoie le canal. Je chausse des bottes à ma taille laissées par un précédent volontaire (merci !) et on y va. Trois heures dans la boue, dans des positions inconfortables. Coup de chaud quand le soleil est là, coup de froid quand un nuage pointe le bout de son nez. Eh bien, je m'ennuie. Trois heures de lavage de canal, d'arrachage de mauvaises herbes, c'est bien trop long pour moi. Laura et Bautista, qui sont dans le même bateau que moi, ne semblent pas en souffrir. Est-ce qu'on s'habitue ? Est-ce qu'on s'habitue au travail physique quand on n'y a jamais été soumis ?

Au dernier coup de pelle, je file à la douche. Extérieure, cachée par un drap, l'eau est chauffée par des panneaux solaires. Elle est soit brûlante, soit gelée. Je mettrai plusieurs jours à comprendre que le pommeau vers le haut : ça brûle, le pommeau vers le bas : ça gèle. Le vent se lève toujours quand on est mouillé. C'est rigolo, hein, le vent, de me voir pester sous la douche ! Au pays des moins, il y aura donc également moins de douches. Je ne l'avais pas prévu dans le planning au départ.

Tous les soirs sont identiques : cuisine, vaisselle pour se rappeler que nos mains existent et au lit après quelques discussions. De toute façon, je suis éreintée par ces journées (l'altitude ne doit pas aider) et il n'y a rien à faire une fois la nuit tombée. J'ai néanmoins retenu la leçon de la veille : dès que le soleil passe de l'autre côté de la montagne, je mets mes habits chauds. Pas une seconde à perdre ! Si le froid vous empoigne, c'est foutu, impossible de se réchauffer par la suite. Je prends également l'habitude d'aller, à la lumière de la frontale, souhaiter une bonne nuit aux poules et aux deux canards.

Le jour suivant le départ d'Agathe, nous finissons de récurer le canal le matin et nous nettoyons le poulailler l'après-midi. Demain, c'est le marché de Patapampa. J'ai hâte : nous allons enfin pouvoir commencer à travailler. Enfin, pour mon vrai travail, disons.

Chapitre 22

Départ à 6 h 30 dans le 4x4 rouge. Je comprends que c'est un grand luxe d'être véhiculé ici. Bautista passe son temps à rendre service à droite à gauche avec son tout-terrain. Famille, amis ou voisins, c'est l'entraide andine, me dit-on. Toujours est-il que nous sommes extrêmement chargés pour monter au marché ce matin. J'ai l'impression que tous les habitants de Pititayo sont soit dans la voiture avec nous, soit ont chargé leurs récoltes pour éviter de gravir les 300 mètres de dénivelé jusqu'à Patapampa. J'ai l'occasion d'observer leurs visages de près pendant qu'ils discutent vivement, même à 6 h 30 du matin. Ils parlent quechua. Laura est logée à la même enseigne que moi : elle ne comprend rien, malgré ses trois ans passés ici aux côtés de Bautista. Les gens ont la peau tannée, les yeux rieurs et en amande, comme les Asiatiques. D'ailleurs, il semblerait que ce soient leurs descendants. Je pourrais me méprendre si les costumes traditionnels ne m'aidaient pas un peu. Ce qui m'impressionne le plus, ce sont ces longs cheveux noirs rassemblés en tresses jusqu'en bas du dos, même pour les femmes les plus âgées. Dire que moi, j'ai déjà des cheveux blancs ! Je détaille ces images d'hommes et de femmes certainement vouées à disparaître : dans les villes, les jeunes ne s'habillent déjà plus ainsi. Je remarque alors que quelqu'un d'autre fait exactement la même chose que moi… mais à l'inverse : je suis son sujet d'observation ! Cette petite fille me scrute avec attention. Quand je croise son regard, on se sourit. Prises en flagrant délit de notre propre jeu ! Elle se cache dans les habits de sa mère.

Nous arrivons. Nous déchargeons le tout pendant que j'observe le marché de loin. Le village de Patapampa ressemble à celui de Pititayo, avec moins de charme. Les maisons sont aussi en adobe ici, mais les toits en tôle. Dommage… Le marché a lieu directement dans la rue. Les draps colorés, typiquement péruviens, qui font office de sacs à dos, d'écharpe de portage pour bébé et maintenant d'étal, égayent tout un pays. Tous les paysans des environs sont ici pour vendre leurs récoltes. Chacun produit un peu de tout : patates, oignons, ails, fèves. Des petits tas de légumes sont plus ou moins joliment disposés. Toujours en petites quantités. À leur côté veillent les agriculteurs, souvent des femmes. Avec leurs grandes jupes, elles sont assises par terre, la plupart du temps avec un bébé ou des enfants à proximité qui jouent de tout et de rien. Elles discutent avec les voisines. Il y a de l'ambiance ! Le tableau est magnifique. Que de couleurs, de rires, d'échanges, de sourires... J'ai mon appareil photo au fond de ma poche, mais je n'ose pas le sortir. Ai-je le droit ? Est-ce poli ? Oh, mais cet étal est tellement beau avec ses petites pyramides bien ordonnées ! Je passe mon chemin en n'oubliant pas de sourire à sa propriétaire. C'est dur d'être touriste !

Laura et Bautista m'appellent. Ils m'expliquent qu'ils vont sillonner le marché en demandant aux personnes présentes s'ils ont déjà entendu parler de tombes et de momies dans la région et si certains se souviennent de l'expédition d'Henri. L'expédition a eu lieu en 1943, nous sommes en 2018. Une personne qui avait 10 ans à l'époque en aurait 85 aujourd'hui. C'est donc possible. Même si je ne connais pas les données de l'espérance de vie au Pérou… Il faudrait interroger plutôt les femmes, elles vivent plus longtemps. Comme je suis incapable de l'expliquer, je garde le silence. Mon rôle : me montrer. Je viens de France exprès, c'est sérieux. Et puis peut-être qu'une récompense est prévue ? Je n'y avais pas pensé, mais pourquoi pas ? Sans le dire clairement, on peut le laisser sous-entendre. J'ai avec moi une photo des momies apportée de France, pour donner plus de contexte. Nous commençons notre marche. Je suis reconnaissante envers Laura et Bautista de m'aider ainsi. Seule, je n'aurais rien pu faire. Avec Agathe, un peu plus, mais pas beaucoup. C'est sur Bautista que repose la réussite de l'opération : enfant du pays, parlant Quechua, il a beaucoup plus de poids. Laura, quant à elle, cible les personnes qui parlent espagnol. Elles ne sont pas nombreuses. Elle m'expliquera d'ailleurs qu'à une époque, les médecins du coin ne parlaient pas quechua. C'était une catastrophe pour les soins. Heureusement, là encore, ça a changé aujourd'hui.

Nous déambulons ainsi jusqu'à midi, heure où les draps colorés reprennent leurs rôles de sacs à dos. Je profite de ces quelques heures pour m'enivrer de couleurs, de sourires, d'odeurs, de rires d'enfants. Pourquoi avons-nous perdu tout cela en Europe ? Où sont les couleurs des habits traditionnels ? Les accents rauques des dialectes comme le quechua ? Une vague de tristesse m'envahit : nous avons tout égaré. Nous vivons dans un monde aseptisé et triste. Je me reprends quand la petite fille de ce matin vient me présenter ses amies : profite de ce que tu as sous les yeux là, maintenant, tout de suite.

Notre expédition ne donne rien, mais nous nous en doutions. Bautista compte sur le fait qu'au retour du marché, les personnes informées en parlent autour d'elles. Peut-être qu'une vieille mamie au coin du feu se rappellera alors quelques souvenirs de 1943…

Nous rentrons l'après-midi à Pititayo. Je reprends l'écossage des fèves et je donne un nom à toutes les poules. Je comprends que demain, nous aurons du travail : c'est la cérémonie de l'échange des boucles d'oreilles. Je n'arrive pas à en savoir beaucoup plus. Tout ce que je sais, c'est que je n'ai pas de boucles d'oreilles à échanger. Je tiens à celles que je porte, c'est Basile qui me les a offertes. Dois-je les enlever de peur d'une incompréhension ? Je m'endors sans réponse.

Nous regrimpons dans le 4x4 qui regrimpe à son tour à Patapampa. Nous allons chez Gloria, la sœur de Bautista, qui habite sur les hauteurs. À l'arrivée dans sa maison en adobe, beaucoup de monde est présent. Je dis bonjour timidement à ceux qui font attention à moi. On me propose une soupe en guise de petit-déjeuner : un *mondongo*, une soupe à base de gros maïs, avec des morceaux de viande non identifiés. Ce n'est pas mauvais. Un peu dur pour un petit-déjeuner, mais pas mauvais. On me propose une deuxième soupe, je suis obligée de décliner : je n'ai absolument plus faim ! Surtout à 6 h du matin. Je crains de faire un impair. Je mange une patate sucrée pour atténuer mon refus : c'est excellent. Je reste assise là, sur un amas de boîtes à œufs encastrées les unes dans les autres pour former un tabouret, dans cette grande cuisine qui a vécu, au sol de terre battue. Ça discute en quechua dans tous les sens. Enfin, il se passe quelque chose : nous nous dirigeons vers un enclos où sont regroupés un très grand nombre de moutons. Ils ont tous des rubans de couleurs différentes dans les oreilles.

Quand Gloria sort des fils de couleurs d'un sac plastique et commence à les trier, je rougis de ma stupidité : ce sont des « boucles d'oreilles » de moutons ! Quelle idée d'avoir craint pour les miennes... Si nous devons changer celles de tous les moutons présents, nous avons du pain sur la planche !

Le grand-père, père de Bautista et Gloria, d'un âge certain, est présent. Il entame une cérémonie en honneur de la déesse de la terre : la Pachamama. Je suis étonnée, car auparavant, demandant à Laura si elle était catholique tout en montrant la croix vissée sur le devant de la maison de Pititayo, elle m'avait répondu que c'était l'œuvre du grand-père, très croyant. Je suis témoin du syncrétisme péruvien. Des feuilles de coca sont déposées aux quatre coins de l'enclos, les moutons sont arrosés d'alcool, et une cigarette est fumée par tous, même par moi. Une dizaine de personnes sont là pour aider. Tous de la même famille, ils ont chacun quelques moutons dans l'enclos. Gloria est bergère, c'est elle qui les garde pour le compte de la collectivité. Mais pour cette grande cérémonie, qui a lieu tous les ans avant Santiago, elle a besoin d'aide et je la comprends ! Nous rentrons tous dans l'enclos. On commence par une couleur de boucles d'oreilles précise : il faut alors attraper tous les moutons de cette couleur et les immobiliser. On leur prend les deux pattes de devant et on les assied sur les fesses. Dans cette position, ils ne peuvent plus bouger. Enfin, presque... Je suis incapable de distinguer les boucles d'oreilles, appelées « *cintas* », les unes des autres. Je me borne donc à récupérer un mouton déjà assis et à le maintenir pour le changement des rubans. Certains remuent vraiment beaucoup. Interdit de s'asseoir derrière eux (c'est ce que je faisais au début) : ils pourraient alors me donner un coup de boule. Je suis debout, le dos plié en deux à maintenir une bête furieuse qui veut s'échapper. Je la comprends : parfois, il faut repercer le trou à l'aide d'une grosse aiguille, ça doit faire très mal. Je suis beaucoup trop grande pour cet exercice. Au bout de trois moutons, j'ai le bas du dos en feu. Je ne sais pas comment je vais tenir... Heureusement, à la fin de chaque petit troupeau d'une dizaine de bêtes appartenant à tel ou tel membre de la famille, c'est le tour des nouveau-nés. Les agneaux n'ont pas encore de *cintas,* seulement de la peinture à des endroits précis. Comme pour leurs aînés, c'est la dernière étape après le changement des *cintas* : un coup de peinture sur le dos. Mes vêtements sont de toutes les couleurs. Bizarrement, je suis la seule, car tout le monde reste impeccable. Question d'habitude ! Dans tous les cas, tenir un petit agneau dans les bras, assise (merci pour le dos !), même si lui a peur et mal, c'est pour moi une énorme source de bonheur. Mais la matinée est bien longue tout de même.

Enfin, c'est la pause de midi. Tout le monde s'allonge dans l'herbe. Gloria apporte d'énormes verres de gélatine rouge et jaune. Beurk. Mais il faut bien que je mange. Ça bloblotte dans tous les sens, mais ce n'est pas mauvais. Un morceau de pain rassis fait passer le tout. C'est particulier : une matinée de travail intense et on ne mange qu'une gélatine ! Je dois avouer que c'est très nourrissant. Ici encore, je suis seule dans ma bulle. Des mots sont échangés autour de moi, mais je n'écoute même plus. Le quechua me berce.

Après ce succulent repas, la petite troupe se dirige en direction de la rue centrale de Patapampa, vers une maison en construction. Laura m'explique que c'est celle d'une cousine de Bautista et qu'aujourd'hui on pose le toit. C'est donc un jour de fête. Les travailleurs, tous bénévoles hormis l'ingénieur qui supervise les travaux, ont les yeux qui brillent fortement, trop fortement. Le cocktail alcool et feuilles de coca est détonnant. J'aimerais ne pas juger, surtout pas la consommation de coca qui est historique ici (néanmoins, pour la noblesse et le clergé), mais je n'y arrive pas. La culture occidentale nous a lavé le cerveau. En ce qui concerne la coca, plus qu'un médicament naturel, on imagine la drogue, la cocaïne et autres substances nocives. Pourtant, cette petite feuille a bien deux visages. On s'installe par terre et des assiettes en plastique, pleines à ras bord de patates et d'une grosse pièce de viande, sont distribuées. La gélatine n'était qu'un encas… Je me suis forcée à tout finir de peur d'avoir faim. Super ! Je ne comprends vraiment rien. Pas de couverts, ici le morceau de viande se tient à la main et se déchire avec les dents. C'est excellent, même si le chien derrière moi récupère la moitié de mon assiette. On est amis pour la vie.

L'activité de l'après-midi s'avèrera être l'apprentissage du métier de bergère. Avec Laura, nous devons surveiller le troupeau des 150 moutons qui sont allés paître dans la vallée derrière le village. Le paysage est splendide : de grandes herbes dorées qui se meuvent sous l'effet du vent avec de majestueuses montagnes en arrière-plan, le tout couvert de nuages noirs menaçants, transpercés de temps à autre par un rayon de soleil qui embrase la plaine. Que c'est têtu, un mouton ! Si l'herbe est plus verte ailleurs, impossible de lui faire entendre raison. Je pensais m'asseoir sur une pierre et profiter du paysage : eh bien non. Debout, toujours debout, à marcher à droite, à gauche. Je fais peur aux moutons en allant trop près d'eux, ils se rabattent sur Laura, ça ne va pas. Je change de tactique : ça ne va pas non plus, je ne couvre plus assez de terrain… Je ne sais pas comment faire. Je ne comprends pas. Je fais pourtant de mon mieux, mais je suis inutile. Pire : j'empire la situation.

L'après-midi passe, lentement. L'appréhension monte doucement : je suis vraiment une bonne à rien, je vais finir par perdre un de ces satanés moutons... Vous finirez tous en gigots et vos enfants en agneaux de lait à Pâques !

De plus, il fait froid, le soleil joue à cache-cache. Le pire arrive quand il faut ramener le troupeau à la maison de Gloria. Je ne sais plus où est la maison, car elles se ressemblent toutes, et je ne maîtrise pas mon rôle de bergère. Laura me crie des instructions sans arrêt. Je ne sais plus où donner de la tête. La colère monte en moi : n'était-il pas possible de m'expliquer la théorie calmement avant de commencer la pratique ? Voilà, c'est fichu, la bonne volonté n'est plus de mon côté. Une fois l'enclos refermé, je vais m'asseoir à l'écart sur une grosse pierre face au paysage – magnifique maintenant que le soleil veut se coucher. Mais je ne vois rien. Les vannes lâchent. J'éclate en sanglots. C'est trop pour moi. Que suis-je venue faire ici ? Je ne suis pas douée pour l'agriculture, ni l'élevage. Ce n'est tout simplement pas mon métier ! Je suis là pour avancer sur l'histoire des momies et je me retrouve à haïr des moutons. La bouffe est dégueulasse et je suis seule, absolument seule. Je ne comprends pas ce qu'on me dit. Les gens d'aujourd'hui n'ont pas fait attention à moi. Je viens quand même de l'autre bout de la terre pour les aider ! Pas une seule question, rien que des ordres, froids. C'est finalement très dur de s'intégrer à une nouvelle culture : je ne sais jamais comment bien faire, ce qu'ils souhaitent, ce qu'ils pensent. Les habits traditionnels vont finir par me faire peur. J'aimerais que Basile soit là. Ce serait tellement plus simple à deux. En plus, il parle espagnol, lui. Au travers de mes larmes, j'ai la certitude que, si un Péruvien débarquait en France de la même façon, il ne serait pas mieux accueilli. Qu'est-ce qui m'a fait croire que, parce que je suis différente des gens d'ici, tout le monde allait être prévenant, gentil, curieux ? Chacun a sa vie à vivre, sa croûte à gagner, ses moutons à garder…

Après quelques minutes, Laura vient me voir. Elle essaie de me rassurer : les moutons, la première fois, c'est toujours très dur. Ça a été pareil pour elle. Il y a quelques années, une volontaire a même perdu deux moutons : un a disparu et l'autre a été mangé par un renard. Et pourtant, elle n'en avait que quatre à garder… J'écoute, mais les larmes continuent de couler sur mes joues. Je suis incapable de les arrêter. Cela fait quatre jours que je suis ici et je craque. C'est nerveux, je ne peux rien faire contre cet afflux de larmes. Au fond de moi, je sais que ça va passer, que demain, ça ira mieux, que je suis juste très fatiguée, terriblement fatiguée. Je remercie silencieusement Laura de son attention qui ne tourne pas à la pitié. Une soupe nous attend dans la cuisine de la nouvelle maison de la cousine. Elle n'est pas éclairée. Je me faufile dans le recoin le plus noir et mange ma soupe. Les larmes continuent de couler silencieusement. J'espère que personne ne me voit. C'est sûr que non, mais on me laisse tranquille. Le quechua comble mon silence. Une fois dans mon sac de couchage, de gros sanglots me tiennent encore compagnie quelques minutes et puis je m'effondre, épuisée. Qui eût cru que le métier de bergère fût si difficile ?

Chapitre 23

Le lendemain matin, je me réveille libérée d'un poids. Je me sens beaucoup mieux, même si mes yeux sentent encore les larmes de la veille : ils sont comme engourdis. Je découvre avec tendresse, oui, je crois que c'est le bon mot, qu'hier était le premier jour de mes règles. Je comprends mieux ma réaction, même si elle n'est pas due qu'à cela. J'oublie toujours. J'oublie qu'à ce moment-là, on est plus fragile, plus sensible. Et à chaque fois, c'est un peu la loterie : un mois, tout se passe comme d'habitude, le mois d'après, on prend la mouche sans trop savoir pourquoi. Bref, en attendant, hier j'ai cumulé pas mal de choses. Je me sens soulagée, mais aussi un peu honteuse ce matin. Laura et Bautista ont la délicatesse de ne rien dire. La journée commence comme d'habitude : faire le pain, nourrir les poules… L'air de rien, le temps passe vite : nous sommes déjà vendredi. Nous redescendrons à la ville, Huancayo, vers 13 heures aujourd'hui. Je poursuis l'écossage des fèves ce matin, tranquillement. La poule baptisée Grisette reste près de moi. Je l'aime particulièrement, car elle a la manie de faire un petit « cot » très régulièrement. Comme si elle signalait sa présence ou se parlait à elle-même. Elle est toute grise avec des petites taches blanches, alors je l'ai appelée ainsi. Je découvre que chaque poule a son caractère, ses manies, ses envies. Une vraie communauté. Mais j'ai hâte de retourner « à la ville », ne serait-ce que pour me laver les cheveux, appeler Basile et manger de la viande.

Laura et Bautista me déposent vers 16 h 30 à mon hôtel. Je file sous la douche et retrouve la civilisation. J'ai du mal à l'accepter, mais ça fait un bien fou. Pourtant je n'ai même pas passé une semaine entière à Pititayo… Ce soir, j'irai au centre commercial, chez KFC. Manger du gras et boire du sucre. C'est pitoyable, mais ça me fait tellement plaisir !

Le lendemain, la tête propre et résonnant encore des encouragements de Basile, j'aborde cette nouvelle semaine positivement. J'ai profité de la technologie pour envoyer mon « rapport », pas très fourni, à Dominique et informer Agathe que je suis toujours en vie et que nous l'attendons bien le week-end prochain. En redécouvrant Pititayo et en sachant à quoi m'attendre, je suis heureuse : la nature, le calme, les poules… Je suis impatiente de replonger dans cette vie si différente de la mienne. Demain, c'est la fête de Santiago.

À 9 heures, un orchestre vient frapper à la porte de notre maison de Pititayo. Ils sont bien 25 en tenue kaki, leur instrument sur l'épaule. Laura et moi étions en train de confectionner une pancarte en espagnol relatant l'histoire des momies et demandant si quelqu'un aurait des informations à nous transmettre sur l'année 1943. Nous appelons également à faire passer le message. Bautista a écrit le texte en quechua sur mon cahier. Nous avons juste à le recopier pour créer une deuxième pancarte. Nous sommes donc interrompues par la joyeuse troupe au moment où Laura m'expliquait sa rencontre avec Bautista, sur les routes d'Amérique latine. Il faisait de l'artisanat et elle du volontariat. Je ne regarderai plus les artisans avachis dans les rues de Huancayo de la même manière.

Les 25 musiciens se mettent en place et nous informent que le bus va bientôt arriver. En effet, un car a été affrété spécialement de Huancayo pour transporter tous ceux qui le souhaitent à la fête. Nous finissons les affiches. Laura et Bautista vont se préparer. J'attends, avec les poules et les musiciens, le reste de la troupe. Peu de temps après, un défilé de couleurs descend du bus. Chapeaux colorés, sacs traditionnels en draps dans le dos, hauts blancs et jupes, juste au-dessous du genou, bariolées de couleurs et de fleurs, les femmes sont magnifiques. De superbes ceintures brodées soulignent les tailles plus ou moins fines. Les hommes sont plus sobres : chemises blanches, ceintures colorées, chapeaux de cowboys et pantalons noirs. Une camionnette s'arrête également pour décharger des caisses et des caisses de bière. De la bière Cristal de son petit nom. Même les enfants sont bien habillés. La petite fille du marché me saute sur les épaules pour me dire bonjour : elle aussi est superbe. Dès que quelques personnes sont sur le devant de la maison, qui deviendra une piste de danse pour un jour et une nuit, la musique commence. Les danseurs effectuent de tout petits pas, en rythme, levant un pied après l'autre. Je suis tellement nulle en danse que je crains que les choses se compliquent, mais non, c'est toujours le même mouvement qui se répète. C'est dans mes cordes. Mais avant, je ne peux résister à l'envie de prendre quelques photos de ce bal de couleurs. Au bout de dix minutes d'une même chanson, l'orchestre s'arrête : ils ont bien le droit de se reposer un peu. Commence alors l'ouverture des bières. Ce sont de grandes bouteilles. Il ne s'agit pas de bouteilles individuelles, chacun a le droit de se servir un verre, de donner la bouteille à son voisin, de boire son verre, de laisser la fin de ce dernier tomber sur le sol pour la Pachamama, et de donner son verre au voisin qui fera de même avec un autre, et ainsi de suite. Les verres tournent très vite et il n'est que 10 heures du matin ! J'adopte très vite la technique du : « je fais semblant de boire et verse tout par terre pour la Pachamama ». Après quelques minutes, l'orchestre reprend… avec la même chanson ! J'interroge mon voisin : oui, c'est la chanson de Santiago, ce sera la même pendant toute la fête. J'ouvre de grands yeux : quelle idée ! Jouer la même chanson en boucle pendant des heures… Je m'applique cependant à faire quelques pas, c'est plutôt rigolo. Mes voisins m'encouragent tout en me tendant cette bouteille de bière qui ne s'arrête jamais de tourner. Prise d'un doute, je vais voir mes petites poulettes : « Tombette » essaie de nous faire un œuf, mais en me voyant, elle lance un « Cooot » désespéré. En effet, l'orchestre est juste à côté. Pauvre poule. Je découvrirai le lendemain qu'elle aura fait un œuf tout biscornu.

Je retourne sur la piste de danse, échangeant tant bien que mal, avec mon maigre espagnol, quelques banalités avec les Péruviens sympas qui viennent me voir. Je commence à avoir mal aux jambes. Laura, superbe elle aussi dans son habit de fête (je me sens vraiment moche dans mes vieux vêtements Décathlon), me rappelle à l'ordre :

« N'oublie pas de parler des momies, Iline ! »

Ah oui, c'est vrai. J'avais complètement oublié. Nos affiches sont là, mais rien de mieux que d'interpeller les personnes de vive voix. Enfin, j'en suis bien incapable. Je me décide à prendre un maximum de danseurs par la manche et les amener devant les pancartes. Je m'assure qu'ils lisent bien et les remercie de mon plus beau sourire.

Ça a l'air de marcher. Mais, comme je m'en doutais, plus la journée avance, plus les pas de danse sont affirmés et plus les yeux sont troubles. Toutes les générations sont là pour boire ensemble. C'est perturbant : pour ma part, je n'ai jamais pris de cuite avec ma grand-mère… Ici, c'est ainsi. De temps à autre, de brefs discours ont lieu pour offrir des caisses de bière à la communauté. De la part d'untel qui n'a pas pu être présent, par exemple. Les montants offerts en caisses de bière sont délirants ! Cela peut aller jusque 300 euros. J'ai beaucoup de chance, car aucun touriste n'est présent. J'assiste à une fête ancestrale. J'imagine les Incas faire de même, des siècles auparavant. Ce qui est sûr, c'est qu'un mec tire son épingle du jeu : le vendeur de caisses de bière qui fait sans aucun doute sa journée. Outre ces découvertes culturelles, aucun participant au Santiago de Pititayo ne me renseigne sur l'année 1943 et ses momies. Je dois avouer que je suis un peu déçue. J'espérais, avec le marché et Santiago, déboucher sur une piste. Il faut attendre encore… À 21 heures, je craque et vais me coucher. Trop d'alcool, de plus en altitude, trop de musique, trop de solitude et de fatigue. Il y a du monde dans le dortoir. Heureusement, personne n'occupe mon lit. Je mets mes boules Quies et m'endors avec les enfants.

Le lendemain, l'extérieur de la maison, même si le calme est revenu, est un dépotoir. Nous passons, Laura, Bautista et moi, la matinée à ramasser verres et capsules de bière. Les canards essaient de tout manger. L'après-midi, c'est tranquille : nous sommes fatigués. Pour ma part, ce sera écossage de fèves et lecture de *Guerre et Paix*. J'ai emprunté la liseuse de ma mère pour minimiser le poids de ce pavé. Je découvre avec surprise qu'un des protagonistes, extrêmement mineur, s'appelle Iline. Je ne sais pas s'il s'agit de son prénom ou de son nom, mais je souris malgré moi. Est-ce de là que viendrait mon prénom ? Il faudra vraiment que je le demande à mes parents en rentrant.

La suite de la semaine s'écoule sans heurts.

Mardi : labourage d'un champ à la pioche. Je crois n'avoir jamais rien fait d'aussi dur de ma vie. L'après-midi, nous trions la récolte de patates. Les bonnes à la vente et les mauvaises pour nous. De gros vers blancs bien dodus ont élu domicile dans les nôtres. Voilà la viande qui nous manquait…

Mercredi, jeudi et vendredi, nous retapons la serre. Le plastique, cloué auparavant sur les portants en bois, est déchiré de toute part. La serre n'aura tenu qu'un an. Il faut désormais le remplacer : un boulot de titan. Deux amis de Bautista sont venus aider. De mon côté, je suis préposée aux clous : je dois y ajouter un morceau de plastique pour minimiser l'effet du vent sur la nouvelle bâche. Si nous laissons la tête du clou nue, le plastique va se déchirer trop vite. Assise par terre, j'ai organisé ma petite entreprise et envoie du clou plastifié !

Plus les jours passent, plus je m'inquiète : aucune nouvelle concernant mon projet. J'ai convaincu ma hiérarchie de venir ici, jusqu'au Pérou. Je ne peux pas revenir les mains vides. Je retourne cette idée de potentiel échec dans mon esprit, et je me dis que je n'aurais pas dû venir. Que fais-je ici, aux frais de Solvair, à trier des patates et préparer des clous pour une serre ? J'aurais dû lancer des recherches à distance, contacter le spécialiste du Pérou identifié par André et compter sur lui. En parallèle, Laura et Bautista auraient pu faire sans moi et me communiquer les résultats par e-mail. Je me suis bien renseignée ce week-end à Huancayo pour savoir si des momies avaient été découvertes dans le coin, si un musée existait à ce sujet. Là encore, Google Translate a été bien utile. Le fonctionnaire de la mairie n'a pas eu une ombre d'hésitation : oui, des momies ont été découvertes dans la région, mais toujours au sein d'un site archéologique pouvant aujourd'hui faire l'objet d'une visite. Le petit fascicule qu'il me remet est très explicite : rien en montagne, mais de gros temples ou sanctuaires en plaine. Beaucoup en bordure de lacs. Et voilà, ces pensées qui tournent et retournent dans mon esprit... Mes doigts sont bien occupés, pas le cerveau qui se niche là-haut. Au point de croire qu'il faut toujours le nourrir, sinon il tourne en rond.

Une autre problématique m'apparaît : comment pourrions-nous être informés au cas où quelqu'un serait au courant de quelque chose quelque part ? Nous n'avons pas de téléphone, pas d'e-mail et la personne qui sait peut-être quelque chose n'a certainement pas un 4x4 rouge rutilant. Je ne vois pas de solution. Comment ai-je pu me tromper à ce point ? J'essaie de faire part de mes doutes à Laura et Bautista. De leur côté, ils restent confiants. Si une personne de la région souhaite partager ses souvenirs, nous le saurons. J'essaie de comprendre comment, ils ne savent pas vraiment me dire. À croire que l'opération du Saint-Esprit fonctionne ici. C'est peut-être la croix devant la maison... Concentre-toi sur tes clous, Iline !

En fin de compte, ce sont toujours les locaux qui ont raison : ce vendredi matin, Chavelito (c'est un surnom, je ne connais pas son vrai prénom), qui travaille avec nous pour requinquer la serre, nous annonce qu'une vieille dame du fond de la vallée veut nous voir. Elle dit pouvoir nous aider. J'en laisse tomber mon clou. Ainsi, l'information vient à domicile, tout simplement. Bautista me fait un clin d'œil. Je pense que lui aussi est content. Il n'a pas oublié que c'est peut-être le moyen de sauver Pititayo. Je ne comprends pas tout ce qui se dit. Laura m'explique avec mon langage : des gestes, de l'espagnol et quelques mots français et anglais. Peu importe la forme : la finalité, c'est que je comprenne. Après 15 minutes, la discussion se clôture par : nous allons voir la vieille dame dimanche. Parfait, Agathe sera là pour traduire. Ça tombe à pic !

J'ai d'ailleurs hâte qu'elle arrive. Son retour à Pititayo est prévu demain.

Personne ne redescend donc à Huancayo ce week-end. Tout le monde veut savoir ce que cette dame a à nous dire. J'ai toujours des doutes. Si ça se trouve, c'est une vieille gâteuse qui va radoter, nous raconter sa belle vie… Agathe ne partage pas mon appréhension. Normal, elle n'a pas attendu pendant deux semaines entières en triant des patates. En voyant comment elle se débrouille dans la maison de Pititayo, je me rends compte que je me suis, l'air de rien, pas mal adaptée. L'inconfort me pèse beaucoup moins qu'au début. C'est la phrase de Laura : « Je veux collectionner les moments, pas les choses » qui a eu une résonance chez moi. Le consumérisme a forcément ses limites. Le principal, c'est d'avoir réussi à faire un câlin à Grisette. Je lui ai couru après et, au bout de quelques pas, elle s'est comme accroupie. Hop ! Dans les bras ! Que c'est doux. Elle ne dit rien, elle essaie juste de manger la tirette de mon sweat. J'ai attendu trop longtemps pour me lancer. J'aurais dû faire des câlins à toutes les poules bien plus tôt. Si un jour nous possédons une maison et un jardin avec Basile, je prendrais deux poules. C'est décidé, on va d'abord avancer sur le dossier « chat » et quand celui-ci sera couronné de succès, je lancerai le projet « poules ».

Chapitre 24

Dimanche matin, nous grimpons dans le 4x4 : Laura, Bautista, Agathe et moi. J'ai préparé une liste de questions au cas où. Trois heures de route sont prévues, ce n'est pas la porte à côté. Nous comprenons mieux que l'information ait mis du temps à nous parvenir, de porteur de message en porteur de message. Il a dû monter à cheval, suivre des chèvres, passer par un marché, être chahuté à dos d'âne avant d'arriver à pied, par l'intérimaire de Chavelito jusqu'à la maison des volontaires de Pititayo. Nous sommes silencieux. Comme si chacun d'entre nous formulait ses espérances.

Nous arrivons enfin dans un petit village, tout au bout de la vallée que nous apercevons de la maison de Pititayo. Le hameau est bien trois fois plus petit, avec seulement une dizaine de maisons. Bautista a dû demander plusieurs fois son chemin pour arriver à bon port. Une fois dans le village, dont je n'ai pas retenu le nom, il a fallu demander la maison de Sixta, la vieille dame que nous cherchons.

La maison est basse : quatre, cinq petites pièces en adobe en tout et pour tout. Nous sommes invités à rentrer par une femme qui a une quarantaine d'années. La pièce est très sombre. Il s'agit de la cuisine, le plafond est noirci par le feu et il n'y a pas de fenêtres. Une odeur de nourriture, très forte, m'incommode. On nous propose de nous asseoir par terre sur des coussins. Plusieurs femmes sont déjà installées. Elles sont quatre, sans compter celle qui nous a accueillis. C'est toute une délégation ! Elles sont toutes habillées en tenue traditionnelle, chapeau sur la tête. Celle qui me paraît la plus vieille nous sourit. Il lui manque toutes ses dents, mais son sourire est beau, il illumine son vieux visage tout ridé. Laura s'assied derrière nous. Je comprends très vite que je vais avoir besoin de mes deux interprètes : Bautista, du quechua à l'espagnol et Agathe, de l'espagnol au français. On s'installe au mieux, mes grandes jambes me gênent encore une fois. C'est la dame qui nous a invités à entrer qui amorce la discussion. Bautista et Agathe font leur possible pour me traduire au plus vite.

« Bonjour. Je suis Karen, la fille de Sixta. »

La très vieille dame me sourit. Je l'avais reconnue.

« Quand ma mère a entendu parler de votre histoire de momies et d'expédition de gringos dans les années 1940, elle a voulu vous parler. Je ne sais pas de quoi il s'agit, mais elle m'a demandé de vous faire venir. »

Karen a joué son rôle d'introduction. Tous les regards, dont le sien, interrogatifs, se tournent donc vers Sixta, qui sourit toujours. Est-ce un sourire sénile ? Sommes-nous venus pour rien ? Nous n'allons pas tarder à le savoir. Sixta prend son temps. Comme si elle essayait de jauger si nous étions aptes à recevoir ses confidences.

« Je m'appelle Sixta. J'ai 87 ans. Je suis vieille. Je suis vieille, mais je me souviens du français qui est venu. »

Nouveau silence.

Les yeux de Sixta parlent pour elle : ils sont lumineux et tristes à la fois. J'ai envie de croire à son histoire.

« J'étais petite. J'avais 12 ans. Mais je me souviens encore. »

Je fais un calcul rapide, ce qui, pour mon cerveau, est toujours douloureux et long. Oui, ça colle, c'est bien le bon âge.

« Père et Mère étaient encore là. Nous vivions dans la vallée plus proche de Pititayo. Je m'occupais des moutons et des vaches, comme tous mes frères et sœurs. Nous étions nombreux, mais nous mangions à notre faim, tous les jours. Un jour, Père est rentré du marché avec des nouvelles : des blancs étaient arrivés à Pititayo. Une famille que nous connaissions avait été mise à la porte de chez elle pour quelques sols. Les blancs cherchaient quelque chose. À l'époque, je n'ai pas saisi l'objet de leurs investigations. À vrai dire, cela n'avait que peu d'importance : des blancs, ici ? Nous n'en avions jamais vu. Dès le lendemain, tous les enfants de la vallée sont allés, comme par hasard, faire paître leurs troupeaux près de Pititayo. J'ai aperçu les hommes blancs. Je m'en souviens comme si c'était hier. »

Elle s'arrête, perdue dans ses souvenirs. Ses yeux ne nous voient plus. Ils voient les montagnes, son troupeau, les autres enfants…

« Ils étaient habillés drôlement. De manière triste. Un chapeau de femme sur la tête. Nous avons beaucoup ri en les découvrant. Leur peau était effectivement toute claire, toute blanche. Ils avaient l'air très occupés. Des hommes de chez nous les accompagnaient. Ils ne faisaient que nous chasser. Mais nous sommes revenus. De nombreuses fois. Surtout les premiers jours. J'étais subjuguée par ces hommes si différents, si grands. Nous en avions tous un petit peu peur. C'est devenu un nouveau jeu : fuir dès que l'un d'entre eux nous regardait. Nous avons beaucoup ri. »

Son visage, tous ses traits, reflètent fugacement ses paroles : oui, je crois en effet qu'ils ont beaucoup ri.

« Et puis les jours ont passé. Comme pour tout, nous nous sommes lassés. Ils ne s'occupaient pas de nous.

Pourquoi aurions-nous dû nous occuper d'eux ? La vie des champs est revenue à la normale pour tous les enfants. Bien sûr, quand nous étions à proximité, nous allions jeter un coup d'œil, mais rapidement. Nous ne passions plus des heures à les observer. »

Sixta est vieille. Elle s'arrête pour reprendre son souffle. Son regard revient vers nous. Elle nous sourit. Nous lui répondons tous par un sourire également. J'aime sa façon de raconter.

« Un matin, Mère et Père ont discuté vivement. Mère est venue nous voir et nous a interdit d'aller à proximité de Pititayo, des Français. J'appris plus tard qu'ils avaient violenté une famille, la femme battue presque à mort. Ils étaient violents. Mère avait peur. Peur pour ses enfants, peur pour nous. Ils cherchaient quelque chose. Mes parents nous ont fait promettre de ne rien dire, de ne pas répondre à leurs questions. Jamais.

Quelques jours plus tard, avec mon frère, nous sommes tombés sur un homme de chez nous qui aidait les Français. Il était très gentil. Il nous a demandé si nous connaissions un endroit où l'on trouvait ce type d'objet. Je m'en souviens encore, il tenait un masque tout doré dans sa main. Que c'était beau ! Il brillait au soleil dans sa grande pogne. Mère a dit de ne pas répondre aux questions des étrangers, même par l'intermédiaire de personnes interposées. Je restai donc muette. Ce ne fut pas le cas de mon petit frère qui toucha l'objet et interrogea l'homme. Je lui fis les gros yeux et lui intimai l'ordre de partir, mais rien à faire. Il restait dans les griffes de l'homme. Ce dernier lui proposa des sucreries pour qu'il parle. Il nous parlait de cachette, d'endroit secret. Mon frère, tout comme moi, ne savions rien. Nous eûmes donc droit à un peu de sucre et l'homme repartit. Nous décidâmes de ne rien dire aux parents afin de ne pas nous prendre une correction. J'ai évité scrupuleusement ces hommes par la suite. »

Toute la pièce respire au son du récit de Sixta. Nous sommes accrochés à ses lèvres, au son grave de sa voix. Son haleine sent la coca.

« Je ne sais pas trop ce qui s'est passé par la suite. D'après les discussions de mes parents, il semblerait que les Français aient trouvé ce qu'ils cherchaient. »

Elle lève son regard vers moi. Sévère.

« Ils cherchaient des tombes, n'est-ce pas ? »

J'acquiesce.

« Avec de l'or ? »

Je hoche la tête à l'affirmative.

« Les sépultures de nos ancêtres. Des pilleurs de tombes. »

Un mouvement d'acquiescement général se manifeste au sein de l'assemblée de ces femmes assises en face de nous. La colère n'est pas loin. Je me sens honteuse. Honteuse du comportement de mes ancêtres. Des Occidentaux en général. De vulgaires pilleurs de tombes. Nous aurions pu offrir tellement plus et apprendre, surtout, apprendre...

Sixta reprend son récit.

« Notre grande peur était désormais de tomber sur un convoi de ces voleurs. Ils ont embrigadé des hommes de chez nous. Père a travaillé pour eux. C'était payé en sols directement. Pas beaucoup, mais ça aide un paysan, de l'argent sonnant et trébuchant. Il nous avait prévenus : dès que nous voyions une caravane de ce type, il fallait courir nous cacher. Je crois qu'il avait peur que l'un d'entre eux ne tire sur ses enfants. C'est ce que nous avons fait : nous nous sommes cachés. Ils sont restés longtemps. »

Nouvelle pause.

« Et puis un jour, ils sont partis. »

Elle se tait. Ses yeux rivés sur ses chaussures, sur le sol.

J'attends longtemps. Je ne sais pas si elle a fini. Je m'apprête à poser ma première question quand Sixta relève des yeux emplis de larmes.

« Il faut que vous nous aidiez. Il faut que vous découvriez ce qui s'est passé. »

Je suis déboussolée. Je sens cette pièce remplie d'émotion. Une émotion lourde, pesante. Karen se rapproche de sa mère. À son regard, je comprends qu'elle ne sait pas pourquoi sa mère réagit ainsi. Les trois autres femmes me regardent, sévères, en attente, elles aussi, de réponses. Mais quelle est la question ? Je me tourne vers Agathe et Bautista. Peut-être que je n'ai pas tout compris, j'ai dû louper un élément. Ils me regardent, incrédules. Eux non plus n'ont pas l'air de savoir de quoi il s'agit.

Karen entoure sa mère de ses bras et la berce doucement. Nous attendons. Nous attendons que les sanglots cessent. Des sanglots contenus depuis combien de temps ? Je ne saurais dire, mais il me semble que c'est une histoire ancienne. Une histoire longtemps tue. Sixta reprend alors ses esprits, les larmes s'arrêtent. Je suis étonnée de voir une femme péruvienne pleurer. Elles ont l'air tellement fortes, tellement sûres d'elles. Elles mènent d'une main ferme leurs bêtes, leurs hommes, leurs enfants, les événements de la communauté, l'intendance de toute la maison, le travail aux champs, portant enfants et charges sur le dos à longueur de journée… Mais ce sont des femmes, après tout. Avec leurs envies, leurs désirs, leurs peines, leurs attentes, leurs secrets. Sixta nous le rappelle d'une manière fulgurante cet après-midi-là. À 87 ans.

Elle relève la tête, pleine de dignité malgré ses yeux mouillés.

« Elle a disparu. En 1943, ma sœur a disparu. »

Silence de mort.

« Maria, elle n'est jamais revenue. Elle avait 15 ans. »

Sixta redevient la Sixta de tous les jours. Cette femme forte qui a traversé sa vie. Qui est encore là aujourd'hui, par la force de son caractère.

« Ils l'ont prise. J'en suis sûre. J'en suis sûre depuis toujours. »

Nouveau silence. Les vieilles femmes derrière elles hochent la tête en silence, recueillies.

« On ne m'a jamais écoutée. Une fillette de 12 ans face à des blancs. Mes parents ont voulu oublier. Oublier pour le bien de tous. Maria a été oubliée. »

Elle reprend son souffle, elle se justifie. Justifie le fait de nous avoir fait venir jusqu'à elle.

« Alors, quand j'ai entendu parler de vos recherches, vous, une blanche, je me suis dit qu'il était temps de raconter cette histoire. Pour Maria. Je ne suis plus une fillette de 12 ans. Mes parents sont morts il y a longtemps. Ils n'en ont jamais reparlé, mais moi, je le fais. »

Une certaine virulence se fait entendre dans le son de sa voix. Je sens la fin d'un combat qui a duré des années. Des années de silence et de non-dits familiaux.

« Il faut que vous découvriez ce qui s'est passé. Il faut rétablir la vérité. »

Je me sens impuissante. Totalement impuissante. Comment puis-je rétablir une vérité vieille de presque 80 ans ? Je jette un coup d'œil à ma gauche. Agathe et Bautista semblent aussi désarmés que moi. Ils évitent même de croiser mon regard. Ils ne le font pas exprès. C'est une réaction de défense tout à fait compréhensible. C'est en effet bien moi qui ai apporté cette histoire ici. J'en suis la responsable. Mais je ne m'attendais pas à ce cas de figure. Et ce silence qui se prolonge… Comment réagir ? Je ne peux pas promettre des choses insensées. Sixta continue de me regarder avec ce regard pénétrant et suppliant, presque comme un chien. Un regard comme celui-là, on n'en côtoie pas souvent dans une vie.

C'est Karen qui prend la parole en premier. Elle est debout, près de la porte. Elle s'est postée là après avoir réconforté sa mère.

« Maman. Ça fait presque 80 ans… »

Son ton est doux, empreint d'une grande, très grande compréhension.

« Cette jeune fille ne peut pas t'aider. Comment veux-tu qu'elle fasse ? Il s'est passé tellement de choses ici depuis les années 1940. Le terrorisme des années 1980 a encore son lot de disparus. De nombreuses familles cherchent encore des proches. Sans résultats. Comment une disparition ayant eu lieu quarante ans plus tôt pourrait-elle être résolue ? »

Je la remercie silencieusement pour son intervention. Je n'aurais pu faire mieux, avec autant de douceur et de logique.

« Ce n'est pas parce que c'est très vieux que c'est moins important. »

La voix se fait plus dure. Elle me prend la main. Je n'ai pas les deux traductions à temps, mais je sais exactement ce que ses yeux réclament.

« Mademoiselle, aidez-moi. »

Elle se tourne vers Karen :

« Que dirais-tu si ta fille aînée disparaissait un beau matin ? Ou si ta sœur Mayra se volatilisait ? »

« Oui, bien sûr, mais… »

« Il n'y a pas de « mais ». Nous avons droit à une justice. Nous avons droit à une reconnaissance. Ce n'est pas parce qu'une petite quechua disparaît qu'il ne faut rien dire. Maria a droit à une justice. Même plusieurs décennies après sa disparition. »

Karen ne répond pas. C'est à moi de dire quelque chose.

« Chère madame Sixta. Je comprends votre douleur. Je suis vraiment désolée de la perte de votre sœur, et du silence qui a accompagné cette disparition. »

Pour Bautista et Agathe, il faut inverser leur mécanisme cérébral et traduire dans l'autre sens. Ce n'est pas évident. Pendant ce laps de temps, je pense à m'excuser au nom de mes ancêtres. J'hésite. Finalement, je ne dis rien.

« Je ne peux rien vous promettre, je ne suis pas de la police. Mais je vais regarder ce que je peux faire. »

Les larmes remontent aux yeux de Sixta qui ne desserre pas son étreinte. Elle me tapote le haut de la main, et la relâche. Elle est en proie à une vive émotion.

Qu'aurais-je pu faire d'autre ? Je ne promets pas de résultat, juste de prendre en compte ce paramètre. Mais un hypothétique paramètre ! Rien dans le carnet d'Henri ne mentionne ce type d'événement. Si un membre de son équipe a violé et tué une fillette, comment pourrais-je le savoir ?

Laura, de loin, me vient en aide. Elle demande simplement à Sixta ce qui lui fait croire que ce sont « les Français » qui ont fait disparaître sa grande sœur.

Elle nous explique qu'aucune disparition de ce type n'a eu lieu auparavant au sein de la communauté. Que sa sœur a disparu peu de temps avant le départ définitif des Français.

Je suis, moi aussi, prise d'un doute. Ne serais-je pas en face de la peur de l'autre, du racisme ancestral dont l'humanité n'arrive pas à se débarrasser ?

Je demande alors à Sixta de nous raconter le jour de la disparition de sa sœur.

« Elle n'est pas revenue un soir. On a retrouvé ses bêtes le lendemain matin. Je me souviens que Père n'était pas content, car plusieurs d'entre elles s'étaient fait manger. Une nuit sans surveillance, il y a forcément du dégât. »

Je sens en effet que c'est un sujet important, les trois vieilles dames acquiescent en arrière-plan.

« Maria n'avait jamais fait ça. Jamais laissé le troupeau sans surveillance. Elle rentrait toujours à la maison le soir. »

« Et il n'y avait pas de tempête ce soir-là ? Elle n'aurait pas pu se perdre et tomber dans un ravin ? »

Intervention judicieuse d'Agathe. Elle me fait un petit signe indiquant qu'elle n'a pas de problème à jouer la sceptique, la méchante. Elle doit avoir l'habitude dans son métier de commerciale.

Sixta tique, mais elle répond gentiment.

« Non, pas de tempête, pas de ravin. Vous savez, ce n'est pas parce que nous étions jeunes que nous ne connaissions pas la région par cœur. Non, elle a été enlevée. »

« Et qu'avez-vous dit à la police à cette époque ? »

« Mes parents n'ont pas fait appel à la police. »

Nous ouvrons de grands yeux ronds et clamons, chacun dans sa langue :

« Vous n'avez pas prévenu la police ? »

Les vieilles dames sourient. Ça a dû être un beau chœur.

Bautista répète la question en quechua.

Sixta affirme de la tête.

« Mais pourquoi ? »

« Ça ne se faisait pas, à cette époque. Et mes parents ne voulaient pas attirer les ennuis. »

« Mais… pourquoi pensez-vous que les Français puissent être mêlés à cette disparition ? »

Je répète une question déjà posée, mais les réponses apportées ne sont pas satisfaisantes.

« Je ne suis pas la seule à penser ainsi. Mes parents le pensaient, les voisins, tout le village le pensait ! Mais aujourd'hui, je suis la seule encore vivante pour vous le dire. »

Est-ce suffisant ? Je m'apprête à poser une nouvelle question quand une dame du fond touche le bras de Sixta et lui demande l'autorisation de s'exprimer.

« Sixta, je pense que c'est le moment que j'intervienne. »

« Oui. » répond sobrement Sixta.

Cette femme se redresse avant de prendre la parole. Je pense à mes deux traducteurs, l'exercice doit être éreintant.

« Je m'appelle Andrea. »

Elle semble mal à l'aise. Mal à l'aise de prendre la parole en public, ou devant nous. Je l'encourage d'un sourire.

« Ma mère, Luciana a aussi perdu sa sœur. À la même période. Elle s'appelait Luz. »

Nous nous regardons, ahuris. Qu'est-ce que c'est que cette histoire ?

« J'habite de l'autre côté de Pititayo, vers Vista Alegre. Nous sommes restés dans la maison familiale. »

J'essaie de visualiser le plan de la région dans mon esprit.

« Ma mère, Luciana, est partie rejoindre le Seigneur il y a quelques années. Elle, comme Sixta ici présente, aurait voulu vous rencontrer. Elle a toujours parlé de sa sœur disparue. Surtout à la fin de sa vie. Mais elle n'avait plus toute sa tête à cette période. Elle n'a jamais été prise au sérieux. Même moi, j'avais des doutes, je dois vous le dire. »

Elle se signe.

« Luz était sa grande sœur. Elle a disparu à 18 ans. Luciana en avait 5. Bien sûr, c'est selon mes calculs. Nous ne sommes jamais vraiment certains des âges, ici. »

Elle s'excuse d'un sourire.

« Comme Maria, Luz n'est jamais rentrée chez elle. Personne ne l'a jamais revue. Luciana disait que c'était à cause des Français. Qu'ils l'avaient emportée. Elle l'a répété inlassablement à la fin de sa vie. Je l'ai entendue ressasser ces mots des dizaines et des dizaines de fois. »

Et Andrea se tait. Elle a délivré son message.

Bautista demande comment l'une et l'autre, Sixta et Andrea, ont pris connaissance de l'histoire de l'autre.

Une troisième dame tousse dans le dos de Sixta.

« C'est moi. Je viens du village d'Andrea. J'ai aussi entendu Luciana raconter ce récit. Paix à son âme. Je n'y ai jamais vraiment prêté attention. »

Elle baisse les yeux.

« Quand votre message a circulé, j'étais chez ma belle-sœur ici. J'ai donc rapporté les dires de feu madame

Luciana. Ils m'ont semblé liés à votre demande. Sixta passait à ce moment-là et elle m'a demandé plus de détails. Voilà comment s'est fait le lien, par hasard. Nous avons décidé de contacter Andrea pour vous rencontrer. »

Je suis ébahie. Ces deux semaines n'ont pas été improductives, bien au contraire. Des souvenirs sont revenus à la surface, à des kilomètres de distance, pour ensuite se rencontrer. Et maintenant, j'en suis le réceptacle. Il semble bien que Laura et Bautista aient eu raison : il ne fallait pas perdre confiance. Les gens dialoguent encore aujourd'hui. Je crains qu'en France, un pareil cheminement ne soit plus possible. En tout cas, dans les grandes villes.

Nous sommes tous absorbés par nos réflexions. Deux disparitions à la même époque, ça change un peu la donne. Si « les Français » sont le seul élément nouveau pendant cette période, il y a des raisons de se poser des questions.

Je regarde ces dames, je ne sais pas quoi leur dire de plus. Agathe s'en charge.

« Vous ne voulez pas alerter la police ? Même si les disparitions datent, ils pourront peut-être vous aider. »

Un conciliabule silencieux se déroule devant nos yeux. Ça n'a pas l'air évident. Sixta reprend la parole :

« Nous allons en discuter. Avec nos familles respectives. »

Je ne suis pas sûre que la police ait connaissance un jour de ces disparitions.

Laura intervient également :

« Savez-vous si, après le départ des Français, d'autres disparitions ont eu lieu ? »

Échanges de regards.

« Non. »

« Et avez-vous eu connaissance d'autres disparitions au même moment ? D'autres personnes, jeunes filles ou pas ? »

Nouveaux regards. Sixta reprend la parole :

« Pas à notre connaissance. Mais ça ne veut rien dire. Peut-être que d'autres familles n'ont jamais rien dit. Comme la mienne. Nous avons demandé rapidement autour de nous avant votre arrivée, mais rien ne nous est parvenu. »

Les quatre vieilles dames hochent la tête en chœur. Karen reste silencieuse, appuyée sur son chambranle de porte.

De notre côté, les visiteurs, nous échangeons des regards. L'entretien est terminé. Nous n'allons pas tarder à prendre congé. Nous remercions les vieilles dames, nous promettons de nous pencher sur tout cela. Elles acquiescent silencieusement. Elles ont repris leur rôle de femmes fortes, aguerries par les années. Plus de traces de larmes dans les yeux de Sixta. Je sens que j'ai assisté à un événement rare dans ces familles andines : l'épanchement du cœur. Même Karen semble sonnée. Elle nous raccompagne à la voiture. Je jette un dernier regard dans la cuisine. Ces dames paraissent vieilles, très vieilles.

Un silence fugace précède une véritable cacophonie dans l'habitacle. Chacun donne son avis, ses hypothèses. Je sens dans les propos de Laura que, pour elle, il s'agit de racisme anti-blanc, tout simplement. Elle a dû en baver pour s'intégrer ici…

« Je me souviens, à l'époque des premiers volontaires, les corps de deux gamines ont été trouvés dans un fossé. Des organes avaient été prélevés. Toute la communauté a cru que c'étaient nos bénévoles qui en étaient responsables. Et c'était il y a trois ans ! Des volontaires organisant un trafic d'organes, non, mais franchement ! Alors, imaginez des blancs, ici, il y a 80 ans ! C'est sûr que, si quelque chose d'anormal se passe, ça tombe sur eux. Les méchants étrangers, les gens pas d'ici. »

Elle, si ouverte d'habitude, m'étonne. Mais, malheureusement, il se peut qu'elle ait tout à fait raison. De mon côté, je ne sais sincèrement pas quoi en penser. Un pur hasard ? Un lien avec l'expédition d'Henri ? Je patauge dans des scénarios alambiqués.

Nous rentrons à Pititayo. Mes rêves seront peuplés de fillettes qui disparaissent. Je dors mal. Je me fais également la réflexion qu'une des quatre vieilles dames n'a jamais pris la parole. Elle est restée là, sans rien dire. Qui était-elle ? Pourquoi était-elle là ? Encore un mystère andin : je ne saurai jamais qui était cette dame.

Le lendemain matin, nous devons prendre une décision. Agathe doit rentrer à Mexico. Est-ce que je rentre de mon côté en France ou est-il nécessaire que je reste plus longtemps ici ? Nous tombons d'accord sur le fait que mon rôle ici est terminé. Si jamais d'autres informations refont surface, Laura et Bautista m'en informeront. Le mouvement est lancé, il n'y a plus qu'à attendre que d'autres poissons mordent, s'ils existent. Le départ est fixé avec le *colectivo* du lendemain matin. Je ne m'étais pas préparée à partir aussi vite, mais les choses fonctionnent ainsi ici. L'imprévisibilité des moyens de transport ne permet pas de planifier les déplacements longtemps à l'avance. D'ailleurs, la vie est rythmée d'incertitudes et de changements apparaissant au gré des aléas quotidiens. Je profite alors au maximum des poules, du silence, du soleil, des câlins à Grisette pendant une journée. Certes, les découvertes de la veille tournoient dans mon esprit. Mais rien n'en sort. Je profite d'une dernière douche en plein air et range mes affaires.

Le lendemain arrive très vite. Un au revoir à Laura et Bautista, et me voilà serrée dans le *colectivo*, Agathe à ma droite, un agneau et sa maîtresse à ma gauche.

Ces deux semaines sont passées, finalement, très vite. Je suis à la fois heureuse de rentrer chez moi, mais aussi déjà nostalgique de cette vie simple. Je n'arrive pas à mettre de mots sur ce que je ressens, mais j'ai l'impression d'avoir appris des choses. Des choses essentielles pour ma vie future. Quant à en discerner les détails, peut-être faut-il attendre que ça mûrisse encore. L'attention de Laura et le dynamisme de Bautista m'ont marquée. Ai-je envie de vivre comme eux ? Sur certains aspects, je suis sûre que oui, mais comment les retranscrire à Basile ?

Telle une parenthèse irréelle, je me rends compte que Laura et Bautista n'auront été que des personnages secondaires pendant ces deux semaines de vie différentes pour moi. Est-ce la barrière de la langue ? Les montagnes, les animaux, le soleil, la végétation, les bruits, la nuit, le froid… ont occupé le rôle principal. Jusque-là, j'avais toujours prêté plus d'attention aux humains qu'au reste. Ces quinze jours ont inversé cette tendance.

Arrivées à Huancayo, nous y passons la nuit. Cette ville me paraît presque familière. Dès que j'ai un accès à Internet, je contacte Dominique et Céline, notre assistante, pour superviser le billet d'avion de retour. En attendant, nous reprenons le bus pour Lima. La réponse de celle-ci me propose un vol dès le lendemain ou un vol quelques jours plus tard. En accord avec Dominique, quelques jours de vacances me sont octroyés pour compenser les week-ends passés à « travailler » ici. Après un coup de fil à Basile, je décide d'aller visiter le Machu Picchu. Accomplissement d'un rêve. Les Incas, me voici ! En route pour Cuzco, sur les traces d'Henri Solvair.

Chapitre 25

Retour à Paris.

Suite à mon dernier compte-rendu du Pérou envoyé à Dominique, il a organisé une réunion le jour même de mon retour, à midi. Le seul moment, je suppute, où une brochette de directeurs était disponible. Je voulais commencer par une petite blague en racontant mes réussites agricoles, mais à voir leurs têtes, je passe directement à l'essentiel. Je ne sais pas ce que certains avaient prévu ce midi, mais ça devait être bigrement plus sympa....

« Pas de traces de tombes dans la région. En tout cas, pas en montagne. Il est question de complexes religieux en plaine. Je ne suis pas satisfaite des recherches sur place. Je n'ai pu rencontrer qu'un employé municipal de Huancayo. Je vais contacter un archéologue spécialiste du Pérou pour lui poser la question. »

Acquiescement général.

« Ce qu'il me paraît important de souligner, c'est qu'aucun complexe archéologique de ce type n'a été découvert à Pititayo ou aux alentours. De même, les habitants de la vallée n'ont pas connaissance de momies ou de tombes. Là encore, d'après nos discussions avec eux. Si l'un d'entre eux souhaite cacher quelque chose, eh bien... c'est évidemment possible. »

Nouveaux hochements de têtes.

« La découverte de mon voyage, c'est que deux jeunes filles de 15 et 18 ans ont disparu à la même époque que l'expédition d'Henri. »

Tous les regards sont braqués sur moi, attentifs.

« Deux vieilles femmes, une sœur et une petite nièce, nous ont narré les disparitions. Toutes deux ne sont pas rentrées un soir, abandonnant leurs troupeaux. »

Tout le monde me suit toujours : je continue.

« D'après ces dames, ce serait lié à la présence de l'expédition. Elles sont intimement convaincues que ce sont les Français qui ont enlevé les deux jeunes filles. »

« Et que dit la police ? » Intervention du directeur financier, Sylvain.

« Rien. Elle ne peut rien dire, elle n'a jamais été prévenue. »

Il lève les yeux au ciel. Je poursuis.

« À l'époque, ça ne se faisait pas de prévenir la police. En général, ça apportait plus de problèmes que d'aide. Les familles se posent la question de la contacter aujourd'hui. Mais je ne sais pas ce que ça donnera. »

« C'est extrêmement grave. »

C'est la voix de Joris que nous avons entendu.

« Enfin Joris, il a pu arriver n'importe quoi à ces filles. Leur disparition, si elle est réelle, remonte à plus de 80 ans ! »

Pascal, directeur commercial.

Je crois que l'assemblée est d'accord avec lui. J'ai tendance à pencher dans cette direction également. Que pourrait-on faire ?

« Avoir les squelettes de deux filles enlevées, même s'il y a longtemps, dans notre sous-sol d'entreprise, ne vous dérange pas ? Moi, si. »

Quoi ? Que raconte Joris ? Je vois que, tout comme moi, personne autour de cette table n'avait élaboré cette hypothèse. Je savais que Joris était très créatif, mais je ne pensais pas à ce point.

« Ne me dites pas que je suis encore le seul à avoir eu cette idée ? »

L'assemblée sourit. On devine une longue liste de réunions où Joris a dû réfléchir différemment. Il n'est pas directeur général pour rien.

« Non, je dois avouer que je n'y avais pas pensé. » Sylvain.

« Allons voir. »

Yeux interrogatifs.

« Allons voir si deux de ces squelettes auraient la corpulence de filles de 15 et 18 ans. »

Rien ne bouge.

« Allons, ce n'est pas uniquement à Iline de côtoyer ces ossements à longueur de journée. »

Merci Joris.

Toute la petite troupe se met en route et arpente les couloirs.

J'entends Pascal qui dit à un membre de son équipe dans le couloir que « nous allons rendre visite aux momies. »

Ascenseur, couloir, ascenseur, couloir, salle des mystères et momies.

« Bon, alors, regardons. »

« J'ai toutes les tailles dans le dossier si vous voulez. »

J'essaie de faire une intervention constructive, mais en vain.

Chacun veut voir de ses propres yeux. Les directeurs déambulent au milieu des 17 squelettes. En effet, toutes pourraient avoir entre 15 et 18 ans. Elles ne semblent pas très grandes. La relecture du dossier confirmera cette impression. Tailles estimées : entre 1 mètre 30 et 1 mètre 55.

Nous remontons, en silence cette fois-ci, dans la salle de réunion.

Je n'arrive pas à formuler d'hypothèses crédibles. Henri aurait tué des Péruviennes pour en faire des momies ? Il aurait craint de rentrer les mains vides au point de falsifier des pièces antiques ? J'ai du mal à y croire. L'image de Sixta, ses supplications, me reviennent en mémoire. Quelle horreur ! Mon corps se met à trembler, involontairement.

Je regarde mes interlocuteurs, tous ont un visage fermé.

C'est Claire, directrice des ressources humaines, qui prend la parole en premier.

« Il faut aller voir la police. »

Je vois que Joris est d'accord. Pascal rétorque :

« Enfin, nous ne sommes sûrs de rien ! Il n'y a absolument aucune preuve pour faire le lien entre ces os et ces filles. Satanés ossements que nous ne pouvons pas dater ! »

En effet, ce serait bien plus simple…

Il continue.

« De toute façon, ça fait 80 ans. Si assassins il y a, ils sont morts depuis bien longtemps. À part s'attirer des ennuis, à quoi ça sert ? »

Sylvain se range à son avis.

« À quoi ça sert ? Ça nous couvre. Ce n'est pas à vous que je vais apprendre les rudiments du droit : on peut être en tort, mais si on prouve qu'on a tout fait pour ne pas l'être, ça atténue la sentence juridique. N'est-ce pas, Benoît ? » Dominique vient soutenir Joris.

« Je ne suis pas un spécialiste du droit pénal. Je vous rappelle que nous sommes censés traiter des affaires en lien avec le droit privé dans cette entreprise. » Benoît, directeur juridique, toujours tatillon et avec beaucoup d'humour.

« Donc vous avez raison : dans le droit français, 20 ans après le meurtre, il y a prescription. Sauf sous certaines conditions, dans le cas de crimes contre l'humanité, par exemple. En revanche, je ne connais pas encore le droit péruvien… Je ne vois pas en quoi interpeller la police française en expliquant qu'on se pose des questions pourrait nous porter préjudice. Imaginons… Je ne le souhaite pas, mais alors absolument pas, mais imaginons des échanges avec le Pérou, le gouvernement, la police ou autre. Il vaudrait mieux montrer patte blanche et disposer de preuves montrant que nous avons pris l'affaire au sérieux. Dans tous les cas, ça nous coûterait bonbon. Avocats spécialisés et compagnie… Je suis donc en faveur de cette option, simple et gratuite : une déclaration à la police. »

Le débat est clos. Le spécialiste a tranché et la notion des montants financiers fait automatiquement pencher la balance. À part mon temps, qui ne coûte pas très cher à l'entreprise, aller voir la police ne coûte rien. Je devrai donc aller au commissariat situé à côté pour faire une déclaration. Pascal a émis l'idée d'aller dans un grand commissariat parisien, peut-être plus spécialisé, mais sa suggestion n'a pas été retenue.

Tout le monde se dépêche de ranger ses affaires. La faim se fait sentir.

Chapitre 26

De retour à mon bureau. De nombreux e-mails d'André m'attendent, me réclamant des nouvelles. Je lui avais pourtant dit que le projet était en pause de notre côté… L'accueil me signale aussi qu'il a essayé de me joindre plusieurs fois. Je vais devoir le rappeler.

Chloé vient me voir. Elle trouve que j'ai une petite tête. Je lui raconte rapidement les conclusions de la réunion de ce midi : que je n'avais pas pensé à cette possibilité, que je me sens impuissante.

« Et Henri, il mentionne quelque chose de ce type dans son carnet ? »

« Non. Enfin, je ne crois pas. »

« Tu crois qu'il aurait écrit un faux carnet mentionnant la découverte des momies ? Une espèce d'alibi ? »

« Je ne sais pas. Je ne sais plus trop… »

« Iline, c'est toi qui as lu ce carnet. C'est toi qui connais le mieux le protagoniste de cette histoire. Tu sens quoi au fond de toi ? »

Je lève les yeux vers elle. Son regard doux et attentif me pousse à parler.

« Je ne pense pas que ce soit Henri. Son carnet a l'air… tellement vrai ! On ressent presque ses émotions, ses moments de doutes, ses appréhensions, sa joie aussi. Et puis les dames que j'ai rencontrées ont dit avoir vu les convois et les caisses contenant les momies et les autres trésors. »

« Bon, eh bien, il y a peut-être une autre explication. Tu ne pourrais pas aller en discuter avec les membres restants de la famille ? Ils savent peut-être autre chose… »

« Je ne peux plus contacter la famille Solvair. »

« Oui, je sais. Mais là, c'est différent : il y a deux filles disparues. Ça change peut-être la donne, non ? »

Chloé me redonne espoir. Oui, c'est vrai, je peux peut-être réessayer du côté de la famille Solvair. Je ne suis pas sûre d'avoir envie de prendre le risque d'essuyer, encore une fois, les foudres de Madeleine Solvair… Mais je vais y réfléchir.

J'arrive à dénicher un e-mail censé mener à Roberto Gonzales Yupanqui, archéologue spécialiste du Pérou. Je lui envoie une requête concernant la région de Huancayo. A-t-il connaissance de tombes découvertes dans les montagnes ? Je ne fais pas allusion à André.

J'en profite aussi pour téléphoner à Antoine et l'informer des dernières avancées. Il est très sceptique concernant l'hypothèse des filles transformées en momies par l'équipe d'Henri. Pour lui, ces deux affaires ne sont pas liées. Quelque part, ça me rassure. Ce sont peut-être simplement les élucubrations fumeuses d'un directeur général inventif. Antoine m'informe qu'il a, lui aussi, été contacté de nombreuses fois par André. Il a dit qu'il était en rattrapages et ne pouvait pas consacrer de temps aux momies. De toute façon, à part scruter les faits et gestes de François Rizière sur le web, il n'a pas grand-chose d'autre à faire. Je sens une pointe d'amertume dans sa voix. Il n'a pas tort. Mais que puis-je lui dire ? J'ai, moi-même, à peine l'ombre d'une piste.

Ce soir, je raconte les évolutions de « l'enquête » à Basile. Comme Antoine, il a beaucoup de mal à prendre l'hypothèse de Joris au sérieux. Il me dit surtout de ne pas m'en faire, ce n'est pas important. C'est de l'histoire ancienne. Dans tous les cas, ces personnes sont mortes depuis bien longtemps. Dans la chaleur de ses bras, blottie sur le canapé, je me rassure petit à petit. Oui, je m'implique bien trop personnellement dans cette histoire. Il faut que je réussisse à m'en détacher.

Assise devant mon bureau à nouveau. Je repense à Pititayo : le paysage, le grand air, le travail physique, les poules… Je me sens confinée ici. Quelle chance j'ai eue de pouvoir changer de vie l'espace de deux semaines ! Cela fait deux jours que je suis rentrée et je me pose plein de questions. Cette vie, tellement chérie par Laura et Bautista, questionne la mienne. Pourtant leur existence est si ascétique… Doit-on choisir cette extrémité pour être pleinement satisfait et heureux ? Abandonner toute richesse et vivre dans la nature ? Ces questions me taraudent, surtout dans le train pour me rendre au travail. Je n'arrive pas à trouver les réponses. Peut-être faut-il plus de temps pour entrapercevoir les réponses ? Et Basile ? J'ai l'impression de l'avoir laissé sur le quai d'une gare alors que moi, j'ai sauté dans le premier train qui passe. Est-ce le bon train ? Je ne sais pas. Mais je bouge, j'avance. Lui reste là. Sédentaire, bloqué. Bloqué dans le travail, les horaires à rallonge, le métro parisien, les séries devant notre écran le soir, les mêmes amis, les mêmes week-ends, les mêmes vacances, les mêmes matchs de foot… Pourquoi vois-je cela maintenant ? Qu'est-ce que ces deux semaines ont bien pu changer ? Comment entraîner Basile avec moi ? Car je le sens, je le sens très fortement : je ne peux pas arrêter ce train. C'est trop tard, je suis montée, je suis partie.

Je décide d'aller voir Samuel des services généraux. Je suis sûre qu'il connaît les policiers du commissariat d'à côté. Il pourra me conseiller quelqu'un de bien. En effet, il me recommande d'aller voir Julien. Il propose même de m'accompagner. J'accepte. J'ai des scrupules à déranger un représentant de l'ordre avec une déposition aussi farfelue. Certes, c'est ma hiérarchie qui a suggéré cette démarche, mais cela ne me suffit pas. Je suis contente que Samuel m'accompagne. Je n'avais jamais fait attention, mais le commissariat est juste à côté du bureau. Je ne suis jamais entrée dans un commissariat. Je suis surprise par les locaux : ils sont clairs, pas si vieillots que ça et l'ambiance qui y règne est calme. Rien à voir avec les séries policières. L'imagination artistique aime voir les choses en noir.

Samuel se dirige vers l'accueil. La dame le reconnaît et nous pouvons nous rendre directement au bureau de Julien. Là encore, les clichés en prennent un coup. Bien loin de l'inspecteur alcoolique, largué par sa femme et abîmé par la vie, Julien rayonne de santé. Svelte, jeune, il nous reçoit avec un grand sourire franc. Dans son bureau, un sac de sport traîne dans un coin. La pièce est bien rangée et propre. Voilà, je me suis encore fait duper par la vraisemblance des romans… Enfin, il est vrai également que mon grand-père était plutôt bien dans ses baskets, tout comme mon oncle, tous deux anciens policiers. Je me retrouve donc assise face à ce trentenaire affable, sportif, que j'imagine jeune père de famille, pour raconter mon histoire de squelettes du 3e sous-sol.

Samuel fait les présentations, plaisante longuement avec Julien sur des sujets que j'oublie aussitôt et s'éclipse en s'excusant : il a du travail qui l'attend au bureau. Le face à face avec le policier, seul à seule, commence. Ses yeux rieurs m'inspirent confiance, et tout dans sa manière d'être, sa façon de se tenir, me pousse à la confidence.

Je lui raconte le dossier en détail : la découverte des squelettes, la datation au carbone 14 impossible, en passant par la Madeleine compliquée, le fait qu'elle ne mentionne pas son cousin Henri, archéologue de son état, le contenu de son carnet, les doutes planant sur André suite à la rencontre réalisée avec Alain Rouand, le voyage au Pérou et, enfin, la disparition des deux jeunes filles à la même période que celle de l'expédition.

J'omets deux éléments : la suspicion des soirées olé-olé de l'actionnaire François Rizière et ma rencontre avec Sylvie Solvair. Mon intégrité, comme celle de l'entreprise, pourrait en pâtir si jamais ces informations tombaient entre de mauvaises mains.

Au fur et à mesure du récit, je vois que l'air jovial de Julien devient de plus en plus sérieux. Il pensait sûrement à une histoire de vol, ou ayant trait à la vie de l'entreprise Solvair, en me voyant arriver avec Samuel. Mes propos sont tout autres.

« Et suite à une réunion avec le comité de direction de ma branche hier, nous avons décidé collégialement de venir vous voir. »

Julien finit de prendre des notes sur son ordinateur fixe.

« Merci de votre confiance en la police nationale. J'ai noté les points principaux. Avez-vous d'autres choses à ajouter ? »

« Non, je ne crois pas. Je pense vous avoir tout dit. »

Ça fait tout de même 40 minutes que je suis là.

« Excepté les dires des femmes rencontrées au Pérou, vous n'avez pas de liens plus solides entre l'expédition française et la disparition des jeunes filles en 1943 ? »

« Non. »

« La police péruvienne n'a pas été impliquée ? »

« Non plus. »

« Rien dans le carnet d'Henri ? »

« Non. Pas d'après ma lecture. »

« Hum… »

Il réfléchit. J'en profite pour regarder les murs de son bureau : gris clairs, un calendrier de l'année 2018 et des affiches de recrutement de la police.

« Je suis vraiment désolé, Iline, je ne peux malheureusement rien faire pour vous. Les faits se sont déroulés à l'étranger, il y a 75 ans, et reposent uniquement sur des déclarations verbales, non enregistrées par la police locale, que ce soit à l'époque ou aujourd'hui. Je ne peux pas ouvrir un dossier à ce sujet et y affecter une équipe. C'est trop vague. J'espère que vous comprenez ? »

Bien sûr que je comprends. Moi-même, je me demande pourquoi je passe du temps sur ce sujet. Ou, dit autrement, car c'est tout de même fort intéressant : pourquoi suis-je payée pour le faire ?

Néanmoins, je ne perds pas de vue l'objectif de cet entretien : laisser une trace.

« Vous conserverez tout de même le contenu de notre entretien quelque part ? »

« Oui, bien sûr. Nous gardons toutes les dépositions. Mais certaines sont classées sans suite sans allouer une quelconque ressource, autre que le policier prenant la déposition bien sûr. »

Je lui dis que je comprends, que c'est normal, que je n'attendais rien de concret de cet entretien, excepté en informer la police.

Notre discussion est terminée, Julien me serre vigoureusement la main et me raccompagne à l'entrée du commissariat. Il n'omet pas de me dire que, si jamais nous tombons sur du neuf, des éléments concrets plus récents, je ne dois pas hésiter à revenir le voir. Je n'hésiterai pas mais, je le sens dans le son de sa voix, il paraît peu probable que des éléments nouveaux viennent à nous.

Dominique m'intercepte sur le chemin de mon bureau. Je lui rapporte l'entretien avec la police. Il suggère que j'envoie un e-mail récapitulatif au comité de direction. Pour lui, il n'y a plus grand-chose à faire du côté des squelettes du 3e sous-sol, l'énergie solaire me tend les bras ! Je comprends le message et lui promets de ne plus passer de temps sur ce sujet si rien de neuf ne se passe côté momies.

C'est d'ailleurs ce que je fais tout l'après-midi jusqu'au coup de fil d'André : il a peut-être de nouvelles informations, qui sait ? Je décroche.

« Bonjour, Iline ! Comment vas-tu ? Ça fait des semaines que je n'ai pas eu de tes nouvelles. Tout va bien ? »

Je dois trouver une explication plausible… Vite !

« J'avais la varicelle. »

Houlà, c'est ça, l'explication plausible ? Parfois, mon cerveau m'étonne.

« La varicelle ? Tu ne l'avais pas eue étant petite ? »

« Non. »

Mensonge éhonté.

« Ça va mieux ? La varicelle adulte, ce n'est pas de la tarte. »

« J'ai été arrêtée deux semaines. Mais là, ça va mieux, à part les moqueries des collègues. »

Ça le fait rire.

« André, je t'avais pourtant dit que les recherches étaient en pause de notre côté… »

« Oui, oui, je sais. Mais entre les instructions officielles et le travail sur le terrain, il y a toujours de la marge de manœuvre. »

Il est enjoué.

« Certes, mais là, c'est bel et bien au point mort et, en plus, j'étais malade. »

« Et Antoine en rattrapages... Bon, eh bien, rien de neuf alors. Tu as une petite voix, repose-toi bien. »

J'ai envie de lui hurler dans le téléphone : « Et toi ? Et toi ? Tu connaissais le dossier et tu ne nous as rien dit ! Et tu oses venir prendre des nouvelles ? »

N'ayant plus envie d'échanger avec lui, je raccroche. À quoi joue-t-il ?

Je travaille sur mes « projets officiels », mais ils sont moins lumineux que ce qu'ils devraient être. Je n'arrive pas à me concentrer. Des hypothèses absurdes traversent mon esprit à intervalles réguliers, et ce n'est jamais à propos de panneaux solaires. Je repense souvent à l'idée de Chloé de retourner voir Madeleine Solvair. Un après-midi, je ne tiens plus. Je monte au 7e, direction le bureau d'Isabelle. Je ne lui ai pas donné de nouvelles depuis mon retour du Pérou. Je lui dois bien ça.

Elle est à son bureau. Son assistante me laisse entrer. Je suis là sur un vrai coup de tête, j'espère que je ne vais pas le regretter.

« Bonjour, Iline. Comment vas-tu ? Comment s'est passé ton voyage au Pérou ? »

« Très bien, merci beaucoup. »

Je n'ose pas lui renvoyer la question, je ne la connais pas assez. Et puis, de toute façon, tout le monde répond toujours « oui » à cette question.

« Le Pérou s'est bien passé. Je me disais que, si tu avais quelques minutes, je pourrais te raconter rapidement. »

Elle regarde sa montre hors de prix.

« Rapidement. »

Je m'exécute. Ses sourcils se froncent quand je parle des disparitions, de l'hypothèse de Joris et de la déclaration à la police.

« Si j'avais su que ces antiquités poseraient autant de problèmes, je les aurais laissées dans le noir. »

Silence. Je ne suis, évidemment, pas tout à fait d'accord, mais je me garde bien de le lui dire.

« Écoute, Iline, je commence à te connaître, tu n'es pas venue me voir pour rien. Tu as certainement une idée derrière la tête. Je t'écoute. »

Perspicace, l'Isabelle. Je décide de ne pas y aller par quatre chemins :

« Je souhaite retourner voir Madeleine. »

Isabelle souffle. Je poursuis :

« C'est différent aujourd'hui, deux jeunes filles ont disparu : ce n'est plus seulement une histoire de fierté familiale, c'est peut-être bien plus important que cela ! Je… Je pense qu'elle pourrait changer d'avis. Qu'elle pourrait réfléchir, au moins. »

Isabelle me regarde dans les yeux, de ses yeux bleu acier. Je ne détourne pas le regard. Je suis sûre d'avoir raison.

« Je vais réfléchir, moi aussi. Je te tiendrai au courant. Je dois y aller maintenant. »

Réfléchis bien, Isabelle.

Chapitre 27

Cela fait des jours que je guette ma boîte mail : rien. Aucune nouvelle d'Isabelle. Au début, je regardais toutes les dix minutes, puis toutes les heures, aujourd'hui, je ne regarde plus. Mes activités « normales » ont repris. Excepté quelques « Salue les momies pour nous ! » lancés dans un couloir par quelques collègues, rien de neuf. Rien à l'horizon, calme plat. Ces 17 momies resteront un mystère jusqu'à la fin des temps. Enfin, de mon temps. La conséquence de tout cela est que je m'ennuie. Je m'ennuie fortement. Comme si vous donniez un kart à un ado et puis qu'après, vous lui demandiez de jouer avec une petite voiture de trois centimètres de long. Frustrant, non ? Eh bien moi, c'est pareil.

Un après-midi bien long, bien pluvieux, bien ennuyeux, je décide d'effectuer des recherches sur Internet au sujet d'Henri Solvair, archéologue. Je ne pense pas l'avoir déjà fait, ou alors ça n'avait rien donné. Là, je vais y passer le temps qu'il faudra pour trouver quelque chose. Et je ne trouve rien. Pas une miette d'Henri Solvair sur la toile après trois heures de recherches acharnées. Je ne comprends pas : tout le monde est sur le web, surtout quand on vient d'une grande famille comme la sienne. Je ne vais quand même pas refaire appel à Gabriel, mon ami informaticien. N'avait-il rien découvert avant le Pérou ? A-t-il arrêté sa carrière quand il a compris que les momies n'arriveraient jamais à bon port ? Je suis sûre que Madeleine pourrait nous aider à ce sujet… C'est improbable que cet archéologue soit tout simplement un illustre inconnu. Tiens, voilà : même mon grand-père est sur

Internet ! Il a gagné une médaille pour je-ne-sais-quoi dans la police ! Je plante mes réflexions là : ce soir, je vais prendre un train tôt pour rentrer chez moi. Au diable Henri Solvair, et vive la soirée sympa entre copines !

Une semaine après ces recherches infructueuses, je reçois un e-mail d'Isabelle :

« Bonjour Iline,

Nous avons rendez-vous chez Madeleine Solvair le jeudi 7 avril à 14 h 30.

Je t'accompagnerai.

Cordialement,

Isabelle. »

C'est incroyable. Et si je ne suis pas libre, moi ? Si j'ai une réunion très importante sur le futur des panneaux solaires de l'autoroute A68 ? C'est fou comme il faut se rendre disponible pour les supérieurs. Bon, en réalité, je n'ai strictement rien de prévu ce jour-là. Et c'est plutôt une bonne nouvelle. Je suis étonnée qu'Isabelle souhaite participer à cette entrevue. Elle doit prendre cette histoire au sérieux. Il faut que je prépare un minimum cet entretien avec Madeleine, le dragon. Faut-il que j'échange avec Isabelle en amont ? Le ton de son e-mail ne semble pas laisser la porte ouverte à cette option.

Jeudi 7 avril. Je sonne à la porte de Mme Solvair à 14 h 30 précise. Il pleut. Isabelle est très classe dans son imper. Comme la première fois, une petite dame d'un certain âge nous conduit « chez madame ».

Madeleine est assise dans le même fauteuil qu'à l'accoutumée, le chat toujours à ses côtés. La pièce est bien plus sombre que dans mes souvenirs : la pluie réussit même à rendre le jardin triste.

Madeleine se lève pour saluer Isabelle. Je lui serre la main également.

Nous trouvons nos sièges devant une tasse de thé. Noir pour moi, vert pour Isabelle. C'est ce qui s'appelle savoir recevoir.

Isabelle parle la première :

« Merci de nous recevoir, Madeleine. C'est très aimable à vous. »

Madeleine ne dit rien. Je retrouve l'éclat de ses yeux perçants comme si nous nous étions quittées hier.

« Iline a suivi la trace des squelettes qui se trouvaient dans l'entrepôt et cela l'a menée jusqu'au Pérou. »

Madeleine acquiesce. Elle n'est pas encore devenue dragon. J'attends sa transformation avec appréhension.

« Iline, aurais-tu l'obligeance de raconter ce que tu as découvert au Pérou ? »

Oui, maman. J'ai l'impression d'être une petite fille à qui l'on tient la main et qui essaie de faire de son mieux pour que sa mère soit contente. J'accepte néanmoins le rôle.

Je décide de mettre un peu de contexte pour amadouer Madeleine : la difficulté à trouver des informations autant de temps après les faits, le tour du marché, la fête de Santiago et enfin la rencontre avec Sixta et Andrea. Le hasard qui nous est venu en aide et les supplications de ces dernières. Je me dis à cet instant que j'aurais dû leur demander la permission de les prendre en photo. J'aurais eu plus de matière pour illustrer leurs attentes.

Madeleine écoute patiemment. Le chat a disparu.

J'en arrive au clou de l'histoire : la disparition des deux jeunes filles au moment où l'expédition d'Henri était sur les lieux.

Aucune réaction de sa part. Elle reste imperturbable. Ayant fini, je me tais. Je n'ai pas mentionné la police. Ça n'aurait eu aucun poids, elle ne peut rien faire.

Un silence pesant s'installe. Il n'a pas l'air d'affecter Isabelle qui regarde Madeleine droit dans les yeux.

« Madeleine, vous pouvez nous aider, j'en suis sûre. N'avez-vous pas quelques indices qui pourraient nous mettre sur la voie ? Vous aviez 22 ans quand les momies ont resurgi dans votre famille. Vous n'étiez plus une enfant, vous devez avoir compris, ou ne serait-ce que pressenti, des choses ? Je vous en prie, aidez-nous. »

J'admire Isabelle encore une fois. Elle a retenu, ou révisé, l'âge de Madeleine au moment des faits. Grande intelligence ou beaucoup de travail : dans tous les cas, ça fonctionne. Elle a fait preuve d'une immense douceur pour s'adresser à Madeleine. Est-ce que ça va porter ses fruits ?

Madeleine ne baisse pas le regard, ce regard que je n'arrive pas à déchiffrer. Est-ce pour nous déstabiliser ? Est-ce le reflet d'une intense réflexion ? Est-ce un regard vide et las ?

« Henri était un excentrique. Un bon vivant vantard et, malgré tout, doué. Je ne l'aimais pas : il était tout le contraire de la constance, de l'honnêteté et de la droiture. Combien de fois est-il rentré ivre à la maison ? Je ne sais même plus. Il hurlait des insanités dans la cour. Mère en était effarée : vous imaginez auprès des voisins ? »

Je suis abasourdie : Isabelle a réussi ! Elle a réussi à ouvrir une porte dans la forteresse que Madeleine s'est construite. Incroyable.

« Il se vantait de ses découvertes, de sa carrière exceptionnelle, mais non reconnue par le grand public. Il était frustré, je crois. Plus d'une fois, mon père, Louis, a dû intervenir. Il ramenait des femmes de mauvaise vie chez lui. Je crois qu'il y a même eu des histoires ayant trait à la drogue. Père a menacé plusieurs fois de le mettre dehors. »

Isabelle et moi sommes tout ouïe.

« Voilà qui était vraiment Henri. Un archéologue raté. Un homme sans foi ni loi. C'est vous qui me poussez à dire ces vilenies. »

Elle s'arrête. Nous nous faisons toutes petites et espérons qu'elle va continuer sur sa lancée.

« De là à vous dire qu'il aurait tué des jeunes femmes, que ce soit pour les momifier afin d'accéder à la célébrité ou pour les jeter dans un caniveau… je n'irai pas jusque-là. Je pense… Oui, je pense que c'était un profond amoureux des femmes. Pas pour construire une famille et se jurer fidélité à tout jamais, mais pour profiter de leur compagnie et les aduler, les mettre sur un piédestal. Oui, je le formulerais plutôt ainsi. »

« Il ne s'est jamais marié ni n'a jamais eu d'enfants ? » demande Isabelle.

« Non. Enfin, disons-le autrement : aucun enfant légitime, reconnu. Des bâtards, très certainement. Mais je n'en ai jamais eu connaissance. Et tant mieux. »

« Iline, qui a lu avec attention le carnet d'Henri rédigé lors de l'expédition au Pérou, cherche activement un deuxième carnet. Le cahier de travail d'Henri. Il nous apporterait de précieuses informations concernant les découvertes réalisées à cette époque et, peut-être, l'innocenterait totalement de la disparition de ces deux jeunes filles. »

« Comment s'appelaient-elles ? » demande Madeleine.

Isabelle se tourne vers moi.

« Maria et Luz. »

Pourquoi cette question ?

« Je l'ai déjà dit à Iline : je n'ai jamais vu ce carnet. »

« Et vous n'auriez pas des objets datant du temps d'Henri dont nous pourrions prendre connaissance ? Avec votre permission, bien sûr, et sous votre surveillance. »

J'interviens :

« Ou des photos, par exemple ? »

Isabelle me sourit : « Bonne idée », semble dire ce sourire.

« Non. Plus rien. Tout a été jeté ou transmis à votre entreprise. Toutes les pièces qui pourraient avoir une certaine valeur scientifique, en tout cas… Vous savez, nous ne pouvons pas garder les affaires de quatre générations ici. Vous imaginez le bazar ? »

Elle a pris sa voix la plus mielleuse. Isabelle répond de même :

« Bien sûr, je comprends tout à fait. »

Voilà, on a fait le tour de la question. Il ne reste rien ici et Madeleine ne pense pas que son grand-oncle, même turbulent, aurait pu commettre ou commanditer un enlèvement. Que demander de plus ?

Elle a néanmoins fait preuve de bonne volonté. Grâce à Isabelle, je suppose. Elles savent aussi que l'entretien est terminé. Madeleine et Isabelle discutent de choses et d'autres. J'ai hâte de sortir à l'air libre, même s'il pleut.

Une fois dehors, Isabelle m'abandonne très vite : elle a un rendez-vous à Paris. Elle est désolée que cet entretien n'ait pas abouti à plus d'informations. En effet, c'est maigre. Je ne sais plus où chercher. Relativisons : pour une fois qu'une discussion avec Madeleine s'est achevée sans menaces, c'est déjà une victoire ! Je remercie chaleureusement Isabelle pour son aide et poursuis mon chemin sous la pluie.

J'erre au hasard des rues huppées du coin. Tenant fermement mon parapluie pour ne pas être trop mouillée, je déambule dans mes pensées. Je suis déçue. Je m'imaginais Henri autre. Un homme ayant appris de ses erreurs au Pérou et avançant dans la vie la tête haute. N'a-t-il donc tiré aucune leçon de ses mésaventures ? Mais qui suis-je pour juger quelqu'un dont je ne connais pratiquement rien ? Certes, j'ai lu un carnet relatant les questions qu'il s'est posées pendant un peu moins de deux ans : en quoi cela me permet-il de connaître la nature profonde de sa personne ?

La pluie redouble et je pense à rentrer. Je crois que je vais travailler chez moi aujourd'hui. Je me mets en route. Chemin faisant, une dernière idée me vient à l'esprit : je vais aller voir Sylvie Solvair. Les deux sœurs sont tellement différentes que son portrait d'Henri pourrait bien être radicalement opposé. Si rien de neuf ne sort de cet entretien, j'arrête mes recherches.

Chapitre 28

Quelques jours plus tard, je suis sur le perron de la maison de Sylvie Solvair. Je sonne, elle m'ouvre immédiatement. Elle me conduit au salon où un thé m'attend déjà. Un autre point commun entre les deux sœurs. Nous sommes en avril, mais la météo n'est pas au rendez-vous. Il pleut tous les jours depuis des semaines. Je suis contente d'être ici. L'atmosphère, à l'image de Sylvie, est toujours aussi bon enfant.

« Alors, Iline, comment vas-tu ? Et surtout : comment puis-je t'aider ? »

Le tout servi avec un grand sourire. Elle a décidé de me tutoyer depuis notre première rencontre.

« Voilà, je suis coincée concernant les recherches sur les 17 squelettes. Vous êtes mon seul espoir pour trouver une nouvelle piste à creuser. Sinon, eh bien, je ne sais plus trop… »

« Allons bon ! Raconte-moi tout ça. »

Je m'exécute. Elle ne savait pas que j'étais allée au Pérou. Elle trouve ça très courageux d'y être allée seule, sans parler espagnol. On rit beaucoup quand je lui raconte ma vie à la ferme. Beaucoup moins quand j'aborde le sujet des disparitions.

« Et ces femmes étaient sûres que l'expédition d'Henri y était pour quelque chose ? »

« Sûres. »

« Mince. Elles ne peuvent pas être plusieurs à se tromper comme ça. »

Elle réfléchit. Une ancienne demande, restée sans réponse, me revient en mémoire :

« Sylvie, avez-vous pu discuter avec votre frère Gérard à Noël pour lui demander s'il savait quoi que ce soit au sujet du carnet de travail d'Henri ? »

Elle sort de sa torpeur :

« Bien sûr ! Je ne t'ai rien dit ? »

Mon cœur fait un bon dans ma poitrine.

« Je suis impardonnable, j'aurais dû te tenir informée. Rien, il n'a jamais rien vu qui puisse y ressembler. Il a dit qu'il ferait attention, mais il ne faut jamais vraiment compter sur Gérard pour ce genre de chose. Il est très tête en l'air. Mais s'il avait eu connaissance du carnet, il me l'aurait dit. »

Ultime déception. Il ne reste plus qu'à parler d'Henri :

« Quelle image gardez-vous d'Henri ? »

« D'Henri ? Un bon vivant ! Ah, ça oui ! Il était toujours joyeux, à raconter des histoires drôles. Pour moi, c'était le grand explorateur, l'oncle qui avait tout vécu, tout vu, tout entendu. Il était très fort pour sublimer un récit. Il riait beaucoup, tout le temps. Enfin, je vous dis ça, ce sont des souvenirs de petite fille. »

« Était-il accro aux femmes, à la drogue, à l'alcool ? »

Elle me regarde d'un air malicieux.

« Tu en as discuté avec Madeleine, je me trompe ? »

Je souris.

« Je pense qu'il y a néanmoins du vrai dans ce discours. Je ne sais pas à quel point mais, même si Madeleine noircit le tableau, c'était un sacré gus ! »

Une idée surgit dans mon esprit :

« Et Gérard ? N'aurait-il pas une idée plus objective et neutre que celle de Madeleine ? Il est bien plus vieux que vous, n'est-ce pas ? Il doit mieux se rappeler de qui était Henri. »

Elle prend le temps de réfléchir.

« Oui, très certainement. Mais Gérard était très affaibli à Noël. Je ne pense pas que ce soit une bonne idée de l'embêter avec tout ça. »

Je n'y tiens plus :

« Si ce n'est pas indiscret, qu'a-t-il exactement qui le rende si fragile ? »

Son regard se voile quand elle me répond.

« Gérard souffre de grosses, de très grosses dépressions. À répétition. Depuis des années. Le moindre choc psychologique et il replonge. C'est… C'est très dur. »

Sylvie est au bord des larmes. Je regrette ma question. Elle semble très affectée.

« Tu sais, je suis assistante sociale : des dépressions, j'en ai vu beaucoup, de tous types, de toutes les formes. Mais des dépressions comme celles de Gérard, jamais. S'il y a bien une chose dont je suis reconnaissante envers Madeleine, c'est la manière dont elle s'occupe de lui. Ça, je ne peux pas lui reprocher. »

Sujet sensible : je n'aurais pas dû creuser par là. Je change de propos. Avant, je bois une longue gorgée de mon thé afin de laisser Sylvie reprendre ses esprits.

« Une dernière question : j'ai fait des recherches sur Internet concernant Henri. Je n'ai rien trouvé : il n'apparaît nulle part. Comment est-ce possible ? Vous auriez une idée ? »

Je sais que c'est une question idiote : comment Sylvie pourrait-elle m'aider à ce sujet ? C'est la seule question qui me soit venue à l'esprit après la bévue « Gérard ».

« Quel nom avez-vous cherché ? »

« Quel nom ? Eh bien, Henri Solvair. »

Elle sourit au travers du flou de ses yeux, pas encore tout à fait remis de l'allusion à son frère.

« Henri ne s'est jamais appelé Solvair. Il a pris le nom de sa mère. Son père, Léopold, n'a pas voulu, en plus d'imposer sa maîtresse et son bâtard à sa famille, les fâcher encore plus en lui donnant son nom de famille. Il n'a jamais reconnu Henri. Il n'y avait aucun lien légal entre eux, même si tout l'entourage savait très bien de quoi il retournait. »

Les bras m'en tombent. Je n'y ai pas pensé ! Ça ne m'a même pas traversé l'esprit alors que Madeleine me l'a assez répété : « Henri n'a jamais fait partie de la famille ».

J'aurais envie de prendre Sylvie dans mes bras et de danser le twist. Que je suis soulagée de pouvoir en savoir plus sur Henri. Ma petite aventure va continuer encore un peu.

« Mais, quel était son nom alors ? »

« Henri Trivaud. Il s'appelait Henri Trivaud. »

Je tape frénétiquement « Henri Trivaud » sur la page de recherche web de mon ordinateur. La recherche aboutit. Henri a même un article sur Wikipédia : je rayonne de joie. Je me prépare un thé aux agrumes et me faufile sous le plaid du canapé. Je découvre la vie « officielle » d'Henri Trivaud.

Né en 1910, aucune mention de son ascendance familiale, son père biologique n'est cité nulle part. Il a grandi en banlieue parisienne. Diplômé de l'école française d'archéologie en 1928, il réalise plusieurs travaux de recherche, principalement en Allemagne, sur des châteaux du Moyen Âge. Un projet à Istanbul dans les années 1923-1925. Pas mal de recherches en France, principalement en Dordogne, portant sur la préhistoire. Il est effectivement fait mention d'un voyage au Pérou de 1941 à 1943, mais sans information plus précise. Rien pendant quelques années. Henri ne reprendra les fouilles, exclusivement en Europe, qu'à partir de 1948. Il se spécialisera dans l'époque viking et deviendra un expert dans le domaine. Et c'est là que je découvre une photo d'Henri. C'est la première fois que je vois son visage, en noir et blanc. Il paraît heureux, moustache fine et air rieur : c'est un bel homme. Il est habillé comme s'il revenait d'une expédition en Afrique : tout en beige, pantalon bouffant à la taille, chemise, casque colonial, un appareil photo autour du cou. Il est entouré d'un groupe de personnes qui semblent aussi heureuses que lui. Je regarde la légende : « Henri Trivaud en 1951, de retour de Norvège, entouré de la famille Solvair, mécène de longue date de l'archéologue ».

Comment ? J'en recrache une gorgée de thé sur mon plaid et manque de m'étouffer.

J'observe la photo de plus près et, effectivement, je reconnais des visages sur cette photo. Après quelques recherches sur le web pour être sûre, je distingue clairement Léopold Solvair, à l'air strict, Louis Solvair, le père de Sylvie et Madeleine, et sa femme Hélène en arrière-plan, qui n'avait pas l'air commode. Elle porte un bébé dans les bras. Une fille. Madeleine ? Cette dernière est née en 1949, elle aurait donc deux ans sur cette photo. Je scrute les visages des autres individus présents : la photo est floue, ce n'est pas évident. Je ne reconnais personne d'autre. Je suis en pleine réflexion quand Basile rentre du travail, de bonne humeur me semble-t-il. Il vient me faire un bisou et me demande pourquoi je tire cette tête et pourquoi j'ai craché partout sur le canapé. Je ne peux m'empêcher de sourire.

« J'ai retrouvé Henri sur Internet. »

« Ah oui ? Qu'est-ce qu'il faisait ? Il jouait à cache-cache ? »

« Oui, en quelque sorte. Je n'avais pas le bon nom de famille. Il ne s'appelait pas Solvair, mais Trivaud. »

« Il n'y a pas gagné au change. Et alors, pourquoi tu fais cette tête ? »

« Je suis tombée sur une photo. »

« Il est si moche que ça ? »

« Non. »

Il me fait rire, j'ai du mal à me concentrer sur ce que je dis.

« C'est une photo avec la famille Solvair. Qui, à part la famille Solvair, pourrait détenir cette photo ? »

« Il a l'air sympa, en tout cas », dit-il en scrutant l'écran.

« Oui, mais... Basile ! Madeleine m'a encore menti ! Elle détient des photos d'Henri et ne veut pas nous les montrer. On lui a demandé avec Isabelle et elle a répondu qu'elle n'avait rien du tout. » Je monte sur mes grands chevaux, comme il dit.

« Je ne sais pas. Ça pourrait être une photo prise par un journal de l'époque. »

Il n'a pas tort. Je m'emballe trop vite.

« Mais ce n'est pas le moment, il est 20 h 30 et je t'emmène au resto ! »

« Comment ? »

« On a quelque chose à fêter ce soir ! »

Et nous filons au restaurant. Basile est en effet promu associé dans sa boîte. Une très bonne nouvelle qui, pourtant, me dérange. Oh, juste un petit peu, on ne va pas râler pour un meilleur salaire, un accès au comité de direction de son entreprise… Mais Basile n'a jamais aimé son métier. Il a toujours rêvé de créer son activité. Un rêve très à la mode en ce moment, mais lui l'a toujours eu, depuis qu'il est petit. Et ce rêve-là ne se concrétise pas. Pourquoi ? Parce que son employeur actuel lui propose toujours plus. Dès qu'il se pose des questions pour partir, il est augmenté et accède à un nouveau poste avec plus de responsabilités. Pour valider son nouveau poste, il doit s'engager pour au moins un an. Et nous voilà donc repartis pour une année. Quand cela s'arrêtera-t-il ? Sûrement pas en devenant actionnaire… Le système est bon, très bon, mais il commence à me faire peur. Je sens que là n'est pas l'essentiel. Alors où ? À part proposer à Basile d'acheter des poules pour pouvoir regarder leur petite vie, je n'ai rien de plus concret. Le repas de ce restaurant gastronomique parisien hors de prix était succulent. Le vin de même. Serais-je assez bête pour vouloir me priver de ces délices ?

Chapitre 29

Je suis en formation « électricité pour les nuls » toute la semaine. À part ressasser une potentielle nouvelle trahison de Madeleine concernant les photos de famille, je ne peux pas faire grand-chose pour avancer sur le sujet momies. Il faudrait que j'en parle à Isabelle. Ça attendra la semaine prochaine, quand je serai au bureau.

Retour à mon poste ce lundi. Je dis bonjour aux collègues, discute rapidement avec Chloé et m'installe à mon bureau. Une enveloppe blanche où figure mon nom m'y attend. Pas de timbre. Elle est scellée, je l'ouvre. Une feuille A4 pliée en quatre. Je l'ouvre également. Je reste stupéfaite. Je lis très distinctement les mots suivants :

« Si tu continues, tu vas finir comme les 17 momies. »

C'est une blague ? Les lettres ont été découpées dans un journal, comme dans un vrai polar. Ça ne me fait pas rire. Je vais montrer le mot à Chloé en lui demandant lequel des collègues a fait ça. Elle ne sait pas. Ça la fait marrer. On fait le tour des bureaux : personne ne se dénonce. J'ai une réunion qui commence, je laisse tomber les recherches et oublie l'incident.

En rentrant à la maison ce soir-là, j'ouvre la première porte à l'aide d'un code, la deuxième à l'aide de mon badge et la troisième à l'aide d'un autre code. Notre appartement est situé au 4e étage d'un immeuble au fond d'une cour. J'arrive devant notre porte, l'ouvre à l'aide de ma clef, ce qui signifie que Basile n'est pas encore là, et entre. Une enveloppe blanche, à mon nom, trône par terre. Je suis prise d'un très mauvais pressentiment. Je la décachette : le même mot que ce matin. Je panique complètement. Ce n'était pas un canular. Jamais un collègue ne serait venu jusque chez moi, à plus d'une heure de train du bureau, pour une simple blague. C'est une menace, une vraie. Et les auteurs savent où j'habite. Je claque la porte d'entrée derrière moi. Je ferme tous les verrous et m'effondre en pleurs dans l'entrée. De gros sanglots, j'ai du mal à respirer. Tout mon corps tremble. J'arrive à me traîner jusqu'à la chambre, jusqu'au lit où je me roule en boule, incapable de quoi que ce soit d'autre. Je halète. Mon corps parle pour moi : je suis terrorisée. Mais je n'ai pas envie qu'il s'exprime, ce corps trop encombrant. Il me fait peur. Pourquoi une réaction si forte ? Reprends-toi, reprends-toi. Impossible. Je dois lâcher prise, laisser aller. Je me calme petit à petit. Je ne sais pas combien de temps cela me prend. Mon cerveau peut alors se réveiller : pourquoi ça m'arrive ? Qui m'en veut ? Je n'ai rien fait ! Comment est-ce possible ? C'est un mauvais film, un mauvais livre. Ça n'arrive que dans des polars, des choses pareilles. Je n'ai pas signé pour ça, moi. Je suis une nana normale, qui vit sa vie pépère. Je ne veux pas de complications, certainement pas. Laissez-moi vivre tranquille ! Je regrette. Je ne chercherai plus, promis, je me fiche de ce qui est arrivé à ces femmes !

Je suis devenue une héroïne de roman : je ne veux pas de ce rôle ! Repartez ! Je ne veux pas être intelligente et forte et résoudre des énigmes qui me rendront célèbre. Je veux une vie simple, sans éclat, normale.

J'ai ce souvenir de moi, adolescente, qui voulait faire quelque chose de grand, de fort, de beau : devenir une chanteuse à succès, faire le tour du monde en sac à dos pour aller aider mes semblables, toucher à la drogue pour vivre plus intensément… Un mari ? Des enfants ? Une maison ? Des animaux ? Jamais ! Vous m'avez bien regardée ?

Et puis les années passent. Du petit copain torturé, ténébreux, qui finalement ne pense qu'à lui, on part à la recherche d'un type simplement bien dans ses baskets, qui a de l'amour à offrir. On oublie les envies de grandeurs pour se choisir une vie simple et confortable.

J'arrive à saisir mon téléphone portable. Mes mains tremblent encore. J'appelle Basile. Il répond tout de suite. J'explose en sanglots, de nouveau. Je ne voulais pas lui faire peur, mais je n'y arrive pas. Entre deux hoquets, il comprend que c'est important et quitte le bureau pour s'engouffrer dans un taxi et venir au plus vite. Je compte les minutes, c'est long.

Des pas dans l'escalier. Enfin, le voici. Il m'appelle de l'autre côté de la porte d'entrée. Je suis sûre que c'est lui. Je lui ouvre, referme la porte avec précaution et m'effondre dans ses bras. Je vois la peur dans ses yeux : que se passe-t-il donc ?

Il m'amène jusqu'au canapé et attend que je me calme. Le pauvre, il n'a même pas pris le temps d'enlever son manteau ni sa sacoche d'ordinateur qui pend encore sur son épaule.

Prenant sur moi, je lui fais part du mot sur mon bureau ce matin et de celui sous notre porte ce soir. Je vois que son cerveau analyse les informations que je lui donne à toute vitesse. Je lui donne le mot qu'il inspecte avec attention.

Je finis par me taire. Les larmes coulent toujours, en silence cette fois-ci. J'attends son verdict. Je suis pendue à ses lèvres. Je n'y tiens plus :

« Alors ? »

« Alors il faut prendre ça au sérieux. Il faut que tu ailles voir la police demain. »

Mon ventre se serre encore plus, si c'est possible. Je ne voulais pas entendre cette réponse-là. Je voulais que ce soit une blague. Une simple blague.

Je lève mes yeux vers ceux de Basile. Il me regarde avec une immense tendresse. Que pense-t-il à ce moment précis ? Que je suis faible ? Que je craque dès la première difficulté ?

« Je t'accompagnerai au bureau demain. Le commissariat où tu es déjà allée est à côté, c'est ça ? Je te laisserai devant la porte. Ça va aller. Ne t'inquiète pas. De toute façon, tu vas laisser tomber tes recherches. Tu n'as aucune obligation. Tes chefs comprendront, c'est tout à fait légitime. Calme-toi. C'est normal que tu aies eu peur. »

« C'est vrai ? »

« Bien sûr. Et tu sais, ce type de menaces, elles ne sont que très rarement mises à exécution. C'est comme la bombe atomique, c'est une arme de dissuasion. »

« Tu crois ? »

« Oui, c'est sûr. Aller, je vais te faire à manger. Le repas d'Iline malade. Des coquillettes au jambon, ça t'irait ? »

Chapitre 30

Je suis devant l'entrée du commissariat, à côté du bureau. Je suis venue seule : les attentions et le réconfort que Basile m'a prodigués hier soir et ce matin m'en ont donné le courage. Mais j'ai toujours peur. J'ai observé toutes les personnes à proximité pendant mon trajet ce matin. J'essaie de repérer si quelqu'un me suit : en vain, je ne constate rien d'anormal. En accord avec Basile, j'ai décidé d'aller directement au commissariat sans passer par le bureau. Les menaces pourraient venir de l'intérieur. J'ai l'impression de parler comme un flic. Comment fait-on pour en arriver là ? J'ai aussi décidé de tout arrêter. Tant pis pour ces 17 momies : je suis vivante, moi ! Et je n'ai pas envie de mourir.

Je vais tout droit voir la policière de l'accueil, qui me reconnaît. Je demande à voir Julien. Il n'est pas encore arrivé. Elle me propose de l'attendre sur un siège en plastique fixé au mur devant son bureau. Je m'exécute et j'attends. Je ne songe même pas à ouvrir ma liseuse pour continuer *Guerre et Paix*. Mon esprit ne m'appartient plus. Je rêvasse. Je ne suis plus tout à fait là.

« Bonjour Iline. »

Julien se tient devant moi, souriant.

« Bonjour. »

Je regarde ma montre, 9 h 30. Ça fait 1 h 30 que je suis là. Durant 1 h 30, le temps n'a plus eu d'emprise sur moi.

Julien m'invite à entrer dans son bureau.

À mon grand désarroi, les larmes reviennent immédiatement. Tel un sas de décompression. Tous mes espoirs reposent sur l'homme assis en face de moi. Je dois lui offrir un piteux tableau. Enfin, il doit avoir l'habitude.

Il attend, patiemment, que je puisse articuler quelques mots.

« Voilà… J'ai reçu des menaces. »

« Des menaces ? »

Je sors de mon sac la lettre reçue à mon domicile et la lui tends.

Il l'ouvre et en lit le contenu.

« Où as-tu trouvé cette lettre ? »

« J'en ai reçu deux : une déposée sur mon bureau et celle-ci sous la porte de mon domicile. »

Il me semble bon d'ajouter :

« J'habite à Paris. Pour accéder à la porte de mon appartement, il faut franchir une porte avec un code, une porte avec un badge et une autre porte avec un code. Et savoir où se situe mon appart. »

« Tu n'as pas l'autre lettre ? »

« Non, elle est toujours au bureau. J'ai préféré venir directement ici. »

« Tu as bien fait. »

Il réfléchit.

« Tu sais, sans vouloir minimiser le fait que tu aies reçu des menaces, loin de là… Il y a quand même peu de chances que tu te retrouves momifiée. »

Il arrive à me faire sourire. Disons, un demi-sourire.

« Ce type de lettres est souvent un moyen d'intimidation et ça va rarement plus loin. Mais ça arrive, parfois. On va donc prendre cette histoire au sérieux. »

Il ouvre son ordinateur.

« Je vais prendre ta déposition. Ce qui est pratique, c'est que nous avons déjà bien bossé la dernière fois pour tout ce qui est du contexte. »

« Est-ce que ça veut dire que ce dossier sort des "affaires classées" ? »

« Absolument ! Et, de ce point de vue-là, c'est plutôt une bonne nouvelle. »

Il me pose un grand nombre de questions, auxquelles j'essaie de répondre du mieux possible.

« Qui pourrait essayer de t'intimider de la sorte d'après toi ? »

C'est, effectivement, LA question. Je prends le temps de réfléchir.

« Je ne vois que deux personnes : l'archéologue André Besoukow et Madeleine Solvair. »

« Oui, je me souviens de l'archéologue. C'est celui qui, a priori, a fait semblant de ne pas connaître le dossier des momies ? »

« Oui. »

« Et Madeleine Solvair, ça coule de source : elle voit d'un mauvais œil que tu viennes fouiner dans ses histoires de famille. »

« Oui. »

« Que comptes-tu faire, à présent ? »

« Tout arrêter. Je ne suis pas une héroïne de « polar ». J'ai eu très peur. Et j'ai encore peur… »

« Oui, je comprends bien sûr. Et c'est tout à fait normal. »

Je poursuis, expliquant le plan élaboré par Basile et moi-même hier soir :

« Dès que nous aurons fini, je vais en parler à mon chef uniquement. Je vais lui expliquer que j'arrête tout. Je pense qu'il comprendra. Ce sera à lui d'inventer une excuse plausible aux yeux des autres directeurs, sans parler des lettres, pour justifier l'arrêt des recherches. Si jamais la personne qui essaie de m'intimider est présente au sein de l'entreprise, elle comprendra. Je demanderai également à ma collègue Chloé de surveiller mon bureau. Je lui fais confiance et elle est juste en face. »

Je remercie Julien pour son aide. Je suis soulagée qu'il ait pris ma déclaration au sérieux. Je dois avouer que je me sens mieux.

Il est 11 heures quand j'arrive au bureau. Je croise Dominique qui me salue d'un :

« Ma pauvre Iline, encore des problèmes de train ? »

Je lui demande de m'accorder quelques minutes dans son bureau.

« Je n'ai pas le temps ce matin, je pars en réunion. J'ai un créneau disponible à 16 heures. N'hésite pas à mettre un point dans mon agenda. »

Je n'hésite pas une seconde :

« Dominique, c'est urgent. »

Il s'arrête dans sa course, regarde mon visage et opère un demi-tour immédiatement.

« Que se passe-t-il ? »

Je lui fais signe que je souhaite rejoindre l'intimité de son bureau avant de lui répondre.

Une fois assise en face de lui, je lui explique les menaces, la déclaration à la police, ma décision de tout arrêter. Cette fois encore, les larmes jaillissent sans que je ne puisse rien faire.

Dominique m'écoute avec attention. Je sens qu'il est très mal à l'aise. Se sent-il coupable de m'avoir proposé de travailler sur ce sujet ?

Il est entièrement d'accord sur la stratégie à mettre en place en interne. Il souhaite en revanche informer Joris. Je ne m'y oppose pas et il va le chercher. Je crois même qu'il le sort de réunion.

Je reprends mes explications pour Joris qui a une réaction toute différente : il se met en colère. Je ne l'ai jamais vu ainsi. Il déclare que si ces menaces viennent de l'entreprise, il trouvera qui en est l'auteur et cette personne sera virée sur le champ ! Il me promet de mener l'enquête. J'ai des doutes sur l'inspecteur Dominique, mais j'ai entièrement confiance en Joris. Il m'invite à le déranger si jamais quoi que ce soit d'autre me trouble.

C'est drôle, ce duo, Joris/Dominique, DG/chef de l'innovation, qui fonctionne bien, en liant deux personnes complémentaires. Dominique est l'image même de l'empathie : je vois encore maintenant dans ses yeux son inquiétude pour moi. Joris, au contraire, est un homme d'action. Face à une situation de ce type, il n'a même pas pensé à me demander comment j'allais, mais aux actions à mener.

Le conseil du soir, composé de Basile, de moi-même et de la plante verte du salon, prend une autre tournure.

« Et ce flic ne t'a rien demandé d'autre ? Pas à voir la seconde lettre, pas d'interrogatoire dans ta boîte, pas d'examen concernant les empreintes digitales qui sont peut-être présentes sur les lettres ? »

« Non. »

« Et c'est ça qu'il appelle « prendre le dossier au sérieux » ? »

« Écoute Basile, je ne sais pas. »

Je sens les larmes monter de nouveau. Comment est-ce possible d'avoir deux lectures si différentes d'une même entrevue ?

« Tu vois, je pense qu'ils ne vont strictement rien faire. Il a pris ta déposition et point barre. Ils doivent avoir d'autres chiens à fouetter. Ce que je peux comprendre. »

Je ne réponds pas.

« En revanche, on ne peut pas laisser les choses en l'état. »

« Joris a dit que… »

Basile me coupe la parole :

« Iline, il ne peut rien faire Joris. Il a une boîte à faire tourner, il ne va pas commencer à interroger tous ses employés, ce n'est pas envisageable. »

Me rendant compte que j'ai la bouche grande ouverte, je la referme et garde le silence. Basile s'assied dans le canapé et se prend la tête entre les mains.

« Non, il nous faudrait une aide extérieure. »

Je sens qu'il réfléchit intensément.

Il relève la tête, sans sourire.

« Ton oncle, Maxime, il t'aiderait non ? »

Je bafouille quelque chose d'inaudible.

« Policier à la retraite depuis peu, tu fais partie de sa famille… »

« Je ne le vois qu'une fois par an, pour Noël. »

« …il habite dans le coin, il devrait pouvoir nous aider. »

« Il n'était pas enquêteur mais formateur sécurité routière. »

« Il pourra toujours nous conseiller et activer son réseau, c'est ce qui compte. Écoute Iline, c'est toujours bien de prendre un second avis auprès de quelqu'un dont c'est le métier ».

« Ce n'était pas son métier… »

Je bougonne. Je n'ai aucune envie d'impliquer ma famille dans cette affaire.

Basile s'extrait du canapé en levant les bras au ciel :

« Comme tu veux ! »

Quelques minutes plus tard, j'ai Maxime au téléphone. Il prend l'affaire au sérieux. Il est partant pour m'aider et endosser le rôle du flic afin de faire bouger les lignes. Après lui avoir expliqué longuement la situation, il propose de nous rendre tous les deux chez André Besoukow et Madeleine. D'après lui, dans ce type d'intimidation, il suffit de montrer que la police s'en mêle pour mettre un terme à certaines ardeurs. Il a gardé une vieille carte de service. Il est persuadé que ni André, ni Madeleine n'iront se plaindre à Solvair de notre visite. Opération incognito.

Cette idée ne me plaît pas beaucoup. Dans ma tête, c'était fini. Plus de visites à cette famille, plus de descentes au 3e sous-sol, plus de questions sans réponses, plus de cachotteries à ma hiérarchie…

Dans le courant de la nuit, je décide de donner raison à Basile et Maxime : pour ma sécurité, j'irai moi aussi faire peur, à l'aide de la présence d'un uniforme à mes côtés, à André et Madeleine. Fini de rire, la fête est terminée, je ne vais pas me laisser faire.

Chapitre 31

Le printemps est là. Il fait beau et même un peu chaud.

Nous sommes devant la porte du domicile d'André Besoukow. Maxime est avec moi, en civil. Mon oncle ne ressemble pas à un policier, mais bien plus à un comptable. Quand je le vois à noël, il est toujours affable, plutôt en retrait. Il aime jouer avec les enfants. Il ne parle que rarement de son métier. C'est quelqu'un de discret. Il m'a confié qu'il avait l'habitude des interrogatoires. Les accidents de la route en nécessitent, tout comme dans une enquête criminelle. Je lui confie que je m'inquiète pour lui : si jamais le pot aux roses est découvert ? Si la police découvre qu'il utilise une vieille carte ? Il explose de rire et me rassure promptement : combien de fois a-t-il aidé des collègues pour des histoires de famille en parfaite illégalité ? C'est un des avantages de travailler dans la police, les angles sont très largement arrondis pour cette grande famille.

Nous avons convenu de le présenter comme étant un collègue. Si jamais la discussion patine, il sortira sa carte de police.

Avant d'appuyer sur le bouton de la sonnette, j'ai des remords : Antoine et moi avons des doutes concernant André et nous ne lui en avons jamais parlé de vive voix. Ça ne me ressemble pas. Je balaie ces pensées. Je sonne. André est au courant de notre visite.

« Bonjour Iline ! Comment vas-tu ? Bonjour, monsieur. Entrez, entrez, je vous en prie. »

André habite une grande maison en pierre meulière dans une des rares banlieues nord chics de Paris. Son intérieur lui ressemble : encombré de vieilleries ne payant pas de mine, mais très certainement de valeur. On dirait qu'ici la lumière est tamisée, qu'un filtre sépia a été posé sur nos yeux dès le passage de la porte : tout m'apparaît mordoré, d'une autre époque. André nous propose du café, je demande un thé, et il nous installe au salon sur de vieux fauteuils mous et laids, qui ont dû être très confortables. Il est jovial :

« Alors ? Quel bon vent vous amène ? »

Je ne peux pas m'empêcher, comme toujours, de le trouver sympathique.

Me souvenant de l'approche planifiée avec Maxime, j'attaque directement :

« André, ce n'est malheureusement pas une visite de courtoisie. »

Un peu pompeux, mais bon, c'est une introduction comme une autre.

« Pourquoi ne nous as-tu pas dit que tu connaissais le dossier 1980 ? »

André ne se départit pas de son sourire. Seuls ses yeux s'agrandissent un peu derrière ses lunettes rondes.

« De quoi parles-tu ? »

« Nous savons, de source sûre, que tu connaissais le dossier des 17 squelettes de l'entrepôt de la société Solvair avant qu'Antoine et moi t'invitions à travailler sur le sujet. »

Silence. Le sourire a disparu.

« Pourquoi dis-tu cela ? Je ne connaissais pas ce dossier. Pourquoi aurais-je menti si c'était le cas ? »

Des yeux, il prend Maxime à partie. Une alliance d'hommes plus vieux, peut-être ? S'il savait...

« Tu ne connais pas Alain Rouand ? »

« Alain ? Si, mais… »

« Et tu ne savais pas que c'était lui qui avait rédigé le dossier ? »

« Non, bien sûr que je ne savais pas ! Qu'est-ce que c'est que cette histoire ? »

Le ton monte.

« Et bien sûr, tu ne savais pas non plus que les squelettes provenaient du Pérou ? Un autre archéologue nous a dit que c'était évident : d'un coup d'œil de spécialiste, on peut savoir très rapidement que ces squelettes viennent d'Amérique latine. »

« Elles viennent d'Amérique latine, alors ? »

Il se fiche de moi avec sa petite voix et ses questions rhétoriques.

« André, pourquoi as-tu accepté de travailler gratuitement pour nous ? Pour quel motif ? Je ne crois plus au hasard de notre rencontre. »

« Iline, enfin... ce sont des accusations qui n'ont aucun sens ! Si vous êtes ici pour m'accuser de je-ne-sais-quoi, vous n'êtes plus les bienvenus ! »

Je me radoucis :

« André, je veux juste comprendre. Ne peux-tu pas nous expliquer calmement ce qui se passe ? »

Je le vois qui s'énerve et s'agite dans son fauteuil. Si ça se trouve, c'est lui qui m'a envoyé ces mots affreux. Pourquoi ?

« Je ne vois pas de quoi vous voulez parler. »

Maxime reste obstinément silencieux.

« André, j'ai rencontré Alain Rouand avec Antoine. Il nous a affirmé que tu connaissais le dossier. Vous en aviez longuement parlé à l'époque. Tu remets en question les dires d'Alain ? »

André ne dit rien. Ses yeux sont furibonds. Je ne savais même pas que c'était possible. André est toujours si calme, si prévenant.

« Sortez de chez moi, je n'ai rien à vous dire. »

Je regarde Maxime : j'arrive au bout de mes compétences de fliquette pour cet interrogatoire. Je ne sais plus quoi dire. Il va me falloir de l'aide.

« Mais André… »

« SORTEZ ! Sortez ou j'appelle la police ! »

« Justement, je me présente : Maxime Lombard, inspecteur de police de S... »

Il sort sa carte et la pose bien en évidence sur la table basse.

Et toc ! J'ai plus d'un tour dans mon sac, André.

Maxime poursuit :

« Je vous prie de bien vouloir répondre aux questions de mademoiselle M. »

Le visage d'André se décompose. Il me jette un regard désespéré. Une trahison ? Oui. Mais si c'est toi qui m'as menacée, tu l'as cherché.

Un lourd silence s'installe.

Maxime reprend la parole :

« Monsieur Besoukow, si je suis présent ici aujourd'hui, c'est qu'il y a une bonne raison. Je vous promets qu'il vaut mieux nous donner des explications maintenant. Sinon ce sera au poste de police avec des conséquences bien plus dommageables pour vous. »

Maxime bluffe très bien, c'est très réussi. Je ne pensais pas qu'il irait aussi loin. À la place d'André, j'avouerais tout.

André nous regarde. Son regard me semble vide et effaré.

Pourquoi as-tu peur, André ? Qu'as-tu à cacher de si terrible ? À ce moment précis, j'ai pitié de lui. Il paraît si vieux, si faible, si fragile.

Le silence se poursuit dans cette atmosphère ouatée. André ne dit toujours rien.

Il me semble que c'est à moi de l'encourager. Instinctivement, je prends ma voix la plus douce :

« André, je suis sûre qu'il y a une explication… Nous sommes capables de comprendre. Je te prie de nous faire confiance. »

Je le regarde droit dans les yeux. Je suis sincère.

Il réagit, avec une voix qui tremble :

« Vous ne comprendriez pas… »

Mais si, bien sûr ! Bien sûr que je peux comprendre, André, parle-moi. Je ne te jugerai pas.

« Monsieur Besoukow, ce que vous direz ne sortira pas d'ici. »

L'intervention de Maxime semble le décider. André lève des yeux larmoyants vers moi et commence, d'une toute petite voix…

« Alain et moi étions amants. »

Des larmes coulent sur ses joues. De grosses larmes. Elles tombent dans le creux du col de sa chemise à carreaux.

Amants ?

« Nous nous sommes aimés… Éperdument. »

Des images appartenant au passé défilent devant ses yeux.

Surprise, je regarde Maxime. Il me fait signe de patienter. Je me tais.

« Vous avez vraiment rencontré Alain ? »

Il s'adresse à moi.

« Oui. »

Il repart dans ses pensées.

« Quand je vous ai rencontrée, à ce cocktail de conférence… J'ai entendu toute votre discussion avec le Dr Radima. »

Oui, je me souviens bien aussi. Cette enflure !

« J'ai tout de suite fait le lien avec le dossier d'Alain. Nous avions beaucoup débattu à son sujet. Alain avait besoin d'argent, mais il ne voulait pas s'occuper d'un sous-dossier comme celui-là. Toute l'analyse, propre au travail d'archéologue, a été supprimée en cours de route. Cette mission, c'était du travail pour un bon bout de temps. Faire seulement le descriptif ne durerait que quelques semaines... Alain était fou de rage. »

Je perçois une grande tendresse dans son regard. L'aime-t-il encore ?

« Il faut remettre les choses dans leur contexte : un archéologue homosexuel à cette époque, en pleine crise du sida, ce n'était pas possible. Tout simplement pas possible. Plus personne n'aurait voulu nous confier un budget. Mais Alain et moi… c'était plus fort que nous. Vous comprenez ? »

Nous comprenons.

« Nous avons vécu des années fantastiques. Les plus belles de ma vie. Nous partagions tout : notre passion pour le travail, nos n… Mais… Vous avez rencontré Alain ? »

« Oui. »

Je remarque également qu'il me vouvoie. Il a l'air complètement perdu. Le pauvre. Je ne m'attendais pas à ça.

« Comment l'avez-vous trouvé ? »

« Eh bien… Je ne sais pas, normal. Poli. Propre sur lui ».

Il balaie mes banalités d'un revers de la main.

« Iline, tu comprends les gens. Tu sens les choses et tu es imaginative. Qu'as-tu pensé d'Alain ? »

« Bourgeois. »

« Mais encore ? »

« D'une grande famille. Un peu coincé. Père de famille. Père de famille, mais ayant la tête ailleurs. Passionné par son métier. Sa famille, c'est une obligation. Son métier, c'est son échappatoire : il vit à travers ce qu'il fait. Chez lui, personne ne le comprend. Il rapporte l'argent à la maison, ça suffit. Il habite le 16e arrondissement parisien. Il est propriétaire d'un labrador. »

André sourit :

« Eh bien voilà, ce n'était pas si compliqué. »

Maxime me jette un regard surpris. Je hausse les épaules.

« Alain a dû faire un choix. Notre vie… n'était plus possible. Son troisième enfant était en route… Le milieu commençait à se poser des questions : nous faisions tout ensemble. Il a fallu se résoudre à l'inévitable : se séparer. »

De nouveau, de grosses larmes apparaissent et vont humidifier le col de la chemise d'André. J'ai le cœur serré. Je force un homme à nous ouvrir son cœur. À déterrer son plus gros chagrin d'amour, à mettre à nu ses faiblesses. Non pas que l'homosexualité, à mes yeux, soit une faiblesse. La faiblesse d'André, c'est d'avoir renoncé. Renoncé à une vie heureuse avec son compagnon d'autrefois. De s'être plié aux règles de la société d'antan. De n'avoir pas vécu.

André interrompt mes réflexions.

« Ce dossier, ça a été le déclencheur. Alain a cru que le commanditaire de l'étude en avait réduit la voilure car il avait eu vent de notre aventure. Il était furieux. Doublement furieux : parce que notre amour nous entravait dans le monde professionnel et parce qu'il avait vraiment besoin d'argent pour sa famille. Il n'arrivait plus à joindre les deux bouts. Il a fallu prendre une décision. Nous l'avons prise ensemble. Nous ne nous sommes jamais revus. »

J'ai envie de consoler André, de le prendre dans mes bras. De lui dire que c'est du passé, de l'histoire ancienne. Que je suis désolée d'avoir dérangé ses fantômes.

En le regardant, j'ai l'impression que la grenade a été dégoupillée : même si c'est dur, André finira de raconter son histoire, leur histoire.

« Enfin, si, nous nous sommes revus, bien sûr. Le milieu de l'archéologie est petit. Nous nous recroisions souvent. Sans jamais rester seuls l'un avec l'autre. »

Le passé reprend ses droits, André se perd dans ses souvenirs…

« Après notre séparation, Alain a disparu pendant des mois. Il a fait une très grave dépression. Ce n'était plus à moi de l'aider. Je crois… Je crois que ce choix de vie a été très dur pour lui. Très dur. C'est quelqu'un de fragile. »

Je me souviens de notre entretien avec Alain. C'est vrai, il ne regarde pas ses interlocuteurs dans les yeux.

La voix d'André se fait plus forte, plus ancrée, plus solide.

« Alors quand j'ai entendu parler de ce dossier qui refaisait surface, je me suis dit qu'Alain ne devait pas en entendre parler. Il ne doit plus jamais en entendre parler. Vous comprenez ? »

Question rhétorique. Il continue.

« Je me suis dit que si j'acceptais de travailler avec vous, je pourrais faire diversion, éviter que vous ne tombiez sur Alain… »

« C'est pour ça que vous avez donné de fausses pistes à Antoine ? Vous nous avez orientés vers des archéologues qui n'avaient rien à voir avec le dossier ? »

« Exactement. Je n'en suis pas fier, croyez-moi. »

À l'éclat de son regard, je sais qu'il dit la vérité.

« C'est pour ça que j'ai affirmé ne pas connaître l'origine géographique des momies. Quand Antoine m'a dit avoir envoyé le dossier aux archéologues contactés auparavant pour leur demander qui aurait bien pu l'écrire, j'ai pris peur. L'un d'entre eux allait reconnaître Alain, c'était couru d'avance. »

Je ne me souvenais pas qu'Antoine ait mentionné cet élément à André. Enfin, nous lui faisions confiance à l'époque…

« Et alors ? Qu'avez-vous fait ? »

« J'ai, disons, grossi les histoires que l'on raconte sur François Rizière. »

« Qui est François Rizière ? » me demande Maxime.

« Un de nos actionnaires. Un actionnaire minoritaire de Solvair. »

À son regard interrogatif, je sens que j'aurais dû le mettre au courant de nos suspicions à son sujet. Je lui raconte donc brièvement de quoi il s'agit. Je sens qu'il est déçu d'apprendre que j'ai omis sciemment de lui faire part de ces éléments. Maxime sait aussi faire sentir que quelque chose lui déplaît. Je m'en excuse, invoquant l'omerta décrétée par le comité de direction à ce propos. Il se détend quelque peu.

Cet aparté terminé, André reprend son récit. Il paraît plus sûr de lui.

« Avec Antoine, c'était facile. C'est lui qui a émis l'idée du trafic d'antiquités. Je n'ai eu qu'à appuyer dans cette direction en espérant qu'elle allait accaparer toute votre attention. C'est ce qui s'est passé, je crois. »

Oui, en effet. Merci, André, de m'avoir obligée à parler des soirées sado-maso d'un de nos actionnaires à mes supérieurs...

« Tout n'est pas mensonges dans ce que je vous ai dit ! François Rizière jouit réellement d'une réputation sulfureuse. Mais je n'ai aucune preuve de soirées... olé olé. »

Je souffle bruyamment.

« Je te prie d'accepter mes excuses, Iline. »

Je ne réponds rien. J'attends la suite.

Silence.

« Et ? » poursuit Maxime.

André lève des yeux de lapin coincé devant les phares d'une voiture en pleine nuit.

« Et... quoi ? »

Il nous regarde alternativement l'un et l'autre. Nous gardons le silence.

« Eh bien, c'est tout. C'est fini. Je n'ai plus rien à dire. Excepté que je suis désolé. »

Il semble déstabilisé. Il ne comprend pas ce que nous cherchons. Je crois effectivement qu'il n'a rien à voir avec les menaces à mon égard. Je lance un regard à Maxime. Nous l'avons déjà assez bouleversé avec nos questions.

Ce n'est pas du goût de Maxime qui sort une feuille de sa poche et la dépose devant André.

« Et ça ? »

C'est une photocopie des menaces que j'ai reçues et que je lui ai confiée quelques minutes plus tôt.

André regarde rapidement la feuille et lève les yeux vers nous. Il semble ne pas comprendre.

« Je... Je ne sais pas ce que c'est. Je n'ai jamais vu ce papier. Je n'ai rien à voir avec ça ! »

Il a élevé la voix. Il s'adresse alors à moi :

« C'est toi qui as reçu cette menace ? »

Je n'ai pas le temps de répondre, Maxime me coupe la parole :

« Elle en a reçu deux : une à son bureau et une à son domicile. »

André bredouille :

« Je vous jure, je n'ai rien à voir avec tout ça, inspecteur. À part avoir essayé de protéger Alain, en vain, je n'ai rien fait d'autre. »

« Auriez-vous une idée de qui pourrait être l'auteur de cette phrase ? »

« Je n'en ai aucune idée. »

Il prend le temps de la réflexion.

« Madeleine Solvair, peut-être ? Iline nous a dit qu'elle n'appréciait pas que l'on vienne fouiller dans ses affaires de famille. Mais je ne sais pas. Je ne l'ai jamais rencontrée. Iline sait tout cela bien mieux que moi. »

Il me jette un regard suppliant. Je lui réponds par un sourire qu'il me renvoie faiblement. Je le remercie silencieusement de m'avoir expliqué son comportement, de m'avoir ouvert les portes de son cœur. Je ne m'attendais pas à cela. À une histoire d'amour. Une histoire d'amour qui, je crois, dure encore aujourd'hui, même si les deux amoureux ne se côtoient plus depuis des années.

Il est temps de clore cette discussion. André nous raccompagne. Il me renouvelle ses excuses et me propose, cette fois-ci pour de vrai, de nous aider à avancer sur les 17 momies. Je lui réponds que pour l'instant, je ne fais plus rien. Pas avant d'avoir découvert l'auteur des deux lettres. Il me fait signe qu'il comprend. Je n'aurai même pas l'occasion de lui dire que je suis allée au Pérou… Nous nous retrouvons dans la voiture de Maxime. Je garde, figée sur mes pupilles, l'image d'André nous faisant un signe d'au revoir sur le pas de sa porte, sa grande et belle maison derrière lui.

De la place du conducteur, Maxime m'envoie un regard empreint de sympathie.

« Tu t'es bien débrouillée. »

« Merci. »

Je ne peux m'empêcher de sourire. J'embraye sur une question :

« Alors ? Qu'est-ce que tu en penses ? »

« Je trouve son histoire plausible. Ses émotions avaient l'air réelles. »

Disons que si c'était joué, le type aurait déjà reçu trois Oscars…

« J'aimerais qu'on aille voir Madeleine. »

J'acquiesce même si je redoute que Madeleine soit moins malléable qu'André.

« Et… Tu crois que je peux de nouveau travailler avec André ? »

Pour moi, c'est assez clair : André a dit la vérité. C'est un homme que j'ai toujours trouvé sympathique, et maintenant touchant depuis que je connais son histoire. Il est prêt à travailler gratuitement pour nous ; c'est un archéologue réputé. Il a même une certaine dette envers moi maintenant : pourquoi s'en priver ?

Maxime me regarde sérieusement.

« On n'est sûrs de rien, Iline. Ce n'est pas parce qu'un potentiel suspect nous a fait un sketch qu'il faut lui courir dans les bras juste après. »

Bien sûr, le retraité a plus d'expérience que moi.

« Donc tu penses que je dois couper tous les liens avec lui ? »

« Pour le moment, c'est ce que je te conseille, oui. »

« Et Alain ? On ne peut pas aller l'interroger lui aussi ? Pour être sûrs ? »

« Tu as entendu André, Alain est un homme fragile. Je connais ce genre d'histoire, je suis retraité et pas inspecteur. Si jamais on fait une bévue… J'éviterais. »

« Pffffff... » Je souffle.

« C'est pénible, tous ces gens fragiles… »

« À qui tu penses ? »

« À Gérard, le frère de Madeleine. Lui aussi est fragile, des dépressions à répétition. Je n'ai jamais pu le voir. »

« Il faut que nous allions voir Madeleine. »

Il enclenche le moteur et me raccompagne à mon bureau. J'ai feint du télétravail ce matin.

Chapitre 32

Trois jours plus tard, nous sommes devant chez Madeleine. Maxime n'a pas voulu prendre rendez-vous, il veut surgir par surprise. J'ai l'impression que je lui ai dépeint un portrait très noir de cette femme. Je suis sceptique sur l'accueil qui nous sera réservé. Par-dessus-tout, je crains la réaction d'Isabelle si jamais cet entretien remonte aux oreilles de Solvair.

Maxime sonne. Christine vient nous ouvrir. Maxime se présente, montre son insigne et sort la grande phrase des flics :

« Nous aurions quelques questions à poser à madame Solvair. »

Ça suffit, rien à ajouter.

Christine nous fait entrer et patienter, le temps qu'elle aille consulter Madeleine.

Cette dernière sort de la pièce principale pour nous accueillir. Son regard, rapidement fixé sur moi, montre de l'incompréhension. Elle nous salue, neutre. Nous entrons pour retrouver le salon que je connais bien. Le chat n'est pas là.

« Merci de nous recevoir. »

« Je vous en prie. Que se passe-t-il ? »

Je comprends que Maxime ne va pas y aller par quatre chemins quand il farfouille dans les poches de sa veste. Il sort une photocopie de la lettre de menace.

« Reconnaissez-vous ceci ? »

Je remarque une lueur de curiosité dans les yeux de Madeleine. Elle s'éteint très rapidement.

« Non. Non, ça ne me dit rien. Qu'est-ce que cela signifie ? »

Maxime lui explique rapidement que j'ai reçu des menaces. Madeleine est très concentrée sur ce qui est dit. Dès que Maxime a terminé, elle se tourne vers moi. Son regard me transperce comme à son habitude, mais cette fois-ci, j'y décèle de la douceur.

« Je suis vraiment désolée pour vous, Iline. Je vous assure que je n'y suis pour rien dans cette mésaventure. Je… Je suis navrée qu'à cause de nos histoires familiales, vous vous retrouviez dans cette situation. »

J'imagine que je vois une autre facette de Madeleine. Une Madeleine qui doit apparaître ainsi à ses enfants : humaine. Ses yeux ne brillent plus du même éclat acerbe.

Je baragouine quelque chose quand Maxime me coupe la parole.

« C'est très important, madame Solvair. Si vous avez quelque chose à voir avec ces menaces, vous pourriez être traduite en justice. Est-ce bien clair ? »

Merci, Maxime, de clarifier et de mentir avec autant d'aplomb. Madeleine nie à nouveau, n'a aucune idée de l'auteur des lettres et n'a pas reçu de menaces elle-même. Je ne dis rien. Je suis spectatrice des échanges. Mais si ce n'est ni Madeleine ni André qui ont écrit les fameuses lettres, alors qui ? Je frissonne. J'aurais préféré la voir s'écrouler et tenir le coupable. Ce n'est malheureusement pas le cas. Sentant que la discussion prend fin, j'interviens.

« Pourrions-nous rencontrer Gérard ? »

« Ce sera impossible, il n'est pas là aujourd'hui. »

Silence. Maxime me regarde.

« Madame Solvair. J'ai vraiment l'impression que jusqu'ici, vous ne nous avez pas vraiment aidés. Je me trompe ? »

Madeleine serre les lèvres et ne dit rien.

Un « Je ne vous dois rien » finit par les franchir.

C'est net, cassant et précis. Effectivement, elle n'a aucune obligation envers nous.

Connaissant ce ton, je rassemble mes affaires afin de partir.

Néanmoins, Maxime reprend :

« Savez-vous que des jeunes filles ont disparu à l'époque où votre oncle était au Pérou ? Des jeunes filles de 15 et 18 ans. Savez-vous que des familles entières attendent toujours de connaître la vérité ? Cette histoire de momies prend des proportions qui ne me plaisent pas du tout. En plus de menaces qui concernent directement la police dorénavant, je ne sais pas où tout cela va finir. Alors je répète, votre coopération est primordiale. »

Maxime s'est exprimé calmement, énumérant les faits. Pas de supplications, juste des faits.

J'ose jeter un regard à Madeleine. Elle regarde par terre et semble réfléchir. Je décide de me lancer.

« Madame Solvair, en réalisant des recherches sur Internet concernant Henri, je suis tombée sur une photo de lui entouré de votre famille. Une photo en noir et blanc qui apparaît sur la page Wikipédia d'Henri. Regardez, je l'ai imprimée. »

Je la dépose sur la table.

« C'est bien Henri, n'est-ce pas ? Et là, c'est Léopold, non ? Je pense même que c'est vous là, ce petit bébé. Je me trompe ? »

Je lui lance un regard plein d'espoir. Elle ne dit toujours rien. C'est la voix mesurée de Maxime qui reprend :

« Madame Solvair, cette photo provient forcément de votre famille, de chez vous. Nous n'avons pas de mandat, vous n'êtes obligée à rien, mais un coup de pouce de votre part nous aiderait beaucoup. »

Sa réaction m'étonne grandement.

« En faisant du rangement, j'ai retrouvé de vieilles photos. Je vais vous les apporter. »

Elle se lève.

Je regarde Maxime avec de grands yeux surpris. J'ai du mal à y croire.

« Christine ? Pourriez-vous nous apporter le carton de photos que nous avons retrouvé il y a quelques jours en faisant du rangement au grenier ? »

« Oui, madame, tout de suite. »

Nous attendons Christine. Personne ne parle. Toujours pas de trace du chat.

Au bout de quelques minutes, elle revient avec un petit carton dans les bras et le dépose sur la table. Madeleine l'ouvre et dépose quelques clichés, tous en noir et blanc, sur la table.

« Ce sont des photos d'Henri. De retour de son voyage au Pérou. C'est bien moi, bébé, sur la vôtre. Mais elle a été prise plus tard. »

De nombreux clichés ont été pris ce jour-là. Les visages des membres de la famille Solvair, pour beaucoup disparus aujourd'hui, me sont familiers. Je les scrute. Que disent ces yeux, ces sourires, ces accolades ?

Maxime me touche le coude : « Regarde. ».

Il me montre d'autres images : des momies !

Je n'arrive pas à y croire. Je lui prends le paquet des mains et observe les clichés avidement.

« Ce sont les photos d'Henri lors de son expédition au Pérou. Je m'apprêtais justement à vous les transmettre. »

Maxime et moi levons, bien malgré nous, un regard sceptique sur Madeleine. Elle le soutient sans ciller. Je reviens bien vite sur le trésor que j'ai dans les mains. Henri figure sur beaucoup de photos. Il est maigre par rapport aux tirages plus anciens. Mais il a l'air heureux. Auprès de lui apparaissent ses fameuses momies. Et ce sont de vraies momies !

Elles sont en position fœtale, mais entourées de cordages ou de tissus. Colliers, bracelets et même couronnes semblent les habiller. Difficile de voir s'il s'agit d'or ou non. Elles sont tantôt dans des caisses, tantôt déposées à l'extérieur. Et toujours Henri, rayonnant de joie à leurs côtés. Toute l'équipe, que l'on aperçoit sur certains clichés, partage ce bonheur. Henri est souriant, débonnaire : j'ai du mal à identifier le Henri du carnet, déprimé et dépassé à certains moments de l'expédition. Malgré moi, un sourire flotte sur mes lèvres pendant que j'examine ces archives. Les momies monopolisent toutes les prises : pas de photos, a priori, de Pititayo ni du camp de base installé à proximité de la tombe. Je peux imaginer qu'Henri n'a pas voulu prendre de risques en photographiant les lieux de ses recherches : quelqu'un de mal intentionné aurait pu tomber dessus.

Je vois mal les jeunes filles disparues devenir les momies que j'ai actuellement sous les yeux. Je suis rassurée. L'hypothèse de Joris ne tient pas la route. Henri n'a rien fait de mal.

Tout en réfléchissant, je remarque que Madeleine nous regarde avec bienveillance, affable. Maxime demande si nous pouvons emporter les clichés. Elle acquiesce.

A-t-elle perçu que je mets beaucoup d'énergie à comprendre ce qui est arrivé à ces momies. Peut-être va-t-elle nous aider à l'avenir ?

Au tapotement de Maxime sur mon bras, je comprends que nous devons y aller. Prise dans mes pensées, je salue Madeleine très rapidement et me retrouve dans la voiture. Maxime démarre sans rien dire.

« Nous n'avons rien trouvé. » Sa voix sonne sobrement.

J'écarquille les yeux : comment ça, nous n'avons rien trouvé ? J'ai des clichés d'Henri. Ça n'a pas de prix !

« Je pense que ni Madeleine ni André ne sont les auteurs des menaces te concernant. Mais nous ne pouvons pas vraiment en être sûrs. »

Je dois admettre qu'avec Maxime à mes côtés, j'ai moins peur. Moins peur des menaces et de son ou ses auteurs.

« Pour ma part, je trouve que nous avons beaucoup avancé. Madeleine n'a jamais réagi comme ça envers moi. »

« Oui, ça ne m'étonne pas. Chez certaines personnes, l'intervention de la police génère une réelle crainte qui fait parfois des miracles. Dans d'autres cas, nous devons faire face à un mutisme affligeant. »

Je sens du vécu dans ses paroles. Ses sourcils sont froncés et ses yeux durs. Je ne lui connaissais pas cette expression. Je ne verrai plus jamais mon oncle de la même manière.

« Je n'ai pas douté une seconde que Madeleine coopérerait rapidement si on la poussait un peu. »

« J'aurais aimé avoir cette chance sans avoir à te déranger. »

Il sourit.

« Ce sont des années de pratique, Iline. Plus sérieusement, nous avons rencontré les deux personnes que tu as identifiées comme étant potentiellement les auteurs des menaces. J'espère que si c'était le cas, elles se tiendront maintenant à carreau. »

J'acquiesce silencieusement. Nous nous sommes arrêtés devant mon bureau. Maxime se tourne vers moi, souriant.

« Si jamais tu reçois quoi que ce soit d'autre, n'hésite surtout pas à m'en informer. Reste sur tes gardes et essaie de noter si des choses te paraissent anormales. »

Je ne peux qu'acquiescer de nouveau.

« Très sincèrement, je pense que cet épisode est fini. L'auteur de ces menaces doit très probablement faire partie de la famille Solvair. Madeleine va parler de la visite de la police chez elle et le coupable devrait prendre peur et cesser ses bêtises. »

J'espère aussi de tout cœur ne plus revivre cette peur panique à laquelle j'ai cédé quelques jours auparavant.

Je remercie chaleureusement Maxime et traverse la rue pour me rendre au bureau.

J'ai le sentiment que jouer le tonton flic aux gros bras lui a beaucoup plu.

Chapitre 33

Dès mon arrivée, en moins de temps qu'il n'en faut pour le dire, une loupe à la main pour scruter les différents clichés, je souris. Henri a l'air tellement heureux. Archéologue ayant découvert des momies d'importance en provenance du Pérou, il se pavane devant sa famille et ses proches. Il tient tout le monde par la taille et parle sans cesse avec de grands gestes. Le pauvre, la déconvenue a dû être terrible : ses précieuses momies ne sont jamais arrivées. Enfin si, mais en 1971. 28 ans après. 28 ans d'attente ! Avec la connaissance que j'ai d'Henri aujourd'hui, j'ai de la peine pour lui. Il a dû s'abrutir de boissons, de femmes et de jeux. Je comprends le jugement sévère de Madeleine. Ça n'a pas toujours dû être facile. Mais là, sur ces photos, au retour de son voyage, il est heureux et ça se voit. Je ne reconnais pas tous les visages, mais sa joie semble se transmettre à tous. Simplement.

Les photographies du Pérou montrent une autre réalité : un Henri maigre et fatigué, mais malgré tout rayonnant aux côtés de ses momies croulant sous les bijoux que j'imagine dorés.

Ayant tout inspecté en détail, je ne peux que m'interroger : qu'a-t-il bien pu arriver à ces momies en 28 ans ? Où sont-elles passées ? Comment se sont-elles retrouvées dénudées de tous bijoux et surtout de tous tissus ? C'est très clair sur les photos : elles sont toutes maintenues en position fœtale à l'aide de cordes ou de tissus. Pourquoi aujourd'hui sont-elles nues et lisses comme des vers ?

Je continue à regarder chaque détail des photos, mais je réalise bien vite que la réponse ne se trouve pas là. Je ne sais plus où et surtout quoi chercher. Je range les clichés.

Deux jours plus tard, je reçois un e-mail d'André Besoukow.

Tout dans ses quelques phrases dépeint un mal-être profond. Il m'explique avoir été au plus mal ces derniers jours à la suite de notre discussion. Il implore mon pardon pour sa conduite irresponsable. Il me semble tout à fait perdu. Est-ce que sa position vis-à-vis d'Alain aurait été chamboulée par nos échanges ? Si je lis derrière les mots, c'est ce que je comprends. Je ne peux m'empêcher de penser que, peut-être, il serait temps pour André de prendre son courage à deux mains et de tenter d'être heureux avec l'homme qu'il aime. Sa carrière est faite, que redoute-t-il ? Le « qu'en dira-t-on » ? Mais au regard du bonheur qu'ils pourraient vivre ensemble, est-ce important ? Qu'il est dur de construire sa vie...

Comment lui répondre ? Et puis surtout, dois-je lui répondre ?

Après le footing du midi et le déjeuner, je décide que oui.

Je m'arme de mon clavier, mais les mots ont du mal à sortir. J'opte, après de nombreux essais, pour un ton neutre et simple. Je comprends sa réaction même si je ne la cautionne pas. Je n'ai pas de ressentiment. Je ne donne absolument pas mon avis sur sa vie privée. Qu'il arrive à ses propres conclusions par lui-même.

En réfléchissant, et sachant qu'André me propose avec insistance de m'aider, je ne résiste pas. Je lui explique avoir écrit à l'archéologue Roberto Gonzales Yupanqui, spécialiste du Pérou, sans avoir reçu de réponse de sa part. Pourrait-il l'inviter à répondre à mon e-mail ? Je redonne rapidement à André les principales informations obtenues sur les momies et mentionne mon voyage au Pérou. Si jamais monsieur Gonzales Yupanqui peut nous aider, pourquoi pas ?

Ma vie normale reprend. La vie parisienne par excellence : métro, boulot, dodo. Le printemps nous permet de partir souvent en weekend en dehors de la région parisienne. Destination privilégiée : la mer.

Un lundi matin, je découvre une nouvelle enveloppe sur mon bureau. La même que les deux précédentes. Le contenu est en tout point identique : c'est une troisième menace.

Mon ventre se serre, les larmes me montent aux yeux. C'est injuste : je ne travaille plus sur ce dossier ! Cette violence verbale n'a plus lieu d'être. Je ne suis plus concernée, comment le faire savoir ? Comment montrer que le sujet est clos ? Chloé a vu mon désarroi de loin et vient me réconforter. Elle arrive à me remettre en mouvement : aller voir Dominique, puis la police pour enrichir un dossier déjà bien trop chargé à mon goût.

Je m'exécute tel un automate. Je n'ai plus cette peur qui me coupe les jambes. Je suis vide, tout simplement. Quoi que je fasse, ces lettres arrivent sur mon bureau ou à mon domicile. Quelles décisions prendre, alors ? J'appelle Basile. Il part tout de suite pour notre appartement afin de vérifier si une autre lettre nous y attend. Rien. Rien chez nous, ça me rassure un peu.

Maxime est d'un piètre réconfort. Sa théorie n'était pas la bonne. Nos visites n'ont rien arrêté du tout. Je suis toujours une cible. La police, en la personne de Julien, prend note de cette troisième lettre de menace dans son dossier mais ne se met pas en mouvement pour autant. Son sourire sonne maintenant faux. Est-ce ainsi qu'il se débarrasse de toutes les demandes dont il ne souhaite pas s'occuper ?

Les jours suivant la découverte de la lettre sont mornes. Je vois le monde comme à travers des rideaux blancs. Je ne suis plus vraiment là. Je crois que tout travaille en moi. L'important se passe à l'intérieur. Mes proches se passionnent pour cette histoire et inventent des scénarios à n'en plus finir. Basile fait partie de ceux-là, même si, quand je surprends quelques-uns de ses regards, je vois qu'il s'interroge, qu'il se demande ce qui m'arrive. Non ce que les éléments extérieurs nous imposent, mais quel cheminement intérieur je traverse. Vers quelles conclusions je me dirige. Car il s'agit bien de cela. Comme si une entité différente de moi, de mon moi conscient, avait pris le relais. Ce n'est plus vraiment moi, Iline, qui décide. Plutôt une force, qui m'est propre, mais non intelligible, qui guide mes pas. Cette force travaille, réfléchit, avance. Je la laisse faire. Elle me coupe du monde pour un temps. Je le sens dans les regards. Je me suis envolée pour quelque temps, pas loin, juste à côté, en moi.

Et un matin, c'est mûr. La force a fait son travail. Je suis prête. J'ai digéré, analysé, compris les différentes informations et j'ai pris ma décision. Loin d'être une décision consciente, c'est un choix qui s'impose de lui-même, naturellement. Je ne peux même pas lutter contre : je n'ai rien décidé, c'est comme ça.

Si arrêter les recherches mène toujours à des menaces, alors je vais continuer. Je vais me donner les moyens de comprendre ce qui s'est passé. Si je comprends, j'aurai plus de chances de découvrir d'où proviennent ces intimidations. Loin de jouer les héroïnes, je ressens que je n'ai pas le choix. Il me semble juste d'aller jusqu'au bout. Je demande simplement une clarification. Je ne veux pas de lauriers, de reconnaissance, mais uniquement savoir ce qui s'est passé.

Je redeviens maître de mes émotions et de mon regard sur le monde. Le rideau blanc s'est levé : j'ai fini mon travail intérieur, je peux savourer la vie comme auparavant. Une minuscule partie de moi a pris une décision que je vais respecter parce qu'elle est juste. Pour le reste : rien ne change.

Chapitre 34

Je reçois un e-mail d'André : il a des nouvelles de Roberto Gonzales Yupanqui. Je crois qu'il n'ose pas décrocher son téléphone. Un très long e-mail m'attend donc. André a appelé Roberto directement.

Comme je l'avais bien constaté au Pérou, aucune tombe n'a été découverte en montagne aux alentours de Huancayo. Les nombreuses sépultures exhumées dans la région font toujours partie intégrante d'un plus grand complexe religieux. Comme les cimetières attenants à l'église du village en Europe. André a entièrement confiance en Roberto. Il lui a donc confié que les momies avaient disparu une trentaine d'années avant de réapparaître en France en 1971. Roberto nous invite à regarder du côté de l'Allemagne nazie. Je ne comprends pas cette remarque. Je relis la phrase plusieurs fois. Je ne me trompe pas. Il y a bien écrit « Allemagne nazie » sur mon écran.

Le paragraphe suivant donne plus de contexte. Durant la Seconde Guerre mondiale, le Pérou a occupé une place ambiguë entre les Alliés et l'Allemagne nazie de l'époque. Le pays était très proche de l'Italie fasciste de Mussolini. Ce n'est qu'à la fin de la guerre que le Pérou a affirmé être du côté des Alliés.

D'après Roberto, qui a fait de nombreuses recherches à ce sujet, des cargaisons, entre autres des antiquités et des pièces archéologiques, ont été détournées par le gouvernement péruvien de l'époque en faveur des Italiens. Des chargements de métaux, de minéraux ou autres ont été, disons… bien accueillis en Italie. D'autres, en particulier les trésors nationaux péruviens antiques, n'intéressaient pas le gouvernement de Mussolini et ont été envoyés en Allemagne nazie. Des cadeaux de l'Italie fasciste à l'Allemagne nazie, charmant tableau.

Je lève les yeux de mon écran. J'ai déjà entendu parler du trafic d'œuvres d'art par les nazis, en particulier des toiles de maître volées aux Juifs décimés pendant la Seconde Guerre mondiale. On parle encore d'ailleurs du trésor allemand : un train recelant de nombreuses œuvres d'art, caché dans un tunnel obscur. Ce train fantôme était réapparu dans la presse il y a quelques années quand des galeries souterraines avaient été découvertes en Pologne[2]. N'ayant pas eu le fin mot de l'histoire, j'imagine qu'aucun objet de valeur n'a été retrouvé : ni Michel-Ange ni Renoir.

Est-il possible que des momies aient pu faire partie de ce trésor de guerre ? Doit-on les considérer comme des œuvres d'art à part entière ?

Je fais une rapide recherche sur Internet et découvre que Roberto Gonzales Yupanqui a écrit un livre à ce sujet :

---

[2] Extrait du Journal Le Monde du 28 Août 2015 : « La région de Walbrzych est connue pour abriter un énorme chantier nazi de constructions souterraines, connues sous le nom de code de Riese (« Géant »). Ces galeries secrètes auraient été creusées par des prisonniers de camps de concentration et abriteraient des trésors du IIIe Reich abandonnés par les nazis en 1945. »

des antiquités de toute l'Amérique latine, pas uniquement du Pérou, auraient été envoyées en Allemagne nazie.

J'ai beaucoup de mal à y croire. Dans tous les mauvais films ou livres, les méchants nazis apparaissent toujours à un moment. Après les menaces, les nazis ? Je me prends à rigoler toute seule devant mon écran : ça n'a pas de sens ! C'est bien trop gros.

Les recherches sur la toile que j'effectue toute la journée me convainquent du contraire : la piste a l'air solide. Roberto Gonzales Yupanqui n'est pas le seul archéologue à soutenir cette hypothèse, loin de là ! Le Pérou a même sommé l'Allemagne de rendre les antiquités du patrimoine national volées. C'était en 2009. Pour l'instant, l'Allemagne n'a pas répondu au gouvernement péruvien.

Après réflexion, je me décide à appeler André et tombe sur son répondeur. Je laisse un message le remerciant de son aide et lui demandant surtout comment enquêter sur des momies en Allemagne nazie. Ça me donne envie de rire. J'ai vraiment du mal à y croire. Néanmoins, si l'on regarde les faits, il est vrai que 17 momies ont disparu de la circulation dès 1943… Il y a de quoi se poser des questions.

Je ne dis rien à Dominique et Joris.

J'ai chaud dans ce train qui me ramène chez moi. J'ai l'impression que quand je vais me lever, tout le revêtement de la banquette va venir avec moi, collé à mes cuisses. Mon téléphone sonne. Je déteste répondre au téléphone dans le train. Tous les passagers font semblant de ne pas écouter, mais chaque mot est entendu, jugé et interprété. C'est Antoine : je décroche.

« Iline, tu as vu ? François Rizière ? »

Je fronce les sourcils essayant de convoquer mes souvenirs. Hum… Négatif. En levant la tête, je repère au moins 5 personnes de Solvair dans mon wagon. Ce n'est peut-être pas le bon endroit pour discuter de notre actionnaire. J'annonce à Antoine que je le rappelle dans quelques minutes.

Parc Martin Luther King. Je me trouve un banc à l'ombre et rappelle Antoine. Devant moi, des enfants jouent à toutes sortes de jeux sous les regards distraits des parents qui sirotent du rosé bien frais avec des amis.

« Désolée, j'étais dans le train, ce n'était pas pratique. »

« Pas de problème. Tu as vu le scandale François Rizière ? »

« Non. De quoi il s'agit ? »

« Enfin, toute la presse en parle. »

Je n'ai pas Internet sur mon téléphone et ne maîtrise pas assez cet appareil pour lire un article et écouter quelqu'un au bout du fil en même temps.

« Tu peux me résumer en deux mots ? »

« Bien sûr : il s'est fait pincer pour trafic d'antiquités. »

« Quoi ? »

« Oui, il est incapable de justifier la provenance de certaines de ses pièces. »

J'ai l'impression qu'Antoine est en proie à une joie très intense de l'autre côté du téléphone. Je me rends compte que ça fait bien longtemps que je ne lui ai pas donné de nouvelles. Depuis la clarification de la situation avec André Besoukow, la piste « François Rizière » a du plomb dans l'aile. Mais comment l'expliquer à Antoine ? Le monde de l'archéologie est tout petit. Je ne peux pas lui parler d'Alain et André. J'ai promis. Il faut que je trouve autre chose. J'essaie de gagner un peu de temps.

« Comment ça, il n'arrive pas à justifier la provenance des pièces ? »

« Contrôle fiscal, je crois. Ils ont cherché à déterminer la valeur des antiquités de Rizière et il y a des trous dans la raquette : il s'est fait pincer ! Pour toute pièce de valeur un peu ancienne, tu dois pouvoir justifier sa provenance : enchères, achat dans un magasin d'antiquités... Sinon c'est trop opaque pour le fisc. Et là, monsieur François n'avait pas tous les papiers ! Ses avocats doivent travailler d'arrache-pied ! »

Je ne sais que dire. Un hasard ?

« Tu ne dis rien ? Ce n'est pas une bonne nouvelle ? J'avais raison. Et André aussi ! Il soupçonnait quelque chose. »

« Oui, c'est vrai. »

Rien d'autre ne me vient à l'esprit.

« Bon, il s'est passé des choses, non ? Je ne comprends pas ta réaction. Ça fait des semaines que je n'ai pas de nouvelles. Que se passe-t-il ? »

Je ne réponds toujours rien.

« Iline ? Tu peux me faire confiance, tu sais ? »

C'est vrai. J'ai choisi de travailler avec Antoine. C'est moi qui suis allée le chercher. Avec André, nous formons tous les trois une équipe avec laquelle j'aime travailler. Je veux leur faire confiance, je dois leur faire confiance, sinon comment avancer ? J'envoie valser les conseils de

Basile, Maxime, Dominique et Joris concernant le fait de ne parler des menaces à personne et en informe Antoine.

« Je suis désolée, Antoine, j'ai suivi les conseils en interne. Ils m'avaient demandé de ne rien dire. J'ai reçu des menaces. Trois fois. Les recherches ont donc été ralenties. »

Un silence contrit reçoit mes paroles.

« Mais… qui pourrait te menacer ? Comment ? »

Je lui explique en détail le contenu des lettres et nos visites, avec mon oncle Maxime, à André et Madeleine. Antoine ne réagit plus.

« Concernant André, il nous a avoué avoir forcé le trait pour François Rizière. Il voulait nous envoyer sur une fausse piste. »

« Enfin, mais pourquoi ? »

« J'ai promis de ne rien dire. C'est personnel et ça ne regarde que lui. Il s'est excusé platement. De mon côté, c'est oublié. J'aimerais qu'on travaille ensemble comme auparavant. »

« Et les menaces ? »

« Je ne pense pas que ce soit André. »

Silence.

« D'accord. »

Merci Antoine, de ta compréhension.

« Concernant Rizière, je ne sais pas quoi penser. Il m'apparaît que c'est le fait du hasard de tomber sur ce trafic d'antiquités et que cela n'a rien à voir avec nous. Mais bon, rien n'empêche de le garder en tête. »

« Je vais continuer de le surveiller sur la toile. »

« Ça me va bien. Bon, j'ai pas mal de nouvelles infos à partager avec toi. »

Je passe en revue le vrai nom d'Henri, Trivaud et non Solvair, les photos obtenues chez Madeleine et la recommandation de Roberto de rechercher la trace des momies en Allemagne nazie.

« Eh bien… ça fait beaucoup de choses non ? »

« Oui. »

« Comment je peux t'aider ? »

« Je ne sais pas. Qu'est-ce qui te tente ? »

« Je vais creuser l'Allemagne nazie. Ça me parle bien. »

« D'accord. Comment tu comptes t'y prendre ? »

« Je vais interroger mes profs l'air de rien. Ils en savent souvent beaucoup plus que ce qu'on pourrait croire. »

Je souris. Il me redonne espoir. Il faut, de mon côté, que j'appelle André pour voir comment lui s'y prendrait.

Quand je raccroche, les enfants jouent toujours, les adultes rigolent et la vie bat son plein dans le parc Martin Luther King.

Chapitre 35

Le lendemain, j'appelle André.

D'un accord tacite, nous décidons de ne pas évoquer sa vie privée. Nos échanges reprennent comme auparavant.

« Comment vas-tu, Iline ? Avez-vous trouvé qui t'envoie ces mots anonymes ? »

« Non, rien de neuf de ce côté-là. J'en ai reçu un troisième... On ne sait plus quoi en penser. Je ne vois pas qui ça pourrait être. »

« Tu as l'air détachée. »

« De toute façon je ne peux rien faire, alors... Autant ne pas y penser. »

« Je comprends. »

« André, j'ai besoin de toi. »

« Je t'écoute. »

« Roberto nous incite à chercher les momies en Allemagne nazie. Très bien. Mais comment fait-on ça ? Sans frais... »

« J'attendais ton appel. »

Il m'intrigue.

« Roberto savait très bien où il mettait les pieds. Je peux effectivement t'aider à ce sujet. »

Silence. Pourquoi ne continue-t-il pas ?

« Oui ? Comment pourrais-tu m'aider ? Où faut-il chercher ? »

« On ne va rien faire du tout. On va demander aux bonnes personnes de le faire. »

Silence à nouveau. Je ne comprends pas.

« André, si c'est pour jouer aux devinettes, ce n'est pas drôle. »

« Non, pas du tout. C'est très sérieux. Tu te doutes que je suis juif, non ? »

Je ne fais jamais attention à cela. La religion des uns et des autres ne m'intéresse absolument pas. Depuis mon passage au Pérou où la déesse de la Terre, la Pachamama, est vénérée, je pense de plus en plus que l'humanité s'est perdue le jour où nos divinités ont pris forme humaine. C'est symptomatique : tous les dieux monothéistes se situent au ciel, ou du moins sont représentés ainsi. Mais ne vivons-nous pas sur la Terre ? Comment en prendre soin si ce qui importe, le dieu, ne s'y trouve même pas ? Nous avons désacralisé notre planète… Comment, alors, la chérir et la préserver ? Nous nous sommes tiré une balle dans le pied. Les dieux, Mahomet, Bouddha, Jésus, Yahvé… nous ont finalement éloignés de l'essentiel : nous nous vénérons nous-mêmes. Nous avons donc tout pouvoir sur tout. La belle affaire ! Je ne suis pas sûre que ça nous mène dans la bonne direction. Donc, non, André, ta religion, je m'en fiche.

« Non, je ne savais pas. »

« Je pensais qu'avec le nom "Besoukow", tu aurais trouvé tout de suite. »

« Je ne fais pas attention à ce genre de choses. Chacun a la religion qu'il veut. »

« C'est une façon de voir les choses. Ma religion familiale m'a beaucoup aidé dans mon métier. »

Silence à nouveau.

« Connais-tu les chasseurs de nazis ? »

« Oui, j'en ai entendu parler. La découverte de Klaus Barbie en Argentine, je crois. »

« En Bolivie. »

« Et alors ? Quel rapport avec nous ? Je ne vois pas où tu veux en venir. »

Encore le jeu des devinettes. Je commence à en avoir assez de passer pour une abrutie.

« Ces réseaux de recherches existent encore de nos jours. Plus réellement pour rechercher des nazis, ils sont pratiquement tous morts aujourd'hui. Enfin, ceux de la Seconde Guerre mondiale. De plus en plus de néonazis se manifestent actuellement, mais c'est une autre histoire. Ces réseaux, inconnus du grand public, sont très efficaces pour retrouver œuvres d'art, bijoux, affaires personnelles ou autres ayant appartenu à de grandes familles juives ou à de hauts dignitaires nazis. On ne soupçonne pas ce qui se trouve encore dans les coffres des banques suisses. »

J'ai du mal à rassembler mes idées. Faire appel à un réseau juif de recherche de trésors de guerre ? En 2018 ? Je tourne les pages d'un roman. « Un roman dont vous êtes le héros », dans le vrai sens du terme. Et l'héroïne, c'est moi. Je ne sais pas si je veux tourner la prochaine page qui s'offre à moi.

André continue.

« Aujourd'hui, les moyens de recherches ont changé. Beaucoup sont adeptes du darknet et du hacking pour trouver des informations intéressantes. C'est fou tout ce que l'on peut trouver sur la toile, de nos jours… »

« As-tu déjà travaillé avec eux ? »

« Disons que j'ai déjà rendu quelques services. »

Il semble gêné.

« Comment ça ? »

« Pour expertiser des pièces, retrouver les pays d'origine… Les archéologues sont très utiles dans ce domaine. Mais je ne peux pas en dire plus. Iline, ce que je te confie là est strictement confidentiel. Il ne faut parler de ce réseau à personne. À personne ! »

Le ton de sa voix change. Il est presque agressif, aux aguets. Je promets de garder le secret.

« Et pourquoi ces… gens accepteraient-ils de nous aider ? Sans rémunération surtout. Officiellement, au bureau, nous avons clos ce dossier. »

« Ils travailleront pour nous, ne t'inquiète pas. D'une part, ils me doivent bien ça, et d'autre part, c'est un sujet intéressant, qui change de l'ordinaire. Des momies, ce ne sont pas des tableaux ou des titres de propriété. »

La question est de savoir si je désire mettre les pieds là-dedans. Je ne contrôlerai plus rien du tout. Je vais finir par recevoir dix menaces par jour, à ce rythme-là.

« Mais les momies sont ici. Je veux dire : il n'y a rien à trouver, juste une histoire à chercher. »

« Nous savons tous que les histoires sont bien souvent plus intéressantes que les pièces en elles-mêmes. »

Que dire de plus ? Je donne mon accord. André peut contacter son obscur réseau pour essayer de retrouver la trace des momies entre 1943 et 1971.

Ce soir-là, j'ai beaucoup de mal à m'endormir. J'imagine Hitler exhibant les momies en tables de chevet. C'est pour ça qu'elles ont cette forme bizarre, recroquevillées sur elles-mêmes. L'image suivante mélange les chevaliers de la Table ronde version nazie autour d'une table de squelettes… Encore un peu et je vais remonter jusqu'aux Égyptiens… Je finis par m'endormir loin de la férocité de la guerre qui, en 2018, parvient encore jusqu'à nous....

Chapitre 36

Ce matin, je me lève avec une gueule de bois. Une gueule de bois liée aux événements de la veille : j'ai fait appel à un réseau juif antinazi. J'ai toujours du mal à y croire. Je vais me passer la tête sous l'eau. Basile, de bonne humeur, prépare les fruits du petit-déjeuner. J'ai décidé de ne rien lui dire. Parce qu'André m'a bien fait comprendre que c'était mieux pour tout le monde et parce que je ne suis pas sûre que Basile comprendrait. J'ai l'impression d'avoir deux vies : celle d'avant et l'actuelle. Comme si je m'étais réveillée avec ces momies. Un monde différent m'apparaît, plus complexe, plus noir, plus dur. Pourtant, au quotidien, à part trois lettres de menaces, rien n'a changé. C'est étrange. Basile, lui, n'a pas changé. Ses yeux rieurs et son sourire me mettent toujours du baume au cœur. Une petite chaleur, là, qui fait que j'ai envie de le prendre dans mes bras. Mon portable sonne. Il est 7 h 43, qui peut bien m'appeler à cette heure-là ? Le réseau ? Déjà ? Ils sont vachement efficaces, ma foi…

« C'est Antoine. »

Si matinalement ? Basile me jette un regard culpabilisant pour rigoler. Ça ne me fait pas rire. Ça doit être important.

« Dis, j'ai un doute, car tu ne m'en as pas parlé. Désolé d'appeler aussi tôt. »

Antoine me fait rire, car souvent il fait les choses à l'envers. Comme s'il oubliait les formules de politesse, mais qu'elles lui revenaient au bout d'un moment. J'imagine sa maman qui apparaît, tel un ange gardien à ses côtés, lui soufflant qu'il a oublié d'être poli.

« Ce n'est pas grave. Que se passe-t-il ? »

« J'ai effectué des recherches sur Henri. Avec son vrai nom : Henri Trivaud. As-tu noté qu'il est mort en 1971 ? L'année où les momies sont réapparues en France ? »

La tasse de Ricoré que je tiens dans mes mains a failli basculer vers le tapis. Comment ? Henri est mort en 1971 ? Non, je ne savais pas.

« Tu as vu ça où ? »

« Sur sa page Wikipédia. »

J'ai consulté cette page. Et je n'ai rien vu ? J'essaie de me rappeler quand j'y suis allée pour la dernière fois. C'était ici, sur le canapé. Je lisais la biographie d'Henri… quand Basile est entré de bonne humeur pour m'emmener au resto et fêter sa promotion. Je lui jette un regard noir malgré moi. J'ai loupé cette information.

Je remercie rapidement Antoine et raccroche.

« Quoi ? Qu'est-ce que j'ai fait ? »

Basile sent la tempête venir.

« Henri est mort en 1971. »

Mon ton est très agressif. Je ne contrôle plus rien. En tout cas, plus ma personne. Je suis hors de moi.

« Et alors ? »

Le son de sa voix est gentil, compréhensif. Il essaie de comprendre.

« Et alors je ne l'ai pas vu ! Je ne l'ai pas vu à cause de ton foutu resto ! »

Voilà, je craque. Je crie. Je mélange tout. Évidemment que ce n'est pas la faute de Basile. C'est la mienne, bien la mienne. Je n'ai pas fait attention, voilà. Je suis passée à côté alors que j'avais l'information sous les yeux. Juste sous les yeux.

« Qu'est-ce que j'ai à voir là-dedans, moi ? »

Le ton de Basile monte aussi. Sa patience a des limites. Et je comprends.

Je lui crache alors au visage tout ce que j'ai sur le cœur : son boulot qu'il n'aime même pas, les paillettes et l'argent qui le font rester depuis des années, mon inaptitude à faire mon propre boulot correctement, la famille Solvair qui me ment… Tout y passe. Beaucoup trop.

Il reste silencieux. Il n'est même pas 8 heures du matin et nous nous sommes déjà engueulés. C'est de ma faute, entièrement de ma faute.

Il ne répond rien. Il a raison. En joute verbale, il est meilleur que moi. Je sens qu'il attend de se calmer avant de reprendre la parole. Je sais que j'ai tort, que c'est de ma faute. Mais je vois trop rouge pour pouvoir prononcer des excuses.

« Tu devrais y aller. Tu vas louper ton train. »

Sa voix est calme et mesurée. J'aurais préféré qu'il crie, comme moi.

Je rassemble mes affaires et saisis mon manteau. Avant que je claque la porte, j'entends :

« Au lieu de t'en prendre à moi, tu ferais mieux de t'en prendre à ceux qui ont un lien avec ton nouveau métier d'archéologue. »

Ces derniers mots sont prononcés avec mépris. Je l'ai bien cherché.

En dévalant les escaliers, l'image de Madeleine me tombe devant les yeux. Elle ne m'a rien dit. Elle ne m'a jamais parlé de la mort d'Henri la même année que celle de l'arrivée des momies. Basile a raison, c'est elle qui me cache des choses depuis le début. C'est Madeleine et cette foutue famille Solvair qui me mettent des bâtons dans les roues.

Je change de trajectoire, remonte les marches du quai n° 3 et bifurque vers le quai n° 1. Direction : chez Madeleine Solvair.

Me voilà marchant vers la demeure familiale. Le trajet a réussi à me calmer un peu. Je me demande presque ce que je fais là. Je n'ai pas l'autorisation de l'entreprise ni d'Isabelle. Je vais arriver en début d'après-midi au bureau, sans réunion à l'extérieur planifiée dans mon agenda. Qu'est-ce que je fais là, exactement ? Mais c'est trop tard : je suis venue jusqu'ici, j'assume. Même si je ne suis plus vraiment sûre d'être dans mon droit. Je sonne.

Christine vient m'ouvrir. Elle n'est plus surprise de me voir. Je passe toutes les semaines maintenant.

« Bonjour, je souhaite voir madame Solvair. »

« Madame n'est pas là. Puis-je prendre un message ? »

J'hésite. Mais ma décision est vite prise.

« Je vais l'attendre. C'est important. »

« Comme vous voudrez. Puis-je vous inviter à me suivre ? »

Christine m'installe dans l'entrée et me propose un thé. Je refuse la proposition. Quelle idiote d'avoir décidé de rester ici ! Je n'ai aucune idée de l'heure à laquelle rentrera Madeleine et, surtout, je n'ai rien mangé ce matin. Des images de Dominique me demandant des comptes affluent dans mon esprit. Mon ventre se serre instantanément.

« Iline ? Que faites-vous ici ? »

Madeleine me regarde de la porte d'entrée.

Elle porte une jupe qui descend à mi-mollet et un chemisier blanc. Le tout tombe bien et est parfaitement ajusté à sa silhouette. Ses cheveux blancs coupés au carré ressortent dans le contre-jour de la porte d'entrée. Son expression ne dénote ni surprise ni mécontentement.

Ma colère revient dans toute sa splendeur. Je suis incapable de me maîtriser. Il faut que ça sorte.

« Pourquoi ne m'avez-vous pas dit qu'Henri est décédé l'année où les momies sont réapparues ? »

Elle ne cille pas. Reste droite comme un « i » dans l'entrée de sa splendide maison familiale.

« Pourquoi rendez-vous les choses si difficiles ? Vous me communiquez une information sur cent, et encore ! Pourquoi ne voulez-vous pas m'aider ? »

Elle soupire.

« Vous ne m'avez jamais questionnée sur la mort d'Henri. »

Elle semble fatiguée. Sans ressentiment, juste fatiguée.

« Mais comment puis-je savoir quelles questions vous poser puisque je pars de zéro ? Comment deviner la marche à suivre quand on ne connaît rien ? »

Le ton de ma voix est trop élevé. Le calme, visible, de Madeleine en face de moi contraste avec mon attitude. J'aimerais être comme elle et maîtriser chacune de mes émotions. Il faut que je vieillisse encore. Trente ans, c'est encore trop jeune malgré les premiers cheveux blancs.

Madeleine détourne les yeux et regarde quelque chose dans mon dos. Elle fait un signe négatif de la tête et ses yeux se posent sur moi à nouveau. Elle m'invite à la suivre. Je me retourne pour regarder derrière moi, mais ne vois qu'une porte qui se referme. Était-ce Christine ? Non, elle est à côté de moi. Je ne saurai jamais qui a assisté à mon spectacle, ma petite tragédie grecque.

Je suis Madeleine jusqu'au salon lumineux. Les baies vitrées nous offrent le spectacle des massifs en fleurs de l'autre côté de la vitre. Les couleurs explosent. C'est magnifique. Mais je n'ai pas l'état d'esprit me permettant d'apprécier ce cadeau de la nature. Je suis comme une lionne en cage : je tourne et retourne dans ma cellule. J'ai besoin d'air, de réponses.

Madeleine ôte sa veste d'été et s'assied en face de moi.

Elle se tait et me regarde droit dans les yeux, de son regard froid et calculateur. Ses yeux verts sont magnifiques. Je sens ma colère qui fond comme neige au soleil. Yeux verts de Madeleine : 1, colère d'Iline : 0.

Madeleine prend la parole.

« Je comprends votre colère. Mais vous devez me croire, je n'ai pas pensé à mentionner la mort d'Henri. Comme vous qui n'avez pas pensé à poser la question, je n'ai pas pensé à vous en parler. N'y voyez pas de mauvaise volonté de ma part. C'est un oubli, un simple oubli. »

Elle accompagne ses paroles d'un sourire, franc.

Je me laisse amadouer. Pourtant, je commence à connaître Madeleine : elle me fait croire ce qu'elle veut et je me fais avoir à chaque fois.

Je décide de garder le silence. C'est à elle de donner des informations. À elle de parler. J'attends, à l'écoute.

Elle soupire.

Une phrase d'un poème de Rimbaud me revient en mémoire :

« Elle avait le bleu regard, qui ment ! »

Mon père écoutait le CD de Léo Ferré chantant Rimbaud, dans mon enfance. La phrase resurgit aujourd'hui.

Quoi que Madeleine en dise, je suis sûre qu'elle a omis sciemment de me parler de la mort d'Henri. Que dire ? Que faire ? J'attends en silence.

« Que souhaitez-vous savoir ? »

« En quelle année est décédé Henri ? »

« En 1971. »

« L'année du retour des momies ? »

Je souris intérieurement : on dirait presque le nom d'un célèbre film…

« Oui. »

Le silence s'installe à nouveau.

« Madeleine, s'il vous plaît. Pouvez-vous me donner plus de détails ? Pourquoi est-il mort cette année-là ? Il avait 61 ans, c'est jeune. Sa mort a-t-elle un lien avec les momies ? »

Madeleine ne me regarde pas et tripote un pompon sur un de ses coussins. Le chat est à ses pieds. Il me regarde, lui.

Je soupire. J'en ai assez de supplier. J'hésite à partir, tout simplement.

Elle relève la tête vers moi. Je crois déceler une grande douleur dans ses yeux, presque des larmes. Que s'est-il donc bien passé ?

Je sens qu'elle hésite. Je l'encourage des yeux. Une voix plus faible que d'habitude s'élève dans le salon :

« Il s'est suicidé. »

J'ai peur d'avoir mal entendu. Elle répète plus fort, d'une manière plus assurée :

« Il a mis fin à ses jours. »

J'accuse le coup. Je ne m'attendais pas à cela. J'ai comme l'impression de connaître Henri. J'aurais espéré une tout autre fin pour lui. Une vie heureuse, une mort heureuse. Il aura finalement cédé à ses démons.

« Mais… »

Madeleine a repris ses esprits. Plus une once de douceur dans la voix : elle récite les faits. Son moment d'égarement vis-à-vis d'Henri aura duré quelques secondes.

« J'avais 22 ans. Je me souviens très bien de ce jour-là. Henri s'était enfermé chez lui depuis plusieurs jours. La journée, pas un bruit et la nuit… La nuit, j'avais l'impression que le Tout-Paris des bas-fonds venait lui rendre visite. Le bruit que ça faisait ! Plus personne n'arrivait à dormir ici. Il faut comprendre… Père a toujours été très patient avec Henri. Il connaissait ses lubies, ses folies. Il a accepté beaucoup, trop, sans doute. Cette fois-là, il a craqué. Henri avait organisé un concours de tir en pleine nuit. L'objectif était d'abattre les statuettes situées sur le muret de la propriété. Je ne vous dis pas le bruit que ça faisait. Sylvie avait cinq ans et pleurait toutes les larmes de son corps. Mère ne savait plus quoi faire pour la rassurer. Père est descendu pour calmer le jeu. Il aurait très bien pu se prendre une balle. Je me souviens bien, je regardais de ma fenêtre. Henri n'a rien voulu entendre. Père a gardé son sang-froid. Il lui a annoncé qu'il allait appeler la police et qu'Henri avait une semaine pour trouver un nouveau logement. La famille Solvair a toujours tout fait pour lui. Il a toujours trouvé ici le gîte et le couvert. Mais cette fois-ci, c'était trop. Et nous aurions dû faire cela depuis longtemps. »

Madeleine reprend son souffle. Elle est encore touchée par cette nuit de débauche.

« Je ne vous dis pas la faune qu'il y avait chez lui. Le nombre de femmes dénudées présentes quand la police est arrivée ! Henri ne pensait pas que Père mettrait ses menaces à exécution. Il s'est trompé. »

Silence. Elle se souvient, tournée en elle-même.

« Je revois Henri, resté seul dans la cour quand la police est repartie. Titubant, l'air abattu. Sa haute stature dans la nuit. Il est resté longtemps ainsi. Puis il est rentré dans sa demeure. C'est la dernière image que j'ai de lui. »

Madeleine se tait.

« On l'a retrouvé le matin, mort. Il s'est tiré une balle dans la bouche. Personne n'a entendu le coup de fusil. Nous étions tellement fatigués que tout le monde dormait quand c'est arrivé. »

Ses yeux sont voilés. Même si elle n'aimait pas l'homme, un suicide reste un suicide. À quelques mètres d'elle, un homme a choisi de se donner la mort. Ce sont des souvenirs douloureux. Même pour Madeleine Solvair.

« Voilà, vous savez tout. »

Oui, je sais tout. Et pourtant, tellement de questions surgissent dans mon esprit…

« Henri est mort combien de temps après l'arrivée des momies ? »

« Je ne pourrais pas vous dire exactement… Quelques semaines. »

« Est-ce que vous vous souvenez de sa réaction à l'arrivée du camion ? »

Madeleine me regarde de son regard sec :

« Il n'y a pas de lien entre les momies et la mort d'Henri. C'était un dévergondé désœuvré qui a fini par se rendre compte de sa situation. Il n'était rien, il n'avait pas de famille ni de vrais amis, juste des poivrots et des filles de joie. Comment voulez-vous vieillir ainsi ? Il a compris, cette nuit-là, qu'il ne pouvait pas continuer cette vie tout en comptant sur sa famille. Nous avions déjà trop fait pour lui. Où serait-il allé ? Il n'avait pas un sou ! »

Je trouve l'attitude de Madeleine très dure. Ses conclusions ne sont pas rationnelles non plus. Des momies perdues pendant 28 ans réapparaissent comme par magie un beau matin, l'archéologue qui les a découvertes et attendues pendant tout ce temps se suicide et il n'y aurait aucun lien entre les deux ? J'ai beaucoup de mal à y croire. Je perçois surtout une forteresse familiale construite au fur et à mesure du temps autour de la mort d'Henri. Chaque membre de la famille a préféré se raconter et perpétuer une certaine histoire plutôt que de regarder la vérité en face. Henri est donc devenu le monstre de la famille, ivrogne, grossier, inculte et méchant. Certes, la réaction de Louis, le père de Madeleine, n'a pas dû être étrangère au geste désespéré d'Henri. Comment soulager la conscience de tous ? En diabolisant le pauvre bougre. Je sais que ça ne sert à rien de me confronter à Madeleine sur ce sujet. Des années de soirées familiales et de conversations anodines ont construit cette protection des consciences. Je vais me heurter à un mur. Ne sachant pas comment rebondir, je pose la seule question qui me vient à l'esprit :

« Où est-il enterré ? »

« Au cimetière de la commune. Trois allées après le caveau familial des Solvair. »

Le pauvre, il n'aura même pas eu le droit de rentrer au panthéon de la grande famille Solvair.

« Quelles ont été les conclusions de la police ? »

« C'était un suicide. D'après eux, il aurait eu une crise de folie et il aurait mis fin à ses jours. Sa maison était sens dessus dessous. Quant à savoir si c'était son œuvre ou celle de ses invités… »

« Il serait devenu fou ? »

Finalement, ça lui ressemble bien.

« Oui. »

« La police n'a pas cherché plus loin ? »

Un « non » bourru s'échappe de la bouche de Madeleine.

Je ne comprends pas qu'elle n'ait pas fait le lien avec l'arrivée des momies.

Je ne sais quoi ajouter. Madeleine s'accroche à sa version qui est diamétralement opposée à mes propres conclusions. Comment échanger à ce sujet ?

Une idée jaillit dans mon cerveau : je vais aller sur la tombe d'Henri.

Basile m'avait fait rire un soir, me disant qu'en fait, Henri n'était pas mort et qu'il cherchait toujours ses momies des décennies après leur disparition, et que c'était lui qui m'envoyait des lettres de menaces. J'ai bien envie d'aller vérifier la date de son décès sur sa pierre tombale. J'aurais dû le faire depuis bien longtemps : autant aller jusqu'au bout des choses.

Je prends congé de Madeleine, en la remerciant pour son temps et ses explications. Elle abrège l'entrevue, prétextant une foule de choses à faire.

Je demande à Christine où se trouve le cimetière. Elle m'indique gentiment la direction à suivre.

En vingt minutes de marche, j'y suis.

Le cimetière est immense, laid et bétonné. Quand ferons-nous des cimetières comme aux États-Unis ou au Pérou ? Des parcs verts et bordés d'arbres. J'ai même appris qu'au Pérou, les familles dansent et pique-niquent sur les tombes des défunts. Qui voudrait pique-niquer ici ?

J'interpelle un employé communal pour lui demander où se trouve la tombe des Solvair.

« Ce n'est pas bien compliqué : c'est la plus imposante. »

Je me dirige dans la direction indiquée.

Le caveau est fort impressionnant, fermé par une grille. Deux anges en gardent l'entrée. Ils sont magnifiques. À l'intérieur, je reconnais quelques noms gravés sur des pierres.

Mais je ne suis pas venue pour eux. Je passe derrière le caveau et me dirige dans les allées suivantes. J'en compte trois en lisant toutes les inscriptions figurant sur les pierres tombales. Je décèle enfin celle de la famille Trivaud. De nombreux noms y sont également gravés : Jean, Micheline, Raphaël, Odile, Annette, Pierre, Marie, et enfin Henri.

Il est là. Né en 1910, décédé en 1971. Je le constate de mes propres yeux.

Je lui adresse un bonjour silencieux. Je lui dis que j'essaie de comprendre ce qu'il est arrivé à ses momies. Que je fais de mon mieux, mais que c'est difficile. Je ne lui promets rien.

Je dépose une toute petite pâquerette sur sa tombe.

Je note que la sépulture est entretenue. J'ai très chaud. Le soleil cogne fort dans ce cimetière sans arbre et sans ombre. Je rêve de marcher pieds nus sur un carrelage frais. Ça sent les vacances et le sud, marcher pieds nus sur du carrelage.

Je rebrousse chemin. Après un coup d'œil à ma montre, je m'aperçois qu'il est 12 h 15. Il est grand-temps de rentrer au bureau. Mes absences répétées vont commencer à attirer l'attention. J'ai le sentiment que je vais devoir continuer mes investigations pendant mon temps libre.

Chapitre 37

Sur le chemin du retour au bureau, toujours dans un train qui ressemble plus à une chaudière qu'à un moyen de transport, je m'interroge.

Les momies débarquent en France en 1971. Quelques semaines plus tard, à la suite d'une altercation avec son demi-frère, Henri se suicide.

Pour moi, il est évident qu'il y a un lien entre l'arrivée mystérieuse des momies et la mort d'Henri. Mais pourquoi a-t-il mis fin à ses jours ? Il les attendait depuis des années. Elles sont la preuve qu'il a bien découvert un tombeau au Pérou, qu'il n'avait pas menti. Certes, l'or qui les accompagnait avait très certainement disparu, mais tout de même !

Pourquoi ce désespoir au lieu du bonheur qui aurait dû accompagner le retour des caisses disparues ?

Je tourne et retourne cette idée dans ma tête. Impossible de comprendre. Pourquoi ce geste désespéré, Henri ? Et non pas l'organisation d'une exposition redorant ton blason d'archéologue ?

Était-il trop aviné pour faire quoi que ce soit ? Est-ce la prise de conscience de son incapacité à faire face, ce que pensent Madeleine et la famille Solvair, qui est la cause de son décès ?

Après une heure trente de trajet à réfléchir à la question, je décrète que je n'ai pas les éléments pour répondre. Il faut que je passe à autre chose.

Mon arrivée au bureau à 13 h 45 ne soulève pas de question. L'après-midi se passe sans encombre. Les panneaux solaires posent définitivement moins de problèmes que les momies !

Je prends tout de même le temps d'écrire un e-mail à André et Antoine pour confirmer le suicide d'Henri en 1971.

Ce n'est qu'en fin d'après-midi que j'arrive à formuler mes pensées de manière intelligible : si je n'ai pas assez d'éléments pour comprendre le geste d'Henri, je dois en chercher de nouveaux.

Où ?

La déroutante constatation que Sylvie non plus ne m'a rien dit concernant le suicide d'Henri me chagrine énormément. C'est bien la seule personne à qui je me fiais les yeux fermés. Pourquoi ne m'a-t-elle rien dit ? J'hésite à l'appeler. Je me souviens des conseils de Maxime : toujours aller voir les gens afin de pouvoir jauger leurs réactions en temps réel. Je me décide à y aller dans les jours à venir.

Entre-temps, je me dirige vers la salle des mystères. En dehors de la famille Solvair, je n'ai qu'une seule source de renseignements concernant Henri : la malle de papiers où j'ai trouvé son cahier.

Il est déjà tard, mais je suis prête à passer du temps dans la paperasse pour y voir plus clair.

Je ne sais absolument pas ce que je cherche. Je retrouve mon classement sommaire. Vais-je devoir lire toute la correspondance d'Henri ? C'est sûrement là que je trouverai le plus d'informations sur son geste. J'emporte la pile.

Quel temps perdu !

Rien, vraiment rien d'intéressant dans cette correspondance. Des affaires pour acheter du vin à bon prix, des caisses de champagne, des cigares… Je n'y retrouve que le dandy décrit par Madeleine. Je suis déçue. Je retourne rapidement au 3e sous-sol y redéposer cette lecture insipide.

J'en profite pour m'attaquer à une autre pile : les papiers administratifs. Malheureusement, de nombreuses erreurs se sont glissées dans mon classement. Au bout de longues minutes, je ne fais que bâiller en buvant mon thé pêche blanche. Je trouve enfin ce que je ne cherchais pas vraiment : des papiers ayant trait à un transport maritime en 1943 au Pérou !

Dire que si j'avais mis la main sur ce bout de papier, j'aurais pu découvrir l'origine des momies beaucoup plus rapidement ! Quelle gourde de n'avoir pas regardé plus tôt…

Je me fais la promesse de redescendre et de tout décortiquer avec soin.

Je remonte en trombe à mon bureau pour en savoir plus sur le nom de la compagnie. À la sortie du dernier ascenseur, je me heurte à Dominique.

« Houlà, tu sembles bien pressée Iline ! Tu es en retard pour une réunion ? »

Je n'ai pas le temps de répondre. Son regard tombe sur le vieux papier que je tiens à la main. Ses sourcils se froncent.

« As-tu cinq minutes pour discuter dans mon bureau ? »

Oh non, pas ça ! Je me suis fait avoir comme une bleue. J'ai l'impression d'être une petite fille prise en flagrant délit de vol de bonbons. La main dans le sac !

Dominique referme la porte derrière lui et s'assied à son bureau.

Il me regarde en silence.

« Alors ? Ne nous étions-nous pas mis d'accord sur le fait d'arrêter les recherches sur les habitantes du 3e sous-sol ? »

Je réfléchis au plus vite, mais je ne trouve pas de mensonge tenant la route en un temps aussi court.

Je me résous à dire la vérité. La vérité est très simple : je suis incapable de mettre un terme à ces recherches, pas tant que j'ai encore des pistes à fouiller.

Il sourit.

« Ça ne m'étonne pas. C'est bien pour ça que tu es dans mon équipe : tu ne lâches jamais, hein ? »

Je me détends un peu et souris à mon tour.

« Ce qui m'embête, c'est que ces recherches empiètent sur ton temps de travail et que l'auteur des lettres de menaces n'a pas encore été identifié. Tu imagines s'il t'arrivait quelque chose ? »

Je comprends son point de vue. Que répondre ? Que je vais continuer à travailler sur mon temps libre ?

« Il faut qu'on trouve un arrangement officiel à tout cela. Peux-tu m'informer des derniers rebondissements ? Vu ta tête dans l'ascenseur, je pense qu'il y en a, n'est-ce pas ? »

J'acquiesce. Je lui conte les dernières avancées en omettant toutefois l'intervention de mon oncle Maxime, André et Alain ainsi que « le Réseau ». Il s'est nommé ainsi naturellement dans mon esprit, ce réseau de recherche des trésors disparus de la Seconde Guerre mondiale. J'essaie de rendre le récit le plus passionnant et le plus intéressant possible.

Et ça marche : Dominique est suspendu à mes lèvres. Je sais que lui aussi a envie de connaître la fin de l'histoire.

Lorsque j'en termine, il m'indique qu'il va en parler à Joris afin de déterminer comment nous organiser pour la suite.

Je le remercie et file à mon bureau.

Je tape fébrilement le nom de la compagnie maritime : William's Sons Maritime Transportation Company.

Peu d'informations figurent sur le document déposé avec soin sur mon bureau : une date, une adresse de livraison en France, une signature et rien d'autre.

Le reste de la feuille consiste en des cases préimprimées qui n'ont pas été renseignées. Le strict minimum pour l'envoi de colis en 1943.

En relevant la tête vers mon écran, j'apprends que la William's Sons Maritime Transportation Company n'existe plus depuis bien longtemps. Elle était l'entreprise d'une famille anglaise et son activité consistait principalement à transporter des biens pour les particuliers. Des déménagements de l'époque. Difficile d'en savoir beaucoup plus. L'entreprise a fermé ses portes en 1948 après 70 ans de bons et loyaux services. Peut-être pas si bons et loyaux que ça, finalement…

20 h 34, il est temps de prendre mon train. Basile s'impatiente déjà par messages : le repas est bientôt prêt. Je vais devoir prétexter une panne de train. S'il savait que j'arrive dans 1 h 15 au mieux... Je file. Nous n'avons pas reparlé de notre précédente dispute. Ni lui ni moi n'avons souhaité disséquer cet épisode. Pour moi, il n'y a rien à en dire : je me suis emportée, ça arrive. Point barre.

Chapitre 38

J'envoie une copie du bon de livraison de la William's Sons Maritime Transportation Company à André et Antoine dès que j'arrive au bureau ce matin. Je suis ensuite happée dans une spirale de réunions sans fin…

Dominique me fait savoir dans l'après-midi que le légal va m'envoyer une proposition de décharge consistant à mentionner que les recherches effectuées sur les momies sont réalisées de mon propre chef, sur mon temps libre et que l'entreprise se dédouane de tout ce qui pourrait m'arriver. C'est la seule alternative qu'ils aient trouvée pour que je puisse continuer à travailler sur ce sujet. Je ne suis pas satisfaite de la tournure de ce document qui me rend responsable de tout. Je vais attendre la proposition et en parler avec Basile avant de signer quoi que ce soit.

Je prends enfin le temps d'envoyer un e-mail à Sylvie Solvair lui demandant si je peux venir la voir dans les jours à venir. De son côté, André m'informe qu'il va envoyer une copie du bon de commande à Roberto afin d'avoir son avis sur cette compagnie maritime.

Deux jours plus tard, un samedi, je me retrouve sur le perron de Sylvie Solvair.

J'inspire un grand coup. L'objectif de cette visite est personnel : ne pas m'énerver, quoi qu'il arrive, quoi que me dise Sylvie. Je dois travailler sur moi à ce sujet.

Je sonne.

Sylvie m'ouvre avec son grand sourire habituel. Je sens que mon visage l'intrigue. Je ne dois pas paraître aussi joviale que d'habitude. J'ai décidé d'aller vite, droit au but.

Dès que je suis assise dans le salon, je pose la question si longuement ressassée :

« Pourquoi ne m'avez-vous pas dit qu'Henri Solvair ou Trivaud, peu importe, s'était suicidé quelques semaines après l'arrivée des momies ? »

« Je vous demande pardon ? »

Sylvie semble ne pas avoir correctement entendu. Je répète donc ma question.

Elle semble interloquée. Elle pâlit même légèrement :

« Que dites-vous ? »

Il me semble que sa voix tremble légèrement.

Je répète donc une troisième fois ma question. Surtout, ne pas perdre patience.

Après s'être penchée vers moi, elle se recule dans son fauteuil et déclare sobrement :

« Parce que je ne le savais pas. »

À mon tour d'être interloquée.

« Vous ne saviez pas quoi ? »

« Qu'il s'agissait d'un suicide. On m'a toujours dit qu'il était mort d'une crise cardiaque. »

Les bras m'en tombent. Qu'est-ce donc que cette famille ?

Je me souviens alors de la sinistre histoire de ce camarade quand j'étais en classe préparatoire. Une famille avait menti à leur fils concernant la mort du grand-père afin qu'il passe ses concours sans encombre. La mascarade avait duré pendant des mois, jusqu'aux admissions. Toute la classe avait été outrée en l'apprenant.

En regardant Sylvie, je suspecte une supercherie de ce genre.

« Qui vous a dit ça ? »

« Madeleine. »

Elle penche la tête en arrière dans son fauteuil et respire un grand coup.

« On m'aurait menti toute ma jeunesse ? Pire, toute ma vie ? »

Sa physionomie a changé. Je n'ai plus en face de moi cette femme ronde et souriante. J'ai l'impression qu'elle a perdu de nombreux kilos pour devenir aussi sèche et dure que sa sœur. Son corps me semble tendu, presque maigre. J'ai du mal à y croire.

« Iline, pouvez-vous m'accompagner chez Madeleine ? »

« Chez Madeleine ? »

« Oui. Si vous ne venez pas, elle ne me croira pas. Elle ne me dira pas la vérité. Et j'ai besoin de la vérité. Après toutes ces années. »

J'hésite. Je n'ai strictement rien à faire dans une guerre entre sœurs. Car c'est bien de cela dont il est question ici. Ce n'est pas ma place.

« Je vous en prie. J'ai fait tout ce que je pouvais pour vous aider. »

C'est vrai. Je pense à la réaction de Solvair, mon entreprise. Cette entrevue ne va pas plaire à Isabelle. Pas du tout. Me revient en tête alors la dérogation légale qui m'a été proposée il y a quelques jours : l'entreprise se détache de mes recherches. Pourquoi devrais-je alors prendre en compte la réaction de mes supérieurs ? Je ne l'ai pas encore analysée en détail, mais leur démarche me révulse. Ils sont incapables d'assumer leurs décisions. Sylvie, au contraire, m'a toujours tendu la main. À voir cette femme, fermement décidée devant moi, je tranche rapidement. Direction : sa voiture.

Il fait beau et chaud en ce mois de juin. Des enfants jouent un peu partout. Cela contraste avec l'ambiance de la voiture qui est glacée. Sylvie ne dit pas un mot durant tout le trajet.

Nous nous garons devant la demeure des Solvair.

Sylvie sonne.

Au bout de quelques minutes, Christine vient nous ouvrir.

« Madame Sylvie ! Quelle joie de vous voir ! Ça fait si longtemps ! »

« Bonjour, Christine. »

Le ton de Sylvie est sec. Tout son être tend à accomplir ce pour quoi elle est venue jusqu'ici. Elle ne peut pas sourire.

« Nous souhaitons voir Madeleine. »

Christine le comprend aisément. Son « Je vais chercher votre sœur de ce pas » est très clair.

Dès que nous sommes seules, Sylvie se tourne vers moi :

« Cela fait des années que je n'ai pas vu Madeleine. »

Des pas retentissent dans le couloir.

« Sylvie ? Mais que se passe-t-il ? »

Madeleine surgit du couloir presque en courant.

Elle a un sourire sur les lèvres et semble heureuse de voir sa sœur.

Le visage de cette dernière efface aussitôt son sourire. Je sens que Madeleine m'a vue et son expression change du tout au tout. Elle reprend son masque de fer : sa dignité naturelle et son port altier s'affichent plus fort que jamais.

« Iline vient de m'apprendre pour le suicide d'Henri. Quand aurais-tu daigné m'en informer ? »

La voix de Sylvie est tranchante, vibrante. Son ton calme et cassant.

Je ne peux qu'imaginer la déception de Madeleine. En la voyant arriver, je pense qu'un instant elle avait entrevu la possibilité d'une réconciliation avec sa sœur cadette. Espoir de bien courte durée. Pour Madeleine, pour qui la famille, et surtout l'image que renvoie la famille, sont si importantes, ne pas s'entendre avec sa sœur doit être très dur.

La manière dont elle répond à cette dernière, avec douceur et tendresse, me force à penser que c'est le cas.

« Sylvie. Je peux tout t'expliquer. Allons au salon ».

Prenant soin de sa sœur, elle ne semble pas me voir.

Je ne sais que faire : dois-je les suivre ?

C'est Christine qui me donne la réponse en m'invitant, d'un geste du bras, à leur emboîter le pas. Elle a un triste sourire aux lèvres.

Je retrouve Sylvie, assise à ma place habituelle, et Madeleine debout.

« C'était pour te protéger, Sylvie. Tu étais toute petite au moment des faits. »

« Alors c'est vrai. »

Le calme apparent de Sylvie se fissure. Je peux presque en voir les marques sur sa peau. Elle hurle sa deuxième question.

« Mais qui vous permet de décider pour moi de ce qui est bon ou non ? »

Madeleine a un air contrit. Sylvie est maintenant debout également. Je remarque qu'elle ne désigne pas uniquement sa sœur comme coupable du mensonge, elle utilise un « vous » englobant toute une famille.

« Je n'ai plus cinq ans. Tu aurais dû me le dire ! Tu aurais dû me dire la vérité ! »

Madeleine essaie de parler, mais est coupée au premier son émis.

« Combien de choses vais-je encore découvrir comme ça ? »

Madeleine ne dit plus rien. Elle regarde sa sœur tristement. Moi aussi, j'ai le cœur gros.

« Vous n'êtes qu'un panier de crabes. Je suis tellement heureuse d'avoir quitté votre monde ! »

Sylvie retrouve son calme. Sa dernière phrase est glaçante :

« Tu aurais pu changer, Madeleine. Tu aurais pu être différente. Ne pas te comporter comme eux tous… Mais tu es la pire. La pire. Sous tes airs de contrôle et de maîtrise, tu sais que j'ai raison. Reste impassible, oui, reste impassible. Comme d'habitude. Tu n'as toujours su que te murer dans le silence de toute façon. Tu sais que j'ai raison. »

Un combat de regards fait rage.

« Je n'ai plus rien à te dire. »

Sylvie tourne les talons et s'en va.

Je n'ai que le temps de jeter un coup d'œil à Madeleine.

Elle me regarde de son regard d'acier qui me transperce. J'ai vu une reine se faire terrasser. Je n'aurais jamais dû assister à son échec, et encore moins à son espoir de retrouver sa sœur. Baisser les yeux et m'en aller sans me retourner auraient été une meilleure stratégie. J'ai vu sa faiblesse. En cet instant précis, Madeleine me hait.

Je claque ma portière. Sylvie est accrochée au volant alors qu'elle n'a pas encore démarré.

« Je suis désolée de t'avoir fait subir ça. »

Elle ne me regarde pas. C'est trop dur pour elle.

« Je te ramène chez toi. »

Nous roulons en silence.

Devant la porte de l'immeuble, elle me regarde enfin. Un regard triste. Un regard lassé. Un regard de sage déçu par la vie, déçu par son dénouement.

Un simple « Merci » tient lieu d'au revoir.

Chapitre 39

J'archive l'épisode de « la guerre des sœurs » dans ma mémoire. Je ne juge pas. Je n'en pense rien. Je le retiens, c'est tout.

Ce que j'en conclus, malheureusement, c'est que je ne pourrai plus compter sur l'aide de Madeleine dorénavant. J'ai peut-être mal jugé : Madeleine m'était plus utile que Sylvie. Sylvie, exilée depuis des années de la famille Solvair et petite à l'âge des faits. Madeleine, mémoire de la famille, majeure en ce temps-là et disposant des archives familiales : photos et autres… Mauvais calcul ? Rationnellement, oui. Humainement : non. J'ai fait le bon choix.

André nous écrit, à Antoine et moi, pour nous dire que Roberto est très satisfait du bon de commande que nous lui avons envoyé. D'après lui, cette compagnie est suspectée de faire partie des entreprises qui ont contribué au pillage des richesses péruviennes à cette époque. Ce bout de papier pourrait être une preuve supplémentaire des méfaits de ce temps. André nous traduit une partie de l'e-mail qu'il a reçu en espagnol :

« …Le mécanisme était relativement simple : toutes les cargaisons devaient être déclarées aux douanes péruviennes. Ces dernières, quand elles flairaient une bonne affaire, alertaient les soldats italiens présents sur les mers. Ceux-ci se rendaient ensuite à bord du navire en question. Soit celui-ci refusait toute magouille, et je pense que cela a dû arriver aussi, il faut le dire : tous n'étaient pas corrompus. Soit la magouille, moyennant de l'argent pour tous les échelons, était établie. La flotte italienne allait alors récupérer le chargement dans les eaux internationales. Ni vu ni connu ! Avec la Seconde Guerre mondiale qui faisait rage, un chargement de perdu, ce n'était rien au regard du nombre de bateaux qui ne sont jamais revenus. Ce que j'essaie de démontrer ces dernières années, à l'aide de parutions régulières, c'est que la flotte italienne a aussi transféré des cargaisons à la flotte allemande. Je suis convaincu de ces échanges. J'ai identifié des pièces qui ont forcément fait l'objet de ce type de transactions. Malheureusement, je n'ai aucune preuve "papier" ou écrite. Si nous réussissons à comprendre la trajectoire de ces momies, je pourrai peut-être clôturer des années de travail ! Je vous en prie, cher confrère, n'hésitez surtout pas à me solliciter si je peux vous être d'une quelconque utilité. Je vous aiderai du mieux possible pour les raisons expliquées ci-dessus… »

L'éclairage de Roberto me permet de mieux comprendre ce qui a potentiellement pu arriver aux momies. La raison qui a peut-être fait qu'Henri les a attendues pendant 28 ans. Cette raison qui a peut-être causé sa perte.

Quelques jours plus tard, un e-mail d'Antoine vient répondre à celui d'André. Il s'est renseigné discrètement auprès d'un de ses professeurs. D'après lui, tout ce qui était précieux en Allemagne nazie a transité par Moscou à un moment ou à un autre.

Je ne comprends pas immédiatement. Il faudrait que je reprenne mes cours d'histoire-géographie du lycée ! Les Russes étaient les premiers à entrer dans Berlin en avril 1945. C'est ce que souhaitait Staline : s'emparer des recherches sur l'arme nucléaire réalisées par les Allemands.

Mais pourquoi ne pas rafler tout ce qui s'y trouvait également ? C'est a priori ce qui s'est passé…

Allons bon, direction la Russie maintenant.

Je rigole franchement devant mon écran. Toutes les personnes présentes dans l'open space lèvent la tête. Quelques regards désapprobateurs me font baisser d'un ton. Oh, ça va ! Après Hitler, j'ai affaire à Staline maintenant ! Je ne sais pas quels dictateurs m'attendent encore…

Antoine a prévu mon scepticisme habituel : il joint un lien.

Je clique.

Une émission radio se lance automatiquement.

Il s'agit d'« Affaires sensibles », une émission de France Inter. Je déteste la radio. Je ne l'écoute jamais. Quelle idée de se farcir des pubs et de ne pas choisir soi-même la musique que l'on souhaite écouter ?

L'intitulé de l'émission est : « L'affaire des archives volées de la franc-maçonnerie[3]. »

Allons-y pour une heure d'écoute.

Au dernier mot de l'émission, je reste abasourdie.

Toutes les archives françaises de la franc-maçonnerie ont été volées par les nazis pendant la guerre. Analysées et conservées à Berlin pendant le troisième Reich, elles sont reprises par les communistes russes en 1945. Envoyées à Moscou, elles font l'objet de l'analyse soviétique. Et, un beau matin, en 2001, un camion sans

---

[3] L'affaire des archives volées de la franc-maçonnerie - Le dernier trésor de la rue Cadet. Émission France Inter du 22 septembre 2016. Affaires Sensibles.

conducteur est retrouvé dans Paris, devant des locaux de la franc-maçonnerie. Les archives sont là : annotées en allemand et en russe. La correspondance d'écrivains, de rois, de ministres, de présidents… Tout est revenu au point de départ, sans aucune explication, on imagine, de la part des Russes.

Toute ressemblance avec des momies stockées au 3e sous-sol de l'entreprise Solvair serait fortuite, n'est-ce pas ?

Des pièces historiques volées par les nazis, transférées en URSS et rapportées en France de manière anonyme. Les momies auraient-elles fait office d'essai en 1971 avant le retour des archives de la franc-maçonnerie en 2001 ?

Antoine a certainement visé juste. Avec des preuves à l'appui. Je souris en imaginant que, même si la lumière n'est pas faite sur ces momies, lui au moins aura appris.

Je finis son e-mail. Si je suis convaincue, il faut que je l'appelle.

« Antoine ? »

Je sens au ton de sa voix qu'il devait attendre mon coup de fil.

« Tu as lu mon e-mail ? »

« Oui. »

« Et tu me rappelles ? »

« Oui. »

« Cool. »

Je sens qu'il ne peut s'empêcher de sourire.

Je le remercie vivement pour ses recherches et son aide. Je lui confirme que la piste URSS me paraît tout à fait plausible.

« Je suis content. Si ça peut aider. »

En effet.

« Et on peut même aller plus loin. C'est pour ça que je voulais que tu m'appelles. »

Il aiguise ma curiosité.

« Mon prof m'a expliqué que la communauté internationale n'était pas d'accord avec la manière de faire des Russes : ne rien dire et livrer des archives ou autres antiquités anonymement des années plus tard. De nombreux gouvernements sont tombés sur le dos des Russes. Ils ont réussi à faire valoir leur point de vue : la Russie possède des richesses nationales qui ne lui appartiennent pas. Après moult discussions, les Russes ont accepté de recevoir des demandes concernant leurs « archives nazies », si on peut les appeler comme ça. Ils ne sont pas obligés d'y répondre, mais ils doivent au moins les accepter. »

« Et concrètement ? Que faut-il faire ? »

« Leur écrire. J'ai l'adresse. »

« Leur écrire ? Pour leur dire quoi ? »

« Demander si les momies sont passées chez eux. »

« Mais s'ils les ont renvoyées en France anonymement ? Ils ne vont pas me dire qu'ils les ont entreposées 25 ans chez eux, si ? »

« Je ne sais pas. C'est vrai que ça paraît absurde. Mais a priori, c'est la procédure. Autant essayer, non ? »

« Oui, oui. Tu as raison. »

Mais je suis sceptique.

« J'ai réfléchi, si c'est toi qui fais la demande, elle n'a aucune chance d'aboutir. Enfin, sans vouloir t'offenser. D'habitude, ce sont les gouvernements qui s'occupent de ce type de réclamations. »

En effet, les chances sont minces.

« Je pense qu'André peut nous aider. En tant qu'archéologue reconnu, il aura plus de poids. »

« Et, en lisant le dernier e-mail d'André, Roberto accepterait peut-être aussi d'y figurer. »

Bonne idée.

« Oui, tu as raison. Merci beaucoup ! »

« Avec plaisir. Je t'envoie le scan de l'adresse postale par e-mail. En français et en russe. »

Voilà qui va nous donner un peu de travail. Ce n'est pas pour me déplaire.

Je me rends quelques jours plus tard dans la belle maison en meulière d'André pour écrire le courrier au gouvernement russe. Roberto a accepté de figurer dans notre réclamation. Il approuve notre manière de faire. Nous y passons notre journée du samedi. Entre les curriculum vitae de chacun et le dossier explicatif en anglais, cela nous demande pas mal de temps. Je poste le tout le lendemain. C'est André qui recevra la réponse, s'il y en a une un jour.

Chapitre 40

Je n'arrive pas à ne rien attendre de ce courrier. Néanmoins, les jours passent, puis les semaines, un mois, puis deux.

Je n'ai pas d'autres pistes. Je ne sais plus quoi faire, où chercher. Du côté de Madeleine, c'est silence radio. Quant à Sylvie, elle me donne quelques nouvelles de temps en temps, par messages. Je sais qu'elle part en vacances pour deux semaines. Les menaces ont cessé, pour le moment. Je n'ai pas signé le document de « décharge » proposé par mon entreprise. Puisque je ne travaille plus sur ce sujet, pourquoi en endosser les risques ? Et si jamais « les momies » m'accaparent encore quelques heures, je les prendrais sur mon temps libre.

Ce n'est que fin août que je reçois un appel d'André.

« J'ai une réponse ! J'ai une réponse de Russie ! »

Je sens mon cœur faire un bond dans ma poitrine. Comme je suis au bureau, je m'isole rapidement afin de ne pas relancer de polémique au sujet de mon travail sur les momies.

« Je n'ai pas ouvert. Je fais partir un coursier tout de suite. »

« Mais tu peux ouvrir, André. »

« Jamais ! C'est ton travail, pas le mien. C'est à toi d'en recevoir les conclusions. Mais si ça se trouve, ils ne disent rien du tout. Peux-tu me donner l'adresse où tu travailles ? »

Je m'exécute, fébrile.

« Dis, l'enveloppe est lourde ? »

« Oui, un peu. »

Cela donne déjà une indication. Je retourne à mon bureau. Je suis incapable de faire quoi que ce soit. Je regarde par la fenêtre. Chaque scooter que je vois passer fait battre mon cœur plus fort. Ils ont répondu vite tout de même : un peu moins de trois mois. Je m'attendais au moins au double. Une réponse aussi rapide veut certainement dire « Nous ne voyons pas du tout de quoi vous voulez parler ». Je me relève pour la cinquième fois, je vais me faire un thé. Histoire de passer le temps.

Au bout de longues minutes, je reçois un coup de fil de l'accueil : un colis est arrivé pour moi.

Je descends le plus vite possible, sans éveiller les soupçons cette fois. Je ne me souviens que trop bien de la dernière réaction de Dominique.

Je signe le reçu et m'isole dans une salle de réunion pour ouvrir la précieuse enveloppe. Que recèle-t-elle ? Quels trésors ?

Il est vrai qu'elle est assez épaisse. Elle provient bien de Russie.

J'inspire un grand coup et déchire l'enveloppe.

De nombreuses feuilles s'éparpillent sur la table.

Je commence par le courrier adressé à André en anglais. *Merci pour votre sollicitation… Nous avons regardé avec attention… bla-bla-bla… Voici ce que nous avons pu retrouver dans nos archives à ce sujet… En espérant, cher professeur, que vous puissiez avancer dans vos recherches… Bien cordialement…*

Ils ont donc quelque chose ?

Je me plonge dans les autres documents. Je ne comprends pas du premier coup d'œil. Il faut que je rentre dans le détail. On dirait des bordereaux. Certains sont en allemand, d'autres en russe. C'est sûrement la première fois de ma vie que l'allemand appris à l'école va me servir à quelque chose !

En fait, non, je ne comprends rien. Mais d'un côté, ai-je appris le mot « momie » ou « squelette » en allemand ? Non. Je remonte chercher mon ordinateur portable. Un traducteur s'avère indispensable.

Je reconnais le logo de la compagnie maritime William's Sons Maritime Transportation Company. J'essaie de respirer plus doucement, mais ce sont elles ! Mes momies ! La même compagnie de fret qu'en 1943, ça ne peut pas être un hasard. J'ai envie de courir autour de la table de réunion pour expulser mon trop-plein d'excitation.

Je commence par essayer de ranger les documents par ordre chronologique. Pas facile en russe. J'y passe beaucoup de temps.

Les documents écrits en allemand, si on y enlève les commentaires en russe, sont effectivement les plus anciens : 1943.

Dès 1945, comme par magie, plus d'allemand : tout est écrit en russe.

Je jubile. Avoir accès à des documents pareils ! Je n'aurais jamais imaginé que ce soit possible. Je me rends alors compte qu'il s'agit de copies. Mais peu importe, les informations y sont ! Restons concentrée.

Je m'échine sur les documents russes… La nuit commence à tomber quand j'ai enfin une trame. Je jette un coup d'œil à mon cahier de notes et prends du recul pour tout relire.

Quelque chose m'échappe.

Les premiers documents, ceux de la période allemande, en particulier ceux que j'identifie comme étant le bon de commande de la William's Sons Maritime Transportation Company, mentionnent « *3 mummies* ».

Un autre document rédigé en allemand, daté de 1944, en mentionne 7.

Tous les documents rédigés en russe, quant à eux, parlent de 16 momies.

Je ne comprends pas.

J'ai beau me frotter les yeux, rien ne change.

Moi, j'ai 17 momies au 3e sous-sol. Pourquoi le nombre 17 n'est-il mentionné nulle part ?

Je suis fatiguée de mes traductions hasardeuses. J'ai dû me tromper. Je regarde mon téléphone portable : quatre appels en absence de Basile. Quelle heure est-il ? 21 heures !

Il est temps de rentrer.

Chapitre 41

J'ai beau refaire les comptes, à la lumière du jour cette fois-ci, les feuillets qui s'étalent sous mes yeux sont formels :

- 3 momies au départ du Pérou en 1943
- 7 momies en Allemagne en 1944
- 16 momies en URSS en 1945
- 17 momies dans le 3e sous-sol de Solvair en 2018

Il est 13 h 23. J'ai passé toute la matinée à m'arracher les yeux sur des papiers rédigés dans des langues que je ne connais pas ou peu. Je monte voir Dominique pour prétexter un très gros mal de crâne et le fait que je doive rentrer chez moi. Je rassemble tous les documents et je file chez André. Le trajet en train me semble très long… J'ai pris la précaution de scanner toutes les feuilles provenant de Russie, au cas où on me volerait mon sac.

André ouvre sa porte avant même que je sonne. Nous nous installons dans son bureau. La présence de tous ses objets antiques venus du bout du monde et des âges me rassure. Comment André ne pourrait-il pas savoir, lui ? Il connaît tellement de choses !

Mais à 19 heures, le constat est sans appel. Nous tombons toujours sur la même conclusion : des momies se sont ajoutées en cours de route et nous en avons toujours une en trop à l'arrivée. André parle très bien allemand. Il comprend sans problème les documents, qui sont formels : 7 momies en 1944. En revanche, il ne parle pas russe. Il me propose de revenir le lendemain. J'envoie un e-mail à Dominique prétextant une vraie maladie.

À 8 h 30, je suis de nouveau devant la grande maison en meulière d'André. Un homme travaille sur le canapé. Je fais la connaissance d'Igor, ami et collègue russe d'André. Il est en train de traduire tous les documents et annotations russes. Merci, André. Que ferais-je sans ton aide ?

Nous attendons, patiemment, la fin des traductions. André a les mains croisées sur ses genoux. Je bois un thé même s'il fait chaud dehors. Le temps s'est arrêté dans cette maison. Ce salon est un salon d'hiver. La grande cheminée, les livres, la vieille chaîne hifi, des antiquités partout…

Igor toussote. Il nous rappelle à la réalité. André et moi étions partis dans nos rêveries.

« Alors, voilà. »

J'aime sa voix grave avec un léger accent, à peine décelable.

« Je vous ai noté toutes les traductions en vert sur chaque document. C'est très clair : 3 momies au départ du Pérou, 7 en Allemagne et 16 en URSS. »

André et moi échangeons un regard. Nous n'avions rien loupé. Nos traductions hasardeuses et nos déductions étaient les bonnes.

« Les commentaires du Russe en charge du dossier dès 1945 montrent qu'il se pose les mêmes questions que vous : pourquoi des momies se rajoutent-elles au fur et à mesure des années ? »

Et encore, Igor, tu ne sais pas qu'une 17e est apparue entre temps…

Nous n'avons pas grand-chose à nous dire. Pas d'hypothèse. Pas d'idée.

La discussion glisse doucement entre André et Igor. Des nouvelles d'amis communs, de travaux en cours… Je n'écoute plus. Mon esprit vagabonde : d'où peuvent bien provenir ces « nouvelles » momies ? Est-ce que le fait de ne pouvoir réaliser de datation au carbone 14 a un lien avec leur histoire ? Mon esprit tourne en rond. Rien n'en sort.

Je referme la porte d'entrée d'André confuse. Je décide de profiter de ce bel après-midi pour me balader au soleil dans Paris. Le spectacle des enfants jouant dans les parcs et des couples couchés dans l'herbe ne me détourne pourtant pas de la machinerie bouillonnante de mon cerveau. Un brouillard sans queue ni tête d'idées embrumées.

Les jours qui s'ensuivent ne m'éclairent pas plus. J'erre dans un monde confus et nuageux. Je risque de m'envoler à tout moment pour rejoindre ce monde impalpable. Rien ici ne m'intéresse : ni mon travail, ni les réunions, ni les états d'âme de Basile. Je suis ailleurs. Mais où ?

Lasse d'être à côté de mes pompes, je décide de tout reprendre depuis le début. Je ressors mes notes, les photos, la coupure de journal, le carnet d'Henri. Je relis. Je relis encore.

Ce vendredi soir, Basile hausse le ton. Il ne comprend pas que je passe mon temps, en dehors du boulot, à m'abîmer les yeux sur de vieux clichés et sur des phrases mal écrites.

Il en a assez de mes pupilles vides, tournées en moi. Ce soir, je dois le rejoindre. Je laisse tous les documents en vrac sur la table basse du salon.

Samedi midi, je prépare le repas dans notre toute petite cuisine parisienne.

J'entends Basile dans le salon.

« C'est fou comme ils se ressemblent. »

« Comment ? »

De quoi parle-t-il ?

« Les deux messieurs. Sur les photos. Ils se ressemblent beaucoup. »

Je pose mon couteau et lui fais face. Il est penché sur la table basse, et regarde avec attention les clichés en noir et blanc.

« De quoi parles-tu ? »

« Des deux hommes, là. »

Il me montre un cliché d'Henri et pointe du doigt un autre homme. C'est vrai qu'ils se ressemblent.

« Ici aussi, regarde. »

Il me tend une autre photo.

La ressemblance est en effet frappante. Machinalement, je cherche d'autres clichés : Henri et son alter ego. Ils sont partout.

« Ce sont des frères jumeaux, non ? »

Je suis incapable de répondre. Je scrute les prises de vue les unes après les autres. Qui est cet homme ? Pourquoi n'ai-je rien remarqué ? Je me souviens de l'article de journal avec la photo des Solvair. Quelques noms y étaient donnés. Je farfouille dans mes documents pour retrouver l'article. Je crois que Basile continue de parler, un fond sonore pas désagréable.

Quand je relève la tête, il me regarde, perplexe.

« Ça va ? »

« Oui, oui, très bien. »

Le voilà enfin. Le même homme, encore. En retrait d'Henri. Je cherche la légende et le retrouve : Pierre. Il s'appelle Pierre.

Je pose mon menton sur la paume de ma main. Pierre, Pierre. Ce prénom me dit quelque chose. Le carnet d'Henri. Je le feuillette à toute vitesse. Pierre : le médecin de l'expédition s'appelait Pierre.

« Iline ? »

Une voix forte. Un brin inquiète et énervée. Je réponds sur le même ton :

« Oui ! »

Basile me dévisage. Qu'est-ce que j'ai, encore ?

« Tu m'expliques ce qui se passe ? »

Je lui explique, il se prend au jeu. Nous passons l'après-midi et la soirée à regarder les différents clichés, à échafauder des hypothèses. Aucune ne tient la route, bien sûr, mais ce n'est pas grave. C'est le partage qui est important.

Je me couche moins seule, moins incomprise ce soir. J'en souris sous la couette. Je sombre dans un sommeil de plomb.

Pierre… Pierre…

PIERRE !

J'ai vu ce prénom. J'ai vu ce prénom sur la pierre tombale d'Henri. Sans aucun jeu de mots.

Je suis assise dans mon lit au beau milieu de la nuit. Ça ne m'arrive jamais. Mon inconscient a travaillé pour moi. Il a trouvé un Pierre pendant que je dormais. Je le remercie silencieusement.

Impossible de me rendormir. Qui est ce Pierre ? Un membre de la famille d'Henri ? Très certainement, au regard de leur ressemblance physique. Son frère ? Un cousin ? J'arpente le cimetière pendant des heures dans ma mémoire. Il faut que j'en aie le cœur net. Dès les premières lueurs du jour, je prends le premier train pour la dernière demeure d'Henri. Basile ne fait aucun commentaire.

Chapitre 42

Pierre.

C'est bien ça.

Pierre Trivaud : 1912 - 1959

Le ciel est gris ce dimanche matin. Beau temps pour un cimetière.

J'ai retrouvé un Pierre. Mon Pierre, celui sur les photos ?

Je ne sais pas.

Je suis incapable de me détacher de cette pierre tombale et de la sensation d'être passée à côté de beaucoup d'informations, d'éléments, de réponses. Encore une fois.

Sans Basile, je serais encore en train de m'abîmer les yeux sur de vieux clichés. Quel rôle joue le hasard ? !

De vieilles paroles de Léo Ferré émergent du tréfonds de ma mémoire : « L'intention du hasard dans la tuile qui tombe. »

À quoi tiennent nos avancées ? Combien de temps je reste là ? Je l'ignore. Mais je sais quoi faire et où aller quand je reprends conscience.

Je laisse un message vocal à Sylvie : qui est Pierre Trivaud ? Elle ne répond pas. Je sais qu'elle est en vacances.

J'ai une autre Solvair sous la main, toute proche. Je me dirige à grandes enjambées vers le domicile de Madeleine. Nous sommes dimanche matin et je n'ai pas été conviée. Je ne compte pas sur un accueil chaleureux. À cette heure-ci, elle doit être à la messe, la Madeleine.

Je sonne. Christine met du temps à venir. J'attends.

Christine me fait entrer. J'ai même droit à un sourire. Je me sens forte, sûre de moi. Dans mon bon droit et décidée. Surtout décidée.

« Bonjour, je souhaiterais parler à madame Solvair. »

« Je suis désolée, mais madame est en vacances dans le sud de la France. Pour deux semaines et demie encore. »

« Mince, nous sommes en août, vous avez raison. »

Christine me sourit gentiment.

Un instant, je me sens impuissante. Les bras le long du corps, la déception me coule le long du dos. Puis une idée me vient. Fulgurante.

« Puis-je m'entretenir avec Gérard ? »

Le dragon n'est pas là, autant en profiter.

« Je… Madame Solvair a spécifié que… »

Je vois Christine embêtée, elle cafouille. Oui, oui, je sais que « madame Solvair » ne veut pas que je voie Gérard.

« Ce monsieur n'a-t-il pas son libre arbitre ? Il ne peut pas décider lui-même des visites qu'il souhaite recevoir ? »

Je suis allée trop loin, je le vois dans le regard de Christine qui se ferme complètement.

« Je vais vous demander de sortir de la propriété, s'il vous plaît. »

Alors je déraille complètement. Je me mets à hurler dans la cour.

« Monsieur Solvair ! Monsieur Solvair ! Je souhaite vous parler. Juste quelques minutes. »

Christine s'agrippe à mon bras en baragouinant quelque chose. Elle veut vraiment me mettre dehors.

« Gérard ! Monsieur Solvair ! S'il vous plaît ! »

Je crie le plus fort possible. Il faut qu'il m'entende, je sais qu'il habite ici.

« Mademoiselle, je vous en prie. Je vais appeler la sécurité. »

Et en moins de temps qu'il ne faut pour le dire, je vois débarquer deux hommes avec un chien en laisse qui accourent vers nous.

Je continue mes vociférations. Il va bien finir par m'entendre !

Trop tard. Les deux hommes me saisissent par les bras sans ménagement et me poussent vers la sortie.

« Monsieur Solvair ! Qui est Pierre ? Qui est Pierre Trivaud ? J'ai besoin de savoir ! »

J'ai déjà un pied dehors.

« Lâchez cette demoiselle, messieurs, je vous prie. »

Je me retourne.

Un vieil homme me regarde. Cheveux blancs, petit. Très maigre, des yeux qui pétillent et brillent de mille feux : Gérard. Enfin.

« Merci. »

Je m'adresse aussi bien à lui qu'aux deux sbires qui me relâchent. Je ne me suis jamais fait traîner dehors. Jamais. Et c'est très dur. Comment retrouver ne serait-ce qu'une once de dignité après cela ? Comme dans les films, d'un geste machinal, j'époussette mes manches. Il y a quelques semaines, ce geste simple m'aurait fait sourire. Ce n'est plus le cas aujourd'hui. Je ne suis plus spectatrice de cette histoire. Je suis devenue protagoniste. Protagoniste jusqu'à la moelle. Je m'en rends compte à cet instant précis.

Gérard me regarde, amusé :

« Il m'a semblé que vous vouliez me parler, mademoiselle. En quoi puis-je vous aider ? »

De constitution frêle, il n'en paraît pas moins enjoué. D'après mes notes, il est un peu plus jeune que Madeleine.

67 ans. À le voir, il semble beaucoup plus vieux que sa sœur. Voûté, avec de nombreuses rides autour de ses yeux rieurs, il est habillé avec un pull bleu clair et un pantalon de velours côtelé. Un pantalon de vieil homme. L'ensemble est néanmoins de bon goût. On dirait qu'il vient tout juste de débarquer de son voilier.

Il me regarde. Il attend.

« Bonjour, monsieur Solvair. Je souhaite m'entretenir avec vous. »

« Je vous écoute. »

Nous sommes dans la cour, devant la porte d'entrée. Christine ne semble pas décidée à nous laisser entrer. Il souhaite réellement que je lui parle de sa famille ici ?

« Il s'agit de Pierre Trivaud. »

« Oui ? »

Il ne semble ni surpris ni embêté par ma question. Madeleine n'aurait certainement pas réagi de la même manière.

« Qui est-il ? »

« Comment ça, qui est-il ? Sans vouloir paraître impoli, pourriez-vous me dire qui vous êtes et pourquoi vous souhaitez me parler de Pierre ? »

Aucune malice dans ses yeux, une pure interrogation.

« Vous ne savez pas qui je suis… ». Cette affirmation, murmurée plus pour moi que pour lui, m'échappe. Je retombe sur ses yeux interrogateurs. Bleus. Son visage est la parfaite synthèse de ceux de Madeleine et de Sylvie. Mais de quel bois est-il fait ? Vers qui penche-t-il ? Quel type de Solvair est-il ? Penche-t-il vers le secret et la froideur de Madeleine ou l'ouverture et le dégoût familial de Sylvie ?

« Je m'appelle Iline, je travaille pour l'entreprise Solvair. Ni Madeleine ni Sylvie ne vous ont parlé de moi ? »

Il secoue la tête.

« Pas à ma connaissance, non. »

« J'enquête sur les momies stockées dans l'un des entrepôts Solvair qui ont un très fort lien avec votre famille. »

Il ne bouge pas. Il reste planté là, dans la cour.

« C'est une histoire un peu longue. » Je souris.

« Je ne sais pas si je vais pouvoir vous aider, mais venez, allons à l'intérieur. »

Enfin ! Merci Gérard.

Nous contournons le hall d'entrée que je connais bien par la droite pour entrer dans une cour entourée de dépendances. Une maisonnette s'y trouve. Nous y entrons.

Il y fait chaud. Les poutres sont apparentes. Des objets du monde marin y sont disposés un peu partout. Je ne m'étais pas trompée sur la fibre marine de mon interlocuteur. Nous tournons tout de suite à droite en quittant le couloir dans lequel un escalier monte à l'étage. Tout est étriqué et confortable. De larges fenêtres claires et de gros fauteuils nous attendent. Gérard m'invite à en profiter. Je m'installe, face à lui.

Silence.

Je n'ai pas envie de tout reprendre. Je l'ai déjà fait avec ses deux sœurs. Il n'en est ressorti que des bribes, des informations incomplètes. Le puzzle de la famille Solvair me passionne et m'épuise. Je choisis donc un angle d'attaque différent. Sans y réfléchir.

« J'ai déjà tout raconté à vos deux sœurs. »

Pause.

« Et je n'ai obtenu qu'une vision partielle. Parfois tronquée volontairement. »

Gérard hoche la tête. Je me trompe sûrement, mais il a l'air de comprendre de quoi je parle.

« Laissez-moi deviner : Madeleine ne vous a donné que le strict minimum et Sylvie a dû vous dresser un tableau familial bien noir… »

Il sourit. Un sourire d'enfant.

Je ne peux qu'acquiescer.

« Alors d'après vous, nous sommes une famille particulière ? »

Ses rides rient.

« Je n'ai jamais pu vous rencontrer. Cela fait des mois que j'essaie de vous voir. »

C'est sorti sans animosité. Simplement. Un constat.

Il n'est pas surpris.

« Vous savez, j'ai deux anges gardiens. Mes deux sœurs. L'une organise ma vie et joue le rôle de filtre contre la dureté du monde extérieur. L'autre me réchauffe, avec son cœur plus grand que la moyenne. Je ne suis pas à plaindre. »

Il rit doucement.

« Vous savez, je suis « un être fragile », comme elles ont dû vous le dire. J'ai de fortes tendances à la dépression. C'est comme ça. Aujourd'hui, je l'accepte. Je me suis assez battu. Je suis ainsi, c'est tout. »

Toujours cette bonhomie. Il est désarmant.

Il s'est expliqué, avec honnêteté. Je lui dois, moi aussi, quelques explications. Je lui parle alors des 17 momies, de la datation au carbone impossible, de la découverte du carnet d'Henri, de mon voyage au Pérou, du transfert des momies en Allemagne nazie, puis en URSS. Mais aussi d'Henri, dont ni Madeleine ni Sylvie n'ont mentionné le nom de prime abord. Et puis Pierre, Pierre qui ressemble tellement à Henri sur les photos, et dont le nom est inscrit sur le caveau de la famille Trivaud dans le cimetière, à quelques centaines de mètres d'ici.

Il m'écoute, attentivement, les mains croisées sur ses genoux. Son visage est ouvert, mais les réactions sont rares.

« Voilà. Je patauge depuis le début. »

« Je trouve que vous ne vous en sortez pas trop mal. De ma fenêtre, bien évidemment. »

Il se penche sur les clichés que j'ai étalés sur la table basse entre nous. Il les scrute attentivement.

« Effectivement, c'est bien Pierre sur ces photos. »

Il relève la tête. Rencontre mon regard, fébrile et débordant d'espoir.

« Pierre était le frère d'Henri. »

Son frère ? Oui, c'est plausible. Mais quelque chose me dérange. Une impression diffuse. Puis je comprends : ni Madeleine ni Sylvie ne m'ont parlé de Pierre. Je commence à être habituée à leurs cachotteries. En revanche, ce qui me perturbe, c'est qu'Henri lui-même ne le mentionne pas dans son carnet. Son frère vient le rejoindre au Pérou et il passe cet événement sous silence. Comment est-ce possible ?

« Vous paraissez surprise. »

Un ciel bleu me regarde.

« Oui. Personne ne m'a parlé de Pierre. Ni Madeleine, ni Sylvie, ni Henri dans son carnet. »

« Henri et Pierre étaient très différents. »

Il semble hésiter avant de poursuivre.

« Deux opposés. Ils étaient aussi proches physiquement que différents dans leur manière d'être. Henri était un bon vivant, un extraverti sans bornes. Il avait tout fait, tout vu, tout vécu. Et il avait raison : il a réalisé énormément de choses. Beaucoup de voyages, de femmes, de fêtes, de vie. Pierre… C'était tout le contraire. Discret, attentif aux autres. Il ne se mettait jamais en avant, il parlait rarement de lui. Il aspirait à une vie calme et sereine. Il s'est d'ailleurs marié. Avec Marie, une gentille fille comme lui. »

Il prend le temps de réfléchir.

« Pierre n'avait pas de ressentiment envers la famille Solvair. Ce n'était pas le cas d'Henri. Pierre n'a jamais fait de vagues. »

« Comment est-il mort ? »

Plus de blague sur les dates et sur les morts mystérieuses : je suis rodée.

« Il est mort en 1959, à 47 ans. Un cancer. »

« Vous l'avez bien connu ? »

« Bien sûr, il vivait ici. »

« Ici, dans le domaine ? »

« Oui, dans cette maison. »

« Ah oui ? »

Il me répond par un sourire.

« Les deux frères Trivaud sont restés vivre ici. »

Je ne sais pas ce que je cherche. Pourquoi je m'interroge à leur propos. Pourquoi la découverte de l'existence de Pierre m'a paru extraordinaire, au point de hurler sous les fenêtres de Gérard ? Et puis quoi ? C'était un type normal. En quoi joue-t-il un rôle quelque part ? En joue-t-il un d'ailleurs ? J'ai la désagréable impression de repartir à zéro. Encore une fois.

Gérard se tient face à moi, à l'écoute. Je ne sais que lui dire.

« Je ne sais pas trop ce que je cherche. Excusez-moi. La découverte de Pierre m'a paru incroyable, et puis maintenant, plus du tout. Je ne sais pas trop quoi en penser. »

« Ne vous excusez pas. Ça ne me dérange pas du tout de parler des deux frères, bien au contraire. »

« Madeleine n'a pas l'air d'apprécier Henri… »

« Madeleine a endossé son rôle d'aînée et de protectrice de la famille mieux que quiconque. Elle a voué sa vie à la famille Solvair. J'en aurais été incapable et Sylvie a fui. Madeleine a tout pris, tout accepté : le dogme, la fierté, la dureté. Elle s'est retrouvée à la tête de l'entreprise Solvair en 1977. Elle a arrêté de vivre pour sauver Solvair. Elle n'a pas réussi. Le conglomérat était truffé de dettes. Je ne lui en veux pas, mais elle, elle s'en voudra toute sa vie. Elle est faite ainsi. Elle hait tout ce qui nuit à Solvair, à sa grandeur, son image, son intégrité. Elle porte en elle tout le passé de la famille. Elle en a hérité. Elle n'a pas choisi. Elle porte sa croix, comme nous tous. Il ne faut pas lui en vouloir. Elle a aussi endossé les rancunes et les haines anciennes. Les coucheries et la double vie de Léopold, mon grand-père, en font partie. Madeleine était très proche de sa grand-mère, Marie, la femme de Léopold. Marie détestait Annette et ses deux bâtards. Cette haine a contaminé Madeleine. Et la conduite d'Henri, si frivole, n'a pas amélioré l'estime que Madeleine, qui est la droiture même, lui portait. »

Gérard me surprend : je ne le connais pas, mais il me parle de sa famille, et de ce qu'elle a de plus secret. Il se livre sans même que je le lui demande. J'ai eu la même impression avec ses sœurs. Chacun se livre, mais personne n'est exact : des parties de l'histoire sont omises. Des protagonistes, des pans entiers, importants.

« Pour être tout à fait honnête, je vous dirais que je n'appréciais pas Henri non plus. Rien à voir avec Pierre qui était la gentillesse incarnée. Les deux frères sont des Solvair pur jus, quoi qu'on en dise. Ils ont vécu ici toute leur vie. Ils ont enduré la haine de Marie, leur belle-mère, et l'indifférence de leur père. Je m'avance un peu vite : en réalité, personne n'a jamais connu les sentiments de Léopold, le plus grand des Solvair ! Ses enfants légitimes n'ont pas davantage reçu d'amour paternel. Mon père, Louis, l'aîné, en premier lieu. Mais il a toujours été compréhensif avec ses demi-frères. Il avait bien trop peur de son père, Léopold. »

Il rit. Il a des fossettes. Il devait être beau, jeune.

« En revanche, du côté des femmes, c'était différent. Une vraie guerre. C'est comme ça. Henri et Pierre ont dû en souffrir. Et je ne parle même pas de leur mère, Annette. Avec cet éclairage, on comprend mieux la personnalité d'Henri : il devait prouver sa valeur au monde entier. Montrer qu'il était digne d'être un Solvair. Combat perdu d'avance, bien sûr… »

Une douceur mélancolique s'empare de lui. Il saisit une pierre lisse qui était posée sur un tabouret à côté de lui et la polit avec son pouce, affectueusement.

« Pierre, c'était tout différent. Est-ce qu'il voulait se faire accepter par sa gentillesse ? Je ne sais pas. Il aurait presque pu réussir, sans les œillères de certains. Il a choisi de devenir médecin. Toute sa jeunesse, il s'est occupé de Tristan. C'était son oncle, le frère cadet de Léopold. Un gentil gars, avec des cheveux blonds tout bouclés et un regard doux. D'après Pierre, en tout cas : moi, je ne l'ai pas connu. »

Il respire.

« Tristan a été envoyé au front lors de la Première Guerre mondiale. Beau comme un soleil, il nous est revenu un légume. Impact d'obus. À peine une pâle copie de l'original. Dès qu'il a été suffisamment âgé, Pierre s'est occupé de lui. C'est ainsi qu'est née sa vocation pour la médecine. Soigner les hommes, soigner les âmes… »

Nous sommes tous le produit de notre famille. Chacun des Solvair en est une facette.

« Pierre a été envoyé au Pérou par Léopold pour s'occuper de son frère Henri. »

Je sors de ma rêverie.

« Henri faisait n'importe quoi à Lima. Il est tombé malade. Léopold connaissait les penchants de son fils. Il a donc envoyé son cadet en renfort, le fils solide, celui qui avait les pieds sur terre pour l'épauler, le soutenir. Henri n'a pas pu le supporter. Il n'a jamais admis sa faiblesse, douloureusement soulignée par l'arrivée de son petit frère, Pierre, au Pérou. »

« C'est pour ça qu'il ne mentionne jamais Pierre comme étant son frère dans son carnet ? »

« Je pense que c'en est la raison, oui. »

« Comment savez-vous tout cela ? »

Je suis surprise par tous ces détails, sa connaissance précise des membres de la famille Solvair. En particulier de la psychologie des deux frères.

Il éclate de rire. Un rire franc et joyeux.

« J'ai parlé avec eux ! Tout simplement ! Madeleine n'a jamais voulu et Sylvie était trop petite à l'époque. Pierre est décédé quand j'avais 9 ans et Henri quand j'en avais 21. J'ai toujours aimé discuter avec les vilains petits canards de la famille. Surtout quand Madeleine me faisait les gros yeux. »

Son rire, cristallin et frêle, comme son maigre corps,

emplit à nouveau le petit salon.

C'est un homme attachant. Il reprend son récit :

« On parle toujours d'Henri comme étant le grand archéologue, mais Pierre était un grand médecin. Plus discret, c'est tout. »

« Quelle est votre hypothèse concernant les momies ? Elles disparaissent, réapparaissent, Henri se suicide… »

« Rationnellement, je n'ai pas d'explications. Celles que vous avancez semblent plausibles : l'Allemagne nazie puis l'URSS. Pourquoi pas ? Mon sentiment, qui n'engage que moi, et sans preuve aucune, c'est qu'Henri a maquillé ses momies. Je pense qu'il a effectivement trouvé des corps au Pérou. Pierre en parlait aussi. Mais elles ne devaient pas être comme il fallait : pas assez anciennes ou sans bijoux… Je ne sais pas. Il s'est arrangé pour recevoir les honneurs au Pérou, montrer à son père et à la famille Solvair qu'il avait réussi. Puis, pour ne pas être tourné en ridicule en rentrant en France avec quelques vieilles dépouilles sans valeur, il a conservé les photos, mais perdu les momies. Ni vu ni connu, les honneurs et les vivats sans les pièces à conviction. Il a eu ce qu'il voulait. Mon grand-père était tellement fier de son fils. Les momies en elles-mêmes n'avaient pas de valeur. Ce n'est pas ce que cherchait Henri. Ce qu'il cherchait, il l'avait trouvé : l'admiration dans les yeux de son père. »

Il se tait.

« Ce que sont devenues les momies par la suite, ça n'avait pas d'importance. En Allemagne, en URSS, au Chili, peu importe. »

Silence.

« Mais je pense que quand elles sont réapparues, quand le pot aux roses aurait pu être découvert, Henri a perdu les pédales. Il a préféré fuir, lui aussi. C'était plus simple ainsi pour lui. »

Son regard clair et limpide se pose sur moi.

« Voilà ce que j'en pense. Comme je vous l'ai dit : je n'ai aucune preuve de ce que j'avance. »

Ainsi, c'est le fin mot de l'histoire. Des momies égarées par un Henri assoiffé de reconnaissance. Dénigré par sa famille. Une sombre mascarade qui m'a tenue en haleine pendant des mois.

« Ce serait lui qui aurait rendu impossible la datation au carbone 14… »

« Oui, c'est une possibilité. Ou durant leur pérégrination autour du monde. Je ne sais pas. »

Tout ça pour ça. Mon cerveau se vide d'un coup. Une stupide histoire de famille. Comme si souvent. Je m'attendais à quoi ?

Je me retrouve en face de Gérard, qui m'a donné sa vision des choses, en toute simplicité. Il ne le sait pas, mais il a soulagé tout un pan de mon être.

« Et aujourd'hui, il ne reste que quelques squelettes… »

Ce seront les seuls mots intelligibles qui sortent de mes lèvres.

« Oui, de belles pièces, si je me souviens bien. À regarder comme des œuvres d'art, peut-être ? Pleines de non-dits, de passé et de secrets. »

Il me regarde fixement :

« Vous avez du courage de fouiller par là. »

Il hésite.

« Ces momies m'ont toujours fait un peu peur… »

Son sourire enfantin resurgit sur ses lèvres. Oui, c'est peut-être cela. Gérard est resté enfant. Notre monde n'est pas fait pour les grands enfants. Ils s'y cassent les ailes et les dents.

Chapitre 43

Je suis face à elles. Les 17.

Qu'êtes-vous donc ? La fierté de Léopold pour son bâtard de fils ? Le mensonge d'Henri pour voir briller, enfin, les yeux de son père ? La vengeance des femmes Solvair ? Le symbole du retrait et de l'indulgence de Pierre ?

J'ai failli y croire. J'ai failli croire à la version de Gérard. L'histoire de fierté familiale. La féroce histoire des Solvair. Derrière le rideau.

Mais elle n'est pas plausible. Pas telle quelle en tout cas. Pourquoi des momies apparaissent-elles au fur et à mesure des années, en Allemagne, puis en URSS ? Gérard ne sait rien de tout ça et je n'en ai pas parlé. Mais ces apparitions rendent son hypothèse caduque.

Alors ? Qu'êtes-vous donc, mesdames les momies ? Me révélerez-vous un jour le pourquoi du comment de votre arrivée ici ?

J'obtiens, obstinément, des mâchoires fermées et des yeux vides. Comme à chaque fois.

Ce matin, je fais le point avec André et Antoine.

Même à trois cerveaux, dont deux d'archéologues, nous n'avons plus beaucoup d'idées.

« Et on ne pourrait pas aller creuser du côté de la famille d'Annette ? » Suggestion d'Antoine.

« Pour quoi faire ? Pour demander quoi ? » Réponse directe d'André.

« Je ne sais pas. En savoir plus sur cette famille, puisque tout paraît être lié à eux. »

Silence. Chacun réfléchit.

« Oui, pourquoi pas. Ça pourrait être une piste. » Ce sera ma réponse, la première à être énoncée à voix haute.

Pas d'autres idées.

On raccroche.

Quelques secondes plus tard, André me rappelle.

« Désolé, je ne pouvais pas en parler devant Antoine. Tu te souviens du réseau que j'ai sollicité pour retrouver la trace des momies ? »

« Le réseau secret juif ? »

« Oui. Je pense que l'on peut leur donner le nom de Pierre Solvair afin qu'ils regardent s'ils trouvent quelque chose. »

« Pierre Trivaud. »

« Trivaud ? Pourquoi Trivaud ? »

Sa question m'interroge.

« Eh bien, les deux frères n'ont jamais pris le nom de leur père. Léopold ne les a jamais reconnus. Ils ont gardé le nom de leur mère, Annette Trivaud. »

Un grand silence m'accueille au bout du fil.

« Allô ? André ? »

« Oui, oui, je suis là. Je me suis trompé. J'ai demandé une recherche concernant Henri Solvair. Pas Henri Trivaud. »

« C'est vrai ? »

Aurais-je vraiment oublié de lui mentionner le vrai nom d'Henri ?

« Je n'ai jamais entendu ce nom, Trivaud. »

« Ce n'est pas vrai ! Je suis désolée, André ! Je croyais… »

« Ce n'est pas grave. Voyons-le positivement, c'était sûr que rien ne pouvait en sortir. Là, toutes les chances sont de notre côté ! »

Le diable se cache dans les détails. Je donne mon autorisation pour lancer le réseau d'André sur la piste des frères Trivaud.

Les jours s'écoulent tranquillement en ce mois de septembre. Rien de neuf. Je n'ai pas cherché la famille d'Annette. Antoine s'en est chargé. Il n'a rien trouvé.

Je rentre à la maison. Basile m'attend, assis à la table du salon. Un endroit inhabituel. Il est soucieux. Dès que je rentre, il se lève et me tend une enveloppe.

« Iline. »

J'entends le son de sa voix : « Elle était glissée sous la porte. »

Il a su tout de suite ce que c'était. Moi aussi. J'ouvre.

« *Dernier avertissement. Si tu continues, tu vas finir comme les 17 momies.* »

Ce qui me marque, c'est que l'auteur de ces menaces sait qu'il y a 17 momies. Pas 3, 7, ni 16 : 17.

Basile me scrute attentivement. Il épie ma réaction.

Je hausse les épaules.

« Je ne sais pas quoi te dire. Je pensais que c'était fini. J'irai voir la police demain et passerai un coup de fil à Maxime. Que faire d'autre ? »

Ses beaux yeux bleu-vert me regardent avec amour.

« Pourquoi tu fais ça ? Pourquoi tu continues à chercher alors que tu reçois des menaces ? »

Sa question est sincère. Il cherche à comprendre. À mieux me connaître.

« Je ne sais pas… »

C'est une bonne question.

« Pour obtenir la vérité. Je suis curieuse. »

« C'est seulement ça, tu crois ? »

« Ça me change de la routine. C'est un travail différent. »

Tout son être semble me dire : mais encore ?

« Je n'ai pas trouvé. Je n'y arrive pas. Je me bats et je n'arrive à rien. Je ne supporte pas l'échec. »

Cette réponse lui semble meilleure. Je continue à réfléchir.

« Je le dois à ces 17 femmes. Connaître leur histoire. Savoir ce qu'il leur est arrivé. »

Nouvelle moue de Basile. Pas convaincante, cette réponse-là.

« Bah, je ne sais pas ! C'est un ensemble de tout ça ! Tu me gonfles avec tes questions ! »

Mais il a raison : pourquoi je fais ça ? Pourquoi je m'acharne ? Je ne sais pas.

Retour dans les bureaux de la police. J'aurais préféré ne jamais y remettre les pieds. Julien n'est pas là. C'est un de ses collègues qui prend ma déposition. J'ai apporté la nouvelle lettre de menace. Elle ne l'invite pas à réaliser une analyse des empreintes digitales ni à interroger quiconque. Je ressors une fois de plus déçue par le comportement de mes interlocuteurs au commissariat. Comment doit se sentir une femme battue dans des conditions similaires ? Je n'ose même pas l'imaginer.

A contrario, Maxime ne me cache pas que cette dernière menace l'embête. Il me demande plus d'informations sur les recherches en cours. Je lui raconte le suicide d'Henri, l'Allemagne nazie et l'URSS, le décompte évolutif des momies, la découverte du frère : Pierre, ma discussion avec Gérard.

Ses yeux s'écarquillent très grands quand je mentionne l'Allemagne durant la période de la Seconde Guerre mondiale et l'URSS.

« Et que comptes-tu faire, maintenant ? »

« Rien. Je n'ai plus d'idée. Je ne sais plus où chercher. »

« Plus de piste ? Même une petite ? »

« Je pourrais creuser du côté de la famille d'Annette, la mère d'Henri et Pierre, mais on n'a pas retrouvé sa trace sur le web… »

« Qui ça ? »

« Annette Trivaud. »

« Je vais demander aux copains de regarder. »

Quelques jours plus tard, Maxime déboule chez nous un dimanche matin.

Sans préambule, il me parle d'Annette Trivaud. Basile est au foot.

« Elle avait une sœur aînée, Bérangère Trivaud. Elle a eu une fille, Charline. Et… Charline vit toujours dans la région. Allons-y. »

Il est déjà debout, les clefs de sa voiture dans la main.

Mon ventre est serré. Mais, depuis des mois, depuis les premières menaces en fait, il est toujours serré. Je ne suis pas faite pour ça. Je le sais. Au fond de moi, je l'ai toujours su.

« Madame Bocquet ? »

« Oui, c'est pour quoi ? »

Nous sommes dans un jardinet qui borde une maisonnette de banlieue. Nains de jardin au diapason. Rideaux-napperons aux fenêtres. Je ne m'étonne pas quand une petite vieille nous ouvre sa porte. J'entends que Maxime lui expose l'objet de notre visite. La petite dame s'écarte pour nous laisser entrer. Ça sent le vieux, la soupe, le chat.

Elle nous installe dans un petit salon sans âge. Un monsieur, le mari de Charline, se présente. Il s'appelle Patrick. Comme par magie, un verre de jus d'orange industriel sans pulpe se retrouve devant moi. Les deux petits vieux, tout émoustillés par cette visite impromptue dans leur solitude habituelle, s'installent sur les chaises en face de nous. Ils vont pouvoir reparler de cette aventure pendant des mois.

« Oui, Annette Trivaud était bien ma tante. »

Charline nous sourit de toutes ses dents.

« Avez-vous connu ses fils ? »

« Henri et Pierre ? Oui, bien sûr. Ils sont tous morts aujourd'hui. »

Comme, malheureusement, beaucoup de compagnons de leur vie, j'imagine.

« Pourriez-vous nous parler d'eux ? Comment étaient-ils ? »

Elle prend le temps de réfléchir. Son mari, Patrick, étonné du silence, se tourne vers elle, encourageant.

« Ils étaient bien plus âgés que moi. Je n'ai jamais connu leur mère, Annette. Mais maman m'a parlé d'elle. Elle était très belle. Très belle et très gentille, d'après elle. »

Connaît-elle le père génétique des deux frères ?

« Elle était la maîtresse cachée de Léopold Solvair. Vous connaissez, la famille Solvair… »

Maxime et moi hochons la tête de concert.

« On ne pouvait rien dire, mais tout le monde savait dans la famille que Henri et Pierre étaient ses fils. Un beau secret de polichinelle, comme on dit. »

Elle sourit pleinement.

« Ils vivaient tous chez les Solvair. Le grand Léopold passait beaucoup de temps avec Annette pour des parties de jambes en l'air, je crois. La femme légitime, la Marie, elle était bien cocue ! »

Patrick s'esclaffe.

« Mais les deux frères n'étaient pas heureux. De toute façon, on n'y allait jamais. C'était interdit. C'est eux qui venaient nous voir, de temps en temps. Pierre toujours avec un cadeau et Henri toujours avec des histoires. Ils étaient gentils. »

Je rebondis.

« Ils n'étaient pas heureux ? »

« Dans leur enfance, non. La famille Solvair, la vraie, ne voulait pas d'eux. C'étaient les bâtards, les rejetés, les mauvais, jamais comme il fallait. Mais ils ont bien évolué : vous imaginez, un archéologue et un médecin dans la famille ? Maman était toute chose quand ils venaient nous rendre visite. Bien sûr, je vous dis ça avec des yeux de petite fille. Quand Pierre est mort, j'avais... 12 ans et Henri, plus tard. Nous étions déjà mariés, Patrick. »

« Après tes 17 ans, alors. Mais nous ne sommes pas allés à l'enterrement, Choupette, il me semble ? »

« Non. Je ne sais même pas s'il y a eu un enterrement. Sans Henri, nous n'avions plus de contact avec la famille Solvair. Ils ne nous ont rien dit. Je l'ai découvert en allant par hasard à la Toussaint sur la tombe d'Annette. Ils y étaient tous les quatre : Annette et ses deux fils : Pierre, sa femme Marie et Henri. C'est lui qui aura vécu le plus longtemps, finalement. »

« Pourquoi dites-vous « finalement » ? »

« Ah, mais c'était un vrai hédoniste, cet Henri ! Buveur, joueur, un vrai diable ! »

Elle se signe. Plus personne ne fait ça aujourd'hui. Ça ne choque que moi.

« Tout le contraire de son frère Pierre. C'était un ange, celui-là. Calme, à l'écoute de chacun. Un vrai médecin dans l'âme : attentif à chaque être vivant. »

« Savez-vous comment ils sont décédés ? »

« Hum… Pierre, un cancer, je crois. On n'appelait pas ça comme ça à l'époque, mais c'était ça. C'était salement triste, sa mort. Maman a eu du mal à s'en remettre. »

« Et Henri ? Comment était-il à la mort de son frère ? »

Elle écarquille les yeux.

« Henri ? Comme d'habitude : aviné. Beaucoup trop pour la circonstance. Je ne suis pas sûre que les deux frères aient été très liés. Malgré leur ressemblance physique. »

« Et Henri, comment est-il mort ? »

« Je suis allée poser la question aux Solvair quand j'ai découvert qu'il était mort. Pour maman, surtout. Une grande pimbêche pas aimable m'a répondu : crise cardiaque. Pas étonnant pour un bon vivant comme il était. Paix à son âme. »

Signe de croix à nouveau.

Patrick a pris les yeux tristes de circonstance.

Ils me font penser à la reprise des *Gens qui doutent* de Vincent Delerm. Les gens qui ne laissent pas de traces sur terre. Qui s'excusent presque de vivre. Je serai certainement comme eux.

En tout cas, la belle histoire de la crise cardiaque d'Henri a bien fonctionné… Bravo les Solvair.

« Mais je dois vous dire qu'ils étaient bizarres, ces deux-là. »

Allons bon. Il fallait bien un peu de croustillant. Je vois que Maxime esquisse un sourire.

« L'un comme l'autre. L'un trop fort, l'autre trop faible. L'un exubérant à l'extrême et l'autre à peine visible. L'un toujours sans gêne, l'autre qui s'excuse de tout. C'est leur enfance, c'est sûr. Trop dure. »

Le couple de petits vieux acquiesce de concert. Je suis presque sûre que Patrick n'a rencontré ni l'un ni l'autre.

« Étaient-ils souvent partis en voyage ? » Je ne sais pas pourquoi je pose cette question.

Charline réfléchit.

« Henri, très souvent, dans le nord de l'Europe. Pierre, non. Pas à ma connaissance. »

Un coup dans l'eau.

« Mais que cherchez-vous ? »

Question judicieuse, Patrick.

Je réponds.

« Nous cherchons à mieux cerner les personnalités d'Henri et Pierre. Ils pourraient avoir un lien avec des activités peu recommandables, mais nous ne pouvons vous en dire plus. »

Maxime me regarde, étonné.

Je lui expliquerai plus tard que ma tirade avait surtout pour but d'alimenter leurs discussions d'hiver.

Charline me regarde intensément.

« Je l'ai toujours su, vous savez. Surtout pour Henri. Mais pour Pierre aussi. Il y avait quelque chose de cassé en lui sous sa gentillesse, il cachait quelque chose. C'était plus clair pour Henri : ça sautait au nez ! »

On ne saura jamais à quoi Charline faisait allusion, mais elle savait, elle ! Je ne sais vraiment pas pourquoi on est venus.

« Et Marie, la femme de Pierre, comment est-elle décédée ? »

Question très pertinente de Maxime.

« Ah, si vous saviez, mon pauvre monsieur ! Marie n'a pas survécu au décès de son mari. Elle a tenu, quoi ? Quelques mois, à peine ! Sa belle-famille l'a tuée à petit feu, tout simplement. »

C'est un charmant tableau des Solvair qui nous est dépeint.

« Avait-elle de la famille de son côté ? »

« Personne ! C'était une orpheline de la Grande Guerre. Plus aucune attache, rien ! De ce dont je me souviens, elle était comme son mari : d'une gentillesse à toute épreuve, mais pas très drôle. C'est le moins qu'on puisse dire. »

Impasse. Encore une fois.

Nous nous levons, remercions. Nous sommes invités à revenir quand nous le souhaitons. S'ils peuvent aider, il ne faut pas hésiter. Je sens qu'à peine la porte refermée, les potins vont courir dans tout le quartier. J'échange mon sentiment avec Maxime. Il hoche doucement la tête. Oui, il en rencontre souvent, des comme ça. Trop heureux d'être le centre du monde quelques minutes. Triste humanité. Mais surtout : on piétine. On piétine sévère.

Chapitre 44

Mue par une inspiration soudaine, je décide, quelques jours plus tard, de retourner voir Gérard. Il n'était pas à la messe la dernière fois, je tente donc ma chance un dimanche matin, en priant que Madeleine y soit, elle, à l'église et que je ne sois pas reçue comme la dernière fois.

Christine ne me sourit plus quand elle ouvre la porte. Elle ne bronche pas non plus quand je demande à voir Gérard.

Il m'attend dans son salon, un superbe livre de photos de voiliers devant lui. Il a les traits tirés. Je retrouve le pétillant de ses yeux bleus, mais amoindri. Derrière un voile de brume. Il sourit à mon approche.

« Bonjour, Iline. Vous faites une entrée moins remarquée, cette fois-ci. »

Je lui réponds par un sourire.

Beaucoup d'hypothèses ont mouliné dans mon esprit ces derniers jours. Depuis la visite rendue à Charline et Patrick. Qui l'eût cru ?

« Vous m'avez dit que Pierre était médecin. »

« Oui, tout à fait. »

« Quel était son rôle dans l'expédition au Pérou, à part s'occuper de son frère Henri ? »

« Son rôle ? Soigner les membres de l'équipe, si je ne m'abuse. »

« Et les momies ? Il était en charge des momies, non ? Je l'ai lu dans le carnet d'Henri. »

Carnet relu lors des trajets en train ces derniers jours d'ailleurs.

« Peut-être, je ne sais pas. »

« Il était médecin généraliste ? »

« Pour cette expédition ? Oui. Sinon, c'était un professeur. Spécialiste du cerveau. »

Du cerveau ? J'ai 17 trépanées dans mon sous-sol…

« Du cerveau ? Vraiment ? »

« Oui, tout à fait. Je vous ai parlé de Tristan. Vous vous souvenez ? »

Je hoche la tête. Il a l'air tellement fatigué.

« Eh bien, Tristan avait reçu un éclat d'obus dans la boîte crânienne au Chemin des Dames. Cet obus l'a transformé en légume. Je pense que c'est ce qui a décidé Pierre à travailler sur le cerveau. »

Il s'arrête, guettant ma prochaine question.

Je n'en ai pas. Je voulais savoir si un lien entre le frère médecin et les momies existait. Il existe : le cerveau. Un spécialiste du cerveau et 17 trépanations dans la cave de Solvair. J'ai un lien. Un lien entre Pierre et les 17 momies. Mais qu'en tirer de plus ? Un lien parmi d'autres. Je ne sais pas pourquoi je suis venue. Comme pour Charline et Patrick : je ne sais pas ce que je cherche. Je tourne en rond.

Gérard me regarde avec attention.

« Vous êtes perdue, non ? »

Je ne réponds pas.

« Vous venez ici un dimanche matin pour me poser une unique question ? Une question qui induit un lien improbable entre un médecin qui cherche à sauver des vies et des momies ? Je me trompe ? »

Non, il ne se trompe pas.

Il secoue la tête.

« Moi aussi, je suis fatigué. Veuillez m'excuser. Vos questions ne me dérangent pas. »

Je me lève pour prendre congé. Gérard me tend la main sans se lever de son fauteuil. Je crois qu'il est trop faible pour le faire.

Quelques jours plus tard, je reçois un coup de fil de Sylvie. Elle me demande, très gentiment, de ne plus importuner Gérard. Il ne va pas bien. Une rechute. Elle se demande si mes visites ne l'auraient pas troublé. Je reste muette de surprise et, après un temps, explique que je n'ai rien demandé de particulièrement difficile. Elle m'assure qu'elle me croit, mais qu'on ne peut jamais savoir ce que Gérard ressent ou interprète. Il n'a rien dit à Madeleine afin de ne pas m'attirer ses foudres. Je formule des excuses, platement. Sylvie me rassure encore : je n'y suis pour rien, mais il vaut mieux ne pas le déranger pendant quelque temps. Je suis triste pour lui.

Chapitre 45

Novembre. Je reçois un coup de fil d'André : il jubile.

Des mois que c'est le calme plat. Pas une information, pas une avancée.

Mais là, André est impatient. Il faut absolument que je me rende chez lui au plus vite. Je suis en pleine réunion… Je réfléchis à toute vitesse et prétexte une énorme fuite d'eau dans mon appartement atterrissant directement chez le voisin du dessous. Mon conjoint étant en déplacement, je dois me rendre chez moi de toute urgence. Après quelques phrases d'encouragement des collègues, je lève le camp et file chez André.

Des semaines que je n'ai pas eu de ses nouvelles. Comme à son habitude dans l'urgence, il ouvre sa porte d'entrée avant que je sonne.

« Bonjour ! »

Son ton est plus enjoué que jamais.

« Bonjour André. Que se passe-t-il ? »

« Je suis désolé, je ne pouvais pas en parler au téléphone. Entre, entre. »

Son enthousiasme est communicatif. Je pénètre dans le salon.

Je me tourne vers lui.

« Le réseau. Le réseau a retrouvé Pierre Trivaud ! »

Il hurle presque et a vraiment du mal à contenir sa joie.

« Quoi ? » sera mon unique réponse.

« Regarde ! »

Il brandit une photo sous mon nez. Un cliché en noir et blanc. Puis il me le reprend.

« Attends, il faut que je t'explique tout depuis le début. Assieds-toi. »

Je m'exécute. Je n'arrive pas à stopper le tremblement de mes jambes.

« Tu te souviens, j'avais donné le mauvais nom de famille et ils n'avaient rien trouvé. »

« Oui, je me souviens bien… »

« Avec le vrai nom, ils ont trouvé. Ils étaient sur la piste de ce type depuis longtemps. Très longtemps. »

« Qui ça, "ils" ? »

« Le réseau ! »

« D'accord. »

Il faut que je réfrène mes questions, sinon il s'embrouille et moi également par la même occasion. À vouloir tout m'expliquer vite, je ne comprends plus rien. Je me tais. Patiemment.

« Ils ont fait des recoupements, des recherches. Ne me demande pas trop comment, je ne sais pas. Ils ont leurs méthodes. »

Je ne demande rien.

« Et ils ont retrouvé notre médecin, Pierre Trivaud de la famille Solvair ! »

Je le regarde sans rien dire, l'invitant à poursuivre.

« C'est lui, là. »

Il me montre un obscur visage sur une photo en noir et blanc. Une tripotée de types en blouse blanche pose devant l'objectif. Mais je reconnais bien Pierre. Le seul avec qui je pourrais le confondre serait Henri. Mais Henri n'est pas médecin.

« Qu'est-ce que ça veut dire ? Qui sont ces hommes ? »

Il me sourit, aux anges.

« On a découvert une ordure ! Un vrai salopard ! »

Je le regarde, je ne comprends pas. Son visage respire le bonheur. La joie intense. Je crains de comprendre. Je regarde à nouveau la photo. Une salle d'opération. Sans aucun doute.

« Tu veux dire que… »

« Que Pierre a réalisé des expériences avec l'aide des nazis ! Il faisait partie de ce congrès de médecins zélés qui travaillait sur le cerveau. Qui étaient les cobayes ? Des Juifs, des Tziganes, des homos, des opposants politiques… »

Je sens mon ventre se nouer. Une immense envie de vomir me prend. J'ai passé des mois à essayer de comprendre qui était Henri, puis Pierre Solvair/Trivaud. Tout ça pour arriver à une boucherie innommable en 1944 ?

Je tombe de haut. André me parle toujours, euphorique. Je n'entends plus ce qu'il me dit. Je ne comprends pas sa réaction : il rayonne, je m'effondre.

Comment peut-il être heureux de découvrir un bourreau ? Je souffle un grand coup. J'essaie de respirer calmement.

Pierre, tu me dégoûtes. Tu me dégoûtes au point de vomir. Même mon corps ne te supporte pas. Je me suis trop attachée à lui. À eux. À cette famille. J'ai essayé de chercher le bon, l'humain au sein de chacun d'eux. Et je découvre le pire. La photo est formelle et le Réseau, certain de ses recherches. Je n'ose y croire. Je suis sonnée. Mais je dois me rendre à l'évidence : il n'y a plus de doute.

André m'explique en détail : Pierre travaillait pour August Hirt, qui était lui-même membre de l'Ahnenerbe, l'institut de recherches pluridisciplinaire nazi, principalement médicales, créé par Himmler, entre autres.

Le projet de Hirt était simple : il voulait compléter la collection de squelettes juifs de l'Ahnenerbe. En effet, la « race juive » était sur le point d'être anéantie, conserver quelques squelettes pour la postérité semblait digne d'intérêt. Avec la bénédiction d'Himmler, Hirt se devait de réunir cette collection au plus vite. Étant implanté à Strasbourg, il n'hésita pas à solliciter des médecins français proches de la cause. Pierre Trivaud répondra à l'appel.

En août 1943, des hommes et des femmes juifs ont été sélectionnés à Auschwitz par le SS Bruno Beger, assistant anthropologue de Hirt. Ils ont ensuite été déportés au camp de concentration de Natzweiler-Struthof en Alsace et laissés aux bons soins de Hirt et ses assistants.

En 1944, les Alliés se rapprochant dangereusement, Himmler ordonna donc l'arrêt immédiat du programme et l'élimination de toute trace de cette collection pour le moins surprenante.

Néanmoins, quatre-vingt-six cadavres ont été découverts quelques temps plus tard et reposent aujourd'hui au cimetière juif de Strasbourg[4].

André jubile. Sa réaction m'est insupportable. Je le remercie du fond du cœur, j'empoche la photo et je rentre chez moi.

Quand la porte du domicile d'André claque dans mon dos, je regarde le ciel. Gris.

Des larmes, d'innombrables larmes se mettent à couler sur mes joues. Elles y creusent des sillons. Je n'ai pas le courage de les essuyer. Je me mets en route. Il faut que ma douleur, ma peine sortent. D'une façon ou d'une autre. Je sens les regards insistants des passants. Je n'ai

---

[4] Toutes ces informations sont malheureusement vraies. La collection de squelettes de Hirt a existé, tout comme l'Ahnenerbe.

qu'un objectif : rentrer chez moi. Me réfugier hors de la barbarie humaine.

Mécaniquement, je refais le compte des momies. 3 du Pérou, 7 en Allemagne et 16 en URSS. 9 femmes ont péri en Allemagne. Neuf juives ou opposantes politiques. Neuf femmes innocentes et tuées au nom d'un idéal fou. Nazisme, progrès médical ? Quel était le tien, petit Pierre ?

Le plus doux, le plus gentil des deux frères. Le plus sensible aux problèmes des autres. Comment as-tu pu ? Ces neuf femmes…

Une dame me tend un mouchoir dans le métro. Elle ne dit pas un mot. Elle me tend juste un mouchoir. Comme une bouée de secours. Je le saisis, la remercie d'un sourire humide. Tous les hommes ne sont pas des Pierre.

Et toi, Henri ? Tu avais compris ? Tu as compris, n'est-ce pas ? Les infamies de ton frère quand les momies sont revenues. Non pas trois, celles que tu avais découvertes au Pérou, mais seize. Treize nouvelles femmes. Treize inconnues qui n'étaient pas tes chères momies. Comment réagir, alors ? Je comprends ton geste. Tu avais perdu la foi. La foi en l'homme. En nous tous.

J'ouvre la porte de chez moi et file me blottir dans le lit. Je serre un coussin très fort contre moi. Je n'étais pas prête. Je ne suis pas prête pour découvrir cette inhumanité. Je ne suis pas assez forte pour regarder sans faillir cette part noire de l'Homme.

Je ne sais pas combien de temps je reste ainsi. La porte d'entrée finit par s'ouvrir. C'est Basile. Dès qu'il me voit, il comprend que quelque chose ne va pas.

Il s'approche doucement. Mes sanglots redoublent. Doucement, tout doucement, il me prend dans ses bras. Il ne pose aucune question. Il me berce tout doucement. Il fait des sons apaisants. Comme pour un enfant.

« Mais tu ne te doutais de rien ? »

« Comment ça ? »

« Eh bien, quand tu as découvert que le compte des momies n'était pas logique, tu as bien dû te dire que d'autres femmes y avaient été ajoutées… »

« Je ne sais pas. Pas comme ça. »

Je prends une tasse de thé avec Basile. Nous échangeons, plus calmement, au sujet des découvertes d'hier. Une nuit de sommeil, même agitée, permet de s'éclaircir les idées. J'ai toujours l'impression d'avoir pris un grand coup sur la tête, mais ça va mieux. Comme après un décès. Je me suis levée ce matin normalement et puis, au bout de quelques secondes, je me suis rappelé que quelque chose de triste était arrivé. C'est le même ressenti quand on se souvient qu'untel ou untel n'est plus là.

« Mais tu te doutais de quelque chose, toi ? »

« Je ne savais pas, mais avec les menaces, l'intervention de l'URSS et cet ajout chronologique de momies, j'avais un sacré doute sur un dénouement heureux. »

« Pourquoi je n'ai rien vu, moi ? »

Basile me regarde, attendri.

« Je ne sais pas. Tu étais… dans l'action. La tête dans le guidon. Tu cherchais le dénouement, la fin de l'histoire. Je pense que tu n'as pas eu le temps de réfléchir aux hypothèses tragiques qui pouvaient potentiellement exister. »

Je sens que les larmes montent à nouveau au bord de mes paupières. Remise, mais fragile. Basile me prend à nouveau dans ses bras. Nous avons déterminé ensemble la marche à suivre pour la suite. Pour l'entreprise Solvair surtout. Je lui suis reconnaissante de son aide. Patiente et attentive.

Chapitre 46

La salle de réunion est pleine.

Joris et Dominique sont assis côte à côte. Proche de la porte, Maxime, que j'ai convié également. Isabelle est, bien sûr, présente. Pour une fois, tous les directeurs sont à l'heure et attentifs. André est avec moi. Il a tenu à m'aider pour la restitution des faits.

Je n'ai pas peur. J'assume mes choix et mes actions. J'ai déjà exposé les faits à Dominique et Joris. Ils ne m'ont pas tenu rigueur d'avoir continué à chercher. Surtout pas avec les conclusions obtenues et sachant que mon travail « normal » sur les projets photovoltaïques n'en a pas pâti.

Je commence. Depuis le début. À nouveau. Les nombreuses étapes, une à une. Le plus froidement possible.

Beaucoup d'exclamations à l'annonce de l'aide de la Russie. Des yeux ronds de surprise quand ils comprennent le voyage de ces dames : Pérou, Allemagne, Russie et, pour finir, l'entrepôt Solvair et notre 3e sous-sol. Des sourcils froncés pour essayer de se figurer le compte croissant des momies. Des hochements de têtes pour le suicide d'Henri. De la compassion pour les menaces reçues. Des soupirs d'impatience pour la découverte de Pierre : la famille Solvair nous a vraiment caché beaucoup de choses. Et enfin des moues d'horreur concernant son triste rôle… André a pris le relais pour expliquer, très vaguement, d'où provenait la photo montrant Pierre Solvair - ou plutôt Trivaud - en compagnie d'autres médecins tristement célèbres pour avoir réalisé des expérimentations abominables sur des êtres humains.

Cet exposé suscite bon nombre de questions.

« Est-ce qu'Henri savait pour son frère ? »

« Il nous semble qu'il en a pris conscience à l'arrivée des momies en 1971. Cela a certainement provoqué son suicide. Mais nous ne sommes sûrs de rien. »

« D'où proviennent les 4 momies qui sont apparues entre le Pérou et l'Allemagne ? »

Je réponds.

« Ce n'est qu'une hypothèse, mais il est écrit dans le carnet d'Henri que c'était Pierre qui avait la charge de préparer les momies pour la traversée en bateau. Il pourrait être envisageable que les jeunes filles péruviennes disparues au moment de l'expédition d'Henri soient au nombre des victimes. Pierre les aurait alors ajoutées au convoi. »

« Qui vous a envoyé les menaces ? »

« Aujourd'hui, nous n'avons toujours pas la réponse à cette question. Nous ne savons pas. »

« Pourquoi uniquement des femmes ? »

C'est André qui répond.

« Les expériences réalisées par les nazis portaient généralement sur une même typologie de personnes afin de pouvoir comparer les résultats. C'est, somme toute, assez logique de comparer des individus de même sexe, d'âges similaires, ayant une pathologie ou une malformation physique identique. Utiliser des profils semblables de jeunes femmes n'a donc rien d'étonnant. Il est même probable qu'elles aient été opérées en même temps. »

« Est-on certain que ces femmes provenaient de camps de concentration ? »

André, à nouveau.

« C'est fort probable : l'Ahnenerbe travaillait ainsi avec le camp de concentration de Natzweiler-Struthof en

Alsace. Ce comité se réunissait de temps en temps pour des… temps forts ou des opérations à thème, dirions-nous. Nous n'avons pas toutes les informations, mais il apparaîtrait que Pierre Trivaud n'ait été sollicité que pour les expériences liées au cerveau. »

« Que sait la famille Solvair au sujet de ces exactions exactement ? »

Silence. Je prends finalement la parole en guettant la réaction d'Isabelle.

« Il semblerait que la famille ne soit pas au courant. »

Pas de réaction.

« Pourquoi la datation au carbone 14 ne fonctionne pas ? »

Là encore, nous devons avouer que nous ne savons pas.

« Qui est la 17e momie ? »

C'est la bonne question. Il nous manque toujours la provenance d'une momie.

« Nous ne savons pas. Ce que nous savons, c'est qu'elle est apparue entre 1971 et 1980. 1971 est la date d'arrivée des momies en France, dans le container. Ce retour en France n'est pas officiellement reconnu par les Russes aujourd'hui, mais tous les documents en notre possession stipulent 16 momies et non pas 17. Et pourquoi 1980 ? Car une étude a été commanditée lors du rachat de Solvair en 1980. Cette étude est formelle : 17 momies étaient présentes. Est-ce que la dernière provient de Russie, donc ajoutée au lot entre 1945 et 1971, ou de France, soit jointe aux autres entre 1971 et 1980 : nous ne savons pas. »

Un silence pesant envahit la salle de réunion.

Sylvain, le directeur financier, prend la parole, presque excédé.

« Mais enfin, ça voudrait dire qu'un meurtre aurait pu être commis chez Solvair ? Je veux dire, quand nous étions là ? Je m'exprime mal… »

Mais tout le monde a bien compris.

C'est Isabelle qui prend donc la parole :

« Cette affaire est extrêmement grave, en effet, merci de le souligner. De mon côté, je vais évidemment en informer la direction générale. Monsieur Lombard, que nous conseillez-vous de faire ? »

Maxime se lève de sa chaise et prononce un discours rassurant que je n'écoute que d'une oreille. Présenté comme mon oncle retraité de la police m'ayant aidée pour tenter de découvrir l'auteur des menaces, sa présence n'a pas entrainé de questions. Une idée nébuleuse me trotte en tête. J'essaie de la saisir, mais c'est peine perdue, elle est trop fugace, trop jeune, trop incertaine. Quoi que je fasse…

« Iline ? »

Je relève la tête. Je n'ai pas entendu la question. André m'aide :

« Quels ont été les suspects depuis le début de ton enquête ? »

Houlà, que de termes policiers ! Je suis prise de court :

« Heu… François Rizière, Henri Solvair, Pierre Solvair maintenant... Pas beaucoup plus. »

« François Rizière ? » Cette acclamation est reprise en cœur par plusieurs membres de l'assemblée.

Je n'ai pas mentionné André dans la liste des suspects.

C'est Isabelle qui reprend à nouveau la parole. Elle explique finement les faits qui nous avaient poussés à croire François Rizière potentiellement suspect.

« Il faut l'interroger ! N'est-ce pas, inspecteur ? »

Maxime lève les bras en signe de dénégation : « Je ne suis pas inspecteur. Je ne l'ai jamais été et ne travaille plus dans la police. »

« Mais qu'en pensez-vous ? »

« Il est vrai qu'interroger Monsieur Rizière pourrait nous aider. À tout le moins, clôturer définitivement une piste. »

Je vois bien qu'Isabelle est embêtée.

S'ensuit un long débat. Je n'ai aucune raison d'intervenir.

En découlera le fait que se confronter à François Rizière est indispensable. Je ne sais pas si je serai conviée.

D'autres questions sont posées, plus ou moins pertinentes.

Un seul élément nouveau pour moi : une entrevue avec le Grand Monsieur Rizière va avoir lieu !

Impossible de dormir. Je cours après cette idée confuse. J'ai passé la journée à lire et relire mes notes : rien. Rien ne vient alimenter ce sentiment. Je sens Basile bouger à côté de moi. Mais il dort profondément. Le plafond a une petite fissure à droite de la pièce.

J'en reviens toujours à Pierre. À Henri et à Pierre. Les deux frères. Si opposés, si semblables. Ayant eu une enfance si particulière. Des enfants cachés.

Puis, tout d'un coup, le déclic me vient : pourquoi ce Pierre, si gentil, si lisse, si aimé, se transforme tout à coup en monstre ? En boucher de jeunes filles. Il doit bien y avoir une explication, ne serait-ce que psychologique. Un traumatisme quelque part ? Une vengeance ? Que sais-je...

Des images, inventées de toute part par mon esprit, dansent devant mes yeux. Pierre. Pierre enfant, Pierre avec Henri, dans son ombre. L'ombre terrifiante de son père, Léopold. La petite Charline à qui il offrait des cadeaux. La douceur de sa mère. Le soutien de son grand frère, son protecteur. La méchanceté de Marie, la femme de Léopold. La passion de son travail. La Seconde Guerre mondiale. Les séquelles de la Première, avec le handicap de son oncle Tristan, beau comme Achille avant cette foutue guerre. Les paroles de Gérard me reviennent. Qu'as-tu légué à ta descendance, Pierre ? Certes, tu n'as pas eu d'enfants, mais qu'as-tu légué à la famille Solvair ? De lourds secrets à protéger, qui minent les derniers descendants sans qu'ils le sachent.

Des images de ces pauvres filles aussi : des princesses incas, aux fillettes péruviennes, proies faciles, aux femmes juives de la guerre, de la chair à scalpel.

Toutes stockées des années dans un entrepôt. Toutes trépanées. Un trou dans la boîte crânienne.

Toutes.

Même la 17e, la dernière. Qui était-elle ?

Les expériences réalisées par les nazis portaient généralement sur un même type de personnes. Des femmes. Trépanées. Pourquoi trépanées ? Pour le cerveau.

L'image d'un Tristan de mon cru, souriant et rayonnant comme un soleil, s'appose sur les salles d'opération glauques. Tristan. Cerveau. Trépanation.

De quoi souffrait-il encore ?

La voix de Gérard résonne dans mon esprit ensommeillé : « Tristan avait reçu un éclat d'obus dans la boîte crânienne au Chemin des Dames. » Mon arrièregrand-père était aussi au Chemin des Dames, ça m'avait marquée.

Tristan, crâne, jeunes femmes.

« Cet obus l'a transformé en légume. »

Un poireau danse derrière mes paupières. S'ensuit le détective Hercule Poirot.

Puis je trouve. Cette idée tant recherchée s'impose à moi.

Je me réveille. Je suis assise, droite comme un piquet au milieu du lit.

Un point commun, les nazis cherchaient des points communs pour leurs expériences.

Pierre était un bon gars. Il voulait aider.

Aider son oncle Tristan, un légume.

Pierre aurait-il pu vouloir aider et non pas tuer ces femmes ?

Je cours jusqu'à mon ordinateur et rédige un e-mail à l'attention de Bautista et Laura au Pérou, département de Huancayo, village de Pititayo.

Je le traduis en espagnol et réveille Basile en pleine nuit.

Il acquiesce avant de se rendormir. Il a compris l'e-mail, l'espagnol est donc intelligible.

Je l'envoie.

Je me recouche.

Je ne me rendormirai pas.

J'imagine leur réponse.

Celle qui me permettrait de comprendre Pierre. Enfin.

Chapitre 47

« Merci, Antoine ! »

Comment avait-on pu oublier cette piste encore une fois...

J'appelle André.

« André ? C'est Iline. »

Je n'attends pas son bonjour.

« Je viens d'avoir Antoine au téléphone. Je voulais lui expliquer un peu les avancées des recherches. »

André est attentif à l'autre bout du fil.

« Il m'a rappelé que nous avions évoqué la venue d'un spécialiste du crâne, ou médecin, que tu connaissais pour inspecter les momies et en savoir plus… »

« Oui, c'est vrai. Je m'en souviens. »

Comment formuler cela...

« C'était avant que je sache que… »

« Oui, avant que tu ne découvres pour Alain et moi. »

Son ton est neutre. Pas de ressentiment de sa part. Je le remercie silencieusement d'avoir terminé ma phrase.

« Est-ce que ce serait pertinent de faire appel à ce spécialiste ? »

« Oh oui ! J'avais complètement oublié. »

« Moi aussi. »

Silence complice et confus.

« Je l'appelle tout de suite. »

« André ? N'hésite pas à lui dire que nous pourrons le rémunérer. Je crois que l'entreprise est maintenant prête à payer pour en savoir plus au sujet de ces momies. »

« Entendu ! Je l'appelle tout de suite. »

Trois jours plus tard, Bernard Haydt, spécialiste des boîtes crâniennes anciennes, si on peut le formuler ainsi, est au 3e sous-sol de Solvair. Il pouvait venir dans trois semaines gratuitement, mais pouvait aussi se libérer du temps « exceptionnellement » plus tôt, moyennant finances.

J'ai du mal à voir ce qu'il fait. Toute une foule est présente pour entendre les conclusions de l'expert. Les joies du monde de l'entreprise : j'ai travaillé des mois seule pour démêler l'histoire de ces dames et voici que maintenant, parce que ça devient risqué ou croustillant, tout le monde est là. Je comprends, mais ça me questionne. Personnellement des Isabelle, Dominique, Samuel ne me gênent pas. Sauf que là, je ne vois vraiment plus rien. Je me mets sur les pointes des pieds. Pourtant, je suis grande.

André doit lire l'énervement sur mon visage et me demande, à voix haute, de le rejoindre. Il est tout prêt de Bernard, lui.

Ce dernier a fait le tour des 17 momies, une à une. Je sais les reconnaître maintenant. Chacune d'entre elles. Il a pris des notes sur un calepin.

Rien ne transparaît sur son visage dodu.

Je ne sais d'ailleurs pas trop ce que l'on peut attendre d'une étude d'un spécialiste de ce type.

Il se relève, pose son regard bleu chien-loup sur l'assemblée et nous gratifie d'un joyeux sourire.

« Mesdames, messieurs, approchez-vous si vous souhaitez de plus amples informations. »

Je me précipite pour ne pas perdre ma place. André me lance un sourire complice.

Nous entourons une des 17. La 8 pour être plus précise.

« Vous avez devant vous une femme qui a survécu à une opération de trépanation. »

Je ne peux m'empêcher de contribuer au son étonné et inarticulé sortant d'une dizaine de bouches en même temps.

« Oui. Regardez ici. »

Il nous montre la bordure du trou.

« Vous voyez, cette bande plus claire ? »

Acquiescement général.

« Il s'agit de la reconstruction de la boîte crânienne après l'opération. Cette personne a donc vécu après être passée sur le billard et sa boîte crânienne s'est reconstituée. J'anticipe vos questions : la partie reconstruite est plus fine, plus fragile que la boîte crânienne originelle. Si ces momies sont anciennes, il est fort possible que le trou que vous voyez ici soit plus récent. Je m'explique : la boîte crânienne a dû se reconstruire entièrement après l'opération, mais après la mort de la personne, cette fine paroi a pu disparaître. Cela dépend, bien sûr, des conditions de conservation. Si elles ne sont pas optimales, cette fine pellicule a pu disparaître. Donc, cette femme n'a pas vécu avec un trou dans la boîte crânienne, non : celui-ci est survenu après sa mort. »

Elle a survécu ? Elles ont peut-être toutes survécu à leur trépanation. Les larmes me montent discrètement aux paupières. Je ne m'attendais pas à ça. Après les horreurs découvertes, je ne pensais pas découvrir, comment dire… de la vie ?

« En revanche, regardons celle-ci. »

La numéro 3.

« Les bords du trou sont très nets. Pas de bordure plus claire. Pas de croissance après l'opération supposée. Cette pauvre femme n'a pas survécu. »

La petite troupe opine du chef en choeur.

« Voilà, ce n'est pas très compliqué en somme quand on le voit comme cela. En réalité, c'est bien plus complexe. Je vous ai montré les deux squelettes pour lesquels c'est le plus visible. Comme vu avec vous, je vous envoie un rapport complet dans la semaine avec toutes mes observations et déductions. »

« Monsieur Haydt ? »

Je ne peux m'empêcher d'intervenir. Cette question me brûle les lèvres. Je sens tous les regards se tourner vers moi. Je suis gênée, mais je sens aussi que l'audience admet que ma question est légitime.

Et j'espère. J'espère très fort. Pour Pierre.

« Sur 17, combien de femmes ont survécu ? »

Bernard prend le temps de vérifier sur son carnet. Je sens qu'il ne veut pas dire de bêtises.

Cela prend quelques secondes où je me redis que nous aurions dû faire venir ce spécialiste bien plus tôt…

« Trois. Trois ont vécu après la trépanation et quatorze sont mortes juste après ou pendant. »

Il m'adresse un sourire qui voudrait s'excuser.

Trois survivantes.

Mais qui ?

L'hypothèse qui se forme dans mon esprit est très claire, limpide même. Mais sans preuve aucune. Trois momies péruviennes qui survivent à des opérations incas de l'époque. Quatorze imitations qui mèneront à la mort des pauvres cobayes. Est-ce que l'histoire s'est véritablement déroulée ainsi ?

« Pardon, mais… »

Prise dans mes pensées, je me rends bien compte que j'interromps une conversation. Je ne devrais pas. Personne ne semble pourtant s'en formaliser.

« A-t-on une indication quelconque concernant l'ancienneté des crânes ? »

« Non, aucune. Je suis formel. »

Le joyeux brouhaha reprend.

« Et… »

Là encore, je ne sais pas trop comment poser ma question.

« Y a-t-il, je ne sais pas, un point commun entre ces squelettes ? Je veux dire, en dehors du fait que ce sont des femmes à peu près de la même taille et du même âge. »

Regards braqués sur moi à nouveau. Une once d'incompréhension y perce.

« Non. Rien que je puisse voir sur les boîtes crâniennes, en tout cas. »

« Merci. »

Je ne peux pas replonger dans mes réflexions, car Isabelle me prend gentiment par le bras.

Elle souhaite m'entretenir de la discussion qui va avoir lieu avec François Rizière. Après de longues tractations en interne, je vais finalement pouvoir y assister. Elle souhaite me donner quelques recommandations à ce sujet. J'écoute d'une oreille la plus attentive possible, mais je suis du coin de l'œil Bernard qui range ses outils. Heureusement, les recommandations sont de courte durée. Juste le temps que tout le monde quitte la salle, il ne reste plus que Bernard et André qui discutent tranquillement entre spécialistes.

Je remercie Bernard chaleureusement. Aussi bien pour son travail que pour sa démonstration auprès d'un public de novices. Il me répond avec des phrases convenues, puis nous demande, à André et moi, de le suivre.

« Je suis vraiment très intrigué par cette datation au carbone 14 qui ne fonctionne pas. Techniquement, sur un squelette, c'est impossible. »

Nous hochons la tête.

« J'ai fait attention à la matière même du crâne et des os en général. Je n'ai aucune révélation à vous apporter, mais juste un sentiment. Il me semble que… les os ont été en quelque sorte transformés en plastique ou en une matière qui s'y apparente. Enfin, non, je m'exprime mal. Ce n'est pas du plastique, ce sont toujours des os, mais recouverts d'une substance ou modifiés en profondeur pour les transformer en autre chose. »

J'ai beau regarder le crâne devant moi, numéro 15, elle n'a pas survécu, j'ai l'impression d'être face à un os.

André prend alors la parole :

« Tu penses que les squelettes auraient subi une transformation qui ne se voit, ni à l'œil nu, ni par des microscopes ou via d'autres analyses. Comment tu imagines ça ? »

« Je ne sais pas bien. Un passage sous des rayons, un trempage… Qu'en sais-je ? Mais ce serait comme transformer des os en d'autres choses, de non datables. Je ne sais trop pourquoi, j'imagine comme une sorte de plastique. Ou un vernis qui rentrerait au cœur de la matière osseuse et qui, finalement, la transformerait et la rendrait indatable. »

Je suis prise d'un horrible doute :

« Quand la personne est encore en vie ou juste sur le squelette ? »

Les deux scientifiques me regardent avec des yeux effarés. Au point où nous en sommes, il me semble malheureusement légitime de poser la question.

André se retourne vers Bernard :

« Tu penses que… »

« Je n'y avais pas pensé, non. Ça me paraît très improbable. Pour moi, c'est une opération qui s'est déroulée après la mort des sujets. »

Nous finissons par quitter la salle et allons manger dans un bon resto du coin. C'est André qui invite et j'écoute avec admiration et envie leurs anecdotes d'archéologues. Les derniers potins et les projets en vue. C'est comme si je faisais partie de leur monde : j'en suis ravie.

Chapitre 48

Jeudi matin : un e-mail du Pérou m'attend. Mon cœur bat plus vite.

J'ouvre. Je ne comprends évidemment rien à la première lecture : tout est en espagnol. Je le transfère vite sur le traducteur habituel. Quelques formules de politesse et des nouvelles de Pititayo. Grisette n'a pas encore été mangée. Enfin, j'arrive à l'information tant attendue. Ils sont désolés du délai de réponse, mais il ont dû retourner voir Sixta qui n'habite pas à côté, puis Andrea. Il a été très difficile d'obtenir des réponses, car au Pérou, ce sujet est hautement tabou. Bautista a dû faire preuve de tout son tact. Mais j'ai tapé juste ! Pierre n'était pas un monstre. Enfin… pas le même type de monstre.

Maria comme Luz étaient handicapées mentales. Toutes les deux.

Laura me demande comment j'ai pu deviner cela et essaie d'expliquer et excuser le peuple péruvien : là-bas, le handicap mental est une vraie tare. Sixta et Andrea n'étaient même pas désolées de ne pas l'avoir mentionné. Je ne leur en veux pas. Je comprends. La culture est différente. Ici, en France, je me heurte au mur de silences et de non-dits de la famille Solvair depuis des mois. Comment ne pas comprendre alors que, de l'autre côté du globe, des sujets soient également tabous ?

Je revois les yeux de Sixta et sa supplication. Je lui parle par la pensée :

« Je ne suis pas loin de comprendre ce qui est arrivé à ta grande sœur, Maria. »

Pour la première fois depuis des mois, j'entrevois une réponse. Une fin à toutes ces recherches. Nous ne sommes plus très loin. Je le sens. Je l'espère surtout.

C'était donc bien ça, le « lien », l'élément identique qui relie ces 17 femmes. Ni le fait que ce soient des femmes, ni leur âge, ni leur taille, mais bien le dysfonctionnement de leur cerveau. Pierre est resté un médecin. Savait-il, en découvrant les momies, qu'elles avaient survécu à une trépanation ? Savait-il qu'elles étaient handicapées mentales ? Tellement de questions sans réponses encore. Mais je te comprends mieux, petit Pierre. Tu t'es occupé de ton oncle Tristan. Tu as vu les effets de la Grande Guerre sur son cerveau et sa vie. Tu as voulu, par la suite, comprendre et aider. Mais la fin justifie-t-elle les moyens ? Ta famille, la société actuelle vont te juger. Savais-tu à l'époque que tu étais sorti du droit chemin ? Je ne suis même pas sûre…

« Iline ? »

Chloé est devant mon bureau.

« Ça va ? »

« Oui, oui. Ça va. »

« Tu n'as pas l'air dans ton assiette. »

« Si, si, je t'assure. »

Ça va beaucoup mieux que ces derniers jours. Beaucoup mieux.

Tout en courant ce midi, je ne peux m'empêcher de refaire le film des momies. Les 3 momies incas qui, j'imagine, ont survécu à leur opération. Puis, les 4 Péruviennes, handicapées mentales, qui ont dû être opérées par Pierre à Pititayo, lors de ses semaines de repos. Et puis les opérations en Allemagne. Très certainement des femmes handicapées également. Les 9. Je suis à 16 : comme toujours, il en manque une. Selon toute vraisemblance, handicapée mentale également. Comme Tristan. Où chercher ? En Russie ? En France ? Toute piste ramène de toute façon à la famille Solvair. Il faut que je pose la question à Sylvie.

« Une personne de sexe féminin handicapée dans la famille Solvair ? »

« Oui, tout à fait. »

« Laisse-moi réfléchir. Je ne veux pas oublier quelqu'un, comme j'ai déjà eu la fâcheuse tendance à le faire… »

Réfléchis bien, Sylvie. Réfléchis. C'est important. Très important.

« Non, je ne vois pas. Personne n'était ou n'est handicapé mental dans la famille. Je suis formelle. »

« Et quelqu'un de proche de la famille du temps de Pierre et Henri, dans les années 1945 - 1970 ? »

« À part une voisine quand j'étais jeune, donc plutôt après 1970, je ne vois pas… »

« D'accord. Bon… C'est une fausse piste. Ce n'est pas grave. Merci beaucoup, Sylvie. C'est gentil de toujours répondre à mes questions. »

« Mais de rien, avec plaisir, au contraire ! Tu as le bonjour de Gérard, d'ailleurs. »

« Ah ? C'est sympa. »

Je n'ose plus prendre de ses nouvelles. À chaque fois, ça ne va pas.

Je bute sur la 17e. On bute sur la 17e. Discussions avec André et Antoine, réunions avec Maxime. Pas d'idées. Pas de pistes. Rien.

Chapitre 49

Mardi soir. François Rizière fait son entrée dans la salle de réunion. Il a accepté de se libérer une heure : un miracle, d'après tout le monde. Des petits fours sont présents sur toutes les tables. Tout un stratagème a été mis en place pour accueillir le grand actionnaire. Tout le gratin est là : du PDG de Solvair, en passant par Isabelle, le directeur juridique du groupe, Joris le DG de ma branche Solvair Conseil, mon chef Dominique, d'autres que je ne connais pas. C'est Joris qui va mener l'entretien. Nous avons tout revu ensemble dans son bureau, avec l'aide d'André, de Maxime et d'Antoine parfois. Cet entretien avec l'actionnaire aura au moins eu ça de bon : nous avons relu nos notes et nous nous sommes trifouillé le cortex encore, encore et encore.

François Rizière est petit, avec une chevelure très noire. Pas un seul cheveu blanc. Je suis admirative des gens qui, à son niveau de responsabilité, semblent zen. Les « problèmes » semblent à peine les effleurer. Je n'ai pas une âme de PDG. Ce n'est pas grave.

Cet homme inspire un sentiment de célérité : il veut que ça aille vite. Tout. Le rythme des cerveaux, la prise de décision, les réunions… Aller droit au but. Il a les moyens de se le permettre. Il a raison. Profites-en, actionnaire.

Il nous gratifie d'un magnifique sourire confiant. Je ne sais même plus quelle explication a été invoquée pour le convier parmi nous. Elle a changé tellement de fois…

Je me demande d'ailleurs à quoi sert cet entretien. Il me paraît absurde. Il ne résulte que d'un mensonge de la part d'André. Mensonge compris et pardonné aujourd'hui. Pourquoi, alors, suivre cette piste ? J'ai fini par comprendre, au fur et à mesure des échanges, que Solvair voulait montrer que l'entreprise faisait quelque chose, prenait l'affaire au sérieux, ne négligeait aucune piste, et osait même convoquer un de ses actionnaires minoritaires.

François se retrouve donc devant nous.

Quelques signes de tête aux personnes qu'il connaît et il s'installe confortablement sur son fauteuil, attendant la suite.

Joris, comme convenu, lance la conversation. Nous avons décidé, comme l'aime François, d'être directs.

Comme tous à cette table, je guette la moindre réaction de M. Rizière. C'est d'ailleurs notre rôle à tous : tenter de déceler si quelque chose cloche dans l'attitude de François. J'aime bien l'appeler par son prénom : j'ai l'impression de désacraliser un peu sa personne, si hautement estimée ici.

Aucun signe, ne serait-ce que de curiosité sur son visage lors des formalités d'usage. Il est impassible. Un masque rodé et poli lors des nombreuses réunions auxquelles il a dû assister.

« J'ai appris que vous étiez un amateur d'art, en particulier de pièces anciennes, d'antiquités. » attaque Joris.

« Je vous le confirme. »

« Nous aurions besoin de votre aide, en tant que spécialiste, pour résoudre un mystère lié à des momies. »

« Vous m'intriguez. »

Son sourire et ses coups d'œil à droite et à gauche montrent clairement qu'il se moque gentiment de Joris qu'il ne semble pas connaître. Ce dernier ne se démonte pas.

« Savez-vous que, dans les sous-sols de Solvair, dans cet édifice même, se trouvent 17 momies ou squelettes ? »

« Non, absolument pas. »

« Lors de l'achat de cette entreprise, ces 17 momies étaient mentionnées dans les différents actes. Elles étaient stockées jusqu'à présent dans un entrepôt que nous avons souhaité réhabiliter pour nos nouvelles activités photovoltaïques. »

François hoche la tête.

« Je vous crois, mais, voyez-vous, je n'ai pas eu le temps de lire tous les documents de la *data room* à l'époque du rachat. Ce sont mes avocats et juristes qui s'en sont chargés. Ils ne m'ont pas averti de ce point et d'ailleurs, pourquoi l'auraient-ils fait ? Je ne suis propriétaire de ces momies qu'à hauteur de 2,5 %. »

Son grand sourire ne le quitte pas. Néanmoins, une tension l'habite. Il aimerait comprendre où nous voulons en venir et pourquoi il est ici.

« Il était indispensable que je vous pose cette question. Nous aimerions vous les montrer. »

« Avec plaisir. Mais qu'attendez-vous de moi quand je les aurai vues ? »

« Ces momies ont une histoire particulière ».

François hoche la tête d'un air entendu, attentif.

Joris lui explique leur arrivée en France, leur datation au carbone 14 impossible, la découverte d'un archéologue, sans mentionner la famille Solvair, qui effectua des recherches en 1943 au Pérou. Le rapatriement des momies par bateau, disparaissant ensuite et dont on retrouvera la trace en Allemagne nazie, puis en Russie.

On dirait que François Rizière porte un masque de cire. Rien ne transparaît. Son sourire ironique a lui aussi disparu.

« J'allais y venir. Trois momies ont été découvertes au Pérou, mais 17 sont présentes actuellement dans les locaux de Solvair. »

François fronce les sourcils.

« Ne me dites pas que… »

« Au moins deux fillettes ont disparu au Pérou en 1943. Nous avons retrouvé la trace de 9 personnes en Allemagne à peu près à la même époque. Les documents que nous avons pu récupérer datant de 1971 n'en mentionnent que 16. »

François fait le tour de l'assemblée de ses yeux noirs. Quelques secondes se passent, puis, je ne m'attendais pas à cette réaction : il éclate d'un grand rire sonore.

Un vrai rire. De petites larmes perlent au creux de ses yeux.

Il met quelques secondes à reprendre son souffle.

« Et vous ne croyez tout de même pas que je vais marcher ? Vous ne pensez pas que c'est un peu gros ? »

Mouvement d'incompréhension dans la salle.

Je croise le regard d'Isabelle qui souffle doucement. Je comprends qu'elle sait exactement ce qui se passe et qu'elle voulait justement l'éviter.

« Vous me prenez pour un idiot, n'est-ce pas ? Inventer cette histoire abracadabrante pour m'extirper des aveux ou je ne sais quoi concernant mes œuvres d'art ? La police n'avait plus que ça pour me coincer ? Où est la caméra ? Où sont les flics en embuscade ? »

Son regard se durcit quand il regarde un à un les membres de l'assemblée.

« Cet entretien est terminé. Contactez mes avocats. »

« François ! »

Isabelle le regarde, soutenant son regard noir de son regard bleu glace.

« Tu te trompes. Cette histoire n'a rien à voir avec toi. Rien à voir avec les impôts ou de soi-disant fraudes fiscales. Nous avons réellement besoin de ton aide. Viens au moins voir les momies. Tu comprendras. »

Il regarde son interlocutrice avec une attention extrême avant de prendre sa décision.

Ces quelques secondes me semblent être une éternité.

« Soit ».

Toute la petite troupe se met en branle, silencieuse dans les couloirs vides. La plupart des employés de Solvair sont en effet déjà rentrés chez eux. Devant la télé, très certainement. Du pain et des jeux.

J'ouvre la salle.

Pas un bruit.

Elles sont là. Les 17. Dans le noir. Sans bandelettes ni bijoux, ces momies transformées en énigmatiques squelettes.

François est silencieux.

Il s'approche de la n° 10 et l'observe avec attention. Il fera de même avec chacune d'entre elles. Tranquillement, avec une grande douceur. Il n'ose pas toucher. Les frôle, mais ne les effleure pas.

Je suis attendrie par cet homme qui prend soin de ces vieilles dames, leur témoigne du respect.

Au bout de longues minutes, il se retourne vers nous.

« En quoi puis-je vous être utile ? »

C'est Joris qui reprend la parole.

« Nous ne sommes pas, contrairement à vous, des spécialistes d'antiquités de ce type. »

François le coupe instantanément :

« Je vous arrête tout de suite : je ne suis en aucun cas un spécialiste. Les antiquités sont pour moi des œuvres d'art, rien de plus. J'apprécie leur esthétique, c'est tout. Je ne cherche pas à les comprendre, bien au contraire : c'est leur mystère qui m'intéresse et qui m'intrigue. Connaître leur histoire dans les moindres détails, leur provenance, tout le bla-bla scientifique, ça n'a pas de valeur pour moi. »

Son regard balaye la salle, sûr de lui, serein.

Il prend un temps de pause, comme pour nous laisser le temps de nous imprégner de ses paroles.

« Alors, n'attendez pas de moi un regard d'expert. Je suis ignorant en la matière. La seule chose que je puisse vous dire, c'est que ces « momies », comme vous dites, sont très belles. »

« Pourquoi ? »

Ma voix résonne franche et claire dans la salle. Les mots de François infusent en moi.

« Pourquoi ? »

Il répète ma question doucement.

« C'est difficile de répondre à votre question, mademoiselle. »

Le son de sa voix est rieur.

« Leur position, la netteté des os, la fragilité des crânes, leur nombre, les histoires cachées qu'elles inspirent… C'est tout cela à la fois. Regardez celle-ci, par exemple, la n° 4… »

Ses mots me parlent… Pourquoi ?

Est-ce que la dimension esthétique de ces 17 femmes serait importante ? Qui regarde des os humains de cette façon ? Un mausolée d'harmonie macabre ?

Comme de nombreuses fois ces derniers mois, mon cerveau cherche. Cet aspect artistique des momies lui parle. Je cherche un poisson qui fuit dans l'eau claire. Je crois l'attraper, mais à chaque fois, il me file entre les doigts. Insaisissable.

Un coup de coude me ramène à la réalité. Je crois même que je cligne des yeux tellement je m'étais renfermée en moi.

Il me semble que François a fini ses explications.

Joris discute avec lui.

« J'imagine que vous devez avoir un réseau de relations pour traquer vos antiquités ? N'y aurait-il pas, parmi elles, des personnes susceptibles de nous aider ? »

« Si, tout à fait. Je vais demander à ma secrétaire d'envoyer un e-mail à Isabelle à ce sujet. Cela vous conviendrait-il ? »

Joris acquiesce.

« Qui s'est occupé des recherches réalisées à ce sujet jusqu'à aujourd'hui ? »

Un couloir se creuse devant moi. Je suis la seule au centre. Pas de doute. C'est bien moi.

« C'est vous. Quelles certifications avez-vous en archéologie ou autres ? »

« Aucune. »

Un air moqueur revient au galop dans ses yeux scintillants.

« Oui, effectivement. Je comprends mieux que vous ayez besoin d'aide. »

Je ne réponds rien. Je n'ai rien à répondre. Cela ne m'intéresse pas.

« Détrompe-toi, François : Iline a remarquablement bien travaillé sur ce dossier. »

C'est Isabelle. La seule parmi toute cette bande de directeurs à prendre ma défense. L'Actionnaire, même minoritaire, terrorise tout le monde.

« Je sais, Isabelle. Sinon je ne serais pas là. »

Je ne comprendrai définitivement pas le personnage. Puant et juste à la fois.

François se dirige vers la porte. L'entrevue est terminée.

La cohue de pingouins se jette alors sur lui, chacun souhaite lui parler de son petit dossier qui requiert absolument son attention.

Qu'une 17e femme manque à l'appel, tout le monde s'en contrefout.

Mes neurones sont en ébullition. Je cherche. Ça ne se voit pas, mais François Rizière a lancé en moi une usine à pensées.

« Alors ? »

Dominique s'est rapproché de moi pendant que je fermais la salle.

« Que penses-tu de Rizière ? »

Je me tourne vers lui.

« Ce n'est pas lui que nous aurions dû voir. Mais il nous a, à sa manière, beaucoup aidés. »

Dominique me regarde, il ne comprend pas. À l'aide d'une grand sourire, je lui fais signe que ce n'est pas grave.

« Maxime, tu n'as pas encore rencontré Gérard, n'est-ce pas ? Alors il est temps. »

C'est Gérard qui m'a parlé d'œuvres d'art en parlant des momies. C'est lui le trait d'union entre le monde de l'esthétique et de l'horreur.

Je raccroche mon téléphone et me mets en route pour aller chez les Solvair.

Chapitre 50

Il est tard quand nous sonnons chez les Solvair. Il fait nuit. Le vieux badge de police de Maxime fait des miracles. Nous voilà devant la porte de la maisonnette de Gérard Solvair. Il nous ouvre.

Je ne vois que son regard. Puissant. Il me dévisage pendant de longues secondes. Il semble lire en moi. Une lecture difficile, qui requiert toute son énergie, focalise tous ses efforts. Puis, d'un coup, son visage tendu se détend. Il me sourit. Intensément.

Il se tourne alors vers Maxime.

« Il s'agit de ton oncle policier, n'est-ce pas ? »

J'acquiesce.

Il sourit encore.

« Je vous attendais. Entrez. »

Il tourne les talons et entre chez lui. Seule la porte ouverte projette une lumière dans la nuit noire. J'ai l'impression que Gérard pénètre au paradis.

Je retrouve son bateau. Au mur, des horloges marines égrènent les minutes.

Gérard nous invite à nous asseoir sur le canapé moelleux.

Nous ne disons pas un mot.

Il s'installe en face de nous. Nous regarde encore une fois intensément, puis prend la parole.

« Pour cet entretien, je souhaiterais que mes sœurs Madeleine et Sylvie soient présentes. Puis-je les inviter à se joindre à nous ? »

Je me tourne vers Maxime. Ce dernier hoche la tête en signe d'affirmation.

Gérard nous laisse dans la cabine du capitaine pour aller passer deux coups de fil.

Je suis étonnamment calme et sereine. Tranquille sur ce canapé confortable. Comme si j'avais fini ma quête, que je savais le dénouement proche. Nous attendons patiemment, sans échanger un mot.

Gérard nous rejoint. Il émane de lui comme une aura de plénitude qui réchauffe les âmes. Il se rassoit en face de nous, toujours souriant et silencieux. Je souris à mon tour. J'ai l'impression qu'on attend le début d'un film.

On frappe doucement à la porte. Gérard se lève. C'est Madeleine qui entre.

« Gérard, que se passe… »

Son regard tombe sur nous. Ses paroles stoppent net.

Elle regarde alors Gérard qui la rassure de sa présence, tellement forte ce soir.

« Tout va bien. C'est normal. Tu peux aller t'asseoir avec eux. Je vais faire du thé. »

Madeleine s'approche de nous,muette.

Habillée d'un col roulé vert assorti à ses yeux, elle se tient droite, à la limite de la rigidité. Elle s'assied du bout des fesses sur un des fauteuils. Tout au bord. Comme pour pouvoir partir le plus vite possible.

Sans le faire exprès, je me blottis encore plus confortablement au fond du mien.

Son regard est froid. En attente. Elle n'ose rien dire : elle ne sait pas pourquoi elle est ici. Nous non plus, d'ailleurs.

Gérard, toujours aussi radieux, apporte le thé et sert chacun d'entre nous. On a l'impression qu'il rayonne, qu'il nous réchauffe avec amour.

J'observe les nœuds marins dans des cadres sous verre accrochés au mur.

Madeleine n'y tient plus. Son ton est sec et irrité :

« Gérard, peux-tu m'expliquer… »

Il la coupe gentiment en lui posant une main sur son bras :

« Sois patiente. »

Elle se tait. Inconsciemment, elle s'assied plus confortablement dans son fauteuil. Son corps, lui, a compris que ça allait être long.

Les minutes passent, doucement. Il fait nuit noire dehors. Personne ne parle. Seule Madeleine est mal à l'aise, mais résignée maintenant.

Un bruit se fait entendre à la porte.

Sylvie entre bruyamment :

« Gérard ? Tout va bien ? »

Son ton est affolé. Gérard se lève pour venir à sa rencontre.

« Oui, tout va bien, ne t'inquiète pas. Viens t'asseoir avec nous. »

Sylvie entre dans le salon et a un mouvement de recul en nous voyant. Sa voix tressaille :

« Mais enfin, que se passe-t-il ? »

« Installe-toi. Je vais vous expliquer. »

Sylvie ne me jettera aucun regard, elle semble très préoccupée. Je n'aurais pas voulu recevoir celui qu'elle lance à sa sœur. Elles s'asseyent côte à côte. Il n'y a plus d'autre fauteuil disponible. On attend que Sylvie enlève son manteau et que Gérard lui serve une tasse de thé.

Il se rassoit. Tous les regards sont tournés vers lui.

Le sien scrute le sol avec attention. Il cherche ses mots.

« Voilà. Cela fait longtemps, très longtemps, que j'aurais voulu vous raconter tout ceci. »

Sa voix tremble un peu. Son regard brille. Y vois-je quelques larmes ? Je ne sais pas.

« Gérard ! »

Sylvie s'est levée pour mettre ses mains sur ses épaules dans un mouvement réconfortant. Elle a senti l'émotion forte de son frère. Des yeux, elle nous fait comprendre qu'il faut cesser cette discussion. Pour lui, pour le préserver.

« Non, Sylvie. Pas cette fois. »

Il retire doucement ses bras de ses épaules.

« Laisse-moi continuer. S'il te plaît. »

Son regard, presque suppliant, force Sylvie à regagner sa place, vaincue.

J'observe Madeleine à la dérobée. Elle ressemble à une statue de glace. Ses lèvres sont si serrées qu'elle doit avoir mal. Les jointures de ses doigts sont blanches. Elle doit sentir que je l'observe et étend instantanément ses mains à plat sur ses genoux. Une forte tension familiale est palpable, une tension dont je suis exclue. La situation doit être bien insolite. Gérard, qui requiert l'attention. Les yeux bleus de Gérard sont à nouveau fixés au sol.

« Je ne sais pas trop par où commencer… Pardonnez-moi. »

Il se ressaisit et le bleu de ses yeux nous illumine à nouveau.

« Je connaissais très bien Pierre. Mon oncle Pierre. »

Il hoche la tête. Comme pour se donner du courage.

« Personne ne l'a jamais compris dans la famille. Ou personne n'a cherché à le comprendre. »

« Enfin, Gérard ! Quand il est mort, tu avais neuf ans. En 1959 : tu avais neuf ans ! »

C'est Madeleine qui a aboyé ces mots. Presque avec haine. Elle est hors d'elle, livide sur le bord de son fauteuil. La rage déforme presque ses beaux traits.

Je m'insurge intérieurement : Gérard n'a encore rien dit !

De son côté, il la regarde avec beaucoup d'amour. On dirait un chien devant son maître. Il articule doucement :

« Je sais. Ça va être dur pour toi. Mais il faut que je le fasse. Pour moi. Seulement pour moi. »

Le regard de Madeleine change du tout au tout. Il a su, par quelques mots, désamorcer la bombe. Madeleine n'est plus que douceur. Douceur ou douleur ? Je ne sais pas. Elle se réinstalle dans son fauteuil, attentive. On dirait qu'elle sait. Qu'elle attend de recevoir un grand coup. Mais elle ne l'a pas encore reçu. Demeure encore de l'espoir, encore un peu d'espoir.

Gérard reprend la parole :

« Mes sœurs, il ne faut plus m'interrompre. Pouvez-vous faire cela pour moi ? »

Il se tourne vers Sylvie qui acquiesce d'un air hagard. Puis vers Madeleine. Ça lui coûte. Ce mouvement de tête lui coûte énormément. Elle finit par le réaliser, elle aussi.

Gérard murmure un simple : « Merci ».

Il reprend le fil de ses pensées.

« Même si j'étais jeune, j'ai compris Pierre. Il m'a raconté son histoire, sa vie. »

Il me regarde alors au fond des yeux.

« Si vous voulez, je peux vous la raconter. »

J'acquiesce. Même si, au fond de moi, je redoute de savoir.

« Vous avez découvert ce que Pierre a fait en Allemagne n'est-ce pas ? »

C'est Maxime qui répond sobrement : « Oui. »

Gérard hoche lentement la tête et semble se parler à lui-même : « Oui, je l'ai vu. Je l'ai senti quand vous êtes arrivés. »

Comme s'il reprenait son courage à deux mains, il poursuit.

« Quoi que vous en pensiez, Pierre était un homme bon. Fondamentalement bon. Il m'a appris à vivre quand j'étais jeune garçon, à être heureux, à aimer la vie et les autres. Ça vous paraît fou, j'imagine bien, quand vous me voyez comme ça aujourd'hui… Je suis né malheureux. Ne me demandez pas pourquoi. Je ne suis pas né avec l'insouciance des nouveau-nés. Tout pour moi était difficile. Je ne comprenais pas les réactions des autres. Leurs joies, leurs rires, alors que pour moi, rien n'était digne de joie, rien n'était facile. Je pense que Mère s'en est rendu compte. Mais que faire ? Elle m'a entouré d'amour, à m'étouffer presque. Et puis Madeleine, qui avait un an de plus que moi, était tellement volontaire, tellement efficace dans tout ce qu'elle faisait… Je ne savais pas me dépêtrer de tout cela. On part du postulat qu'un nouveau-né naît, et qu'il est heureux si ses parents l'aiment. Ce n'est pas vrai. Appelez ça autisme, sociopathie ou autre… Ce que vous voulez. À l'époque, il n'y avait pas de nom pour cela. Juste une souffrance, de l'ignorance et beaucoup de solitude. »

Ses yeux balayent l'assistance. Ils ne laissent pas de place au doute.

« Et puis un jour, quand j'étais en âge de comprendre, Pierre s'est occupé de moi. Il a été le seul à me voir comme j'étais : malheureux, inadapté. Il m'a parlé différemment, il m'a appris, avec beaucoup de douceur et de patience, à mieux appréhender le monde et les gens qui m'entouraient. Nous effectuions des exercices. Des exercices de lecture des gens. De toi, Madeleine, de Mère, de Père, d'oncle Henri. De Léopold parfois. Mais Pierre n'aimait pas trop. Et puis, il me parlait souvent de Tristan. Il me disait que je lui faisais penser à lui, que Tristan aussi avait dû réapprendre le monde après son accident de guerre. Que son cerveau comprenait encore beaucoup de choses, mais que personne ne le voyait. Lui seul, un enfant de 10-12 ans seulement, avait perçu ses capacités. Ils passaient des heures à jouer ensemble. Comme avec moi. Pierre était un éveilleur des consciences. D'une patience inimaginable. Il apprenait aux gens à vivre. »

Gérard se tait un instant. L'émotion le tient.

La petite assemblée autour de lui, dans le cockpit de son bateau, est pendue à ses lèvres.

« Et puis Tristan est mort. À 32 ans. Pierre en avait 12. Il ne s'en est jamais remis. Il était persuadé que Tristan aurait pu revenir à la vie. La vraie. Il progressait tous les jours. Bouger un peu plus tel membre ou tel autre. S'exprimer plus clairement. Pierre n'a pas compris ce décès soudain. Du haut de ses 12 ans, il en a voulu à sa famille, à son père en particulier, de n'avoir jamais fait les efforts pour comprendre « Tristan le légume ». Il essayait de s'exprimer, mais personne ne l'écoutait. Les borborygmes d'il y a quelques années s'étaient transformés en mots, en paroles, en phrases… mais personne n'avait daigné y porter attention. Pour Pierre, Tristan est mort d'inattention. La sienne, celle d'un enfant, ne suffisait pas à le nourrir. »

Gérard s'est voûté sur son fauteuil. Il n'a jamais connu Tristan. Et pourtant la peine de Pierre semble resurgir en lui, comme une plaie vivace. Un véritable échec, même s'il n'était pas né à cette époque.

Il se ressaisit pour continuer son récit.

« Pierre a décidé à ce moment-là de consacrer sa vie aux malheureux, aux incompris, aux handicapés mentaux, aux retardés… Appelez-les comme vous voulez. Il a entrepris des études de médecine avec une spécialisation sur le cerveau. Peu après la fin de son doctorat, son père l'a envoyé travailler au sein de l'entreprise Solvair. Solvair Mining, puis Solvair Chimie, en tant que médecin du travail. Pierre était trop faible ou peut-être trop gentil, pour dire à son père Léopold que c'était le cerveau qui l'intéressait. De toute façon, on ne discutait pas avec Léopold. Ensuite, son père l'a envoyé au Pérou, pour aider son frère, Henri. Là encore, ça n'a pas été un choix, mais une obligation pour Pierre. »

Nouvelle pause. Mais Gérard a retrouvé son allant. Il poursuit.

« Les deux frères étaient très différents. Henri était un égoïste qui ne faisait en aucun cas attention aux autres. Pierre a sauvé son frère à de nombreuses reprises. Henri était en proie à de violentes dépressions ou à des épisodes de découragement. L'attention et la patience de son frère l'ont bien aidé au Pérou. Et ça, Léopold le savait. Mais il préférait Henri : plus extraverti, plus sociable, plus drôle… Pierre a toujours œuvré dans l'ombre. Henri ne l'a jamais remercié de quoi que ce soit en ce qui concerne le Pérou. Pierre était le fantôme de l'équipe. »

Ça, je veux bien le croire. Aucune trace d'affection pour Pierre dans le carnet d'Henri. Même pas une mention disant qu'il s'agissait de son frère.

« J'ai fini par comprendre que, finalement, Pierre était beaucoup plus fort qu'Henri. Pierre avait des convictions, une mission, un sens à donner à sa vie, de la gentillesse à revendre. Il se nourrissait du bonheur des autres. Henri était incomplet. Il a fini par envier ce Pierre qui ne parlait pas beaucoup, mais faisait beaucoup. »

Il réfléchit avant de terminer sa phrase :

« Je crois qu'une certaine estime pour Pierre a fini par naître chez Henri. Une reconnaissance de son abnégation pour les autres, de sa valeur humaine. »

Gérard est entré en lui. Il se parle à lui-même à ce moment-là. Les souvenirs ou les réflexions intimes lui reviennent par bribes et son visage les suit : parfois, il s'assombrit, parfois il sourit.

« Au Pérou, Pierre était très seul. Il faut dire qu'Henri s'était entouré d'une sacrée bande, pas du tout de la même trempe que Pierre. Le fantôme de l'expédition, comme je vous l'ai dit. Pierre avait besoin des autres, tout le temps. Il se nourrissait, intellectuellement du moins, des échanges, des interactions humaines. Il a alors tissé des liens avec les Péruviens du village. Du village de Piti... »

Il hésite. Je finis sa phrase :

« Pititayo. »

« Oui, c'est ça. » Il me gratifie d'un sourire.

« Les gros bras d'Henri, et lui-même peut-être, ont fait des dégâts dans les environs. Ils ont failli tuer une femme tellement ils l'ont battue. »

Je me souviens effectivement de cet épisode dans le carnet d'Henri. Ils voulaient connaître l'emplacement de la tombe d'où provenait le masque en or.

« Pierre ne supportait pas la conduite de ses semblables. Arriver ainsi dans un pays et maltraiter la population... C'était un médecin et il avait l'impression de n'être qu'un conquistador sanguinaire. Il a donc décidé, en secret, d'aider la population locale. Il a soigné cette femme, ainsi que les autres personnes victimes de la barbarie de son frère. Il les a conseillées, aidées, réconfortées. C'est Pierre qui a incité les villageois à donner l'emplacement de la tombe. Sinon Henri et ses hommes se seraient entêtés et il y aurait vraiment pu y avoir des morts. »

La foule de détails donnés par Gérard sur la vie de Pierre m'interpelle. Pour un enfant de neuf ans, se rappeler de tout cela ? Je lui pose la question.

Il me sourit avec douceur.

« C'est vrai. Vous avez raison. Pierre aussi, tout comme Henri, a écrit un carnet. Je l'ai lu. »

C'est si simple… Il reprend son récit.

« Il faut comprendre que Pierre était devenu le médecin de famille de tout le village. Il a réalisé des accouchements, soulagé la fin de vie de plusieurs vieilles personnes, soigné des blessures superficielles… Et puis il y avait les semaines passées, seul, en haut de la montagne, dans le campement sommaire peuplé de brutes. Ces journées étaient les plus longues et douloureuses pour Pierre. Il ne rêvait que d'une chose, non pas que les quolibets à son sujet cessent, mais de retrouver sa seconde famille : ces villageois des Andes. Reconnaissants, eux, de son travail. Il a fui le plus souvent « le camp du haut ». Les autres, son frère y compris, ont cru qu'il s'était trouvé une fille au village. Il a laissé dire, ça l'arrangeait bien. »

Gérard prend le temps de boire une gorgée de son thé. Froid maintenant.

« Un jour, une dame d'un autre village est venue avec sa fille qui était handicapée mentale. Elle voulait que Pierre la soigne. Il s'était taillé une sacrée réputation, même auprès des villages voisins. Pendant les semaines où il était seul à Pititayo, ils étaient très nombreux à venir le voir. Pierre avait un très bon rapport avec les enfants, déjà à cette époque. Il a expliqué qu'il ne pouvait pas soigner cette jeune fille. Tous les villageois se sont alors associés pour lui faire comprendre, car ils parlaient tous quechua, que les momies volées par son frère étaient des femmes retardées qui avaient subi une opération du cerveau et qui en étaient sorties vivantes et en pleine possession de leurs moyens. C'était il y a fort longtemps, du temps des Incas. Mais la légende avait perduré. »

Je jette un coup d'œil à Sylvie et Madeleine. La première ne regarde que son frère. Son cher frère. Entend-elle ce qu'il raconte ? Il me semble qu'elle n'observe que lui : ses gestes, sa façon de parler… pour être prête à le rattraper au moment où, elle en est sûre, il chutera ? Une déformation de son métier d'assistante sociale ? Peut-être.

Madeleine, quant à elle, semble ne pas prêter attention au discours de son frère. Elle nie tout en bloc. Ne serait-ce que l'appartenance des Trivaud à la famille Solvair. Son frère lui parle de quelque chose qui ne la concerne pas. Elle conserve son regard sur le sol, à scruter ses chaussures coûteuses. Indifférente, froide. L'opposée de sa sœur assise à quelques centimètres d'elle.

« Pierre a voulu en avoir le cœur net. Pendant sa semaine de permanence « en haut », il a examiné les crânes des trois momies. Le résultat était sans appel : trépanations réussies. Les trois femmes avaient vécu après leurs opérations respectives. »

Gérard nous regarde avec un feu dans les yeux. Illuminé. Presque habité. Il continue, fiévreusement :

« Ça a été le déclic chez lui. Si les Incas savaient réaliser des opérations à cerveau ouvert pour soigner certaines pathologies avec succès, pourquoi ne le pourrait-il pas ? Il a cependant longuement hésité. Imaginez-vous que la mère et sa fille s'étaient installées en face de la maison occupée par les Français et insistaient auprès de Pierre tous les jours. Il a fini par céder. Par curiosité, par envie et par facilité, aussi. Pratiquer des opérations de ce type sur des personnes consentantes est une opportunité extrêmement rare. La fillette ne survécut pas. Les villageois, comme la mère, n'en voulurent pas à Pierre. Bien au contraire. D'autres filles lui furent amenées. J'ai cru comprendre que le handicap mental au Pérou, à cette époque, était un vrai tabou. Une vraie souffrance pour les familles qui étaient rejetées. Avoir la possibilité de soigner leurs enfants, c'était l'espoir d'un véritable salut. Pierre l'avait bien compris aussi. Il y eu quatre opérations à Pititayo. Aucune ne réussit, malheureusement. »

Gérard baisse la tête. En signe de recueillement.

Je pense à Sixta, à Andrea… Ce sont leurs parents qui ont décidé du sort de leur sœur et tante. Maria et Luz ont été sciemment livrées à Pierre. Comment expliquer cela à Sixta ? Elle qui attend une explication à la disparition de sa sœur depuis si longtemps ? Comment comprendre que des parents… ? Je secoue involontairement la tête. Qui suis-je pour juger une autre culture, une autre époque ? Je verrai ça plus tard. Je me concentre sur Gérard.

Je découvre qu'il m'attend. Tout le monde m'attend, d'ailleurs. Son regard pénétrant a dû comprendre mes réflexions. D'un hochement de tête, je l'invite à continuer.

« Il n'a pas pu se résoudre à les abandonner. Il a appris à chaque opération. Chacune d'entre elles, à sa manière, lui a permis d'avancer, de mieux comprendre. Les familles ont donné leur accord pour que les corps de leurs filles soient emportés en France par Pierre. C'est ce qu'on appellerait aujourd'hui léguer son corps à la science. »

Sauf qu'une personne est déjà décédée quand elle donne son corps à la science ! On ne le décide pas avant, à sa place. Je me garde de partager mon sentiment, mais me demande, non sans tristesse, si ces jeunes filles ont pu décider de leur sort. Je connais en tout cas deux de ces familles sur quatre…

« Il a fallu être inventif. Trois momies à transporter initialement. Pierre avait en tout sept corps à faire entrer dans quatre ou cinq caisses. »

Maxime interrompt Gérard :

« Pourquoi n'a-t-il pas uniquement emporté les crânes ? »

« C'est une bonne question. Les familles n'ont pas voulu. Selon les croyances locales, il est inconcevable de séparer la tête du corps. Ce sort était réservé aux ennemis. Si vous lisez quelques lignes à ce sujet, sachez qu'à Nazca, les archéologues ont retrouvé bon nombre de corps sans tête. Et bon nombre de têtes sans corps, percées d'une corde. C'étaient les crânes des ennemis, qui n'ont toujours pas, aujourd'hui, trouvé le repos[5]. »

Maxime note cette information sur son calepin et remercie silencieusement de la tête.

Gérard lui rend son salut et continue.

« Pierre a dû d'abord… Je suis désolé pour ces détails, mais il me paraît important que vous compreniez tout le processus. »

---

[5] Véridique.

Maxime et moi acquiesçons. Madeleine et Sylvie ne lui adressent qu'un regard horrifié.

« Impossible de laisser les corps se décomposer dans les caisses… L'odeur. Pierre a donc décidé d'utiliser la chimie. Vous savez, n'est-ce pas, que Solvair, à cette époque, détenait l'entreprise Solvair Chimie ? »

Du coin de l'œil, je vois que Maxime fait semblant de savoir.

« Solvair Chimie était une filiale de Solvair de 1909 à 1951. Pourquoi ? Car les mines appartenant à Solvair avaient besoin de produits chimiques pour séparer les différents matériaux remontés à la surface. Isoler l'or et l'argent de la roche lambda, par exemple. Ou encore le mercure, l'étain… tous les trésors de notre sous-sol. Durant son activité chez Solvair Chimie, Pierre avait remarqué l'impact tout à fait particulier d'un produit sur le corps humain, entraînant une solidification des os après une brûlure de la peau. Ce produit a d'ailleurs été interdit par la suite, il faisait trop de dégâts. »

J'imagine le pire.

« C'est ce produit que Pierre a utilisé pour, disons, nettoyer les squelettes, et surtout les solidifier pour le transport. Solvair vendait ses produits aux mines du coin à l'époque pour l'extraction des minerais. Pierre a dû se fournir ainsi. »

Maxime et moi nous regardons. Gérard saisit très bien notre cheminement intellectuel.

« Oui. C'est très certainement ce produit qui empêche la datation au carbone 14. Je ne peux pas vous le certifier bien sûr. Disons que c'est… une externalité du processus. »

J'ai du mal à y croire. Ce serait Pierre qui mettrait, de nos jours, l'un des plus grands laboratoires de datation en difficulté ?

Maxime intervient à nouveau :

« Connaissez-vous le nom de ce produit ? »

« Non. »

La réponse de Gérard n'admet pas d'insistance.

Il nous laisse un peu de répit, à Maxime et à moi, avant de reprendre l'histoire de Pierre. J'ai besoin de ces quelques secondes pour bien réaliser que le problème auquel je me heurte depuis des mois vient d'être résolu, rationnellement.

« Vous aurez remarqué les positions étranges des momies. Ramassées sur elles-mêmes, très carrées. C'était la seule solution pour les faire entrer dans les caisses. Les trois momies péruviennes anciennes, les momies originelles, ont suivi le même traitement pour que toutes puissent voyager sans attirer l'attention. »

Je m'enfonce très lourdement dans mon fauteuil. Tout ce que j'ai pu imaginer à ce sujet, les hypothèses les plus abracadabrantes qui m'ont traversé l'esprit s'effondrent devant la simplicité de l'opération : c'était pour le transport. Simple, logique, déroutant.

« La suite, vous la connaissez : les caisses ont disparu pendant le transport. Ce n'était pas prévu : ni par Henri, ni par Pierre qui pensait les intercepter avant son frère. »

Maxime et moi hochons la tête pour lui signifier qu'en effet, nous savons de quoi il s'agit.

La voix de Madeleine s'élève, haute et claire, tranchante.

« Justement, non : nous ne la connaissons pas. Nous ne savons pas. Ta famille, celle pour qui je me suis tant battue, ne sait pas. Aurais-tu l'obligeance de nous en informer ? »

Sous son masque, Madeleine bout intérieurement. Ce n'est pas elle, cette fois-ci, qui a la main sur l'histoire familiale. Pas elle qui mène la danse comme elle l'entend pour protéger les autres petits Solvair. Sylvie lui décoche un regard farouche. Je devine à son attitude qu'elle trouve Madeleine trop dure avec son frère cadet.

« Bien sûr, Madeleine. C'est pour cela que je vous ai fait venir. » Gérard ne se dérobe pas, son indéfectible sourire aux lèvres. Il reste tranquille.

« Le chargement du bateau a été dérobé par les Italiens de Mussolini, alors très présents au Pérou, et puis transmis à l'Allemagne nazie. Je ne sais pas trop ce qui s'est passé alors à ce moment-là. Toujours est-il qu'un jour, Pierre a été contacté par un Allemand qui lui a indiqué que les squelettes avaient été retrouvés, qu'ils étaient en Allemagne et que de nombreux grands médecins avaient été très intéressés par ceux-ci. Pierre fut alors invité en Allemagne par un comité de médecins pour y expliquer ses découvertes. Comment ont-ils retrouvé Pierre ? Je n'en sais strictement rien. Ce dernier n'avait pas de couleur politique. Il s'intéressait uniquement à l'humain. Son père l'a embauché, de retour du Pérou, dans une des nombreuses entreprises de Solvair, je n'en ai pas retenu le nom. Branche industrielle prioritaire au sein de laquelle les employés ne pouvaient pas être envoyés au front ou en Allemagne, leur travail étant indispensable pour l'effort de guerre. Il s'y ennuiera. De la médecine générale encore et toujours. Il décidera donc de se rendre en Allemagne. »

Gérard se tourne vers Sylvie et Madeleine.

« Pour vous, mes sœurs : Pierre a mené des expériences sur des jeunes femmes, d'abord en Allemagne puis à

Strasbourg pour le compte de l'Ahnenerbe, de 1944 à 1945. »

Les deux sœurs restent impassibles.

« De nombreuses trépanations et opérations sur les boîtes crâniennes de jeunes femmes handicapées mentales. Il fut secondé par des professeurs de l'Europe entière. Il n'est pas resté deux ans en continu en Allemagne et à Strasbourg. Il s'y rendait lorsqu'un congrès, ou une opération, était prévu. Son père et le reste de la famille pensaient qu'il fréquentait quelqu'un. »

Il sourit.

Son visage contraste avec la pâleur de ceux de ses sœurs. Je crois qu'elles ont compris. Compris toute l'horreur de la situation. Elles n'osent prononcer un mot.

Toujours souriant, Gérard nous informe que :

« Pierre ne savait pas d'où provenaient ces jeunes femmes retardées. Il a toujours cru qu'elles et leurs familles étaient consentantes. Comme au Pérou. L'Ahnenerbe lui a affirmé que c'était le cas. »

Il souffle bruyamment. J'en profite pour regarder l'heure sur une des nombreuses horloges de la salle : minuit passé depuis longtemps.

« Je crois que c'est ce qui l'a tué à petit feu. En 1959. Comprendre les camps de concentration, les exactions nazies. Les meurtres systématiques. Il a dû faire le lien avec ces jeunes filles. Je vous promets qu'il ne savait pas à l'époque ! »

Sa voix se fait plus forte, un peu tremblante. Il plaide pour un homme mort depuis longtemps. Il plaide avec ferveur. Ça me dérange. Pierre n'était pas un ange, Gérard. Loin de là. Ne le vois-tu pas ?

J'ose une question :

« Est-ce que les opérations ont été concluantes ? »

Il baisse la tête et murmure un « non » à peine audible.

Maxime rebondit sur ma question :

« Combien d'opérations ont-elles été pratiquées, monsieur Solvair ? »

La voix de mon oncle est douce, chaude, sûre d'elle. Berçante. Celle de Gérard est saccadée et presque sifflante à côté.

« Neuf. Il y a eu neuf opérations en collaboration avec l'Allemagne. »

Gérard paraît tout à coup fatigué. Replié sur lui-même. Sylvie ne réagit pas, ne prend plus sa défense. Je sens que tout son être essaie de comprendre. Quelle était l'emprise de ce Pierre, qu'elle n'a pas connu, sur son frère ?

La voix posée et rassurante de Maxime poursuit :

« Et, il me semble, dites-moi si je me trompe, que Pierre Trivaud a utilisé le même mode opératoire pour ces neuf opérations : trépanations de jeunes femmes handicapées mentales, conservation et rigidification des squelettes à l'aide du même produit chimique que celui utilisé au Pérou ? »

« Oui », répond d'un souffle Gérard.

« Et mise en position fœtale également, n'est-ce pas ? »

Hochement de tête affirmatif.

« Savez-vous pourquoi ? »

On dirait que Gérard est devenu un petit enfant pris en faute, la main dans le paquet de bonbons. Il secoue la tête en signe de dénégation.

J'en conclus, moi, d'après les questions de Maxime, que Pierre était un fou. Un fou qui avait son protocole meurtrier et qui l'a répété encore et encore…

Gérard a l'air désespéré, ratatiné sur son fauteuil. Pensait-il que nous comprendrions sans juger Pierre Trivaud ?

Alors me vient une idée. Je parle tout doucement, comme je le ferais avec un tout petit enfant triste, très triste de ne pas être compris :

« Gérard, est-ce que ces femmes étaient comme… des œuvres d'art pour Pierre ? »

Il relève la tête, une lueur de satisfaction dans les prunelles. Oui, c'est un oui. Son regard le crie, le hurle.

« Enfin, Gérard ! Il t'a parlé de tout cela quand tu avais neuf ans ? Où as-tu trouvé ces informations ? Dans un énième carnet ? »

Sylvie est désespérée. Elle essaie de comprendre son frère. Ce frère qu'elle soutient comme elle le peut depuis tant d'années.

Gérard répond sans honte.

« Non. Pas de carnet. Il m'a raconté. C'était très intéressant. Il m'avait demandé de ne pas le dire. Surtout pas à Madeleine. De toute façon, je n'en aurais jamais parlé. Vous étiez tous trop différents. Trop différents pour comprendre. »

Madeleine bondit de son fauteuil, Sylvie, inconsciemment, lui libère le passage pour lui faciliter l'accès à Gérard. Elle démissionne. Pendant quelques secondes, elle démissionne.

« Mais comprendre quoi, Gérard ? Qu'y a-t-il à comprendre ? Ce type était fou ! Fou à lier ! Il a tué des gens ! Des jeunes filles innocentes ! Ou alors « coupables » d'être handicapées. Tu t'en rends compte ? »

Elle se rassoit. Livide, vidée. Elle a hurlé. Hurlé ces paroles que tout le monde pense tout bas. Elle a accompli son rôle, son rôle depuis toujours : prendre la suite de sa sœur quand la douceur ne suffit plus.

Nos regards sont braqués sur Gérard qui rayonne. Il sourit, ses yeux brillent d'une intensité sereine et belle. Il est plein de joie et veut la partager.

« Non. Il n'était pas fou. Ça a marché. Il a réussi. Il a réussi ! »

Nous nous regardons, interloqués. Réussi quoi ?

C'est Maxime, le plus neutre d'entre nous qui prend la parole, toujours aussi doucement.

« Qu'a-t-il réussi, monsieur Solvair ? »

Gérard inspire profondément avant de nous informer de son secret :

« Il a sauvé une femme handicapée mentale. Il a sauvé Marie ! »

À nouveau, nous échangeons des regards d'incompréhension. Je cherche dans ma mémoire.

« Marie Solvair ? La femme de Léopold ? »

Gérard secoue la tête de gauche à droite, frénétiquement.

« Non ! Sa femme à lui ! Sa femme Marie ! »

Cet élément me revient. Pierre était effectivement marié à une femme prénommée Marie. Gérard attend, le regard presque fou, que nous comprenions. Fou de joie. Il est vraiment heureux de nous annoncer cela.

Madeleine demande d'une voix blanche :

« Sa femme ? Marie ? Celle qui parlait peu et qui était toute maigre ? »

Je comprends, à sa demande, qu'elle a dû connaître Marie quand elle était petite uniquement. Elle en donne une image enfantine.

Gérard lui répond, extatique :

« Oui ! Oui ! C'est elle ! Elle était handicapée mentale avant que Pierre ne l'opère. Elle était d'accord. Il l'a beaucoup aidée pour qu'elle puisse s'exprimer et se faire comprendre des autres. Et puis il l'a guérie. Et ils se sont mariés. »

Quelle belle histoire. Je ne peux m'empêcher de regarder Gérard avec attendrissement. Quelle preuve avons-nous de ses dires ? Et est-ce important finalement ? Est-ce qu'une jeune fille soignée en vaut 14 tuées au nom de la médecine et de la science ? Je suis trop fatiguée et trop émue pour pouvoir ne serait-ce que songer répondre à cette question.

Toute l'assemblée autour de moi semble être dans le même état d'esprit. Fatiguée. Fatiguée de ces découvertes. J'imagine le bouleversement pour Madeleine et Sylvie.

La première est toujours aussi droite sur son siège. Réfléchit-elle à un communiqué de presse pour se justifier, rectification, expliquer la position de la famille Solvair auprès du monde entier ? Sylvie, au contraire, regarde son frère aîné avec tendresse. Résout-elle une vieille énigme ? A-t-elle saisi le pourquoi des faiblesses de son frère ? Diagnostiqué une pathologie si longuement recherchée chez lui ?

Gérard choisit ce moment pour se lever.

« Je vais chercher un peu d'eau pour tout le monde ».

Il se dirige vers la cuisine.

Nous évitons de nous regarder, gênés.

Chapitre 51

Un grand bruit nous parvient de la cuisine. Gérard s'est effondré et gît sur le sol.

« Gérard ! » crie Sylvie.

Maxime se retrouve très rapidement auprès de lui et le relève doucement. Gérard est conscient à nouveau. Nous le réinstallons avec précaution dans son fauteuil. Je croise son regard. Je croise ses yeux bleus empreints de détresse et je comprends. J'attends néanmoins qu'il se calme et que chacun reprenne sa place.

D'une voix tremblante, je lui pose ma dernière question. Car il manque toujours une pièce au puzzle.

« Gérard. Qui est la 17e momie ? »

Il me regarde intensément. Se raccroche à ma prunelle. J'essaie de lui envoyer tout le courage dont je suis capable. C'est pour ça qu'il nous attendait. Cela fait des années qu'il nous attend. C'est maintenant, Gérard, maintenant que tu dois parler. Il le sait. Il a compris. C'est pour cela qu'il s'est écroulé dans la cuisine. Il ne s'agit plus de parler de Pierre, à présent. Il prend une grande inspiration. Je l'accompagne en hochant la tête. Il ne quitte pas mes yeux et murmure :

« La dernière… La dernière, c'est moi. »

Un cri de surprise et d'effroi s'échappe à ma droite. Je crois que c'est Sylvie.

Gérard se redresse, amiral de son fauteuil de salon.

« Il s'agit de Lucile. Notre voisine, mais avant tout mon amour. Mon seul amour. »

Ses yeux se voilent. Ils se détournent des miens.

« Je voulais la sauver, comme Pierre avec Marie. Mais je n'ai pas réussi. Je n'ai pas réussi. »

Il s'effondre, secoué de profonds sanglots.

Les larmes me montent aux yeux instantanément. Un regard à Sylvie et Madeleine m'informe que, étrangement, Sylvie paraît soulagée. Soulagée d'un grand poids. Madeleine, au contraire, est plus blanche que de la porcelaine. Ses yeux verts sont splendides. Secs.

Personne ne vient réconforter Gérard. Il veut poursuivre son récit.

« Lucile était mon amour depuis toujours. Avec Pierre, elle est la seule à m'avoir jamais compris. On n'avait pas besoin de paroles pour communiquer. Nous, c'était plus fort que tout cela. Elle m'aimait. Je l'aimais. Nous avions prévu de nous marier. Je le sais depuis que j'ai des souvenirs. J'ai eu le malheur d'en parler un jour à Léopold. Je me souviens encore de ses paroles : « Mais enfin Gérard, un Solvair ne se marie pas à une truie dépourvue de cerveau ». Et son rire, son rire. Il raisonne encore en moi. »

Il frissonne.

« J'avais 17 ans. Deux ans avant sa mort. J'ai compris à ce moment-là qu'il ne plaisantait pas. Qu'il n'était que le porte-parole de vous tous. Vous tous, les Solvair. Je n'aurais jamais pu épouser Lucile. Vous ne m'auriez pas laissé. On n'épouse pas une retardée dans la famille Solvair. »

Des larmes coulent sur ses joues.

En miroir, je m'aperçois que Sylvie a posé les mains sur les épaules de sa sœur, Madeleine. Celle-ci a les joues ruisselantes de larmes silencieuses. Je sens en elle les écluses qui s'ouvrent. Une à une. On pourrait en entendre le bruit. Clac, clac, clac. Les barrières et les protections de toute une vie cèdent progressivement... Douloureusement. Silencieusement. Toute une vie à protéger l'image d'une famille, dont, aujourd'hui, il ne reste ni grandeur ni nom à défendre. Tout s'effondre. Tout son monde. Elle ne voit plus personne. Peut-être sent-elle les mains rassurantes de sa sœur cadette tentant de la soutenir face aux révélations de son frère. À voir son visage et le vide de ses yeux, je n'en suis même pas sûre.

« Vous ne m'avez pas laissé être heureux. Tu entends, Madeleine ? Vous ne m'auriez jamais laissé ce choix ».

Le ton de Gérard n'est pas agressif. Au contraire. Il est résigné. Il s'est résigné il y a longtemps. Il n'a plus de rancœur. C'est un constat.

« Alors j'ai ressorti les cahiers de Pierre. J'ai choisi de devenir médecin, spécialiste de la boîte crânienne et du cerveau. Et j'ai travaillé. Travaillé. Ce furent les plus belles années de ma vie. »

« Oui, je me souviens que tu étais heureux à ce moment-là », intervient Sylvie.

Gérard lui sourit. Elle lui rend son sourire. Elle semble parfaitement lucide. Prête à tout accepter. Elle semble légère. Gérard, s'en rendant compte, se déleste d'un poids également. Je n'ose pas regarder Madeleine.

« Nous étions heureux, Sylvie. Elle me retrouvait le soir. Nous faisions l'amour. Comme deux personnes normales. Elle nous appelait la Belle et la Bête. Elle avait vu le dessin animé. Mais elle souffrait beaucoup de l'incompréhension du monde extérieur. Et plus que tout, elle voulait devenir ma femme. Comme dans les contes de fées. Et je ne pouvais pas lui offrir ce cadeau. Toute la famille la connaissait. Elle vous aimait, tous. Elle voulait que vous soyez tous là le jour de nos noces. Mais comment lui expliquer ? Comment lui expliquer qu'à part toi, peut-être, Sylvie, il n'y aurait eu personne ? »

Gérard m'émeut. Il revit le cheminement de sa vie avec beaucoup de recul. Les larmes ont séché sur ses joues. Le plus dur est fait.

« J'ai attendu d'avoir 30 ans avant de réaliser l'opération sur Lucile. Mes années de médecine finies depuis longtemps et beaucoup d'opérations réalisées sur des patients auparavant. »

Il rentre en lui-même et ne voit plus personne. À quoi pense-t-il alors ?

« Mais j'ai échoué. Lamentablement échoué. J'ai tué Lucile, l'amour de ma vie. Mon soleil. »

Ses yeux sont noyés de larmes à nouveau. L'amour perce encore, des années après. Il l'aimait, oui, il l'aimait, cette femme, si différente fût-elle.

« En quelle année s'est passée l'opération ? »

« En 1978. Le 2 décembre 1978. Hôpital Jean Genêt à S. Je travaillais là-bas. J'ai pu tout organiser pour Lucile. »

Comme se rendant soudain compte qu'il parlait à un ancien de la police, il se justifie.

« Elle était d'accord. Je vous prie de me croire. C'était son rêve : devenir normale. J'étais sûr de pouvoir y arriver. Pierre m'avait donné toutes les clefs ! Toutes ! »

« Mais c'est très technique comme opération. Comment, à neuf ans… ? » Maxime.

« Non, non, non. Je n'avais pas tout compris à neuf ans. Il m'a laissé ses carnets, ses croquis, ses notes, tout. Tout ! J'aurais dû réussir… »

« Alors c'est pour ça que tu as tout arrêté ? La chirurgie ? »

La question de Sylvie me fait réaliser que je ne savais pas que Gérard était chirurgien.

« Et c'est à partir de là que… » Elle ne finit pas sa phrase.

« Premier internement fin 1978, oui. Juste avant Noël ».

Sylvie hoche la tête. Elle met de l'ordre dans ses idées.

« Si tu savais comme je m'en suis voulu, Sylvie ! Tellement voulu ! Je l'ai tuée, tuée ! »

Son visage fait peine à voir. Tordu par la douleur. Sillonné de larmes. Il est penché sur son fauteuil, à deux doigts de tomber. Puis, d'un coup, il se ressaisit.

« Je ne me le pardonnerai jamais. J'ai essayé. Je n'ai jamais réussi. C'est pour cela que je vous attendais. »

Il s'adresse à nous. À Maxime et à moi.

« J'ai besoin de la justice des hommes. Je n'attends plus rien de la vie depuis longtemps. Je tourne en rond dans un bocal depuis des années. Il faut que je paye pour mes fautes. »

La voix de Madeleine s'élève, blanche.

« En 1978. Nous sommes en 2018. Cela fait 40 ans. Il y a prescription, non ? »

Maxime acquiesce silencieusement. Gérard rebondit. Sa voix est extrêmement douce.

« Madeleine. Je veux payer pour mes fautes. Je veux être jugé. Je veux voir la haine dans les regards des gens. Tu m'as déjà tellement protégé. »

Il se lève, se met à genoux devant sa sœur dont les larmes ne cessent de couler, encore, encore et encore. Il lui prend le visage à deux mains.

« Tu m'as protégé comme tu as pu. Tu as tout fait pour moi. Tu m'as porté, aimé, dorloté… Mais tu ne peux plus rien pour moi. Je suis prêt. Je veux payer pour mes erreurs. Le déni et ce bocal dans lequel je tourne n'ont pas de sens. J'ai essayé, je te jure que j'ai essayé. De me soigner moi-même, de feindre d'aller bien. Pour toi, pour la famille, pour vous tous. Mais je ne peux plus. Tu dois vivre ta vie, Madeleine. Tu dois vivre pour toi. Pas pour un nom ou une famille. Pour toi. Madeleine Solvair. Tu es à la fois Madeleine et Solvair. Tu l'as oublié. Tu n'es pas que Solvair, Madeleine. Vis ! »

Madeleine semble comprendre. Elle hoche la tête. Ne prononçant pas un mot, mais ne lâchant pas son frère du regard. Je remarque alors qu'elle a saisi la main de sa sœur Sylvie qui est toujours derrière elle. Comme un ultime rempart face à la douleur. Un ultime soutien.

Gérard se rassoit alors sur son fauteuil et se livre à nos regards, à Maxime et moi, sans honte ni pudeur. Il est prêt pour l'inspection en bonne et due forme.

« Depuis votre venue, Iline, j'ai eu le temps de me préparer. J'ai tenté de nombreuses fois d'aller à la police pour avouer mon crime. Je n'en ai pas eu le cran. J'ai fait une rechute après votre première visite… mais maintenant, je suis prêt. »

J'acquiesce en jetant un œil à Maxime qui intervient. C'est lui qui connaît le mieux les sinueux couloirs pénaux.

« Qu'avez-vous fait des documents de Pierre Trivaud ? Où se trouvent-ils ? »

« J'ai tout brûlé. Tout. Quand je me suis rendu compte de l'immensité de mon erreur, j'ai tout détruit. Le produit chimique également. Je ne veux rien transmettre de cette folie. Cette science acquise sur le dos de pauvres victimes. Entendons-nous bien : Pierre Trivaud était un chirurgien de génie. Il a réussi, dans les années 1950, là où nos meilleurs chirurgiens échouent encore aujourd'hui. Mais le prix à payer était trop lourd. Vous ne trouverez aucune trace de ses travaux. J'y ai veillé. »

« Comment avez-vous introduit le corps de Lucile au sein des locaux Solvair ? »

Décidément, Maxime pense à des questions concrètes qui me dépassent.

« Rien de plus facile. Je connais l'un des employés de Solvair. Il m'a ouvert les portes de l'entrepôt à l'époque. »

Maxime continue avec une suite de questions du même acabit.

Je décroche. Mon esprit est ailleurs. Je ne peux m'empêcher de penser à toutes ces femmes. À la folie des hommes. De la Grande Guerre qui, par ses séquelles sur Tristan, a introduit la folie sur deux générations : Pierre et Gérard. Aidés par la Seconde Guerre mondiale. Sommes-nous les produits des drames de notre époque ?

Sur le visage de Madeleine, les larmes coulent toujours. Les deux sœurs, enfin unies dans l'adversité. J'imagine Madeleine s'appuyer sur Sylvie pour se reconstruire. Petit à petit, lentement.

La mention de mon prénom dans une des questions de Maxime me fait sortir de ma torpeur.

« Pourquoi avez-vous envoyé des menaces à Iline ? »

Gérard regarde Maxime au fond des yeux.

« Je n'ai pas envoyé de menaces. »

Un certain flottement se fait sentir dans le salon.

C'est la voix de Sylvie qui s'élève :

« C'est moi. C'est moi qui ai écrit ces menaces. »

Je m'accroche aux accoudoirs de mon fauteuil. Sylvie ? Toi ? Elle a lâché la main de Madeleine.

Elle me regarde.

« Je suis vraiment désolée. J'avais peur. J'avais peur que tu fasses du mal à Gérard. »

Elle hésite.

« Bien sûr, je ne savais pas que ce serait si… »

Elle cherche son mot. Pour ne pas blesser son frère.

« … fort. »

Elle me regarde à nouveau. Sa voix tremble un peu.

« Tu n'avais pas compris ? »

Elle s'adresse à moi directement.

« Moi ? Non ! Pourquoi ? »

Elle sourit tristement.

« Quand je t'ai ramenée chez toi en voiture, tu ne m'as jamais donné l'adresse. Je la connaissais, car je t'avais suivie jusque chez toi après ta première visite. »

Les bras m'en tombent. Je n'ai rien remarqué. Je me surprends à rire :

« Non, rien du tout. Je n'ai absolument rien remarqué ! »

Sylvie sourit à nouveau, gênée, et me réitère ses excuses. Je signale à Maxime que nous n'en informerons pas la police.

Gérard intervient.

« Vous voyez ? Vous voyez le mal que j'ai fait : même ma sœur a transgressé la loi pour me protéger. Ma propre sœur. »

Il s'agenouille au pied de son fauteuil et fait face à Madeleine et Sylvie.

« Je ne demande pas votre pardon. Je ne vous ferai pas cet affront. Je vous offre mes excuses. Mes plus profondes excuses. Je suis sincèrement désolé. »

Je crois que les larmes de Madeleine se sont taries. Elle regarde son frère d'un regard vide. Sylvie, elle, paraît surprise, mais elle ne dit rien.

Gérard relève la tête vers Maxime qui semble faire figure d'autorité :

« Est-ce que je pourrais la voir une dernière fois ? »

« De qui parlez-vous ? »

« Lucile. »

Ce prénom est à peine murmuré.

La réponse de Maxime sera directe :

« Je ne crois pas que ce sera possible, monsieur Solvair. »

Maxime et moi sortirons tous les deux en silence. Tout a été dit.

Sylvie ira jusqu'à la porte pour la refermer après notre départ.

J'entends qu'elle s'effondre, en larmes, en la verrouillant.

Madeleine n'a plus de force pour aller la réconforter.

Chapitre 52

Ainsi se clôt cette histoire.

Elle a laissé de profondes marques, même si elles sont invisibles chez moi.

J'ai assisté à l'effervescence chez Solvair. Aux bravos, aux congratulations à mon égard qui glisseront sur ma peau sans arriver à y pénétrer. Aux excuses de Madeleine et Sylvie qui, j'espère, s'entraideront pour se reconstruire, en famille. Au raz de marée médiatique.

Je retiendrai le regard de Basile quand je suis rentrée à 4 h 30 du matin de chez les Solvair, raccompagnée par Maxime. En un coup d'œil, il a compris que c'était fini. Que j'allais lui revenir.

Quinze jours après ses aveux, Gérard s'est suicidé dans sa maison. Dans une longue lettre d'adieu, il explique que, s'il n'a pas le droit à la justice des hommes, il se tournera vers la justice divine. Qu'il préfère retrouver sa Lucile et vivre heureux au paradis.

40 ans après les faits et sachant qu'il s'agissait d'une erreur médicale couverte par son hôpital à l'époque, Gérard n'avait aucune raison d'être inquiété ou appréhendé par la justice.

Je ne saurais dire ce que cette nouvelle m'a fait. Presque rien en apparence. J'ai compris que Gérard avait fait son devoir. Il avait déposé son fardeau, et celui de sa famille, avant de partir. Que je l'avais, d'une certaine manière, un peu aidé.

Avec l'aide de Gérard, les momies ont été reconnues et sont maintenant exposées dans un petit musée parisien financé par l'entreprise Solvair qui explique toute leur histoire. Les yeux d'Antoine scintillaient lors de la soirée d'inauguration. Le musée est pris d'assaut tous les jours.

J'ai longuement dialogué en silence avec Lucile. Je n'ai pas voulu rencontrer sa famille.

Je fuis également mes collègues. Chloé m'aide à éloigner les curieux.

François Rizière m'a proposé un emploi.

Ce matin, j'ai ouvert les yeux, très tôt.

Comme je l'ai deviné ces derniers mois, les plus belles découvertes se font en tâche de fond, de manière inconsciente. Le cerveau enregistre et analyse des milliers d'éléments que nous sommes incapables de digérer consciemment. Les émotions et le ressenti viennent en peindre une partie. Et l'idée vient. Idée ? Je ne sais pas si on peut l'appeler ainsi. Pressentiment, peut-être. Certitude pour moi, souvent.

Ce matin, j'ouvre les yeux avec la certitude qu'il me reste plein de choses à découvrir, à apprendre, à trancher, à choisir. Quel métier me portera toute ma vie ? Cheffe de projet, archéologue, inspectrice de police ? Les trois possibilités m'ouvrent grand leurs bras. J'ai de la chance, n'est-ce pas ? Avoir le choix me terrifie.

Mais ce matin : je sais.

Je sais qu'il me faut du temps pour choisir. Qu'il faut vivre.

Dans quelques heures, j'expliquerai à Basile pourquoi il devrait m'accompagner.

Nous commencerons par Pititayo. Pour que je puisse expliquer de vive voix à Sixta ce qui est arrivé à sa grande sœur Maria.

Pour nous reconnecter à la nature.

Pour passer un an à apprendre de différentes cultures.

Un an à voyager.

En sac à dos.

Un an pour me, nous donner le temps.

Un an pour voir.

Dans quelques heures, une nouvelle histoire commence.

Remerciements

J'aime beaucoup lire les remerciements à la fin des livres. Je me plais à imaginer le parcours de l'ouvrage, le rôle de chacun des proches dans sa rédaction et sa réussite.

Jamais je n'aurais pensé avoir un jour à écrire ces « mercis » pour mon propre écrit.

Je souhaite tout d'abord remercier mes premières lectrices et lecteurs : Héloïse, Tiphaine, Zoé, Marine et mon Papa.

Héloïse pour la douceur de tes encouragements et de tes critiques toujours positives. Tiphaine, pour la justesse de tes remarques et ton œil de grande lectrice. Zoé, car tu as fait naître une petite flamme dans l'obscurité pour cet ouvrage. Marine pour ton enthousiasme sans faille.

Papa, pour avoir cru en moi dès la première lecture et avoir su le mettre en mots et en actions jusqu'à sa parution. Ton appui m'est essentiel.

J'ai également reçu l'aide précieuse de relectrices et correctrices de haut vol : merci.

Elisabeth pour le temps passé à me lire, pour tes corrections et surtout tes encouragements. Ils m'ont donné confiance comme ils ont dû donner confiance à des dizaines d'élèves avant moi.

Merci Madeleine pour ton œil de lynx et ta chasse aux virgules. C'est un travail d'orfèvre que tu as réalisé, avec justesse et bienveillance. Un envoi à un éditeur n'aurait pas été possible sans ton appui.

Merci Héloïse pour tes conseils judiciaires : ce roman n'en est que plus plausible.

Et bien sûr comment ne pas mentionner B. qui m'a porté du premier mot jusqu'à la parution de cet ouvrage. Merci de croire en moi comme tu le fais au quotidien. Je te revois encore lire les premières pages de cet écrit dans les bus péruviens… Je n'aurais jamais poursuivi sans tes encouragements.

Merci à Anne (ma caution 2.0) et Vincent pour votre soutien dans la dernière ligne droite !

Cet écrit, c'est vous toutes et tous qui y avez contribué, avec votre enthousiasme, un mot d'encouragement ou des heures passées en lecture ou relecture… Tous les mercis que je peux formuler me paraissent bien faibles. Sachez que je vous en suis reconnaissante, votre implication n'a pas de prix.

ISBN : 978-2-494929-82-1

Dépôt légal : Avril 2025

MVO ÉDITIONS

mvoeditions.com

Achevé d'imprimer chez SoBook le 28-04-2025
Linselles - France

Nos papiers sont issus de forêts gérées durablement

N° impression : 968 805